KB163053

유녀전기
Dum spiro, spero
—下—

〔14〕

카를로 젠
Carlo Zen

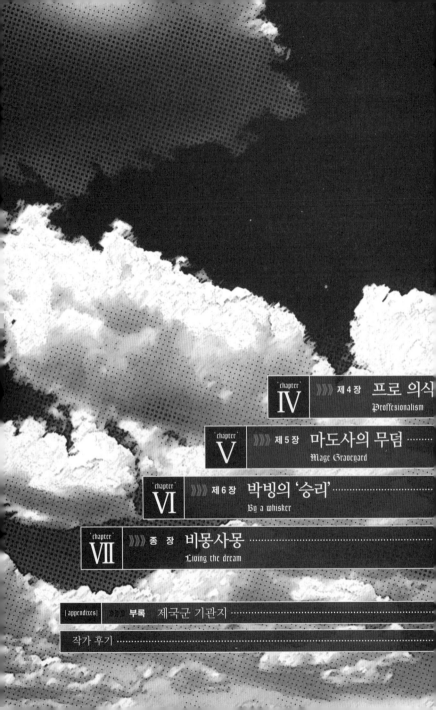

chapter IV >>> 제 4 장 **프로 의식**
Proffcsionalism

chapter V >>> 제 5 장 **마도사의 무덤** ……
Mage Graveyard

chapter VI >>> 제 6 장 **박빙의 '승리'** ……………
By a whisker

chapter VII >>> 종 장 **비몽사몽** ……………………
Living the dream

| appendixes | **부록** 제국군 기관지 ……………………………………………

작가 후기 ……………………………………………………………

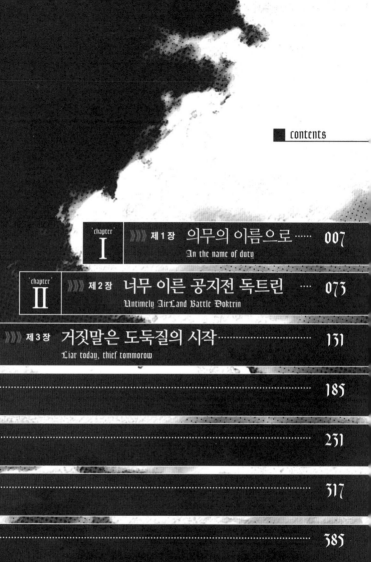

contents

`chapter` I	》》》 제1장	의무의 이름으로 An the name of duty	007
`chapter` II	》》》 제2장	너무 이른 공지전 독트린 Untimely AirLand Battle Doktrin	073
`chapter` III	》》》 제3장	거짓말은 도둑질의 시작 Liar today, thief tommorow	131
			185
			231
			317
			385
			434
			436

상관도

제국

【참모본부】

제투아 대장 '전무/작전' ———————— 우거 대령

└——— 레르겐 대령

〔**샐러맨더 전투단** 통칭 : 레르겐 전투단〕——————

┌--제 203 마도대대 --------------------------

타냐 폰 데그레챠프 중령

└— 바이스 소령

├— 세레브랴코프 중위

├— 그란츠 중위

└— (보충) 외스테만 중위

알렌스 대위 '기갑'

메베르트 대위 '포병'

토스판 중위 '보병'

연방

서기장 (아주 착한 사람)

　　로리야 (아주 착한 사람)

┌【다국적 부대】─────────────────────┐

　미켈 대령 '**연방 – 지휘관**' ── 타네치카 중위 '**정치장교**'

　드레이크 대령 '**연합왕국 – 지휘관**' ────── 수 중위

└────────────────────────────┘

이르도아 왕국

가스만 대장 '**군정**' ────────── 칼란드로 대령 '**정보**'

자유공화국

드 루고 사령관 '**자유공화국 주석**'

의무의 이름으로
An the name of duty

모두가 상상하는 통신병이란,
정말 편한 보직이겠지요.
안전한 후방에서, 의자에 앉아 통신만 하니까.
부정하진 않겠습니다. 그런 일면이 없지는 않죠.
하지만 한번 떠올려 보시겠습니까?
대화란 상대가 없으면 성립하지 않습니다.
전선에서 포격, 폭격에 시달리며 구원을 요청하는 것도
기재를 짊어진 통신병의 일인 경우가 많았죠.
마도사처럼 큼직한 장거리 무전기를
짊어지고 나는 자들은 소수파.
보통은 눈에 띄는 안테나를 세우고
무거운 기재를 짊어진 통신병이 어슬렁거리는 겁니다.
제일 먼저 표적이 되는 거지요.
그런 동료들이 구원을 청하는데,
'거기서 죽어라'를 미사여구로 전달할 적성이 있다면
정말 즐거운 일이겠지요.

—— 크레이머 대령 ——

》》》 통일력 1928년 1월 14일 동부 방면 《《《

동부 방면군 사령부 통신요원은 사방에서 밀려드는 소리에 완전히 압사할 지경이었다.

"제3사단 사령부와 통신 두절!" "유선이 아니라도 좋다! 무선으로……." "통신규정 위반이다! 회선에 끼어들지 마라!" "안 됩니다. 연결되지 않습니다!" "잘못 걸었다! 포병대 사령부와의 조정은 이쪽이 아니야!" "무선 전화는 물론이고, 전신으로도 반응이 없습니다!" "전파 방해입니다! 제길, 모든 회선에 연방 국가가! 지긋하군!" "제3항공함대에서 긴급 지원 요청이……." "통신 두절 아니었나?!" "사단이 아닙니다! 항공함대에서 들어왔습니다!" "하필 이럴 때 발전기 상태가! 어서 예비 축전지를 가져와!" "최전선에 어서 후퇴 명령을! 뒤처진다!" "전역 항공관제관을 불러라!" "항공함대와 조정은?!" "제2항공사단에서 급보! 지상 거점이!" "빨치산입니다!" "잠깐! 사격 중지! 아군이다?!"

태초에 말이 있었노라.

말 그대로 전장에서 말의 '오해'는 허락되지 않는다. 군대의 통신이란 극한까지 오해의 여지를 없애는 것이 이상적이다. 단어 하나만 해도 의미를 명확하게 하고, 잘못 들을 여지를 완전히 없애라고 한다.

어떤 의미로 통신 표준화가 철저하다고 할 수 있겠지.

지고 있는 군대가 지고 있다고 솔직하게 말하지 않기 위한 말을 별개로 치면, 군대의 통신만큼 명석하고 명료한 것도 드물다.

그래도 결국은 인간이 하는 일이다.

아수라장에서 사람은 외친다.

위기를 전하려고 외친다.

도움을 청하려고 외친다.

아군을 구하려고 외친다.

누군가가 소리를 자아내고 말을 사용한다. 그 흐름은 엄청나다.

애초에 군대는 그걸 잘 알고 있다. 대규모 작전 때 통신 능력에는 한계까지 부담이 걸리는 것도 잘 알고 있다.

하나하나의 보고는 물방울이라도, 모이면 홍수가 된다는 것도.

따라서 다소의 내성은 있다. 하지만 그날. 동부 방면군 사령부의 통신요원이 직면한 부조리는 필설로 다하기 어려웠다.

사령부의 우두머리인 라우돈 대장이 전사했다는 최악의 소식조차도 시작에 불과했다.

완전히 허를 찌르는 형태로 시작된 연방군의 전면공세에 모두가 소리쳤다.

제국군 동부 방면군 사령부의 통신 능력으로도, 아군의 모든 지역에서 들이닥치는 긴급 보고에 완전히 짓눌렸다.

대혼란이었다.

그렇기에, 어쩌면 '사태의 심각성'을 잘 알고 있었기에, 라고 해야 할까.

동부 방면군 사령부에서 통신 부문의 당직 책임자인 크레이머 대령은 자신의 혼란을 진정시키고자 작게 심호흡했다. 필요했던 것은 의식을 정리하기 위한 약간의 여유. 바쁜 상황이라고 해서 휩쓸리면 안 된다는 중심축.

자기 전문밖에 모른다는 폐해가 심각한 제국군 장교 교육의 우등생이기에, 이 자리에서 '최적의 답안'으로 크레이머 대령은 일단 호흡을 한 차례 가다듬었다.

그리고 크레이머 대령은 서툰 연기라는 것을 잘 알면서도 여유롭게 소리쳤다.

"제군!"

씨익 웃으며 목청을 높여서.

"오늘은 참 조용하군!"

크레이머 대령은 굳건한 모습으로 천천히 꺼낸 시가를 물고, 느긋하게 해보자는 듯이 한바탕 웃었다. 그 모습은 대령 본인이 생각해도 웃기지 않는 광대 꼴 같지만, 긴장과 혼란으로 경직된 부서의 분위기를 다소 풀었다.

인간들이 킬킬 웃으며 담배를 물고 최고의 한 대를 피웠다.

그리고 분위기가 바뀌었다.

담배 연기가 충만하고, 긴장한 인간의 땀과 체취로 가득한 실내에서, 누군가가 소리 내어 웃었다.

인간은 웃을 수 있을 때 강하다. 그것은 여유를 의미한다.

크레이머 대령의 지도력은 견실하며, 위기에 처해서도 흔들림 없었다. 그러니까 대혼란 상황 속에서도 그의 부서는 '기묘'한 통신을 건져 올렸다.

좋든 나쁘든 크레이머 대령이 있기에 가능한 성과였다.

덧붙이지.

불행하게도 크레이머 대령도 위장의 강도만큼은 평범했다.

안 그래도 연방군의 소행인 듯한 강렬한 방해 전파.

또한 위장 정보를 뿌리기 위해 아주 서툰 제국어가 통신 회선에 끼어들기에, '서툰 제국어에 속지 마라!' 라고 경고한 직후에 유창한 제국어 화자가 '거짓 정보'를 흘리려고 하는 판국.

그런 불판에서 '동부사열관 수석참모 / 동부 방면군 사령부에'로 시작되는, 도무지 상상할 수 없었던 명령이 날아든 것이다.

하나, 동부 방면 사열관 수석참모는 사전 명령에 따라 대응계획을 즉시 전달하라.

하나, 동부 방면군 사령부는 제투아 대장의 수석참모가 전달하는 내용을 전용 일회용 암호로 확인하라.

하나, 동부 방면군 사령부는 본 안건에 관해 최대한의 기밀을 유지하라. 먼동이기에 방심은 금물이다.

고작 세 항목짜리 글은 레르겐 대령의 명의로 발령된 명령이다. 그리고 레르겐 대령의 이름은 사령부의 실무자 사이에서도 잘 알려졌다.

레르겐이란 누군가? 참모본부의 작전과장으로도 알려졌다. 하지만 그 이상으로 제투아 대장에게 부려 먹히는 면면 중 하나로 유명했다.

크레이머 대령 또한 실무자로서 들은 적 있는 이름이었다. 그렇긴 해도, 그렇긴 해도 말이다. 상식인인 크레이머 대령은 거의 반사적으로 의심을 흘렸다.

"아무리 중앙 요직에 있다고 해도 일개 참모 아닌가? 방면군에 이런 걸 명령할 수 있나? 레르겐 대령에게 그런 권한이 있나?"

본래 그 혼잣말은 '있을 리가 없다' 로 연결되고, '이것은 거짓 명령이다' 라고 크레이머 대령의 판단으로 정리되었겠지.

다만 함께 적힌 제투아 대장의 이름이 강렬했다.

너무나도 강렬했다고 말해도 좋다.

'제투아 대장' 유래의 통신이 나온다는 명시. 일회용 암호의 형식 지정. 이것은 도저히 무시할 수 없었다.

결국 동부 방면군 사령부는 수신했다. 정말로 미지의 형식인 듯한 암호통신을.

상당히 옥신각신한 끝에 엄중히 봉인된 금고에서 꺼낸 일회용 암호첩의 복호 작업에 임한 담당자는 작업을 시작한 순간 안색을 바꾸었다.

크레이머 대령이 설마 싶어서 바라보자, 담당자가 굳은 얼굴로 끄덕이지 않는가.

"이, 일회용 암호로…… 문제의 통신이 해독되고 말았습니다."

'되고 말았다' 는, 만감의 마음이 담긴 한마디와 함께 담당자는 충격을 도무지 숨기지 못한 기색으로 필적이 구불구불해진 통신문을 크레이머에게 내밀었다.

그걸 받은 통신장교의 우두머리인 크레이머 대령은 거짓말이 아닌가 싶은 심정으로 내용을 읽어 보는데, 그게 한계였다.

그렇기에 그것을 신속하게, 하젠크레퍼 중장에게 전격적으로 송부했다.

이미 그 진위의 판정은 자기가 생각하고 싶지도 않았기에.

본래 동부 방면군 사령부에서 요격 지휘를 맡아야 할 사람은 새롭게 부임한 지 얼마 안 되었으면서도 정력적으로 돌아다니던 요한 폰 라우돈 대장이다.

여명에 맞서야 할 터인 노련한 군인이었다.

여명을 눈치채지 못했던 제투아도 '언젠가' 연방이 올 것을 예상하고, 이에 대비하기 위해 최선을……이라고 발버둥 친 끝의 인선이다.

그럴 것이 제투아는 동부를 떠날 때 '동부 방면군'의 사령부에 지도력과 적극성이란 면에서 상응하는 근거와 함께 심각한 불안을 품고 있었기 때문에…… 강렬한 변화를 꾀하기 위해 노련하면서 대담한 선배를 보냈다.

제투아가 골라 뽑은 라우돈도 모든 면에서 유능한 인물이었다.

과거에 연대에서 자기 밑의 아득한 말단 소위였던 제투아가, 과거에는 신이나 다름없는 소령이던 자신을 턱짓으로 부리는 듯한 인사안을 타진했는데도 그 자리에서 승낙했다.

그걸로 끝인가? 아니다. 승낙하자마자 그 자리에서 고급 부관을 한 명 지명하고, 지참하고 있던 장교행낭 하나만을 챙겨서 즉각 동부의 사령부로 날아간 것이다.

이것이야말로 항상 전장을 잊지 않는 정신을 좋게 여기는 옛 장성의 모습이겠지. 샐러맨더 전투단의 전선 전개 직후에 있었던 동부 방면군 사령부의 협력도 그가 힘써 준 것이다.

물론 사람 좀 보냈다고 제투아 대장이 안심하고 편안히 있을 수는 없다. 하지만 '라우돈 선배님이라면 일단 문제없겠지.'라며 최악에 대비하여 준비를 '하나' 마쳤을 터였다.

그리고 '라우돈 선배님이라면 문제없다'는 말은 조금도 과신이 아니었다.

실제로 라우돈 대장은 제투아의 선배와 상사, 나아가서 부하로서도 모든 것을 무난하게 해낼 만한 인물이었다.

1초를 아까워하는 활력으로 그는 사령부 실정 장악에 임했다.

부임하자마자 '샐러맨더 전투단의 소재지'를 둘러싼 참모들의 관료 같은 조치에 치를 떨면서, 솔직히—— 그렇다. 고급 장성이 솔직히 쓴소리했다. '개선하라'고 말하고 연락 체계의 재편을 엄명하고, 그대로 모든 전선의 방어체계를 다시 확인해야겠다는 우려와 함께 고급참모들을 줄줄이 데리고 전선시찰을 나서기 시작했다.

본인의 말을 따르자면, '현장을 모르는 참모는 쓰레기 이하의 쓰레기다'.

참모 휘장에 이상한 자긍심을 갖곤 하는 참모들 앞에서, 그 개인이 담당 영역에서 '도움이 안 된다'고 판단하면 라우돈 대장은 그 자리에서 사정없이 휘장을 빼앗았다.

그의 말을 따르자면 '일해라. 노력? 노력은 거짓말쟁이의 변명이다. 결과를 내놓아라. 못 하겠다면 즉각 그 엉덩이를 의자에서 떼라. 나를 방해할 시간이 있으면 자기 못자리라도 파라.'

어떤 인간이라도 오해할 수 없을, 명료하고 강렬한 메시지다.

제투아 대장 본인을 과거에 신나게 들볶았던 라우돈 소령은 틀림없이 건재했다.

정확하게는 얼마 전까지는 건재했다.

그 눈부신 지성도, 존경할 인격도, 고난을 개의치 않는 육체도,

어떠한 고난도 웃으며 받아들이는 강인한 정신도, 이제는 없다.

지금은 살점 일부가, 라우돈 대장이었던 것의 잔재다.

라우돈 대장은 전선시찰 중 후방에서 재편하던 현지 부대에서 약소한 전몰 전우 추도회가 있다고 알자, 식전이라고 하기에는 초라하기 짝이 없는 헛간에서의 저녁 식사에 참석했다. 그대로 현지 지휘관의 안내를 받아, 진흙과 죽음이 떠도는 가운데 제대로 된 난방설비도 없는 상태로 참호에 틀어박혀서 적을 노려보는 초병 하나하나의 어깨를 두드리고, 출발 전에는 정비소의 헛간에서 필사적으로 차량을 정비하던 장병 모두를 치하했다.

그리고 연방군의 여명 공세 개시 시각에 딱 맞추어 빨치산이 그 헛간에 장치한 폭탄이 대기를 뒤흔들었다.

섬광과 연기와 함께 그 폭약은 제국군에 극적이며 통렬한 결과를 낳았다.

제국군에 전혀 위로가 안 되는 사실을 덧붙이자면, 이것은 '연방군이 라우돈 대장 이하 사령부를 노린 참수 작전'이 아니었다.

제국군 및 자치평의회에 의해 치안이 회복되고 있다고 평해지던 후방 지역에 대한 동시다발적 폭탄 테러는 그저 혼란을 위한 것.

의도치 않은 결과라고 해도, 연방군은 공격 개시와 동시에 최고의 전과를 올렸다.

물론 제국군은 군대다. 상관이 죽어도 후임이 뒤를 이어받는 구조라면 있었다. 전쟁을 과하게 했다는 소리를 듣는 군대인 만큼, 지휘권 계승이라는, '높으신 분의 사망' 같은 특수해야 할 경험조차도 제국군에서는 일상다반사 차원으로 익숙해졌다.

더 말하자면 라우돈 대장은 그런 것에도 공을 들였다.

최악의 상황을 대비하여 참모장 이하, 대기요원을 사령부에 꽉꽉 채워놓았고, 차석지휘관은 극히 예외적인 일이 아니면 절대로 행동을 함께하지 않도록 해서 혹시 모를 사령부 전멸을 피하는 배려에도 철저했다.

최악을 예상하는 것은 그의 의무였다.

최악에 대비하는 것도 당연하게 했다. 착임 후, 얼마 안 되는 시간 동안 이 정도까지 했다면 보통은 만전을 기했다고 평해야 할 솜씨다.

그러니까 라우돈 대장이 폭탄에 살점으로 변했을 뿐이라면 그래도 사령부 대기요원이 인수인계를 하고 후임 차석지휘관이 묵묵히 전체 지휘를 맡으면 되었다.

본래라면 그거면 된다.

하지만 제국은 어떤 의미로 정말 운이 없었다.

차석 지휘권을 가진 인물 또한 라우돈 대장과 동류였다. 제투아 대장이 경질하지 않은 동부의 이인자였으니까 어떻게 보면 필연적이다.

즉, 지극히 성실하게 전선 부근에 몸을 두는 기질이며, 자기만 안전한 곳에 틀어박히는 게 아니라 전선 부근의 사령부에서 제일 먼저 정세를 파악하려고 애쓰고 있었다.

더 말하자면 만일에 대비한 시설도 준비했었을 정도다.

그건 250킬로그램 폭탄의 직격에도 버틸 정도의 콘크리트로 다진 사령부다. 차석지휘관은 의무로서 그 비좁은 구역에 불평 한마디 하지 않고 틀어박혀 있었다.

일반적으로는 만일에도 대비했다고 할 수 있겠지. 다만 '거기에 있다'고 알려지면 연방군에도 물리적인 힘이 있었다.

'250킬로그램 폭탄에 견딜 수 있어? 그렇다면 더 센 파괴력을 준비하자.' 라면서 꺼낸 것은 콘크리트 관통을 상정한 열차포.

공세 벽두에 연방군이 감행한 열차포에 의한 맹사격이 사령부 벙커에 꽂히고, 차석지휘관은 멋지게 소식이 두절되었다.

무엇보다 제국에 불운이었던 것은 이것조차도 '어딘가 하나라도 혼란을 일으킬 수 있으면 된다!' 라는 연방의 극단적인 생각이고, 그저 제국군의 전선사령부를 도려내려는 움직임의 일환에 불과했다는 점이다.

여명 공세에 제국군 사령부 공격을 포함하면서도, 여명은 '참수' 가 성공하지 않아도 '상관없다' 는 것까지 계산하고 있었다.

다소 통신에 혼란을 일으킬 수만 있다면 만사형통.

하지만 그런 생각으로 행해진 공격은 제국군의 지휘계통을 강렬하게 두들겼다.

일련의 충격을 받은 결과로, 방면군 사령부는 '적 공세 개시 직후' 의 아수라장 속에서 방면군 사령관이 거의 확실히 사망. 이것만 해도 악몽인데, 차석 지휘권 소유자도 잿더미로 변하고 전선사령부조차도 다수 소식 불명이라는 멋지기 짝이 없는 정세에 직면한 것이다.

자, 라우돈 사령관이 부재 동안 대리를 '맡겼던' 참모장의 이름은 하젠크레퍼 중장이라고 한다.

쉽게 말해서, 그는 아주 재수 옴 붙은 지경에 처했다.

하젠크레퍼 중장으로선 지휘권을 어떻게 해야 할지조차도 확실하지 않은 상황이다.

'지휘권 계승은 서열대로 해야 한다는 원리원칙은 지긋지긋할 정도로 잘 알지만', 혼란 때문에 '누구의 지휘권 서열이 가장 높은가'에 대해 정확한 판단이 서지 않는다.

라우돈 대장에게 무슨 일이 있었다고 해도 그게 어느 정도일까.

사망이라는 '제1보'도 있었지만, 애초에 폭발에 휘말려 '사망했을 것으로 추정'해도, '사망이 확인'된 것은 아니다.

낙관적인 사고는 쓰레기통에 던져야겠지만, 죽었을 것으로 추정은 해도, 확인할 수는 없다.

임시로 차석에게 지휘권을 계승시키는 정도라면 좋겠지만, 애석하게도 차석 지휘권 소유자도 소식 불명이었다.

사령부의 콘크리트를 꿰뚫는 열차포의 면 제압.

그야말로 악몽이다.

라우돈 대장의 수난과 함께 보면, 연방군은 제국군의 지휘계통을 갈가리 찢어버릴 기세였음을 알 수 있다.

어떻게든 상황을 수습하는 게 급선무니까, 계급만 보면 대장이 아니어도 하젠크레퍼보다 서열이 높은 중장급도 근처에 없지는 않다.

하지만 각 사령부는 폭격이나 빨치산의 습격에 직면했다. 그게 아니더라도 전투 도중인 여러 부대를 장악하려고 발버둥 치는 상황인데다가, 연방군의 포격, 폭격으로 절단된 연락망으로는 연락조차 어려웠다.

그렇다면 동부에 있는 건 아니지만, 서열상으로 세 번째에 해당하는 인간을 불러와야 할까?

평시라면 하젠크레퍼도 망설이지 않았겠지. 서열로는 그게 비교적 확실하며, 무엇보다 대상의 소재지도 확실하다.

애초에 후방근무 중이니까.

이 후보자도 자격만 보자면 확실하다.

얼마 전까지 동부에서 전선근무를 경험한 인물.

더불어서 중앙과의 연계도 우수하다. 참모본부의 의향을 세계에서 그 누구보다도 잘 장악하고 있고, 통솔의 수완도 동부에서 으뜸가는 수준.

군대 기준으로 보자면 반석인 자질이다.

다만 그 이름은 한스 폰 제투아 대장.

작전참모 차장, 전무참모 차장을 겸임하면서 제투아 대장은 '동부 사열 임무'에서 풀려났지만, 정작 사열관 자리에서는 '해임' 되지 않은 탓에 그렇다.

지금은 세상에 없는 루델돌프 장군이 이것저것 수작을 부려서 보유하게 된 지휘권. 따라서 형식상의 계승권만 유지한, 명목상의 서열 3위.

하지만 명목이라고 해도…… 조직상 누구도 부정할 수 없는 서열이다.

덤으로 이 대혼란 속.

1분 1초를 다툰다.

세 번째 사람은 건너뛸까?

그 경우, 단순히 하젠크레퍼보다 선임일 뿐이지 사정에 어두운 네 번째 사람이 혼란을 수습할 수 있을까? 누가 네 번째로 계승해야 할지도 확인이 되지 않았는데?

물론 참모본부에 연락해서 누굴 지휘관으로 할지 정해 달라고 할 수 있으면 문제가 해결된다. 다만 연방군이 대규모 공세에 나선 사이에 '후임 인사로 시간이 좀 걸릴 테니까, 그동안 기다려 줄 수 있겠습니까?' 라고 연방에 물어볼 수도 없다. 그동안 판단을 누군가가 해야만 하는데.

동부 방면군 사령부 대표로 결단에 쫓긴 하젠크레퍼 중장으로서는 간신히 라우돈 대장을 본받기로 결의하자마자 왜 이런 꼴이 났나 싶었다.

그는 속으로 머리를 싸쥐고 있었다.

동부 쪽에서 누굴 골라도 원만하게 돌아갈 것 같진 않지만, 사실은 '별개'의 가능성도 있다. 예를 들어서 세 번째 사람이 '내가 할게'라고 나설 가능성 말이다. 그리고 조직론으로 말하자면 그것을 부정하는 것도 자살희망자나 할 짓이다.

라우돈 대장만 살아있었으면. 살아 주었으면.

하지만 현실적으로 보면 죽었을 것이며, 그렇기에 선후책을 어떻게든 돌리기 시작한 하젠크레퍼는 거기서 또 다른 혼란의 도가니에 떨어지게 되었다.

그것은 한 통의 전보였다.

그걸 가져온 것은 정신없이 달려온 통신장교. 그것도 통신지휘소에 있어야 할 크레이머 대령. 남들 눈을 아랑곳하지 않고 안색을 바꾼 그에게 하젠크레퍼는 의아한 시선을 보냈다.

하지만 떨리는 필적으로 옮겨 적은 그 통신을 받아 보니, 자신도 안색을 바꿀 수밖에 없었다.

수신자 : 동부 방면군

발신자 : 제투아 동부사열관 수석참모

루델돌프 원수 및 제투아 대장에 의한 통일력 1927년 9월 10일 명령에 기초하여 참모본부의 지시에 따라 동부 방면군에 대해 수석참모는 이하와 같이 전한다.

하나, 제투아 대장의 명령에 기초하여 이하와 같이 전한다.

– 현황에 대해

연방군이 발동한 동계공세는 종심타격을 시도하는 제집단 투입에 의한 파상공격이다. 적은 우리 야전군의 격멸을 꾀하려 한다고 여겨진다.

– 대응책에 대해

곧바로 모든 전선을 전략 차원으로 후퇴시키고 방어선을 재구축해야 한다. 기존 방어진지에 집착해선 안 된다. 연락선의 유지를 최우선으로 하고, 적의 공세 한계까지는 방어에 치중할 것.

– 명령

하나, 동부 방면에 전개된 모든 항공함대는 전력으로 항공우세를 획득하라.

하나, 봉인 중인 방어계획 제4호를 즉시 개봉, 즉시 실행하라.

하나, 레르겐 전투단 산하에서 참모본부 직속 제203항공유격마도대대를 추출. 동 대대를 주축으로 하여 샐러맨더 전투단을 구성한다. 동부 방면의 '모든 항공마도사'는 곧바로 '샐러맨더 전투단'을 전력 및 최우선으로 지원하라.

하나, 사수 명령을 금한다. 모든 부대는 전술적 판단에 따라 진퇴의 자유가 위임되어야만 한다.

하나, 동부사열관 수석참모는 샐러맨더 전투단의 항공전투를 완수시켜라.

당연하지만, 이런 괴악한 명령을 태연하게 바로 실행하는 건 말도 안 된다. 평상시의 사고 능력을 가까스로 유지한 고급 장성이라면 일단, 절대로 하지 않는다.

연방군의 강력한 전파방해 속에서, 이런 게, 이런 타이밍에 도달하는 것은 너무나도 부자연스럽다. 그렇다면 거짓 명령에 의한 파괴공작일까. 하젠크레퍼의 뇌리에서는 그런 가능성마저도 진지하게, 진심으로 제기되었다.

"연방군의 거짓 명령이겠지. 놈들도 수완이 좋군. 이렇게 명확하게 우리의 지휘계통을 두들기려 하다니……."

씁쓸함을 억누른 중얼거림에 크레이머 대령이 부정의 말을 내놓았다.

"하지만 각하. 코드는 모두 정규입니다."

"정규? 위장이 아니라?"

"예."

보고하러 온 크레이머 대령이 떨리는 목소리로 말을 이었다.

"저로서는, 제 차원에서는 확인할 수 있는 모든 것을 해봤지만, 이건 정규 명령입니다."

통신참모의 진지한 대답에 말려들면서 하젠크레퍼 중장은 '그런 건 얼마든지 위장할 수 있다' 라는 대답을 가까스로 삼켰다.

"각하, 일회용 암호로 풀린 것입니다. 못 믿으시는 건 이해할 수 있습니다. 하지만 이건 제투아 각하 개인 전용의 일회용 암호가 유출되지 않는 이상, 정규 명령임을 강력히 시사하고 있고……."

제투아 대장용의 일회용 암호문이라는 말은 하젠크레퍼로 하여금 크레이머 대령의 말을 부정할 수 없게 하는 물증이었다.

일회용이니까, 당연히 그것은 딱 한 번 쓸 수 있는 암호다.

한 번의 감청으로 해독은 거의 불가능에 가깝다는 그 안전성 이상으로, 애초에 '처음 사용되는 암호 패턴'을 위장하는 것은 암호첩이 유출되지 않는 이상 불가능하다.

일회용 암호첩, 그것도 제투아 각하 개인의 것이 유출될 수 있을까?

그래도 하젠크레퍼 중장은 상식적인 말로 버텼다.

"하지만 말이지, 통신참모. 제4호 방어계획은 아무도 모른다. 나조차도 처음 듣는다. 그런 것은 존재하지 않는다고 생각해야 하지 않나?"

"하지만 코드는 모두 참모본부의 정규 코드입니다. 레르겐 대령도, 제투아 각하의 일회용 암호도……. 제4호 방어계획의 존재 여부만이라도 확인을……."

크레이머 대령이 끈덕지게 그렇게 말하면, 하젠크레퍼의 입장으로서는 그걸 억지로 거부할 합리적인 근거가 없다.

차가운 뇌리로는 '그래도 말이지?'라고 생각한다.

그런 계획서가 있을 리가 없다고.

하젠크레퍼 중장 자신도 동부의 방어계획 작성에 여러 차례 관여했지만, 그러한 계획은 들어본 적도 없다.

하지만 그에게도 군 관료의 본능이 있었다.

확인도 하지 않다가 '왜 명령을 무시했나?'라고 나중에 추궁당하는 것과 비교하면, '깜빡 속을 뻔했네?'라고 웃어넘기는 게 그나마 낫다는 마음에 확인하고 싶어지는 습성이다.

"알았네, 알았어. 금고를 조사하게 해보지. 있을 리 없다고 생각하지만……."

참모장교와 헌병들에게 금고실을 뒤지게 해보니, 제투아 대장이 엄중히 봉인했던 금고는 쉽사리 발견되었다. 그다음은 권한자로서 하젠크레퍼 자신이 열기만 하면 된다.

행인지 불행인지, 봉인된 금고 문은 정규 절차에 따라 열렸다.

열린 금고 안에는 간단히 제목을 단 몇몇 서류 뭉치가 있었다.

제투아 대장이 남긴 서류는 많지 않았다.

또 행인지 불행인지 서류를 뒤지던 중장 각하는 우수한 안구를 갖고 있기도 해서, 금방 '찾던 물건'을 발견했다.

방어계획안.

그저 그렇게 심플하게 기록된 꾸러미였다.

"음?"

하지만 발견자인 하젠크레퍼 중장의 뇌는 '발견했다'라는 사실을 즉각 이해하지 못했다. 떨리는 손으로 봉투를 뒤집어서 내용물을 끄집어내고 나서야 현실을 직시할 수밖에 없어졌지만.

'방어계획 1호', '방어계획 2호', '방어계획 3호', '방어계획 4호'라는 제목으로 정중하게 '봉랍'한 봉투가 나오지 않는가.

동부 방면군 사령부 경력이 긴 하젠크레퍼 중장도 그 존재를 몰랐던 물건. 하지만 수상한 전문이 존재를 주장하고, 사령부에 봉인 중이던 금고에 분명히 존재하는 물건.

"뭐?! 왜 이런 게 이런 곳에?!"

중장은 무심코 소리쳤지만, 동시에 그 뇌리는 열심히 계산하고 있었다.

참모본부에서 내렸다는 명령이, 제투아 각하 명의의 암호통신을 타고, 제투아 각하 관련의 일회용 암호를 적절히 사용했다. 그리고 제투아 각하가 남긴 금고가 지금 자신이 개봉할 때까지 봉인되어 있었다는 사실은 개봉 전에 확인했다.

작성자는 한스 폰 제투아 동부사열관(당시 중장)이라고, 기억에 있는 필적으로 봉랍에 사인된 '방어계획 제4호'라는 것이 존재한다?

"의자를 다오. 튼튼한 놈으로."

누군가가 끌어온 의자에 앉아서 떨리는 손으로 개봉, 의외로 짧은 그 내용을 훑어본 하젠크레퍼 중장은 신음했다.

전선의 전면 와해를 상정한 듯한 방어계획 제4호의 골자는 '공간으로 충격을 완화한다'는 취지인 듯하다.

거기에 따르면 '후퇴와 그 원호'를 염두에 두고 '야전군의 온존'을 기도해야만 한다는 방침이 명기되어 있었다.

다만 동시에 생각했다.

이것은 제투아 대장 자신의 비망록 아니었을까? 라고. 이건 아무리 봐도 '본격적인 계획'이라고 말하기 어렵다. 그렇게 말하기에는 공백이 너무 많았다. 물론 명령의 정세 인식이 올바르다면 이 대처안은…… 대처안으로 보기에는 개요에 불과한 페이퍼 플랜도, 일단 그 방향성은 옳다.

"하지만 구체적인 명령치고 너무 조잡하군. 이런 걸 발령하면……."

탐탁지 않다.

세세한 내용을 현장에 위임한다고 해도, 대혼란은 필연. 하물며 후퇴가…… 어디까지인지 명시되지 않은 것은 너무 무섭다.

"위임전술의 기본은 뭘 해야 할지를 전하고, 실행 수단은 현장의 재량에 달린 것이지만, 이 정도로 순수한 목적뿐인 것은……."

하젠크레퍼 중장은 갈등했다. 하물며 애초에 가장 온건히 평하더라도 이례적인 형태로 들어온 '전언' 이다.

명령이라고 하기에는 너무나도 의문이 많다.

하지만 거짓 명령이라고 부정할 수 있을까?

"으으, 어쩐다."

불쌍한 하젠크레퍼는 작게 신음할 수밖에 없었다. 무작정 부정하기도 너무 어렵다.

그러니까 하젠크레퍼 중장은 양식에 따라 주저하고 있었다.

너무나도 이례적이다. 너무나도 이질적이다. 더 나아가서 너무나도 수상하다.

'누군가가 우리를 속이려 드는 것 아닐까?' 라고 의심하고 싶어지기도 했다.

하지만 뱅뱅 돈 결과로, 출발 지점으로 갈등이 돌아온다.

일회용 암호를 통한 명령, 사령부의 금고에는 제투아 대장의 친필로 기록되어 봉랍된 계획서! 이런 것을 적이 준비할 수 있을까? 제투아 대장이 남긴, 하젠크레퍼조차 모르는 계획을 연방이 어떻게 탐지할 수 있을까? 적의 정보망이나 내통자가 거기까지 침투했다고 주장하는 것보다는 명령이 진짜인 편이 옳다는 개연성은?

하젠크레퍼 중장은 정말로 일이 왜 이렇게 된 건지 괴로워할 수밖에 없지만…… 그는 어디까지나 대리다.

본래의 의사결정자인 라우돈 각하라면 알고 있었을지도 모르지만, 대리인 자신은…….

"라우돈 각하만 계셨으면……."

아무짝에도 쓸모없는 혼잣말이었다.

동부 방면군 사령부의 구석에서 푸념을 흘린 천벌일까.

불운한 하젠크레퍼 중장에게 그 소식은 아무런 지체 없이 거의 즉각 날아왔다.

크레이머 대령의 부재일 때 대리를 맡았을 터인 젊은 소령이 안색을 바꾸며 달려오지 않는가.

"보, 보고! 마도부대가, 마도부대가……!"

"진정하게, 소령. 통신담당이 허둥대면 어쩌나!"

젊은 장교는 거의 헐떡이듯이 외쳤다.

"하지만 이, 이미! 이 수상한 전문에 따라 행동하고 있습니다! 움직이기 시작했습니다!"

자기 귀를 의심하는 하젠크레퍼 중장에게 인정사정없는 사실이 추격타를 가했다.

"참모본부 직속의 제203을 보자면 임시로 항공사단을 편성한다면서, 주변 마도부대를 닥치는 대로 긁어모아 지휘하에 넣고 있습니다! 놈들은 이 명령에 기반한 '즉각행동'이라고 합니다!"

"말도 안 돼!"라고 누군가가 소리쳤다.

당연하다. 마도부대 놈들이 진위도 의심스러운 명령을 즉각실행? 암호서도 명령서도 실존하는지조차 확인되지 않았는데?!

뭔가 이상하다. 하젠크레퍼 중장의 뇌는 조직인으로서 위화감을 외쳤다. 그 위화감에 따라서 그는 조직인으로서 본래는 올바를 지시를 내렸다.

"막아라!"

명령을 전달하라고 외친 순간, 크레이머 대령이 끼어들었다.

"무리입니다! 명령할 수 없습니다!"

"왜지?!"

왜냐니……. 크레이머 대령은 혼란 때문에 상사의 뇌리에서 사라진 사실을 깨우쳐 주듯이 외쳤다.

"참모본부 직속 놈들에게는 독자행동권이 있습니다! 덤으로 그 명령에는 '모든 항공마도부대'에 대한 명령권이 있다고……!"

전역에 명령을 내리고 부대를 움직이고, 게다가 많은 마도부대가 '호응'하고 있음을 알자, 하젠크레퍼 중장은 격앙을 드러내며 소리쳤다.

"그건 한 발짝만 어긋나면…… 일종의 반란 아닌가!"

설마 명령을 사칭한 것도 203 놈들인가? 그렇게 생각이 이어진 하젠크레퍼 중장은 거기서 심각한 딜레마에 도달했다.

하젠크레퍼 중장은 동부 경력이 길다.

제투아 대장이 제203항공마도대대를 시작으로 하는 샐러맨더 전투단을 '사실상의 직속 부하'로 굴리는 것도 그는 현장에서 봐서 알고 있다.

전쟁을 위한, 전쟁꾼으로 이루어진, 정밀하기 짝이 없는 폭력장치.

그것이 바로 저 제203이다.

사람이 키우는 사냥개라고 부르기도 꺼림칙할 정도의 그 폭력 장치는 명령만 있으면 '어떤' 억지도 태연하게 즉시 실행했다.

덧붙이자면 '언제라도' 주저 없이.

무엇보다 데그레챠프 중령이라는 '괴물'을, 하젠크레퍼는 동부의 인간으로서 어느 정도 알고 있었다.

'그 녀석이 반란 따위를 일으킬까?' 라고도 의심하게 된다.

자문한 끝에 있을 수 없다는 결론이 나와서, 하젠크레퍼 중장은 신음했다.

녀석의 인내심이 바닥난 결과 '무능한 상관에게 납탄을 신나게 갈겨주었습니다!' 라고 한다면, '언젠가는 그럴 줄 알았다' 말고 다른 감상이 없다. 그 정도로 하젠크레퍼도 데그레챠프 중령의 실적을 '신뢰'하고 있다.

하지만 적을 뼈까지 씹어 부수고 삼켜버리는 그 괴물은 제투아 각하의 충실한 사냥개에 불과하다.

말하자면 너무 성질 사나운 전쟁의 사냥개.

애초에 하젠크레퍼 중장은 이것 또한 잘 알고 있다.

솔딤 528진지 같은 고립된 진지에 제투아 각하의 명령으로 파견된 샐러맨더 전투단과 그 지휘관이 담담히 사지로 날아가서 실컷 전쟁을 만끽했다는 소름 돋는 무용담을.

군대는 상황에 따라 명령서 한 장으로 죽으라는 말도 들을 수 있는 세계다.

그건 그렇다. 하지만 그렇다고 해도 만사에는 보통 한도가 있고, 그건 동부에서도 예외가 아니다.

제203은 그런 가운데서도 특히나 '명령'에 충실했다.

좋게 말하자면 걸출하고, 나쁘게 말하자면 '뼛속까지 물든' 전쟁꾼들.

지휘관의 경력부터가 이상하기 짝이 없다. 아니, 어떤 의미로 최초 경력만으로도 충분할지 모른다며 하젠크레퍼 중장은 생각을 고쳐먹었다.

대체 누가 1개 마도중대를 상대로 초전을, 그것도 단독으로 지연전을 완수하려고 분전하고, 당해낼 수 없자 망설임 없이 자폭까지 할까.

'적과 함께 자폭? 녀석은 은익훈장을 살아서 받을 만하다'. 그것이 제국군에서 데그레챠프 중령을 아는 인간의 태반이 느끼는 솔직한 감상이다. 뭔가 생물로서 망가졌다는 생각밖에 들지 않는다.

그것이 한때의 기세나 충동이라면 그래도 인간답다고 할 수 있을까. 하지만 그 뒤에도 지휘관 선두의 이념으로 미친 듯한 전과를 팍팍 세우는 전쟁꾼이다.

하지만 임무에는 언제든지 충성스럽고 용감하다.

거듭 말하지만, 녀석이 무능한 상관을 죽인다고 해도 '그런가'라는 생각이 들 뿐, 놀랍지도 않다. 하지만 반란을 일으켰다는 말과 녀석이 전사했다는 말 중에서 무엇이 믿기 쉬운가. 하젠크레퍼 중장은 이 순간 철학적인 의문마저 품었다.

사실은 모조리 괜한 걱정이고, 제203과 그 지휘관은 평소처럼 '정규 명령에 따르고 있다'고 생각하는 것이 아귀가 더 맞지 않을까?

사고가 뱅뱅 맴돌기 시작하고, 하젠크레퍼 중장은 머리를 싸쥐었다. 동시에 머리가 딱히 나쁜 것도 아닌 동부 방면군 사령부의 장교들은 일제히 비슷한 소감이 들었다.

그렇게 그들은 각자의 의심을 입 밖에 내기 시작했다.

"참모본부 직속부대가 움직였다면, 명령도 진짜 아닌가?" "혹시나, 혹시나 참모본부 직속의 신분을 악용하여, 녀석들이 날조했다든가?" "아니, 아무리 그래도 그건 너무 경솔하지 않나?" "그렇긴 해도 이걸 정규 명령이라고 확신할 수 있는지는……." "아무나 참모본부에 가서 확인을……. 아니, 하지만 최전선의 상황이……."

머리는 좋지만, 결단을 내리는 결재자가 아니라서 생기는 갈등.

대장 각하께서 계시면 책임자로서 결단을 내릴 수 있었겠지.

하지만 살점으로 변한 상위자의 공석을 대리로 메우는 그들은 그 결정 과정이 결정적으로 헛돌고 있었다.

"전선부대에 후퇴를 명합니까?!"

"하지만 이게 위장이라면 우리는 방어선에서 부대를 빼내는 꼴이 되는데?!"

"정보는?!"

그렇게 결정을 미루는 것이다.

확인하면 된다는 소리는 정론이겠지. 하지만 확인이라는 것은 연락을 의미한다.

연락하려고 해도……라고 모두가 생각했다. 이런 중대한 의문을 감청당할 수 있는 무선으로 물어볼 만큼 그들의 신경줄이 굵직한 것도 아니다. 감청당하면 안 된다는 '위험한 리스크' 만큼은 알아차릴 만큼 똑똑하니까.

인간은 행동하지 않는 것에 따르는 리스크를 깨닫기 어렵고, '행동하면 혹시나……' 라는 리스크에 눈이 쏠리곤 한다는 것도 다리를 잡아끌었다.

그러니까 동부 방면군 참모들은 하다못해 비닉성이 높은 유선으로 전화하려고 시도하였고, 그제야 비로소 떠올렸다.

라우돈 장군의 격노에도 불구하고, 고작 몇 킬로미터 떨어진 마을에조차 '우선순위' 문제로 유선 전화 설치가 뒤로 미뤄졌다는 사실을.

그렇다면 장교가 직접 갈 수밖에 없다.

제일 간단한 방법은 항공마도사를 띄우는 거겠지. 하지만 '명령의 진위 확인' 에 일개 위관을 보낼 수도 없었다.

그렇다면 마도장교가 참모를 끌어안고 날아가게 할까?

이 정신없는 상황은 군 대학을 갓 나온 젊은 소령에 의해 드디어 해결되었다.

동부의 소극적 분위기에 그나마 덜 물들어서 혈기 왕성한 젊은 소령은 단순히 '백문이 불여일견. 얼른 확인하러 가면 되지 않는가.' 라는 생각을 떠올렸다.

그리고 위에 한마디 남기자마자 더 이상 말을 섞을 시간도 아깝다는 듯이 군용 차량을 타고, 샐러맨더 전투단의 주둔지로 모터바이크를 몰았다.

그가 출발하여 도착할 때까지 걸린 시간은 고작 30분이었다.

상부에서 망설인 것은 고작 30분.

하지만 긴급사태가 발생한 세계에서, 그것은 '무한' 한 지연이었다.

고로 기정사실이 30분이나 쌓여버렸다.

야전항공마도사단, 임시 전선 전투지휘소.

으리으리하고 멋진 이름. 그야말로 제국의 폭력이 결집한 듯한 분위기가 떠도는 이름이다.

실체를 말하자면 죄다 허울뿐이지만.

징용한 나무 과일상자 위에 전투단의 통신기를 올려놓고, 제대로 된 의자도 없어서 남은 나무상자를 의자 대용으로 쓰는 판.

구태여 좋은 점을 꼽자면, 손수 만든 느낌이 가득한 훈훈함일까. 요컨대 임시 전선 전투지휘소라는 간판만 그럴싸한, 단순한 헛간이다.

아낌없이 나온 커피의 향기만이 문명의 향기를 띠는 살풍경한 공간이다.

하지만 헛간에 모인 것은 동시대에서 최고봉의 '폭력장치' 다.

그런고로 동부 방면에 전개하여 야전에 익숙한 항공마도장교들은 일제히 자리를 주도하는 역전의 풍격을 띠는 마도소령에게 일말의 의심과 함께, 일종의 기대를 보냈다.

"전원, 주, 주목!"

젊은 마도중위가 긴장한 목소리로 호령한 순간, '설명해라' 라는 날카로운 시선이 나무상자 위에 오른 소령을 무수히 덮치지만…… 그 모든 것을 받아낸 장본인은 차분한 기색으로 입을 열었다.

"소관은 바이스 소령이다. 동부사열관의 명령에 따라 임시로 편성된 본 항공마도사단의 임시 선임 지휘관이다."

"선임?"

모인 마도사들에게서 의문이 흘러나오지만, 질문에 대한 바이스 소령의 대응은 지극히 명확했다.

"전부 다 설명해 주지. 할 말 있나?"

찌릿. 시선으로 위압감을 발하자 반발은 없다.

네임드 마도사는 그것만으로도 위대하다.

말하자면 실적이 있는 녀석이야말로 위대하다.

현장에서 진흙으로 범벅이 된 인간은 진흙 밑바닥까지 함께 들어가는 용사를 존경하는 법. 그것이 샐러맨더의 203 정도 되면 의문을 일단 삼킬 정도의 신용이 된다.

그러니까 그날, 그 자리에 모인 마도사들은 일제히 '계속해달라'는 듯이 끄덕였다.

"본 마도사단은 임시 편성이고, 각 대대지휘관이 각 부대를 임의로 지휘하는 것을 전제로 하고, 간단한 관제만을 본 전투단 사령부가 제공한다. 따라서 본 전투단 사령부는 각 대대지휘관을 통해 각 대대를 통제한다고 생각해주었으면 한다."

'너무 무모한 짓 아닌가?' 라고 몇 명이 깨달았을까.

하지만 아는 인간은 정신이 멍해질 것이다. '전투단' 편성의 사령부가 사단 규모의 관제를 한다니. 대부분을 지휘관에게 맡긴다고 해도 한도가 있겠지. 자신의 모체가 그런 무리를 한다는 사실을 털끝만큼도 내비치지 않으며 바이스 소령은 담담하게 계속 설명했다.

"이러한 운용이 필요한 상황에 대해서 귀관들은 설명을 요구할 권리가 있고, 나는 사전에 거기에 답할 생각이다."

주목하라는 듯이 한 박자 쉰 뒤에 바이스라는 소령은 담담히 말했다.

"현재 우리 동부군의 중앙은 적 연방군에 의한 전면공세에 직면 중이다. 이것은 전략적 기습이기도 했다. 동부군이 구축한 방어선은…… 사실상 와해 지경이거나, 와해가 시간문제일 것으로 추정한다."

그 모습은 노도와 같은 물살을 앞에 두고, 잔잔하기 짝이 없는 표정으로 느긋하게 노를 젓는 숙달된 물길 안내인과 같았다.

내뱉는 말의 격렬함과 태연한 장교의 태도. 너무나도 큰 온도차에 젊은 마도장교들 중 일부가 두려움을 품었다.

"제군도 알듯이…… 적의 제1파는 주공을 꽤 광범위하게 잡고 있다. 게다가 맹렬한 포격, 폭격으로 우리 쪽의 방어선 및 예비병력을 전면적으로 두들기고 나왔다. 참으로 공들여 준비한 것으로 여겨진다."

바이스 소령은 메뉴를 읽듯이 담담하게 계속 정세를 설명했다.

"거듭 말하지만…… 후방조차도 습격이 빈발하고 있다. 자세하게는 미확인이지만, 사령부 요원이 복수 행방불명되었다. 제군. 말할 것도 없이 모두가 대혼란이다."

씨익, 하고.

거기서 바이스는 역전의 군인답게, 연기하듯이 웃음을 지었다.

"즉, 카오스의 소용돌이다. 여기고 저기고 아수라장이다. 신기하게도 그리움마저 느껴지기도 한다."

그는 거기서 구체적인 사례를 제시했다.

"라인에서의 공화국군을 떠올리게 하지 않나? 머리가 날아가고, 후방이 제압당하고, 독 안에 든 생쥐 꼴이 된 광경이다. 하지만 처지가 뒤바뀌어 그들과 똑같이 되는 것은 극도로 불쾌하다."

늘어선 마도장교 중에는 베테랑이 많다. 동부의 처절한 총력전. 그 최선봉에서 살아남은 자들뿐.

그렇기에 회전문에 동참했던 자들도 남아있다.

남아있기에 자신들이 걷어차이는 처지가 되었다고 알면 공포에 떨 수밖에 없다.

그런 공전절후의 정세를 간단히 정리한 뒤, 제203을 대표하는 남자는 약간의 예정 변경을 알리는 현장감독처럼 결론을 말했다.

"따라서 이것들은 종래의 상정과는…… 과장스럽게 말하자면 다소 상황이 다르다."

다소? 농담이겠지?

무심코 청자들이 의아해했다.

그것을 아랑곳하지 않고, 바이스는 말을 이었다.

"종래 준비되었던 당초 계획에서는, 우리는 밀리는 지점으로 급행하든가, 진군하는 적 예봉의 측면을 폐쇄하는 것으로 반격을 지원한다는, 명료한 상정이었다."

바이스 소령은 상관에게서 들은 말을, 무시무시한 현실을, 동료 마도사들 앞에서 말했다.

"제군도 이해했겠지만 딱 하나 상정이 다르다는 점이 문제다. 적은 예봉이나 점이 아니라, 다수의 주공으로 이루어진, 말하자면 단순한 면으로 오고 있다는 게 문제다."

창을 손에 들고 덤벼드는 적을 상정하고, 적의 창을 나비처럼 날아서 피하고 벌처럼 푹 찔러 주자——— 그것이 제국군의 상정이었다.

기민하게 뛰어다니며 적의 갑옷이 약한 부분을 푹. 자신들의 속도라면, 판단력이라면, 가느다란 활로라도 할 수 있을 거라는 자부심.

다만 실제로 덤벼드는 적은 벽이었다.

우직하게 큰 철퇴 정도가 아니라 벽으로 압살하듯이 면 제압을 하는 상황.

바이스 소령은 지도상에서 확인된 적의 배치에 사람들의 시선을 모으고서, 가볍게 지도를 두드렸다.

"게다가 지도를 보면 알겠지. 적은 '파도' 다. 하나가 아니다. 여러 번 몰아치는 해일이다."

전선에서 아군과 부딪치고 있는 것은 '제1집단' 이라는 이름의 제1파.

제국군도 연방이 반격한다면, 적은 제집단으로 이루어진 강대한 부대일 것으로 확고히 예상했고, 공격당하는 거점에 대한 압력이 엄청날 것으로 상정하고 있었다.

바꿔 말하자면 방어선 '어딘가' 에 있는 '거점' 에 일시적으로 과부하가 걸리는 것을 각오했었다. 하지만…… 압력이 '파도' 로 변하여 방어선 자체가 면 단위로 쓸려나가는 사태는 상정하지 않았다.

물론 상당히 요새화 내지 진지화한 거점에 틀어박히면, 한동안 각 거점은 버텨낼 수 있겠지.

혹여나 파도가 물러간다면, 그것도 나쁘지 않다.

다만 여기에서도 상정이 하나 어긋나는 것을, 바이스는 알고 있었다.

애초에 이 '파도'는 물러가지 않는다.

무시무시한 해일이 밀려오고, 그리고 같은 규모의 해일이 또 '밀려든다'. 높은 곳에서 '파도'가 물러가기를 기다리며, 구원을 기대하려고 하다간 쓸려가겠지.

아니, 쓸려가지 않더라도 '언제까지고 높은 곳에서 구원을 기다린다'는 것도 불가능하다. 보급이 끊긴 상황에서는 비축은, 물도 식량도 연료도 언젠가는 바닥이 난다.

연방군이 파도 사이로 포위하고 든다면, 언제까지고 물러나지 않는 바다에 진지가 언젠가 가라앉는다.

이것은 과장스럽게 말하자면 비유가 아니다.

농성과 마찬가지다. 거점이라고 해도 식량이나 탄약이 무한대로 솟아나는 게 아니다.

거점의 물자는 시간이 지나면서 점점 사라진다. 아군이 반격할 때까지 버틸 작정인 각 거점이 열심히 버텨보더라도, 정작 아군의 반격이 시작되지 않는다면?

각 거점의 병력은 언젠가 선택할 수밖에 없어진다. 항복이냐 죽음이냐를. 탈출하려고 해도, 칼이 부러지고 화살이 다 떨어질 때까지 저항했을 때는 이미 늦으니까.

이 정도가 되면 누구든 같은 답을 찾아낼 수 있겠지.

제국군의 동부 방면군은 거의 모든 병력이 구속되고 있고, 도망가지 않으면 결국 진지에 드러누워서 모두가 사이좋게 죽든가, 전우를 버리고 하늘을 날 수 있는 마도사만 가까스로 도망치든가,

그런 양자택일밖에 없다.

따라서 바이스는 단적으로 말을 끝맺었다.

"각 거점이 파도에 잡아먹히면 언젠가 힘이 다한다. 구원을 보내려고 해도 아군의 주력은 적의 제2집단이라는 파도에 쓸려가겠지."

그리고 처음으로 침통한 표정을 하고, 자신을 응시하는 마도장교들을 상대로 상관이 도출한 결론을 말했다.

"그렇게 되면 모든 게 끝장이다. 우리는 결전에서 패하고 두 번다시 태세를 가다듬을 수도 없겠지. 따라서 지금 우리는 모든 것을 하나로 집중하고, 다른 모든 것을 내버린다."

"뭐?"라는 소리와 함께. 마도장교들에게서 살기마저 담은 거대한 반발의 시선을 받으면서도 숙련된 마도장교는 그대로 말했다.

"우리 군의 동부전선, 그 군 주력이 말 그대로 전멸해서는 안 된다. 가장 우선해야 할 것은 말할 것도 없이 군의 전멸을 회피하는 것이다."

거기서 바이스는 가볍게 어깨를 으쓱였다.

"참고로 전우 제군, 군사적 의미에서의 전멸이 아니다. 군 주력이 말 그대로 사라지는 것을 회피하는 행위다. 이것을 피하기 위해서, 다른 모든 것을 버린다."

버린다는 말을 강조하고, 바이스 소령은 침통함을 숨기려 하지도 않으며, 그래도 단호한 어조로 결론을 이 자리의 전원에게 새겨넣듯이 들이댔다.

"해일이 밀려올 때의 유일하게 현명한 대처법을 아는가? 피난이다. 안전한 곳으로 즉각, 지체하지 않고, 후퇴만이 있을 뿐."

뭐, 이번에는 전쟁이니까 다행히 지면은 별로 흔들리지 않는다는 말로 바이스는 계속해 나갔다.

"덧붙이자면 바닷물과 달리 이 해일은 후속을 지연시키는 것도 가능하다. 그런 식으로 우리는 중대한 손해를 입으면서도 최악을 피할 수 있겠지."

절망을 제시하면서도 이어서 희망을 제시한다.

"걱정할 필요는 없다. 사실이다. 무엇보다…… 다행히 제투아 각하께서 사전에 계획을 준비해 주셨다. 방어계획 제4호라고 한다."

거의 사기와 같은 방식이라는 것이 바이스 자신의 거짓 없는 감상이다. 하지만 이것을 지시해준 상관인 중령님 왈, '설득술'에 불과하다고 한다.

높으신 분은 대단하다고 생각하면서, 높으신 분을 바이스 자신이 모방하고 있으니까 정말 뭐라 할 수 없는 신기한 기분이 든다.

"하지만 문제가 하나 있다. 사령부는 적의 공격을 잘못 예상했고, 지휘계통의 혼란도 있어서 방어계획 제4호의 발동에 주저하고 있다."

엄밀하게 말하자면 주저하는 정도가 아니지만, 바이스 소령은 상관을 믿기로 결심한 남자로서 태연히 그 거짓말을 전우들에게 했다.

"따라서 우리는 이중의 시간을 벌어야만 한다. 군 상층부가 혼란을 수습할 때까지 필요한 시간과 아군 부대들이 철수를 완수하기 위한 시간이다. 우리가 시간을 준비한다."

우리가 한다고.

신용받는 남자가, 역전의 인간이, 한 사람 한 사람과 눈을 맞추면서.

　"우리는 시간을 벌기 위해, 방어계획 제4호에 기초하여 전력으로 반격한다. 밀려드는 모든 문제에 대해, 현재로서는 단순한 돌격항공저지공격만이 가장 유익한 해결책으로 제시되었다. 따라서 이 경우 우리는 전술항공마도군의 임무를 모두 버릴 수밖에 없기에 이르렀다."

　이러고서 일이 잘못되었다간 자신도 지옥행이라고 각오를 굳히고, 바이스 소령은 분명히 전원에게 요구했다.

　전우의 대부분을 버리고, 대를 위해 소를 버리고, 그리고 자신들마저도 총력전의 불길에 던질 때가 왔다고.

　"원망할 거면 명령을 원망해라. 하지만 명령은 명령이다. 그리고 이미 명령은 내려졌다. 따라서 제군은 받아들였다."

　거기서 바이스 소령은 항상 자신이 존경하는 상관이 하던 것을 떠올렸다.

　딱히 이유가 있어서는 아니었다.

　말하자면 그냥 타성이다.

　다만 가장 어울리는 모방이라고 느끼고 그는 덧붙였다.

　"뭐, 그렇다고는 해도 간단한 일이다."

　상사는 항상 웃고 있었다.

　자신이 그렇게 자연스러운 형태로 어깨에서 힘을 뺐는지는 몰라도, 일단 허풍을 쳤다.

　"오랜만에 1개 항공마도사단으로 전력 반격이다."

　마도대대조차도 유력한 단위다.

그것이 사단 단위.

라인 전선이 한창이던 시절에도 그리 쉽게 움직일 수 있는 숫자
가 아니다. 하물며 동부처럼 광대한 전선에서는 곳곳에 분산되어
'전선의 원호'를 맡은 상황에서 모든 마도사를 끌어내지 않는 한
사단 규모의 통합운영은 그림의 떡.

전선부대에 대한 협력 임무, 다시 말해 전선부대와의 직접 협력
은 죄다 내팽개치고, 그들 중 대부분이 적에게 유린당하며 운명
을 저주하도록 놔두고서, 이 공전절후의 규모로 마도사단이 집결
했다.

"마도사들의 꿈이 아니겠나. 우리가, 자네들과 내가, 오늘 이 순
간부터 주역이 되는 거다."

전달을 마친 소령이 돌아왔을 때, 타냐는 산더미 같은 명령서를
준비하고 있는 참이었다.

일체의 주저도 없이 레르겐 대령 명의를 팍팍 써대고, 나아가서
샐러맨더 전투단에게 필요한 명령서는 자기 명의로 준비.

형식 자체는 최소한으로 갖추었다지만, 실질적으로 군에서 독립
하는 독단전행이다.

당연히 항공마도사에 의한 사단 규모 항공저지공격의 실현에
필요한 사무는 타냐 등이 완수할 수밖에 없다는 무리한 상황이었
다.

실제로 타냐는 인간의 한계에 도전하고 있다.

사단이란 것에는 본부가 있고, 본부에 그만한 숫자의 장교가

할당되는 것은 딱히 의전이나 허영이나 자릿수의 확보라는 고용 안전책만이 목적은 아니다.

사람의 숫자.

갈망할 정도로 부족한 사람.

애초부터 마도부대가 중핵이 되는 시점에서 '안 그래도' 장교의 숫자 부족은 자명하다.

전투단 단위의 운용조차도, 포병의 지휘를 겸하는 메베르트 대위에게 주둔지 주위의 판단을 떠맡기고, 현장 담당으로 토스판 중위를 혹사해도 힘들다.

그게 사단 정도 되면, 세레브랴코프 중위가 연락 담당으로 평소의 세 배 정도 뛰어다니더라도 사단 규모를 커버하기에는 도저히 부족할 지경.

그래도—— 최우선해야 할 마도사들의 문제이기에 타냐는 죽을상을 하면서도 소령에게 질문을 던졌다.

"어떤가, 바이스 소령. 마도사 제군의 의욕은?"

"아마 그들도 상황을 피부로 느끼고 있었겠지요. 이 방책이 필요하다는 것은 이해한 듯합니다."

타냐는 잘 되었다며 살짝 끄덕였다.

"통제는 가능한가."

그것은 안도이기도 했다.

생억지, 독단전행 정도가 아니라 명령 위조.

그 정도로 안 하면 군을 구할 수 없다. 하지만 거기까지 하고 보니…… '정작 사람들이 따라와 줄까?' 라는 모순된 문제.

도저히 할 수 없다는 징징거림이 나오지 않는 게 신기한 줄타기지만, 아무튼 타냐는 최초의 난관을 통과한 것에 어깨에서 힘을 뺐다.

"도박에 승리하셨군요."

축복해주는 부장의 말에 타냐는 마음을 다잡았다.

이제 간신히 입구에 선 것에 불과하니까.

"지금은 아직 그런 소리 할 수 없지. 그란츠 중위가 일을 잘 처리해야 하는데."

"이쪽이 방어에 성공하는 것은 당연시입니까?"

"물론 성공시키고 싶다. 하지만 말이지? 이걸 그르치면 그 순간 나도 귀관도 살아남을 수 없다. 걱정해도 소용없지."

생각해 봤자 답이 없는 일.

그렇다면 생각하지 않는다.

그럴 거면 성공했을 때의 일을 걱정하는 게 생산적이다.

이상의 단순한 논리에 기초하여 타냐는 해야 할 일에만 의식을 기울였다.

"3개 연대에 의한 대규모 기동으로 주로 적의 병참 및 제2파를 철저하게 때리는 것만 해도 엄청난 일이라는 건 부정하지 않겠지만. 실패했을 때의 선후책은 제투아 각하께 맡기는 걸로 하고, 현장은 현장이 할 수 있는 일을 할 뿐이다."

"저기…… 그 현장 말입니다만."

"뭐지, 바이스 소령?"

바이스 소령이 다소 주저하면서 입을 열었다.

"아군 거점의 지원은 어찌시겠습니까?"

타냐는 슬쩍 눈썹을 찌푸렸다. 그거라면 오래전에 결론이 나왔지 않은가.

"불가능한 소리는 하지 마라. 우리가 유일한 소방수거든? 협력에 쓸 수 있는 요원이 있으면 모조리 항공저지공격에 투입하는 것 말고 다른 길이 있나?"

"하지만…… 저기, 죽게 내버려두는 것은 평이 안 좋아서."

소령의 말에 타냐는 팔짱을 끼고 잠시 생각했다.

이것은 분명한 사실이다. 순수 군사적 관점에서 감안하면 전선 부대에 대한 원호 따윈 '사치' 이상의 무엇도 아니다.

애초에 상황은 활활 불타고 있었다.

연방군의 종심공격은 그냥 화재도 아니라 질 나쁜 가스 화재나 마찬가지. 타오르는 전선을 동정하고 귀중한 기재와 인원을 전선에 투입해 봤자, 가스의 흐름을 안 막으면 답이 없다.

소화능력을 공연히 소비하다가 가스가 대연소를 시작하고 나아가서 모든 것이 불타버릴 게 뻔하다.

"우리는 소방수다. 그러니까 불을 끄기 위해서 그 근원을 칠 수밖에 없다."

어쩔 수 없는 일이다.

"안 그래도 전력이 부족한 상황에서 전력을 조금이라도 분산할 여유 따윈, 검토하는 것조차 어리석겠지."

"중령님, '논리적'으로 생각하면 그렇습니다만……."

"죽게 내버려둔다는 말은 무거운가."

"예."

바이스 소령은 중간에 낀 고뇌를 담은 표정을 하면서 살짝 끄덕였다.

"누구든 내일은 자기 차례라고 걱정하고 있습니다."

즉, 이것은 신용의 문제라고 타냐는 이해했다.

이것은 분명한 사실이다. 순수 군사적 관점에서는 불합리하다. 하지만 각자의 윤리적 관점에서 볼 때, 저버렸을 경우의 폐해는 적지 않다.

어떻게 해야 할까 계산하던 타냐는 타협점을 재빨리 찾아냈다.

"형식적인 원호까지는 가까스로 허용할 수 있다. 구체적으로는 적지에 고립된 아군 진지를 징검다리로 활용하자. 그때 필요에 따라 방어에 일시적으로 조력하는 것은 금하지 않는다."

저버리라고는 하지 않는다. 하지만 도우러 갈 수 있다고는 하지 않는다.

"미안하지만 이게 한계다."

"역시…… 구출은 할 수 없는 겁니까?"

어이어이. 타냐는 계속되는 말에 터무니없는 헛소리를 들었다는 듯이 고개를 내저었다.

연방군의 파도를 막을 수 있겠냐고?

과거의 *크누트 대왕이라도 부활시켜서, 왕이라도 그것은 불가능하다고 설명하게 하면 될까? 아니면 바이스 소령은 크누트 대왕의 신하와 마찬가지로 내가 전지전능하다고 믿는 걸까? 부하의 평가가 높다고 기뻐해야 할까, 부하가 말도 안 되는 요구를 한다고 나무라야 할까. 살짝 고민한 끝에 타냐는 사실이 제일 좋다고 판단했다.

---

* 크누트 대왕 : 11세기 초의 덴마크-노르웨이-잉글랜드의 왕. 밀려오는 파도를 꾸짖으며 물러나라고 명령했지만, 결국 파도를 이기지 못하는 자신의 무력함을 깨닫고 기독교로 개종했다는 전설이 있다.

"적 후방연락선. 병참 대열. 그렇게 두 개를 때리는 것만으로 한 계다. 우리는 전략공군 같은 역할로 다수를 구해야만 한다."

"하지만 도중에 싫어도 보게 됩니다."

"확실히 명언하지. 목적에서 벗어난 지상부대 지원은 원칙적으로 '금한다'. 그럴 여유가 없기 때문이다. 우리는 일단 군을 구해야만 한다. 야전군이 전멸하는 것을 저지해야만 한다. 그것이 더 많은 사람을 구하는 길이라고 양해해다오."

"논리상으로는 그렇습니다만⋯⋯. 저도, 솔직히, 너무."

괴롭다며 고개 숙이는 부장에게 타냐는 신경 쓰지 말라고 가볍게 미소를 지었다.

양심의 가책을 느끼는 것은 선량해서 좋다.

하지만⋯⋯ 애초에 책임져야 할 주체는 이토록 손쓸 수 없는 전략 환경에 이른 국가라고 타냐는 생각했다.

"본국은 우리에게 눈물을 흘릴 여유조차 주지 않았다. 애초에 항공마도사단도 뭔가를 버릴 수 있는 처지가 아니다."

울어야 할 것은 현장이 아니다.

책임에서 도망칠 권한도 권리도 현장에 없다면, 유일한 논리적 귀결은 상부의 책임이다.

현장이 최선을 다했음에도 해결할 수 없다면 그것은 상부의 문제다. 타냐는 매니지먼트의 중요함을 믿기에 단호하게, 최선을 다한 현장은 잘못이 없다고 확신했다.

"항공마도사단은 현장의 노력에 불과하다. 현장에 노력 이상의 결과를 바라는 것은 상부의 실책이겠지. 우리는 최선을 다해 의무를 수행하지만, 상부가 의무 이상을 요구할 수밖에 없다면 그것은 상부의 잘못이지, 우리는 의무를 초과하는 일을 요구당한 불행한 희생자다. 더는 괴로워하지 마라."

노동에는 대가를.

적절한 인사 평가를.

그것은 당연한 일이어야만 한다.

"여기는 라인이 아니다. 교대도, 증원도, 지원부대도 솟아나지 않는다. 그리고 라인 이상으로 가혹하다."

살아있어야 일도 할 수 있다.

"소령은 너무 고지식하군. 알겠나? 일을 못 하는 부하도, 일을 안 하는 상부도, 싹 쓸어 주겠다는 식의 단순한 방식으로 살면 된다. 성실하게 자기 할 일을 한다. 오로지 그것만이 위대하다."

타냐는 거기서 슬쩍 웃었다.

"자, 일할 시간이다. 바이스 소령."

〈여명〉은 계획대로 시작되었다.

그때 연방군 최고사령부는 안도 일색이었다.

연방군은 제국군 동부 방면군의 사정을 제국보다 더 잘 안다며 공들여 준비했다. 그래도 그들에게는 아직 작은 불안이 존재했다.

이 공세 계획이 통할까 하는 불안이다.

공세 의도를 은폐하기 위해서 역사적 규모의 노력을 기울였다.

전력 집결을 기만하고자 일부러 다수의 신편 부대로 수도에서 퍼레이드를 한다든가, '재편중'이라는 시그널을 제3국 경유로 제국에 흘려보내는 것은 시작에 불과하다.

적 항공함대의 정기 정찰을 역이용하여 적에게 '보여주기' 위해 빈약한 부대를 전선에 두었다. 신형기, 신편성 부대를 시험 투입하는 것으로 전력을 메우는 것처럼 위장하면서 진짜 대전력이 집결하는 것에서 시선을 돌리게 하는 장난질도 했다.

적지 후방에 침투한 빨치산 부대에는 일부러 '휴식'을 지시해서 제국군의 경계를 느슨해지게 하고, 나아가 아군 진격로를 보전하고자 제국이 찔끔찔끔 진행하던 '교통 인프라 재건'을 방치하도록 빨치산을 철저히 통제했다.

제국이 멋지게 철도와 가도를 정비하고 '이걸로 보급이 더욱 반석이 된다'고 자부하는 한편으로, 연방군 사령부는 '진격 예정 루트의 노면 상황이 개선되었다!'라며 미소를 짓는 여유마저 있었다.

이른바 제국의 자원과 노력을 활용한 부산물이다.

그래도 계속 격퇴당한 기억이, 연방군에는 깊숙이 박혀 있었다.

짜증스러운 제국군. 짜증스러운 제국군 참모본부. 아아, 제국인들의 교활함이여! 하지만 지금은 모두가 가슴을 쓸어내렸다.

신이여, 조국이여, 아아, 포병이여!

"드디어 시작이군."

조용히 최고사령부에서 흘러나온 말이 이 자리의 모든 것을 말한다.

사전 계획대로 포병이 제압을 개시했다.

공들여 세운 포격 계획은 완벽하게 기능. 덤으로 항공전력도 항공우세 확보에 성공. 타임 스케줄대로 모든 것이 기능하고 있다.

남은 건 제1집단이 노도와 같은 진격을 개시하면——.

"승리는 우리 것이다."

"그래, 이번에야말로."

그래. 모두가 가슴 속에 숨긴 마음과 함께 끄덕였다.

"참수전술에 대한 경계는 게을리하지 않는다. 마도사와 공수에는 단호한 경계가 필요하다."

"알고 있습니다. 그렇긴 해도 제국군이 오겠습니까?"

"놈들은 모스코에도 왔거든?"

따라서 연방군이라는 완전한 실용주의 신봉 집단은 최악의 반격까지 상정하고 있었다. 그 징글징글한 샐러맨더 전투단이란 놈들이 연방 사령부에 전력을 투입하는 사태까지 상정하고, 고참을 중심으로 요격용 사단 규모 마도사를 예비부대로 확보했다.

질적인 면에서 불안하기는 해도, 대대 규모의 마도사를 모아놓으면 사령부가 태세를 정비할 정도의 인간 방패는 되어 줄 거라는 극단적 생각.

그들은 확신하고 있었다.

자신들의 우세를. 갈고 닦은 작전술이라면 자신들이 승리를 얻을 수 있다고.

같은 시기, 연방의 확신을 제삼자의 눈으로 볼 수 있는 집단이 있었다. 그 자리에 동석하게 된 연합왕국의 무관단이다.

공개된 〈여명〉의 개요를 보게 된 그들은 일제히 경악했다.

그것은 솔직하게 말하자면 '연방군의 멈추지 않는 기세는 세계를 정복할 수 있다'고 전율할 정도의 충격이다.

물론 명목상 연합왕국과 연방은 함께 전쟁을 수행하는 동료다.

속으로는 거리낌이 있더라도, 연합왕국의 무관단은 연락 담당으로서 '연방군의 대반격'이라는 것을 연락받았다. 그리고 자신들이 공식으로는 '축하'하는 입장이며, '반격의 성공'을 진심으로 기도한다고 말할 수 있을 만큼의 외교도 이해하고 있었다.

그래도 한편으로는 '승리를 연방이 독식'하는 것을 진지하게 걱정하는 두뇌도 있다.

프로의 눈으로 봐도 〈여명〉은 성공 가능성이 지극히 컸다.

연방군의 사전 준비는 그야말로 집념의 결정이다.

과거에 라인 전선을 관전한 적이 있는 고참이 '그 라인 전선도 이것과 비교하면…… 마치 애들 장난 같다……'라고 신음할 정도였다.

투입된 물량의 규모.

거듭 확대되는 전투영역.

그 모든 것이 그저 절대적이었다.

그런고로 연합왕국의 성실한 군인인 그들은 즉각 본국에 경고를 날렸다.

'전쟁 후'를 생각해야 한다고.

이때 연합왕국군에서는 모두가 제국군이 '패배'를 맛볼 것으로 예상했다.

연방군이 제시한 예상은 너무나도 개연성이 컸다.

연방 왈, '제국군은 준비가 부족한 상태로 전략적 기습에 혼란에 빠진다. 그래도 동부에 전개한 각 부대는 각 거점에서 치열하

게 저항하고, 연방군의 제1파에 대처할 것이다.'

그렇게 된다면? 연합왕국인은 자문했다.

답. 제국군 야전군 주력은 여명 공세 제1파에 의해 완전히 꼼짝도 못 하게 된다.

그렇게 되면 어떻게 될까?

답. 물자가 바닥을 칠 때가 되어서 각 거점에 틀어박혔던 제국군 부대가 철수하려고 해도, 포위당한 채로 꼼짝도 못 하고 말라죽겠지.

그렇다면 제국이 이것에서 벗어나려면 어떻게 하는 게 좋을까? 아마도 첫 공격을 받는 것과 동시에 철수전을 개시할 수밖에 없다. 그게 아니라면, 제국이 사태를 깨달았을 때는 모든 것이 타임 오버.

그 뒤로는 연방이 느긋하게 나아간다. 도중에 제국군 야전부대를 쳐내고, 과거 제국군이 공화국군 주력을 '섬멸' 한 뒤처럼 대진격을 달성할 뿐.

모두가 신음했다.

〈여명〉에는 창창한 앞날이 빛나고 있었다.

야비하게도.

딱 한 명, 제국 측에는 답안을 커닝한 녀석이 있었다.

그러니까 톱니바퀴가 살짝 어긋났다.

아주 약간이지만, 그 날갯짓은 분명히 세계를 움직였다.

그렇다고 해도 감동은 없다.

전쟁은 지옥이다. 그리고 전장은 연옥이다. 당연하지만, 최전선에 신은 없다. 아무리 애타게 찾더라도 말이다.

그것을 제국군 장병은 최전선에서 몸을 떨며 깨달았다.

"저, 적 앞에서 이 타이밍에?!" "후퇴하라고?!" "거점은 방치하라고?!" "이송에 방해되는 중장비는 파기?!" "즉각 실행하라고?!"

갑작스러운 후퇴 명령. 앞뒤 가리지 말고 즉각 물러나라는 내용이었다.

그것도 적의 공세를 받는 아수라장 속에서.

정신머리가 제대로 박힌 장교라면 의문을 외치겠지.

"그게 무슨 헛소리냐?!"

이전부터 대처 방침은 정해져 있지 않았나! 누군가가 그렇게 의심했다. 제국군에는, 제국군 장교들에게는, 공통된 인식이 있었다.

'적이 쳐들어오면 거점에서 방어한다. 적의 주공과 직면한 거점은 버티는 것에 전념하고, 그동안 아군이 적 후방을 차단한다'는 것으로 모두가 납득하고 있었다.

애초에 그렇게 이기지 않았나.

다시금 그렇게 이기기 위해서 준비하고 있지 않았나. 적잖은 제국군 장병은 그렇게 믿고 있었다.

그것을 이 아수라장 속에서 뒤집으면? 임기응변의 명령이라면 듣기야 좋지만, 군대가 빈번한 명령 변경을 꺼리는 데는 그만한 이유가 있다.

객관적으로 볼 때 상부의 명령이 유일하게 옳은 선택일지라도.

"위에선 무슨 생각을 하는 거야?!"

현장의 모두가 외쳤다.

공통 인식으로써, 진지 방어, 구원 부대에 의한 포위 해제, 마지막에 반격이라는 3단계를 꿈꾸었기에, 현장에 익숙한 상당수 지휘관도 절규하지 않을 수 없었다.

애초에 그것을 전제로 모든 일이 진행되었다.

최전선의 전방에서 예비 방어진지로 부대를 후퇴시켰다. 이제는 거점에 틀어박혀서 아군의 구원을 기다리기 위해 움직이기 시작하는 단계다.

여기서 철수하라고 하면 거점에 모이는 흐름을 역류시켜서, 사전 준비를 모조리 내던지고 진지를 포기하는 꼴이 된다.

'지금 당장 도망쳐'고 말하는 것은 쉽지만, '상부는 진짜로 실행할 수 있다고 생각하나?'라고 제정신을 의심하고 싶겠지.

온갖 욕설을 내뱉으며 장교들은 수중에 있는 명령을 저주했다.

위를 올려다보면 싫을 정도로 못된 하늘.

하늘에 침을 뱉을 것도 없다.

지상에서는 포위당하고 있는 상황에서, 하늘을 노니는 것은 구름처럼 많은 적기.

또한 전선에서는 연방군 항공마도부대가 출현 중. 그 견고한 방어외피를 두른 놈들이 진지를 쓸기 시작했다고 비명과 같은 보고가 날아드는 상황에서는 함부로 후퇴하려고 해도…….

"후퇴?! 이 상황에서 후퇴라고?!"

"지금 와서 말하지 마, 이 머저리야!"라고 외쳐도 아무도 군법회의를 들먹이지 않는다.

유린당하는 전선. 좁아지는 퇴로.

지휘관들은 모두가 한탄했다.

하지만 일부는 스스로를 명령을 수령하고 실행하는 장치로 바꿀 각오가 있었다. 따라서 그들 중에는 병사를 안전하다고 여겨지는 진지에서 쫓아내듯이 후퇴시키기 시작한 자도 있었다.

그렇다면 그 결단은 현장에서 감사받았을까?

병사의 솔직한 마음은 비탄의 말로 드러났다.

"아아, 신이시여! 제길! 왜 이런 꼴이?!"

최전선의 제국군 장병은 추위와 공포에 떨면서 도로를 벗어나 걸으면서 하늘을 바라보았다.

"따뜻한 진지에 틀어박혀야 했는데!"

명령 하나에 추위 속으로 쫓거나, 눈을 뒤집어쓰는 철수전. 진창 시기 전의 얼어붙은 노면, 부족한 비축, 그리고 마지막에는 고립에 대한 공포.

제공권을 빼앗긴 군대는 언제든 괴롭다. 그런 상황에서 후방으로 물러난다니 무리수의 종합세일이나 마찬가지다. 하늘을 올려다보면, 적기가 길게 이어지고 적 마도사가 쌩쌩하게 공습을 반복하고, 원호가 임무일 터인 아군 즉응마도중대들은 코빼기도 비치지 않는다.

"항공마도사 놈들은 어디로 사라진 거야?!"

철수 중인 병사가 무심코 투덜거린 것은 자연의 섭리나 마찬가지다.

아군 마도사도, 항공기도, 코빼기도 보이지 않는다. 그런데 적만이 날아다니고 있다! 이런데도 한탄하지 않을 순 없다. 뭔가 잘

못됐다는 생각마저 들겠지.

"항공함대 얼간이들! 높은 곳을 좋아하는 멍청이들은 이럴 때 어디서 노닥거리는 거야?!"

고참일수록 더더욱 원망스럽게 하늘을 바라본다.

느긋하게 노니는 것이 적뿐이라는 씁쓸한 환경은 베테랑일수록 잘 알고 있었다.

상황에 따라서는 포위되는 편이 낫다……고도 할 수 있다.

항공우세만 계속해서 확보할 수 있다면 포위된 진지에서도 버텨낼 수 있다. 하지만 일단 하늘이 막히면——.

하다못해 한 기라도, 한 명이라도 좋다.

아군의 항공기나 항공마도사가 상공을 통과해 줘. 그것만으로도 도망치는 부대의 사기는 버틸 수 있다. 아직 버림받지 않았다고 믿을 수 있다.

하지만 하늘을 노려봐도, 계속 응시해도, 제국의 날개는 없다.

하다못해 꿈이라도 꾸고 싶은데. 그것조차 해주지 않는다면.

"저주해 주마! 이놈이고, 저놈이고!"

비명은 닿지 않는다.

그러니까 저주에 귀 기울일 존재는 없다.

동부의 제국군 중에서 운 좋게 후퇴를 결단한 부대조차 추격에 시달리고, 항공습격에 신경이 갉아 먹히고, 원망과 함께 도망칠 수밖에 없다.

그것이 제국군의 현황이었다.

그래도 그만한 눈물을 현장에서 흘리게 한 결과로 실현된 게 하나 있다.

'국소적인 우세' 확보다.

사라진 항공마도사들. 전선의 장병이 갈망하고 부재를 저주한 그들은 단 하나의 목표를 달성하기 위해 동부의 하늘을 난다.

그 규모는 사단.

최대 전투속도로 동부 하늘을 나는, 작지만 흉악하기 짝이 없는, 같은 시대에서 비견할 만한 존재가 없는 순수한 폭력장치의 집결체다.

다시 말해 서류상의 존재로 변한 지 오래인 실체 있는 항공마도사단이 여기서 이빨을 드러낸 것이다.

긁어모은 그것은 3개 항공마도연대로 운용되고 있었다.

3개 연대 규모 마도사에 의한, 대규모 저지공격을 기도하는 집단이다.

마치 전략공군과 같은 역할을 다하기 위해, 하늘을 가르며 적지로 돌진했다.

작금에서는 보기 드물어진 지 오래인, 대규모 편대에 의한 침투비행.

3개 집단에는 각각 고뇌가 있었다.

베테랑이라고 해도 부대로서는 잡다하게 긁어모은 이들.

사전 계획도 애매모호하고, 오랫동안 전선이 길게 후퇴하고 있었기에 가까스로 지리감이 있는 하늘을 날면서, 과거에 방치한 보급 요충지를 두들기라는 명령을 들었으면 놀랄 만도 하다.

"샐러맨더 01! 들립니까, 샐러맨더 01! 제발! 제발!"

자신의 콜사인을 부르는 소리에 타냐는 살짝 얼굴을 찌푸렸다.

무전봉쇄를 위해 목청을 높이든가 핸드사인을 보낼 수밖에 없지만, 핸드사인과 외침으로 연대를 통제하는 것은 악몽이었다.

주변을 둘러봐도 누가 소리친 것인지 바로 식별할 수 없다.

당연하다.

지금 고도는 주위를 느긋하게 둘러보기에는…… 너무 낮다.

지형추종 비행을 연대 단위로 하다간 한순간도 마음을 놓을 수 없다.

하물며 전투를 전제로 하고 편대로 전속력으로 날면 여유 따윈 없는 거나 마찬가지다.

오로지 고도를 취했다가 마도 반응을 들키지 않기 위해서 이 고생을 하고 있다.

물론 상응하는 대가가 있지만.

"또 떨어졌나?! 이번에는 어느 정도지?!"

혀를 차면서 타냐가 공중에서 일부러 고도를 올려 확인하자, 후위의 일부가 추락한 것일까. 거기만 대열에 구멍이 뻥 뚫렸고, 지면에는 추락한 듯한 모습이 보였다.

누가 어떻게 봐도 추락 사고겠지.

"제길, 적과 마주치기 전부터 이런가!"

투덜대면서 타냐는 전투기동을 그리는 대열의 선두로 몸을 돌렸다. 그때 자신의 페어가 재빨리 다가오는 것을 깨달았다.

"세레브랴코프 중위?"

"중령님. 역시 무모합니다!"

진지한 얼굴로 소리 죽여 외치는 세레브랴코프 중위. 그 신기한 재주에 감탄할 틈도 없이 "알고는 있지만 할 수밖에 없다!"라고 타냐는 작게 대답해 주었다.

안 그래도 지형추종 비행은 어렵다. 연계훈련이고 뭐도 없이 연대 규모의 마도사가 전투속도로 난다면…… 곡예 수준의 난이도가 되겠지.

타냐조차도 '쉽지 않다'고 솔직히 인정하게 된다.

하지만 필요하다.

이를테면 포복비행이라고도 불릴 정도로 지면에 바싹 붙은 지형추종 비행으로 최대 전투속도를 발휘하고, GPS고 뭐고 없이 목적지를 향해 밤중에 하늘을 나는 것은 항공사고의 온상밖에 안 된다는 사실을 잘 안다고 해도.

"또?! 추락입니다!"

세레브랴코프 중위의 경고에 돌아본 타냐는 혀를 찼다. 아군 마도사 한 명이 순간적인 판단인지 기동인지를 그르쳐서, 방어외피가 있다고 해도 지면과 접촉했다.

움직이기는 하는 모양이지만, 한순간에 일어난 일이다. 생사 판단도 할 수 없다.

"돌입 전이다! 전원 철저히 무전 봉쇄! 복귀가 무리라면 습격 예정 시각 이후에 마도봉쇄를 해제하고 귀환!"

지시를 날리면서 타냐는 잠시 머리를 긁적였다.

"조금만 더, 조금만 더……"

차트와 비행시간과 하늘을 봐서 자신들의 위치는 알고 있다. 이대로 가면 아마 적의 연락선과 교차할 수 있다고 계산했다.

그다음은 연락선의 적을 뒤흔들면 되는 이야기.

연방군 제1집단에 보급물자를 제공하고 제2집단을 위한 연료를 전방에 옮기려는 연방군의 대규모 수송트럭 집단이라면 '이용할 수 있는 도로'도 그만큼 제한되니까.

조만간 적과 접촉한다고 보면 된다.

번득이는 눈으로 지상을 샅샅이 뒤지는 타냐도 필사적이다.

목표인 적 보급 대열만 두들길 수 있으면, 두들길 수만 있으면, 이라고 타냐는 거듭 중얼거렸다. 연방군의 덩치가 스스로를 잡아먹겠지.

"그걸 위한 후방 습격. 하지만……."

무모하다는 건 이해하고 있다.

타냐가 이끄는 제203항공마도대대에서는 탈락자가 없지만, 이미 다른 대대의 페어 둘과 그와 별개로 신병에 가까운 중대도 절반이 탈락. 별다른 피해 없었던 사고까지 포함하면 말도 안 되는 숫자다. 그만한 희생과 리스크를 택할 가치가 있을까?

그것은 그저 전쟁의 섭리가 판별할 일이었다.

》》》 통일력 1928년 1월 15일 제도 상공 《《《

전쟁은 낭비이며 불합리다.

그렇다고 한다.

그렇다면 전쟁의 불길이 미치지 않는 후방의 원리원칙이 합리성에 지배될까? 그란츠 중위는 그 답을 내뱉듯이 세계에 고했다.

"저것들, 정신이 나갔어! 뇌세포를 어따 팔아먹은 거야?!"

'한시라도 빨리 전령을'. 그 마음으로 가득한, 애간장이 타는 듯한 초조함.

동부에서 쉬지도 않고 계속 날아온 그는, 제도 방공식별권에 돌입하자마자 믿기지 않을 정도의 관료주의 장벽과 정면 충돌했다.

"제도 방공사령부가 언노운에 통보한다. 곧바로 고도를 낮추고 무장을 해제하라. 반복한다. 곧바로 고도를 낮추고 무장을 해제하라."

거듭되는 요격부대의 경고는 농담으로 치려고 해도 웃기지 않는다. 그란츠 중위는 악몽이라는 듯이 얼굴을 찌푸렸다.

"여기는 참모본부 직속의 제203항공마도대대 소속 보렌 그란츠 마도중위. 장교전령의 임무로 동부에서 수도로 비행 중이다."

아군 초계부대의 요격 대상이 되어 관료주의에 환영받은 전선 출신 장교가 '대답'으로 고른 말치고는 참으로 잘 참은 거겠지.

하지만 그란츠의 인내는 보상받지 못했다.

"동부 방면군의 식별신호를 확인할 수 없다. 반복한다. 귀관에게서 동부 방면군의 식별신호가 확인되지 않는다."

당연하겠지. 그란츠는 맞받아 외쳤다.

"나는 참모본부 직속이다! 동부의 코드가 있을 리 있겠나!"

"확인할 수 없다. 언노운에 통보한다. 여기는 제도 방공사령부다. 요격요원의 유도에 따라 고도를 낮추고 무장해제하라. 신고한 신상은 이쪽에서 조회하겠다."

"마음대로 해! 그러니까 얼른 항로를 승인하고……."

"경고. 귀관은 곧바로 지정된 공역으로 고도를 낮추고 무장을 해제하라."

"잠깐, 최우선인 장교전령인데?!"

말이 통하지 않았다.

기분 나쁠 정도로, 어떻게 할 수 없을 정도로.

"그란츠 중위라 칭하는 언노운에 제도 방공사령부에서 최종통보. 곧바로 고도를 낮추고 지정 영역에서 무장을 해제하라. 반복한다, 곧바로 고도를 낮춰라. 안 그러면 보기로 간주하고 귀관을 요격하겠다."

"반복한다! 최우선이다. 참모본부로 가는 전령이다!"

"명령서를 확인하겠다. 탈주병 아닌가?"

"헛소리하지 마!"

하필이면 내가 탈주? 그런 말도 안 되는 혐의에 그란츠 중위는 열받아서 거칠어진 목소리로 외쳤다.

"이 바보 자식아! 누가 왜 도망치는데?!"

재빨리 고도를 올린 것은 시간벌이.

투항할지, 아예 돌파할지의 양자택일은 궁극의 부조리겠지.

어느 쪽을 골라야 할까.

골라도 될까?

한순간이라도 좋으니까, 그란츠에게는 뭔가를 판단하기 위한 시간이 필요했다.

그런 그란츠 중위는 자신 쪽으로 다가오는 초계부대가 다음에 어떻게 움직일지 확인하려고 필사적으로 머리를 굴렸다.

전선에서의 버릇대로 고도를 취한 것은 교전 의지 또는 탈주병의 증거라며 요격부대의 반응을 더 강경하게 만들지 않을까?

사태를 더 귀찮게 만들지 않기 위해서라도 차라리 순순히 동행해서 설명할까? 동시에 몹시 주저했다. 여기서 관료주의에 사로잡히면 대참사는 필수다.

제도 방공사령부에 성실한 마도장교가 있으면?

말이 잘 통할지도 모르지. 하지만 성실한 장교가 얼마나 있을까? 그 가능성에 희망을 걸어도 될지 고민하고, 또 고민하고, 계속 고민한 끝에, 그란츠 중위는 간신히 '자신이 아직도 고민하고 있다'는 사실을 깨달았다.

"어이어이, 진짜냐……."

고도 8천으로 쫓아오는 자가 없다.

아니, 초계 중이던 요격부대가…… 고도를 올리지 못한다?

그쪽으로 슬쩍 의식을 돌려보니, 생초짜 같은 집단이 하늘에서 허우적거리는 것이 희미하게 보였다.

"저 정도가 제도 방공사령부 소속이라니!"

으리으리한 이름과는 달리 정말로 등골이 서늘해졌다.

속도를 봐도…… '순항속도'나 그 이하로 아주 느릿느릿. 방공을 목적으로 한 순회이기에 저속, 중고도 대기인가 싶었던 그란츠 중위는 거기서 자신이 착각했을 가능성을 깨달았다.

"설마, 설마……."

저게 전속력인가? 아무리 그래도 제국군 항공마도사가? 제도 방공을 맡은 부대가?!

"기가 다 막히는군?!"

무심코 소리친 그란츠. 하지만 동시에 냉철한 관찰안으로 눈앞의 광경이 자신의 추측을 뒷받침한다는 것을 받아들일 수밖에 없다고 이해하기 시작했다.

그래도 믿기 어렵지만.

"허우적거리는 꼬락서니로 나는 놈들, 저게 나를 요격한다니."

소리를 내서 한숨을 푹 쉰 그란츠 중위는 역전의 군인답게 무심코 몸을 떨었다.

"저런 걸 실전에 투입해?"

격추 스코어를 올려주는 표적을 제공하는 꼴이다. 연방군 놈들이 지금은 그나마 더 낫게 전쟁을 할 수 있겠지. 보주의 특성상 방어외피가 단단한 연방군 사양이 생존성에서 뛰어나기도 하다

나아가서 그란츠는 이해해버렸다.

이것은 '융통성을 요구할' 상황이 아니라고.

그리고 그란츠 자신은 모르겠지만…… 그는 아직 '선량한' 인간이었다.

굳게 결심한 군인, 혹은 합리성의 달인이라면 필요의 이름으로 눈앞에 있는 병아리들을 격추하는 것도 주저하지 않고, 그러면서 '정당한 권한 없이 긴급 전령을 방해한 놈들이 잘못한 것이며, 명령의 적절한 수행에 필요한 행위를 선택했을 뿐인 나는 군법에 비추어 봐도 아무런 잘못이 없다'고 웃겠지.

하지만 그런 짓까지 할 정도로 그란츠의 인간성은 마모되지 않았다.

임무에 대한 충성과 상식과 양식.

자기 역할을 다해야 한다고 알고 있지만, 그는 더할 수 없는 고뇌에 빠졌다.

아아, 신이시여. 그가 무심코 그렇게 기도하기 시작했을 때, 그것은 찾아왔다.

"아, 여보세요? 자네, 자네, 듣고 있나?"

》》》 역사서에서 《《《

두 가지 역사가 있다.

서방 측과 동방 측의 역사다.

어느 쪽의 역사도 시작은 같다. 과거의 대전에서 사악한 제국이라는 강적 앞에 위대한 동맹이 차이를 뛰어넘어, 보편성을 위해 일치단결하여 맞선다.

악에 대항해 힘을 모은 선이 승리해서 해피엔딩으로 이르는 결론도 거의 같다.

다만 결론에 이르는 에피소드는 너무나도 다르다.

공평한 기록자는 거기서 '어느 쪽'의 의견이 옳은지 항상 파악해야 한다. 산더미 같은 자료와 증언들 사이에 수많은 거짓, 주관, 착오, 그리고 약간의 진실이 숨어 있다.

같은 시대 인물의 증언도 증인이 '성실한 화자'인가 하는 점을 계속 물어야겠지.

거짓말을 늘어놓는 인간은 항상 있다. 하지만 연구자에게 흔해 빠진 최악의 경우 중 하나이며 문외한에게는 의외로 여겨지는 사실로, '성실한 화자'의 증언조차 '완전히 옳은' 경우는 지극히 희귀하다.

이유는 매우 단순하다. 인간의 기억은 너무나도 흐릿하다.

과거를 '있는 그대로' 기억할 수 있는 인간은 너무나도 적다.

당신은 예외일 것 같은가?

그렇다면 단순히 떠올려보기를 바란다. 일주일 전 식사와 한 달

전 식사와 석 달 전 식사 내용을 말이다. 혹여나 항상 똑같은 메뉴로 똑같은 시간에 식사했든가, 식사 내용을 완전히 기억하고 있다면, 그때 몇 번 씹었는지와 주위의 기온과 습도도 떠올릴 수 있을까?

관리되지 않은 환경 속에서도 완전히 파악할 수 있다면, 당신은 법정에서 중요시하는 완벽한 증인이 될 수 있을 게 틀림없다.

애석하게도 인간의 대다수는 그렇지 않다.

뭘 먹었는지 떠올릴 수 있는 인간도 드물겠지.

아니, 반론이 있을지도 모른다. 인상에 남는 사항은 별개라고. 생일 케이크는 기억해도 이상하지 않겠지. 처음 먹은 신기한 음식도 기억할지 모른다.

하지만 상세한 사항은 왕왕 흔들리는 법이다.

그러니까 증언의 뼈대는 옳더라도, 오차는 피할 수 없다.

하지만 이런 참고사항을 넣어 봤자 동서로 나뉜 역사관은…… 차이나 기억의 오차라는 영역을 아득히 뛰어넘었다.

전형적인 사례는 1927년 말부터 1928년 초의 전개에 대한 견해의 차이겠지.

1927년 10월 16일, 이르도아와 합중국은 '이번 대전에 대한 세계적 평화 유지 및 중립국들의 평화와 안전을 확보하기 위한 상호 중립 의무에 대한 안전보장'을 확립하려고 '무장중립동맹'이라는 동맹을 체결했다.

이에 제국군의 대답은 명백해서, 고작 한 달 뒤인 1927년 11월 11일에 집결한 제국군 이르도아 방면군이 전광석화의 기세로 남진을 개시했다.

전략적 기습에 이르도아군은 크게 무너지지만, 11월 22일 시점에서 양군은 잠정적인 정전 합의에 동의했다. 그리고 일주일 동안의 기묘한 평화가 계속된 뒤, 전투가 재개된다는 기이한 전개를 거쳐서 12월에는 제투아의 샴페인 파티로 불리는 이르도아 왕도의 잠정 점령에 이른다.

다음의 기막힌 사태는 크리스마스에 찾아왔다.

동맹군들의 전격적인 반격으로 이르도아 왕도의 크리스마스 해방이 성립했다.

세계를 놀라게 한 이르도아 왕도 공방전은 고작 한 달 사이에 공세 한계에 도달한 제국군이 북부 이르도아로 후퇴하는 결과를 가져온다.

여기까지는 서방도 동방도 대략 사실관계에 대해서 '그랬다'고 마찬가지로 주장한다.

다른 것은 그다음부터다.

동맹군들이 이르도아 방면에서 또 다른 반격을 계획하고 제국군 전략예비를 이르도아 북부에 구속한 바로 그 순간, 연방군에 의한 1928년 1월 공세―〈여명〉이 불을 뿜었다.

내선전략을 특기로 삼고 각 방면에서 전술적 우위를 자랑하는 제국군에 대해 외선전략을 노리는 동맹군들이 그 전략적 우위성을 마음껏 발휘하고, 또한 상당한 협조성을 지키며 감행한 '대(對)제국 전략공세'로 불러야 할 일련의 흐름일지도 모른다.

하지만 최종적으로 연방군의 〈여명〉은 소정의 성과를 거두기에 이르지 못했다.

자, 내분이 시작된 것은 언제일까.

서방 측의 역사관은 극단적으로 말한다.

연방이 요청한 제2전선 형성.

이 요청에 대해 연방의 동맹국은 충실하게 수행했다고.

제국군 60개 사단을 이르도아 방면으로 유인하고, 특히 기갑 사단의 태반을 이르도아 북부에 구속했으며, 또한 연방의 요청에 응한 형태로 이르도아 방면에서 격전을 벌이면서 아군이 필요로 하는 수많은 병기류를 대여(렌드리스)하고, 텅 빈 동부 방면에서의 결정적 일격에 만전의 후방지원을 했다고.

연방군의 조잡한 작전 지휘 때문에 〈여명〉이 실패하지만 않았으면 전쟁은 이 일격으로 끝났다고 평하는 흐름도 있을 정도다.

연방의 실패를 중시하지 않는 관점에서 봐도, 통일력 1928년의 신년공세는 연방군이 '이르도아 방면에 주력을 동원한 제국군'의 허를 찌르는 형태로 동계공세를 감행했음에도 불구하고 '제투아의 마술'에 의해 목적을 달성하지 못하고 실패. 결과적으로 이르도아 방면에 수많은 제국군 주력을 구속하던 이르도아 방면 동맹군들의 분전도 수포가 되었다……는 것이 통설이다.

동방 측의 역사관은 서방 측과 전혀 다르다.

첫 번째, 연방군 참모본부는 이르도아 방면을 '제2전선'으로 간주하지 않았다고 한다.

두 번째, 연대는 연대라도 '서방'은 '도움받은 쪽'이다.

동방 측의 역사서에서는 '제국'에 공격받은 이르도아를 합중국이나 연합왕국을 시작으로 하는 서방 국가들이 제대로 '지원'하지 못하였고, 결과적으로 '동맹군들의 궁지'를 구하기 위해 연방군은 '불리함을 알면서도 〈여명〉의 발동 일정을 앞당겼다'고

한다.

거기에 따르면 '제국은 이르도아를 인질로 삼아서, 연방군이 불충분한 상황에서 행동에 나설 수밖에 없는 환경을 강요했다'.

자신들은 해야 할 일을 했지만, 동맹 상대가 발목을 붙잡고 늘어졌다.

서쪽도, 동쪽도, 비슷한 소리를, 고도의 수사적인 문맥으로 말하는 것이다.

다만 쌍방의 주장을 비교할 때, 몇 가지 공통점은 보인다.

예를 들어서 1927년 11월 시점에서 제국군이 이르도아 방면에 유력한 기갑사단을 중점 배치하고 다수의 일선급 사단을 집중적으로 투입할 수 있었던 것은 결국 동부 방면에서 '강력한 사단'을 추출했기 때문이라는 사실이다.

이 전력이 추출될 수 있었던 것은 당시 제국에서 절대적인 영향을 자랑한 제투아 장군의 강렬한 지도력과 도박적 지휘가 있었기 때문이란 사실은 틀림없다.

하지만 그 숫자에 대해서는 의견이 갈린다.

기갑사단을 포함한 거의 모든 전략예비를 전용했다고, 서방 측은 최대 숫자를 말한다. 소수의 기갑부대만이 추출되었다고, 동방 측은 최소 숫자를 말한다.

실제 숫자는 아직도 논란을 일으키고 있다. 다만 근년의 공문서 등에 따르면 실제로 제국군이 이르도아 방면에 투입한 사단은 30개 사단을 밑돌 가능성이 지적되고 있지만…… 이것이 새로운 논란의 불씨가 되었음은 잘 알려진 사실이겠지.

최대 140개 사단을 동원할 수 있는 이르도아에 20개 사단을 넘는 합중국군, 또한 연합왕국, 자유공화국의 지원군과 대치한 제국군이 고작 30개 사단이라는 것이 말이 되냐는 문제다.

하물며 이르도아 왕도는 동맹군이 탈환에 성공했지만…… 이르도아 북부를 확실히 장악—— 즉, 공격해서 차지한 것이 제국이다.

제아무리 제투아 대장이어도 과연 그것을 30개 사단만으로 해낼 수 있을까? 이것은 무척 합리적인 의심이다. 하지만…… 근년에 나타난 몇 가지 방증은 제국군의 전력이 25개 사단을 넘지 않았다고 시사하는 것이 논쟁을 더욱 과열시키는 이유겠지.

가령 25개 사단설이 사실이라면 제국군은 1:6이라는 전력비에도 불구하고 이르도아 전선을 확보했다는 소리가 된다.

동시에 그것은 60개 사단을 동부에서 끌어왔다는 '내선전략'이 실제로는 존재하지 않았을 가능성이 있음을 시사한다.

제국의 건재한 동부 방면군을 연방군이 공격해서 정면승부로 그 과반을 줄였다……라는 연방 공식사관이 '진실'일 가능성은 부정할 수 없다.

그렇다고 해도 그 경우 또 하나의 모순되는 자료가 튀어나온다.

당시의 제국군 동부 방면군 사령부에서 제국군 참모본부에 몇 차례에 걸쳐 탄원했던 기록이 있다.

그 기록은 이렇다.

'전략예비'를 돌려줄 수 없겠나.

'현재 방어선은 너무 연약하다'.

II

제 2 장

너무 이른 공지전 독트린

Untimely AirLand Battle Doktrin

적지 후방에 대한 항공, 마도의
가동 가능한 모든 전력을 집중 투입.
제1목표, 적 병참.
제2목표, 적 병참.
제3목표, 적 병참.
현재의 위기 상황에 대해
현저한 효과를 기대할 수 있는 유일한 처방이겠지.
과연, 지당한 이치다. 하지만 이것은 너무나도 매정하다.
최전선에서 오는 구원 요청을 모두 저버리는 것이다!
빌어먹을!!!

부대일지에서

》》》 통일력 1928년 1월 14일 동부 상공 《《《

편대의 선두는, 고요함과 긴장감의 블랜드를 만끽하고 싶다면 최고의 포지션이겠지.

타냐는 거기에 '다만'이라고 덧붙인다.

'전장에서'라는 딱지를 잊지 않을 때 말이다.

엔진 소리와 같은 소음과는 거리가 먼 마도사도 완전한 무음은 아니다.

그 비행음을 어떻게 형용할까. 구웅구웅일까, 부웅부웅일까, 휘잉휘잉일까. 아니면 상상도 할 수 없는 문자도 있을 수 있다.

요컨대 언어권마다 다르겠지. 하지만 한 가지 공통된 것이 있다. 음속에 미치지 않으면 소리는 떼어낼 수 없다.

세계를 어떻게 지각하든지, 현실은 물리법칙이 지배한다.

타냐가 아는 지구와 존재X가 내던진 이 세계에서도 그것이 마찬가지라면, 그야말로 돌려쓰기.

존재X가 이 세계를 창조했다면, 정말로 평범하고 범용, 쉽게 말해서 조잡한 창조주라고 하지 않을 수 없고, 창조주라 할 만큼 지성이 있다고 하기엔 구멍이 너무 눈에 띈다.

그렇다면 결국 이 유사성은 창조주의 짓이라고 하기보다는 우연의 산물이겠지.

타냐는 여러 세계를 관측한 경험에서, 기적과 같은 세계 창조도 '결국은 우연이다'라고 확신했다.

결국 운명 따윈 없다.

모든 것은 정해져 있지 않다.

그렇다면.

'제국의 패배'라는 필연에 가까운 미래. '언젠가' 찾아올 파국조차도 그것이 '운명'이라고 태연자약하게 받아들이고, 부조리라도 버텨내야 할 도리 따윈…… 없다.

인간이, 인간의 의지가, 미래를 만든다.

그렇다면 발버둥 칠 수 있는 한 타냐는 저항하겠지.

그렇다고 해도 그게 어디까지 가능할지는 어려운 문제다. 애초에 대지를 훑어보면 현실이 마음대로 되지 않는 것은 싫어도 이해할 수 있다.

파괴되어 지금도 불타는 것.

방어거점이었던 폐허 따윈 드물지도 않아졌다. 뜻하지 않은 부수입으로 야간비행 중이었던 제국군 항공마도부대가 길잡이로 쓸 수 있을 정도다.

이것이 제국이 믿고 싸울 터였던 방어선의 흔적. 제투아 대장이 세우고, 라우돈 대장이 이끌 터였던 '방어선'은 지금 폐허가 됐든가 책상 위의 개념으로 전락했다.

타냐는 흥 소리 내며 어깨를 으쓱였다.

허세로 사태의 심각성을 얼버무릴 수는 없겠지. 하지만 이것을 해낸 것은 결국 이데올로기가 아니라 평범한 인간이다. 인간의 힘은 오로지 인간의 힘으로만 뛰어넘을 수 있다.

'운명' 같은 게 아니라 '자신의 힘'으로 상황에 저항하는 것을 단행하자고 타냐는 하늘에서 혼자 주먹을 움켜쥐었다.

다행히 자신의 밑에는 작게나마 단결한 힘이 있다. 긁어모은 사단 규모의 마도부대는 충분한 강도가 있다. 이걸 지렛대로 써먹을 수 있을 게 틀림없다.

"그리고 나는 지렛목을 줄 수 있다. 그렇다면 별도 움직일 수 있다."

가볍게 웃을 만한 일이었다.

그 정도로 항공마도사는 뭐든지 할 수 있다.

근접 항공지원은 식은 죽 먹기.

하늘을 나는 보병이니까 지원받는 쪽이 뭘 원하는지도 안다. 장거리 저지공격도 확실하다.

공수? 물론 할 수 있습니다.

필요하다면 강습 강하에서 이어지는 일시적인 점령도 언제든지 제시할 수 있는 옵션.

더 말하자면 아직도 재주는 남아있다.

적의 머리를 날려버리고 싶다?

아, 그거야말로 특기입니다. 참수전술이란 게 있습니다. 제국군 최강의 수단, 지휘계통에 대한 참수전술이라면 당연히 필수 옵션으로 탑재 완료.

그걸 지렛대로 쓰면 세계를 움직일 수도 있다. 운명처럼 무거운 것도 사람의 힘으로 움직일 수 있다고, 타냐도 확신할 수 있다.

인솔하는 마도연대의 선두에서, 타냐는 유쾌한 기분으로 쾌활하게 웃었다.

"중령님, 뭐 좋은 일이라도?"

"아, 비샤. 지금이라면 세계도 움직일 수 있다."

아무리 어려운 일이라도, 일단 마도사라는 병과에 마음 편히 상담해 보세요.

마도 자질의 희소성만 아니라면 분명 전 세계에서 혹사당할 비참한 직종일 거라고 타냐가 공포에 떨지 않을 수 없는 만능성.

하지만 거기서 타냐는 덧붙였다.

만능이란 것은, 다기능이란 소리는 여러 가지를 할 수 있다는 뜻. 하지만. 그 모든 것을 동시에 해낼 수 있다는 것을 의미하는 말이 아니라고.

만능장치의 단점.

따라서 선택해야만 한다.

선택과 집중이라고 하면 그럴싸하겠지. 실제로는 '하나밖에 택할 수 없다'는 뜻이지만. 물론 이번만큼은 타냐는 뭘 우선해야 할지에 대해 일절 망설임이 없다.

가장 우선해야 할 것은 빨갱이의 전략적 승리를 단호히 저지하는 것.

그러기 위해 취해야 할 해결책은 적의 무정지 진격 방해.

필요한 수단은 적지 후방에 항공, 마도에서 가동할 수 있는 모든 전력을 집중적으로 투입하는 것뿐.

그렇다면 달성해야만 하는 목표 또한 단순하다.

제1목표, 적 병참.

제2목표, 적 병참.

제3목표, 적 병참.

포병 관측 임무? 전선 구원? 아군 상공 방공? 돌파한 적 부대 저지? 이 경우, 그런 건 아무래도 좋다고 포기한다.

어쩔 수 없다. 이 손으로 움켜쥘 수 있는 것은 단 하나.

따라서 타냐는 출격 적의 짧은 시간 동안 누차에 걸쳐서 '모든 것을 적 병참 공격에 집중하라.' 라고 연호하고, 지휘관급에게 자기 의도를 반복해서 철저하게 주입하는 것에 전력을 기울였다.

그러지 않으면 통제가 무너지는 것을, 타냐는 동부에서 배웠으니까.

병참 공격에 대한 철저한 전력 집중이란, 다시 말해 적 제1집단을 완전히 방치하는 것 말고는 달성할 수 없다.

말의 의미를 바꿔보자.

도움을 청하는 전선의 아군을 모두 버린다.

그뿐만 아니라 명언하지 않았다고 해도, 후퇴가 늦은 아군 전선 부대가 각 거점에서 절망적인 방어전을 벌이는 것으로 적이 보유한 탄약, 연료를 조금이라도 소모하게 하고 적 병참 공격의 성과를 최대화하리라고 계산하는 것이 전쟁이다.

더 말하자면 연방군이 방어선을 짓밟으려면 조금이라고 해도 시간이 걸린다.

즉, 시간을 벌 수 있으니 더욱 좋다는 악마의 계산이다. 그렇게까지 해서 만들어낸 몇 시간 단위의 시간적 유예를 철저하게 활용한다.

그러지 않으면 시간이 부족하니까.

그러니까 '구원' 따위에 한눈팔면 곤란하다. 가동할 수 있는 모든 항공전력으로도 적 후방 병참선을 불태울 수 있을지 어떨지 불안한데.

병참선 파괴에 실패하면 모든 것이 무너진다.

현재는 약간이나마 광명이 보인다. 하지만 아직 약하다. 그게 사라지기 전에 열심히 달려가는 것 말고 다른 길은 없다. 비정하고 잔혹할 정도의 계산.

논리뿐인 합리성이지만, 논리만큼은 들어맞는 합리성이었다.

대체 누가 이렇게 극단적인 합리성을 다 받아들일 수 있을까?

이 점에서 행인지 불행인지, 긁어모은 '베테랑'들은 동부에서 전쟁으로 머리가 다 구워진 야전장교들이었다.

전장이란 것은 사람을 미신에 빠뜨리는 동시에 너무나도 냉철한 눈을 갖게 한다.

그런 환경에 내던져지면 선량한 개인조차도 전쟁의 이치에 따라 도달하는 논리를 무조건 '그런 것이다'라고 받아들이는 일이…… 진짜로 있다.

아군을 버리고 싶진 않다, 는 마음은 진짜다.

버릴 수밖에 없다, 라는 마음도 진짜다.

상반되는 감정을 승화시키는 촉매가 있다면, 그것은 '승리로 이어지는 명령이다'라는 이해이며, 무훈과 전쟁의 이치가 이루는 기묘한 혼합물이겠지.

타냐는 그렇게 스스로를 납득시켰을 마도사들을 이끌고, 나아가서 사단 규모 항공마도사를 이끌고 동부의 연방군 병참 공격에 투입했다.

명령을 위장하면서까지.

이 정도까지 한다.

이 정도까지 했다.

이 정도로 희생이 있었다.

설령 이것이 매몰비용(sunk cost)에 대한 병적인 집착에 불과하다고 해도.

결과가 나오지 않으면 자신의 파멸만으로 끝나지 않겠지.

군을 위해서라도, 자신을 위해서라도, 타냐는 절실히 연방군의 수송 대열을 찾고 있었다. 탐욕스럽게 갈망하기까지 했다. 제발 있어라. 부탁이니까 이 공격 정신이 온몸에 넘쳐나는 마도사 앞에 차량의 대열이…….

"아아, 좋아, 좋아, 좋아!!"

전쟁의 이치에 대한 확신한 환희의 목소리.

도박이 옳았다는 것을 아래쪽의 광경이 이야기한다면.

"보였다!"

은백의 세계에 무수한 회색 광점.

트럭. 아아, 얼마나 그 모습을 보고 싶다고 애태웠던가. 고대하던 그것은 바로 표적인 트럭들.

후방에 전개하고 있던 적 보급 대열.

틀림없는 연방군이다.

야간이라서 등화관제가 철저하고, 엄중하게 은폐했지만, 이 저고도에서 날고 있으면 도저히 놓칠 리 없다.

찌르르. 전장을 느낀 목이 탔다. 하지만 그런 것은 한순간의 감각. 달성할 결과에 대한 기대와 고양되는 정신에서 솟구친 환희의 침을 삼켜서 얼른 달랬다.

"적은…… 좋아!"

차량에 시선을 주고 하늘로 의식을 돌리자…… 타냐는 무심코, 정말로 무심코라는 얼굴로 외쳤다.

눈에 보이는 적. 너무나도 원하던 그것은 상당한 규모.

희망 이상의 월척.

예상 이상의 사냥감.

타냐는 연방군의 전선부대에 생명선일 수송부대를 목격했다고 확신하지만, 또한 더욱 기뻐해야 할 여지도 있었다.

상공을 둘러본 바로는 적 마도 반응이 없다!

희망이 버블처럼 끓어오른다. 머릿속은 완전히 축제다.

물론 버블로 신이 난 파티를 진정시키는 역할은 남아있다.

머릿속 한구석으로는 음료수를 치우는 역할을 맡은 이성이 살짝이나마 과감하게 손을 들고 '마도 반응을 억제한 적이 기만하고 있을 가능성은?' 이라고 경고하지만……

냉정한 뇌리에 속삭이는 것은 최악의 가능성. 보통은 경계했겠지. 하지만 공포에서 나온 환영이라고 지금의 타냐는 웃어넘겼다.

이만큼 이상적인 상태로 접근한 거리에서, 이 정도로 숙련된 부대원 중에서 아무도 눈치채지 못했다면, 그것은 '없다'고 봐도 좋다.

'일리가 있다. 하지만 단언할 수 있나? 연산보주의 특성으로 위장했을 가능성은? 그런 보주특성이 있다는 것은 연초의 연습으로 확인하지 않았나?'

계속 속삭이는 목소리의 걱정 또한 옳은 소리다.

그런 기습적인 운용이 가능한 보주도 세계에는 있다.

하지만 타냐는 의심을 완전히 떨쳐내었다.

연방군이 대규모 병참 대열의 호위를 위해 준비할 것은 애초에 '접근 저지'를 위한 마도병력이다. 올지 안 올지 모르는 마도사를 요격하기 위해 복병으로 마도사를 준비할 정도라면 처음부터 정공법으로 원호를 띄우는 것이 합리적이다.

편집적인 놈들이 복병을 준비했다고 해도…… 그런 운용이 가능하다면 최전선의 제국군 방어선마저도 뚫고 제국군 항공마도사들의 침상을 공세 개시 벽두에라도 날려버리는 것이 훨씬 합리적이겠지.

그렇다면? 그래. 지금 여기에 적 마도사는 없다고 봐야 한다.

일방적으로, 압도적으로, 걷어차는 것이다. 할 일은 정해져 있지 않나!

이것들을 머릿속으로 정리한 순간, 타냐는 처음으로 마음을 놓았다.

"지휘관이 전원에게! 지휘관이 전원에게! 사냥감을 먹어라!"

사냥개에게 고하자.

사냥개들에게 피리를 불자.

바로 지금이라고.

*때는 바야흐로 비 내리는 1월이구나.

아케치 미츠히데도 깜짝 놀랄 만큼 이르다. 딸기 음료 하나라도 적에게 던져줄 수 있으면 좋을지도 모르겠지만, 이해하지도 못할 테니까 헛일이다.

지금, 이 순간, 타냐는 그저 소리치는 것만으로 충분하다.

"대지습격! 대지습격! 각 부대, 임의로 돌입하라!"

그렇게 거듭 말했다.

"돌입하라! 유린하라!"

---

* 16세기 일본의 무장 아케치 미츠히데가 주군 오다 노부나가를 죽인, '혼노지의 변'을 일으키기 전에 읊었다고 하는 시구 '때는 바야흐로 비 내리는 오월이구나'(다른 해석 있음)에서. 또한 딸기는 과거 5월이 제철이었지만, 최근에는 1월로 제철이 넘어가는 추세다.

단 한마디 덧붙이는 것만으로 의도는 명료하게 퍼진다.

뭘 해야 할까.

그것을 숙지하는 개인으로 이루어진 집단의 움직임이다.

호령과 동시에 대열을 허물고, 순식간에 연대 규모 마도사들이 우르르 돌격 대열로 전열을 재편했다.

흙먼지로 더러워진 군장의 장병.

하지만 손에는 보주와 라이플을 쥐고 있다.

조직화되고 숙련도의 극에 달해서야만 형성할 수 있는 충격력.

이어진 전투기동은 익숙한 타냐도 감탄할 만큼 아름다웠다. 극한에 달한 기능미의 발로였다.

말하자면 적당히 흩어졌으면서도 예리함.

그렇기에 폭력으로 넘쳐났다.

시인이 아니더라도 모두가 인정하겠지.

"이건 궁극의 예술이군."

씨익.

의성어를 물리적으로 응축하여 세계에 드러내는 듯한 얼굴로 웃었다. 그렇게 기분 좋은 얼굴로 타냐는 끄덕였다.

프로가 프로답게 일한다.

성실한 프로페셔널리즘이다.

정말 언제든 기분 좋다. 선량한 시민으로서 자랑스럽기까지 하다. 여기에 촉발되어서 자신도 더 힘내자는 마음마저 드니까, 정말 훌륭한 외부경제다.

의욕을 새롭게 다지고 해보자는 마음을 담아서, 타냐는 부관이자 페어인 세레브랴코프 중위에게 가볍게 손을 흔들었다.

"지휘관 선두가 무엇인지를 연대 제군에게, 그리고 연방인 제군에게도 성대하게 보여줘야 하지 않겠나?"

"함께하겠습니다."

"고맙다, 중위. 그렇다면 일을 시작하자."

97식 돌격연산기동보주의 '돌격'.

쌍발핵 동조에 의한 복수술식의 동시 발현.

그리고 무엇보다 명백하게도 '빠르다'.

엘레니움 공창의 걸작은 그 주임설계기사가 아무리 정신 나간 놈이더라도, 예술적일 정도로 빨랐다.

그렇다면 그 빠른 보주를 가지고, 비행술식에 모든 것을 붓고, 방어막만이 아니라 방어외피도 최소한으로 낮추면 어떤 결과가 나올까?

답. 어떠한 항공마도사도 쫓아올 수 없는 속도를 발휘한다. 다시 말해 가속 성능이 뛰어나고, 기동성도 좋고, 나아가서 술식 발현 속도에서도 탁월한 보주다.

제대로 활용할 수 있는 마도사가 적은 것만이, 군정에서 '고뇌' 하는 이유겠지.

하지만 현장의 인간으로서 보면 이것은 하나의 이상이다.

아주 초창기부터 이 보주를 쥐었던 타냐와 비샤의 페어쯤 되면, 제국군의 고참 마도사를 기준으로 봐도 압도적으로 '빠르다'.

두 개의 작은 그림자.

지상에서는 그렇게 형용할 수밖에 없는 두 마도사가 가속하고, 계속 가속하고, 전투가속하는 편대의 선두에서 그리는 것은 그 정수라고 할 정도로 폭력적일 만큼 아름답고 파괴적인 돌입비행.

바람을 가르고, 사냥감을 노리고, 날카로운 이빨로 덮친다. 비유하자면 마치 수렵 동물 같은. 하지만 동물 이상으로 이빨이 예리한 이유는, 그 통제에 있었다.

페어의 연대는, 너무 흔해 빠진 소리가 되겠지만 동작 하나하나가 완전히 호응한 것.

연대의 제일 앞줄에 서서 부하에게 쫓아오라고 그 등으로 말하며, 돌아보지 않고 적 대열에 돌진하는 지휘관. 그 등은 세레브랴코프 중위에게 맡기고, 타냐는 그저 열심히 앞만을 응시했다. 등을 맡은 부관은 앞서 돌입하는 상관이 '뚫고 나간다'는 것을 당연시하고, 그것을 의심하지 않기에 커버에 주력하고 있다.

두 사람이 서로의 역할을, 능력을 믿기에 나오는 연대. 직무를 서로가 철저하게 해낸다고 확신하기에 나오는 효율성.

거듭된 작은 개선의 산은 어느덧 위대한 거인을 만들어내는 것이다.

세련된 폭력장치의 예리한 이빨 앞에 있는 상대도 가만히 당하지만은 않는다. 맞서는 연방군의 진용도 군사적 합리성으로 이루어진 폭력적인 두께를 가지고 있었다.

적의 환영 인사를 보고 타냐는 부대에 경고를 날렸다.

"후방 대열이라고 얕보지 마라! 장갑전력이 많다! 더불어 대공포화, 대공포화가 농밀하다!"

기막힘과 경악까지 담으면서 타냐는 외쳤다.

"적 대공포화에 유의! 트럭에까지 대공장비라니!"

연방군의 상대적으로 연약할 터인 수송부대. 그런데도 연방군 주최의 제국군 습격부대 환영회 준비는 막힘없는 모양이다.

"공산주의자 주제에 건방지게!"

투덜대면서 재빨리 적 정세를 관찰했을 때 타냐는 다시금 혀를 찼다.

적의 대열에는 트럭 외에도 장갑전력이 많다.

경무장 공수부대나 아군 거점에서 탈출한 부대로는 스치기만 해도 뭉개질지 모르는 중무장이다.

확실히 말하자면 다소 얄팍한 동부 방면군의 기준으로는 '유력한 전투단위'로밖에 형용할 수 없는 후방 대열이다.

사실상 아군에서 쥐어짠 '전투부대'마저도 적군에게는 '후방부대'의 경비와 동급이라면 놀랄 따름이다. 열세인 지휘관으로서는 구역질마저 날 지경이다.

타냐는 한숨을 삼켰다. 하물며 용의주도하게도 트럭에 기관포를 탑재한 대공장비까지 장비.

"전차와 트럭의 사용법이 너무나도 사치스럽군!"

가난뱅이 군대의 장교로서 타냐는 무심코 질투를 흘렸다.

후방에서 쓸 수 있는 전차! 아니, 그 이상으로 트럭. 트럭은 언제든 병참에서 이리저리 써먹힌다. 그것을 일부러 '대공진지용'으로 써먹다니!

얼마나 잉여가 있으면 그렇게, 그렇게, 비용 대비 효과가 개판인 사치가 가능한가?

렌드리스를 얼마나 한 거지? 렌드리스는 무진장인가?

그게 아니라면 연방군은 트럭을 마법의 항아리에서 무한정 꺼낼 수 있나?

타냐는 살짝 시점을 재조정했다.

"아니, 어쩌면 수송부대와 제2집단의 혼성인가?"

그렇다면 전투단 규모로 잘못 볼 정도의 전력이 후방부대를 따르고 있는 것도 일단은 합리화될 수 있겠지.

투덜거리면서도 생각해보니, 해야 할 일은 변할 게 없다.

허둥대는 적 차량에, 제국에서 사랑을 담아서 폭렬술식과 관통술식 세트를 선물하는 것이다.

총구를 돌리고, 조준하고, 방아쇠를 당긴다.

그저 그것뿐.

폭염, 폭음, 비명, 절규.

당연하게도 적의 반응은, 격렬한 불과 철에 의한 응답이었다.

조용한 밤의 장막을 찢듯이 조명탄을 밝게 쏘아 올리는 것은 시작에 불과하다. 너무 눈이 부셔서 시야가 저해될 정도의 서치라이트가 이보란 듯이 하늘을 향했다.

"중령님! 노골적으로 영역 전체에 탄막이!"

"큭, 역시 급조가 아니다. 방공 전문부대가 전개된 건가!"

비샤의 경고에 고개를 끄덕이고 둘이서 광원을 향해 술식을 날렸지만, 참으로 결단이 빠르게도 적 수송차량이 후퇴했다.

'피습 상황' 까지 계산한 게 아니라면 경직된 군대에서는 불가능할 정도로 기민한 판단.

그리고 그 빠른 판단 때문에 타냐는 제한 시간을 설정했다.

짜증스럽게도 아직 어둡다.

한 번 놓치면 추적해서 격파하기 어렵겠지.

교활하게도 시간을 끌다니……. 그렇게 감탄할 틈도 없이, 지상에서는 온갖 종류의 납탄이 하늘의 제국군 마도사를 향해 날아들었다.

철, 하늘, 철.

하늘보다 탄막이 더 많을 정도로, 연방군은 완벽하게 구축된 방어포화를 하늘에 대고 계속 쏘아댔다.

"진지도 아닌 차량을 습격했는데 이렇습니까?!"

부관의 비명에 가까운 투덜거림이 아마도 제국군 마도사 모두의 뜻이겠지.

대지습격의 돌격대형은 지상 목표에 대한 철퇴다. 해머가 정확하게 때렸으면 무너질 텐데!

잘못된 곳을 내리쳤다고는 생각되지 않는다.

그런데 이렇게나 무너지지 않는 것은 대체 무엇일까.

다키아 때와 달리 '대공사격 따위에 겁먹지 마라!' 고 고함을 날리는 것도 꺼려질 정도로 적에게 성대히 환영받고 있으니까, 타냐로서도 눈감아줄 수밖에 없다.

화력의 밀도가 정말 심상치 않았다.

고속이며 견고한 97식의 돌입기동조차도 '탄에 맞을' 수준의 방어망.

그것도 '눈먼 탄' 을 기대할 레벨이 아니라 '계속해서 맞는다' 고 걱정해야만 할 차원. 방어외피로 튕겨내면서 거추장스럽다는 듯이 광학계 저격술식으로 맞서 쏴줘도 전혀 구멍이 나지 않는 방어망에는 넌더리가 났다.

하지만, 그래도.

심상치 않다는 점에서…… 인류사는 여러모로 극에 달했다.

엄청난 대공포화긴 해도 타냐는 안도로 가슴을 쓸어내렸다.

'이번 대전'의 기준으로 힘들다는 것은 유도 미사일도, 레이더 연동형의 단거리 방공무기도 존재하지 않는 '그나마 나은' 상황이라고.

"아직 믿기지 않습니다. 이런 후방의 보급 차량조차도 우리 돌입부대를 막을 수 있을 정도의 대공화력이 있다니……."

"그 반대다, 비샤."

아연해하는 부관에게, 이건 정말 최악보다는 낫다고 타냐는 정말로 안도하면서 밝게 웃어 주었다.

"이런 후방이니까 그 정도로 끝난다."

"예?"

"상정할 수 있는 최악의 상황과 비교하면 그럭저럭 할 만하군. 밀도는 있지만 말이야. 그나마 이 정도로 그친 것을 기뻐하자."

영차 소리와 함께 공중에서 궤도를 수정하고, 살짝 고도를 취했다가 급가속을 시작한 타냐는 주저하지 않고 재돌입하기 시작했다.

"이렇게 말하면 미안하지만, 이 정도야 나한테는 욕조 안에서 다리를 뻗는 거나 같다. 딱 좋다고 웃어 주고 싶지 않나!"

NATO의 항공우세 속에서도 돌격할 붉은 군대의 기갑부대.

이것과 비교하면 대공포화가 참 달달하지 않은가.

맨패즈(MANPADS)와 자주대공포가 촘촘하게 포진한 방공 집합 체계와 비교하면 아직은 가소로운 수준.

해설 **【맨패즈(MAN-Portable Air Defense System)】**
휴대용 대공방어체계나 휴대식 지대공 미사일로도 일컬어지는, 개인이 휴대하고 1인칭으로 발사하여 항공기를 노릴 수 있는 지대공 미사일.

어쩌면 바늘두더지 같은 미국 기동부대에 돌입하는 것보다 훨씬 나을 것이다.

물론 그런 타냐의 안심감을 이 하늘에서 공유할 수 있는 인간은 없겠지만.

타냐와의 교우가 긴 세레브랴코프 중위도 마찬가지였다. 그 표정은 완전히 질려 있었다.

그와 동시에 일종의 이해와 체념도 세레브랴코프 중위의 표정에 떠올랐지만.

그 표정을 번역하자면, '아, 이 사람이라면 그렇게 말하겠지.' 일까.

그렇기는 해도 타냐와 세레브랴코프 중위의 페어는 확실한 연계를 유지하며 대공포화의 바다에 계속해서 과감하게 돌입했다.

기본은 폭렬술식.

트럭이 상대라면, 장갑이 약한 목표다.

폭파의 피해 반경을 중시하고, 폭렬술식을 효력 범위에 중점을 둬서 제공한다.

술탄을 뿌리면서 전차에 이따금 선물이라는 듯이 광학계 저격술식을 최대한 제공한다.

항공마도사에 의한 대지 반복 타격의 모범.

말하자면 교범대로라고 평해야 할 정교함.

그 집요함과 철저함은 연방군의 방어포화로도 저지하기 어려운 위협이자, 제국군 항공마도사의 폭력을 말해주는 것이기도 했다.

하지만 다섯 번째 돌입으로 타냐는 자신의 한계를 인정할 수밖에 없어졌다.

"우리 대대는 모를까, 연대 전체를 보면…… 움직임이 다소 굼뜨군."

"방어외피가 있다고 해도 벌집에 뛰어드는 건 힘드니까요."

타냐는 부관의 중얼거림에 고개를 끄덕였다.

생각해 보면 필연에 가깝지만…… 항공전력에 맞설 의욕이 가득한 지상 대공진지에 돌입하라는 것은 본디 매우 혹독한 요구다.

명령받은 쪽으로서는 간단히 할 수 있는 일이 아니다.

위험하고, 힘들다. 즉, 이럴 때일수록 리더가 리더십을 발휘해야한다.

"어쩔 수 없군, 중위. 다시금 지휘관 선두다. 이번에는 방공포화의 제일 두꺼운 곳으로 뛰어들어서, 안전하게 하면 문제없다는 것을 부대에 보여준다."

"저기에 말입니까?"

기가 막힌다는 얼굴로 곤혹스러움을 내비치며 적 방어포화를 가리키는 부관의 감성은 일반적인 인간과 같은 거라며, 타냐는 쓴웃음을 지었다.

지식이 있어야 비로소 무리가 아니라고 알 수 있는 것도 있다.

따라서 필요한 것을 아는 인간으로서 타냐는 "어이어이, 비샤." 라고 일부러 가벼운 어조로 말해 부관의 긴장을 풀어주려고 했다.

"요컨대 해야 할 것이냐, 하지 말아야 할 것이냐의 단순한 선택이다. 하지 말아야 한다고 보기에 적의 방어포화에는 구멍이 있다. 아직 할 수 있겠지?"

"하면 된다고는 생각합니다만."

그렇겠지 싶어서 타냐는 웃었다.

그 정도까지 하냐 싶은 농도의 미국의 대공포화.

여기에서도, 방어외피 없는 뇌격기가 공격 고도로 돌입할 수 있는 것이다.

뭐, 생존율은 절망적이지만.

그것에 비하면 마도사는 복 받았다.

애초에 97식의 방어외피라면 40mm의 직격도 받아낼 수 있다.

돌격기동 연산보주 만만세라고 할까.

이것만 있으면 돌입해서 화력에 의한 비문화적 교류에 임한 뒤에 안전하게 이탈할 수 있을 공산이 실로 크다.

물론 리스크가 전혀 없지는 않다.

안전과 안심은 별개이기도 하다.

하지만 리스크로서 합리적으로 허용할 범주이며, 그렇다면 '노프로블럼'이라고 타냐는 믿어 의심치 않는다.

거듭 말하지만 문제는 어디까지나 '비교 대상'의 기준을 어디에 두느냐에 있는데.

부관이 놀라 바라보는 것도 알아차리지 못하고, 타냐는 가볍게 손을 흔들며 얼른 시작하자고 간단히 말했다.

"연대, 적 대열을 두들길 기회다! 이 정도가 다 뭐냐! 후방의 적 아닌가?! 이 정도의 탄막 따위 웃으면서 뚫어라!!!"

그리고 타냐는 거기서 외쳤다.

"나를 따라라!!!"

손을 흔들고 지휘관 선두라는 듯이 방어외피를 굳히자마자, 지

상에서 쏘아 올리는 포화가 가장 격렬한 구역으로 타냐는 일부러
돌입했다.

"안녕하신가, 공산주의자 제군! 인사 좀 나누지 않겠나!"

"중령님?! 기, 기다려 주십시오!"

허둥대면서도 결국 쫓아오는 세레브랴코프 중위. 중위가 뒤를
봐 준다면 하늘의 위협은 무시해도 된다.

무엇보다 지휘관과 부관이 선두에서 돌격하고 있다.

힐끗 하늘을 보면 '주저' 하는 부하는 아무래도 없었다.

튼튼하게 방어하는 지상 목표에 대한 여섯 번째 대지 타격.

'무모' 하긴 하지만…… 지휘관 페어가 솔선해서 돌격하는 이상
'계속' 할 수밖에 없다고 부하에게도 잘 전해졌다.

그리고 반복은 힘이다.

아무리 물량이 풍부한 지상부대라도 여섯 번째 돌입 정도 되면
아무래도 대공차량 몇 대가 날아갔는지 방어포화망에 구멍이 보
이기 시작했다.

더욱 기쁜 일로는 전술적인 부차적 이점도 있다.

다시 말해서 밝다. 지상공격의 결과로 타오르는 지상 목표는 공
격자의 시야를 무척 개선해 주었다.

물론 그것들은 어디까지나 타냐만의 논리다.

이 하늘에서 나는 모든 제국군 항공마도사가 수긍하는 논리는
아니다.

"우리 대대 말고는…… 굼뜨군."

"피로겠지요. 더는 불가피할까 합니다."

그렇겠거니 싶어서 타냐는 끄덕였다.

혹사에 익숙하지 않은 부대는 아무래도 힘들겠지. 필요한 것은 무모하다고 알면서도 계속 돌입할 만한 용맹함.

그렇기에 타냐는 지휘관 선두의 모범을 보였다.

방어포화를 뚫고 중거리까지 돌입해서 술탄을 사격.

"친애하는 제국군 일동이 진심을 담아 환영 폭탄과 총탄을 보내주마! 실컷 즐기도록 해라!"

봉입된 술식을 띤 술탄은 공산품으로 상정된 대로 아름다운 궤도를 그리며 비상. 그리고 적 차량의 머리 위에 도달하자 성대하게 폭렬술식을 발현. 트럭의 장갑으로는 막을 수 없는 파괴의 소용돌이를 지표에 뿌렸다.

그와 동시에 타냐의 뒤를 따라 돌입한 세레브랴코프 중위가 발현한 술탄이 마찬가지로 방어포화의 일부를 날려버리면, 연대도 뒤늦게나마 강습비행으로 따라온다.

타냐는 만족스럽게 끄덕이고, 이때다 싶어서 연대를 향해 성대한 목소리로 질타, 격려했다.

"제국군 마도사 제군, 용사 제군! 간단한 일이다. 신병이라도 할 수 있는 일 아닌가? 아니면 이 정도로는 보람이 없나?"

노골적이며 악의적인 선동.

하지만 인간은 체면을 따지는 생물이다.

장병들은 무서워 떠는 것보다도 '떨고 있다' 고 비웃는 것을 두려워한다. 제국의 지휘관은 이를 숙지하고 있다. 타냐 또한 인간적인 이해라는 점에서 '상당한 편중' 이 있기는 해도 당연히 숙지하고 있다.

지친 자들을 채찍질하는 것은 그만큼 단순하고, 악의적이고,

시끄러운 정도가 딱 좋았다.

"휘저어라, 불태워라, 날려 버려라. 뭐든지 좋다. 제군, 우리야말로 폭력이다! 우리야말로 폭위다!!"

딱히 본심에서 나온 외침은 아니다. 단순한 부채질이다. 그것이 직무상의 역할이라고 아는 타냐는 역할을 다한다는 이유만으로 계속해서 부채질해댔다.

"부숴라! 불태워라! 깨부숴라! 야만스럽다고? 괜찮다! 좋지 않나! 우리의 적을 정중하게 못자리로 진군하게 해줘라! 우리는 여기서 삶을 만끽한다!"

그것이 어떻게 보였을까.

객관시한다고 하지만, 사실은 객관시할 수 없는 인간 특유의 잘못을 저지르는 당사자는 그저, 그저 계속 연기하며 외친다.

"용기, 만용, 명예, 의무, 혐오, 공포, 모든 감정을 동부의 지표에 뿌려 버려라! 우리는 항공마도사다! 우리야말로 항공마도사다!"

비생산적 행위의 극치인 전쟁.

즉, 인적 자원의 한없는 낭비.

본래는 누구든 피하고 싶다고 생각하는 행위에, 모두가 명예와 용기를 가슴에 새긴다는 모순.

그것이 동부에 있는 제국군 항공마도사단이 연주하는 전장음악이라고 하자면, 타냐는 '너무 현학적이군.' 이라며 웃어버리겠지.

하지만 옆에서 보자면.

타냐는 그야말로 악기였다.

전쟁이라는 못된 세계에서, 더없이 일류로 꼽히는 악기.

결과만 말하지.

제국군 마도사는 대공포화보다도 '비웃음'을 두려워했다.

그것이 만용인지, 전장 심리의 극치인지, 아니면 교묘한 인심 장악의 기량인지는 의견이 크게 갈리겠지만 말이다.

귀결은 명백했다.

적절하게 통제된 폭력장치의 파괴력이란 무엇인가 하는 질문에 대한 극히 일반적인 대답으로서, 차량의 잔해를 만들어낸다. 불타오르고 연기를 피우는 무수한 잔해 위에서 그 생산자들은 '다음' 목표로 의식을 돌릴 수밖에 없었다.

"습격 중지! 습격, 중지! 전원 집결하라! 반복한다, 전원 집결하라!"

아래의 광경을 보고 타냐는 '전과 판정'을 재빠르게 처리했다.

적 보급 대열 중 하나는 전멸.

다소 놓쳤고, 지상에는 남은 적도 제법 있겠지.

여기서 더 추격해야 할까? 아니. 그것들을 섬멸할 시간적 여유가 없다. 시간 대비 효용의 문제다. 덧붙이자면 애초에 일부러 섬멸할 군사적 필요성도 별로다.

중요한 것은 적의 조직적 보급 대열을 때렸다는 사실. 나아가서 적 집단이 필요로 할 보급에 중대한 곤란을 하나 제공했다는 명확한 사실뿐.

그것이 의미하는 바는 수많은 생산재가 사라졌다는 건데.

그걸 해낸 당사자로서 타냐는 낭비와 불경제를 마음속으로 개탄했다.

전쟁! 궁극의 낭비! 불경제의 극치!

총력전이란 것은 정말로 못 해먹을 짓이다.

비문명적인 것도 한도가 있지……라고 타냐는 전장임에도 불구하고 호모 이코노믹스적 감성으로 쓸쓸한 소감을 느꼈다. 동시에 낭비에 혐오를 느끼는 정당한 자기 감성에 만족하고, 전쟁터에서도 자신의 문화성이 망가지지 않은 것에 안도하기까지 했는데.

왜냐하면 전쟁통에서도 인간성, 다시 말해 시장을 사랑하는 선량한 시민의 가치관이 지켜졌다는 것은 전후의 풍요로운 시민 생활에 중요하다고 확신하기 때문이다.

미래를 믿고 밝은 전망을 바라기에 일에 성실하게 임하는 타냐는 그쯤에서 자기 할 일에 의식을 되돌렸다.

임무 완료, 재편하고 바로 다음 목표를 때린다.

물론 모든 프로세스는 가급적 신속하게.

"여기서 할 일은 끝났다. 이탈을 시작해라! 도중에 눈에 띄는 트럭만 노려라! 나머지는 방치!"

명확한 지시를 내리고, 이걸로 됐다고 생각하던 타냐는 거기서 뜻하지 않은 목소리와 맞닥뜨렸다.

"추격은?! 안 하는 겁니까?!"

익숙하지 않은 목소리, 긁어모은 부대의 지휘관이겠지. 타냐는 '멍청한 소리를 하지 마라.' 라는 말을 삼키고 그쪽으로 고개를 돌렸다.

"잔챙이에게 쓸 시간은 없다!"

"잔챙이입니까?"

타냐는 힘주어 끄덕였다.

우선해야 할 것은 병참의 파괴.

거듭 강조했듯이 제1목표, 적 병참. 제2목표, 제3목표도 적 병참이다.

적의 조직적 행동을 저해하려면 그것 외에는 불가능하겠지.

이 점을 출격 전에 거듭해서 신신당부했다.

아직 부족한 걸까. 아니, 의문이 제기된 이상 끈덕질 만큼 거듭해도 모자라겠다고 타냐는 마음을 바꾸었다.

시간이 아깝다. 1분 1초가 너무나도 귀중하기 짝이 없다.

하지만 아무리 시간 제약이 크다고 하더라도, 리더가 뭘 목표로 하는지 관계자에게 철저히 주입해야만 한다.

조직은 목표와 현황 인식을 공유하지 않으면 제대로 움직일 수 없게 된다.

하물며 제투아 각하 명의의 명령으로 억지로 모으고, 제대로 집단행동 훈련도 하지 않은 인원이다. 철저한 의사소통을 최대한 유의해야 할 필요가 있었다.

"전과 확장은 적의 전군을 뒤흔드는 것만으로 달성해야 한다."

부대가 대열을 재편하는 짧은 시간 동안 타냐는 지휘관들끼리 의논하기를 택했다.

대다수 마도사가 묵묵히 공중에서 빠르게 발진 태세를 갖추는 가운데, 타냐는 단적으로 자기 의도에 대해 지휘관급에게 열변을 토했다.

"병참 공격, 병참 공격, 병참 공격이다. 적의 병참을 끊는다. 그저 이것뿐이다. 적의 진격을 저지하려면 물리적으로 적의 보급을 졸라버리는 것 말고는 방법이 없으니까……. 이것은 전략 차원에서 '결정타'를 원하는 적을 상대로, 우리가 작전 차원에서 취할 수 있는 유일한 대항책이다."

명확한 의미의 제시.

그리고 그걸 자신들이 해야만 하는 이유도 잊어선 안 된다.

단순화하여 장병의 뇌리에 새기듯이, 타냐는 해야만 하는 일이라고 말했다.

"우리야말로 희망이다."

'희망'이라고 덧붙였다. 그리고 "왜냐하면."이라는 말을 거듭했다.

"우리야말로 전술적 차원이 아니라 전략적 차원에서 적의 뿌리를 끊고, 전략적 열세를 만회할 유일한 희망임을 명심하도록!"

"희망······."이라고 조그맣게, 하지만 되새기듯이 부하가 중얼거리기 시작했다.

"우리는 희망이 되어야 한다. 우리는 실수해선 안 된다. 우리가, 우리의 결단이, 이 상황에서 유일하게 결정적인 의미를 지닌다! 알겠나?"

주위를 노려본 타냐는 반론하는 자가 없음을 승낙으로 간주했다는 듯이 말을 이었다.

"할 일은 많다, 제군! 자, 다음 일이다!"

"목표는 뭡니까?!"

"동부 방면군 지정 '수송 기간도로' 및 '철도선'을 뒤져서 적 대열을 만나면 습격하는 것을 상정한다. 더불어서 그 이외의 가도상에서도 수송부대가 발견되면 족족 사냥한다!"

그 말에 마도사들은 다소 딱딱한 표정이면서도 납득한 것처럼 끄덕였다.

이 모습을 보면 적어도 적 수송 대열 한두 개와 얼마간의 수송부대를 더 때릴 수 있겠지.

연대 규모 마도사로 때릴 필요가 있는 적 수송부대를 자신의 직할로 또 하나. 다른 연대가 각각 하나씩 부숴주기만 해도 지금 때린 하나와 합치면 네 개는 부순다는 계산이 나온다.

모든 부대가 성공리에 적 수송부대와 접촉하고, 모든 부대가 중대한 손해를 적에게 입히고, 모든 부대가 계속해서 전투행동을 할 수 있을 정도의 소모에 머무른다면.

타냐는 거기서 머리를 싸쥐었다.

"아무래도 너무 배부른 소리겠지. 어쩌면. 어쩌면. 모든 게 잘 풀린다면. 그 유혹은 너무 강렬해."

턱을 쓸면서 열을 띠기 시작한 머리를 이성으로 냉각한다.

만사가 자기 뜻대로 움직인다고 생각하는 위험성.

이 정도까지 주지시키고, 만인이 함정을 이해했음에도 불구하고, 수많은 역사에서 이 어리석음이 반복되었다.

그것을 싫어도 알 수 있었다.

너무나도 고혹적이라서 그만 눈이 어두워진다.

현실이란 것은 직시하기 괴롭다. 괴로운 현실을 수용하기보다는 '그랬으면 좋겠다'라는 색안경으로 보는 게 편하다.

하지만 소망으로 현실을 정의해도, 현실과 소망은 다른 것이다.

짜증스러운 현실을 계속 노려보면, 세계가 비로소 미소 짓는다.

부대를 장악하고, 재편된 부대로 다음 목표를 향해 나는 가운데, 타냐는 관제를 경유하여 접촉 보고를 받았다.

"제2연대에서 통보. 유력한 적 항공마도부대와 접촉, 교전 중."

적! 대항하는 유력 항공마도부대! 적 후방을 가급적 신속히 타격하고 싶은 이 순간에 정말로 최악의 소식이다.

하지만 타냐는 거기서 혀를 차고 싶은 것을 참았다.

상대가 존재하는 게임 중에서 전쟁만큼 쌍방이 사력을 다하는 것도 없다. 상대도 필사적이다. 그렇다면 상대는 어떻게 나올까.

"CP, 여기는 동부사열관 수석참모. 적 정세를 보내라."

설명에 대한 답변은 또한 명료했다.

아군의 제2연대가 2개 연대 규모의 적 마도부대와 접촉.

"2개?!"

우발 조우라고 하기에는 너무나도 유력한 조직적 전력.

게다가 적 후방지역에서 작전행동 중에 조우라니. 잘못 들은 게 아닌가 하고 타냐는 되물었고, 그게 사실이라는 대답을 들은 시점에서 예정 변경을 각오했다.

현재 제국군은 사단 규모 항공마도사에 의한 병참 공격을 감행 중. 병참이 끊기면 안 되는 연방군이 부대를 동원해 대항하는 것은 자연스럽겠지.

다만 빠르다.

너무 빠르다고 할 수도 있다.

스케줄이 전부 망가진다.

"어쩌면. 어쩌면……?"

연방의 대규모 공세에 대한 유일하고 유효한 반격이 적의 진격을 저지하는 철저한 후방 연락선 파괴임을 적이 이해하고, 제국에서 이를 실행할 것도 계산했다면.

"대규모 항공반격도…… 예상했다? 하지만 연대 규모 마도사에 의한 병참 공격을 즉각 요격할 병력을 후방에 뒀다고?"

적은 제국군이 마도사를 대규모로 집중 운용을 할 것까지 예상했나? 제국의 병력 사정이 얼마나 구멍인지는 넘어가더라도, 가동상황에서 볼 때 제국군의 마도사가 인원 부족이라는 것은 상대도 간파했겠지.

동부의 제국군 항공마도부대는 쥐어짜서 1개 사단 정도가 한계다. 연방도 어림셈으로 대충 그 정도가 제국의 실정이라고 전력을 계산했겠지.

이 상황에서 제국이 마도사를 집중적으로 운용하고, 항공공격에 대대적으로 투입할 가능성을 연방 당국에서 고려하였나?

그렇다고 해도 연대 규모 마도사에 의한 공격까지 상정하고, 전략예비로 연방군의 항공마도부대를 2개 연대나 후방에 둘까?

"아니, 하지만 제2연대의 위치를 생각하면……"

계획으로는 제2연대는 가장 깊은 곳에 파고들 예정이었다. 그렇다면 적이 이것을 '주공'으로 보고 예비병력으로 때렸나?

연대 규모 제국군 마도사와 격돌할 수 있을 정도의 연방군 마도부대라고 하면, 병력 사정이 제국보다 월등히 양호한 연방이라고 해도 사치는 부릴 수 없겠지.

유력한 대항부대. 아마도 적의 와일드카드.

차라리 격멸해야 할까.

연방군의 마도전력은 재편이 진행된다고 해도 '유력'한 것에는 한계가 있으니까, 적의 카드를 깨부순다면……?

하지만 타냐는 약간의 미련을 뇌리에서 지웠다.

우선순위를 그르쳐선 안 된다.

대항부대를 사냥할 수 있다는 '가능성' 따위에 '병참'을 끊을 시간을 낭비해선 안 된다.

'현지 판단을 존중한다. 필요하다면 응전해도 좋다. 다만 적 항공, 마도전력 격멸은 우선하지 않는다. 병참 파괴가 최우선이다. 연대에는 적 보급 대열을 공격을 우선시키고 싶다.'라는 지시를 토해내려던 타냐는 문득 주저했다.

소망과 현실을 혼동할 수 없다.

수적 열세의 공격부대가 늑대에게 붙잡힌 것이다.

쫓기면서 지상 공격을 해도 승산은 낮다. 어쩌면 간신히 공격을 성공시켜도 손해가 크다는 전형적인 사례가 되겠지.

필요하다면 지휘관은 '죽어라'라고 명령하는 것도 가능하리라.

하지만 모든 것은 기회비용의 문제다.

지금 적의 와일드카드를 사냥하면 다음에는 편한 전개를 기대할 수 있다. 아아, 적의 카드를 부수고 귀환시킬 수 있으면 다음 공격에도 또 혹사할 수 있다. 즉, 지속적으로 써먹을 수 있는 공격이다.

그렇기에 타냐는 각오하고 말했다.

"제2연대에 전달! 적 마도부대와의 교전을 우선하라! 현시점에서 병참 공격은 우선하지 않아도 된다! 귀환한 뒤에 혹사해 주지! 그러니까 얼른 적을 깨부수고 기지에서 먹고 쉬라고 전해라!"

지휘관으로서 우선순위를 명료하게 한다.

말하기는 쉬워도 실행하기는 지극히 어려운 판단을 마친 타냐는 가슴속 쓸쓸한 감정을 억눌렀다.

이래 놓고 제3연대가 빈손으로 돌아오고, 자신의 부대도 새로운 적 보급 대열과 접촉할 수 없으면 오늘 밤에 때린 적 보급 대열이 하나뿐이라는 결과까지 있을 수 있다.

허탕은 아니지만, 그것은 사실상의 허탕이다.

적 보급 대열은 한시라도 빨리 제거해야만 한다.

늦어질 때마다 연방군 집단이 진격을 계속하고, 제국군의 전선은 녹아버릴 뿐.

시간이다. 시간과의 경쟁이다.

예를 들자면 폭주열차를 어떻게든 막으려고 브레이크를 온 힘으로 당기는 것과 같다.

열차가 정지해도, 폭주한 열차가 지키려던 자산을 죄다 친 다음에 간신히 정지해서는 의미가 없다.

지금 막아야 한다.

설령 막을 수 있더라도, 그때가 '제국에 치명상'이 되기 전일까. 그렇듯 갈등하던 타냐는 말없이 수통을 꺼내 다소 온기를 지키는 액체를 마셨다.

긴장감 때문일까. 왠지 목이 너무 탔다.

하다못해 뜨거운 커피가 있으면. 그런 생각도 들었다. 없는 것을 찾는 셈이지만.

하늘을 고속으로 날다 보면 방어막 속에서도 체온 정도의 온도까지 미지근해진 물을 마시는 것 이외의 것은 바랄 수 없다.

그리고 도로 분포나 주요 철도망과의 관계로 적 보급 대열이 존재할 가능성이 짙은 지역을 날고 있는데도, 적의 모습이나 그 존재를 시사하는 반응은 없음.

해가 솟기 전, 어둠의 장막에 숨은 것으로 볼 수도 있다.

어두운 세계에서 적을 찾아 헤매는 것은 서둘러야만 한다는 사정과 맞물려서 두 어깨에 무거운 짐을 잔뜩 올려주었다.

'틀렸나?' 라고 답답함마저 느끼기 시작할 때였다.

"제3연대, 적과의 조우 없음."

'그런가.' 라고 실망하게 하는 소식에는 최고의 낭보가 덧붙어 있었다.

"상정 진로상에 적기나 요격이 없는 것을 보고 독단전행. 조차장으로 진출하여 소각을 시도, 성공. 병행하여 창고인 듯한 시설을 발견, 이것을 공격 중······?"

세 번째 연대의 길보는 저물어가던 희망에 각성제 같은 효과를 주었다.

"훌륭하군!"

무심코 손뼉을 치고 얼굴을 풀며 '해치울 수 있는 만큼 해치워라.' 라고 전과 확장의 격려를 날릴 만큼 타냐는 환희했다.

세 부대 중, 타냐의 부대는 상정한 대로 수송부대를 습격했다.

다른 한 부대는 상정을 뛰어넘어 신속하고 유력한 적 요격부대와 교전했다.

여기까지는 1승 1패다.

하지만 마지막 하나가 전혀 요격받지 않고 적진 깊이 파고들어서 크게 날뛴다면?

1승 정도가 아니다. 대승리. 표정을 풀기에는 너무 이르지만, 뇌리에 '승산' 이라는 두 글자가 힘껏 커지기에는 충분했다.

"이거라면……."

역시 할 수 있다.

그런 혼잣말을 중얼거리던 타냐는 자신에게 접근하는 그림자를 깨닫고 어라? 싶어서 시선을 보냈다.

바라보니 뭐라고 말하는 부장의 모습.

"바이스 소령?"

"중령님, 규정 시각입니다."

"규정?"

무슨 소린지 되묻기 전에 부장이 속삭이는 목소리로 덧붙였다.

"항공 보충식입니다."

타냐는 거기서 '배려받았다'라는 사실을 깨달았다.

부장의 말. 그걸로 시간 경과를 깨닫게 되다니!

공공연하게 지적받으면 부대에 대한 지휘관의 체면에 악영향을 줄지도 모른다. 넌지시 정신을 차리게 해주는 부하를 둔 것은 최고의 행운이라고 해야겠지.

"음, 그런가. 그렇군, 그랬어."

평소라면 시간을 놓치는 일 따윈 없다.

하지만 피로와 긴장이 인지력에 과부하를 미친 모양이다. 타냐는 자기 의식도 참 산만해졌다고 인정하고 쓴웃음을 지으면서 답례했다.

"미안하군, 바이스. 고맙다."

"아뇨, 그런 말을 들을 정도도 아닙니다. 생각하실 게 많은 가운데, 저도 조금 더 신경 써야 했습니다."

그래도 적절한 조언은 적절히 치하해야 한다며 거듭 고맙다고 말한 뒤, 타냐는 부대를 향해 목청을 높였다.

"보충식을 위한 휴식이다!"

날면서이긴 하지만 휴식 명령을 내리고, 전투속도에서 순항속도로 속도를 내리는 것을 허가하고, 자신도 주머니에 쑤셔 넣었던 '보충식'으로 손을 뻗었다.

"몇 번 먹어도 이건 익숙해지질 않아."

씹은 끝에 나오는 소감에는 꺼림칙함이 섞였다. 영양가는 최고 수준이지만, 맛으로 보자면 연합왕국에 뒤지지 않는다.

고급 영양식의 고급이란 말이 맛을 담보하지 않는 것은 군대이기 때문일까? 고민하며 남은 것을 입에 털어 넣고 미지근한 물로 넘긴 뒤, 입가심으로 군대용 초콜릿을 씹었다.

식후의 심호흡까지 마치고 한숨 돌렸을 때, 타냐는 부대의 선임 장교에게 물었다.

"바이스 소령. 나도 그렇고, 부대의 전투력을 어떻게 보나?"

"중령님은 여차할 때면 평소와 다를 게 없습니다. 게다가 부대도 탄약, 인원 소모가 모두 경미하므로, 계속 싸우는 것 자체는 표면상 큰 지장이 없지 않을까 합니다."

"그러한가."

"하지만 저희는 몰라도 이런 비행에 익숙지 않은 부대의 피로는……."

타냐는 바이스 소령의 말에 동의를 보이며 끄덕였다.

자기 자신조차도 주의력이 다소 산만해지는 것은 지휘관의 중압감 때문이라고 해도, 편대의 움직임은 역시 '완벽함'과 거리가 멀다.

출전 전조차도 '답답하다'고 느낀 부분은 많았다.

피로가 쌓인 상황이 되면? '이러고 더 싸워야 하나?' 하고 걸리는 부분이 마음속에서 없어지지 않는다.

위기감은 있지만, 선택지는 없다.

"가난뱅이는 어쩔 수 없다, 바이스 소령. 여기서 걸음을 멈추면 전선이 도저히 못 버틴다. 그렇게 되면 뭘 위해 수단을 가리지 않았는지 모르게 된다."

'알겠지?' 라고 시선을 보내자, 이심전심이라고 해야 할까.

"저희에게는 일이 너무 많습니다. 하지만 오로지 전진할 뿐이로군요."

"그래, 그래. 각급 지휘관의 역할이 실로 크군."

실제로 바이스 소령에게 가볍게 답하면서 지휘하는 타냐 자신도 1인 3역 이상일 정도로 바쁘기 그지없다.

자신도 1개 연대 규모 마도사를 이끌고 있다. 그러면서 통신 너머로 2개 마도연대를 느슨하게나마 통제하고 있다.

병행해서 상부와도 절충하고 있다.

구체적으로는 동부 방면군 사령부와의 절충이다. 지금에 와서야 동부 방면군 사령부는 사태를 장악하려고 한다.

뭐, 당연한 일이라고 여기지만.

머릿속 한구석으로는 쓸데없는 참견이라고 생각한다.

자신이 뿌린 씨이기에 동부 방면군 사령부를 통신 너머로 어르고 넘기고, 방해하지 말라고 교섭하는 것으로 끝나지 않고, 주둔지를 지키는 메베르트 대위를 응원하기도 한다.

구체적으로는 주둔지에서 '시끄러운 사령부에서 전령장교가 왔습니다.' 라는 보고에 한숨을 섞으며 '쫓아내라.' 라고 지시를 내리는 등.

모든 것을 동시 병행하면서 적을 찾아 적지를 나아간다.

아무리 튼튼한 마도사고, 제투아 각하의 무리한 요구로 업계 평균 이상으로 아수라장 내성이 있는 타냐라도 오버워크였다.

그렇긴 해도 부하도 편하지 않다.

애초에 장시간에 걸친 습격이며, 태반의 비행이 지형추종 비행.

한 줄로 쓸 수 있는 일이라도, 그걸 즉석 부대로, 실전을 전제로, 장시간 계속하면 훈련받은 장병이라도 피로와 긴장으로 인간이 가속도적으로 망가진다.

고금동서, 모든 정신주의적 격려를 동원해도, 이 인간종의 한계는 초월할 수 없다.

타냐는 그걸 좋게 보지 않지만, 군 조직이 일종의 각성제를 갈망하는 것은 인간에게 한계가 있다는 자연의 섭리를 때로는 어떻게든 뛰어넘으려고 발버둥 치기 때문이다.

그걸 좋게 볼지 어떨지는 별개로 치고.

일반적으로 한계까지 기계를 혹사하려면 최소한의 유지보수를 해줘야 한다.

마찬가지로 타냐가 긁어모은 마도사도 소중히 굴려야 한다.

그렇다. '소중히'.

바꿔 말하자면 '가동률의 한계' 까지는 혹사하는 것이다.

소모된 마도사들에게는 최소한의 휴식 시간을.

필요하다면 적지에서 대담하게도 지상 휴식이라는 짓까지 감행한다.

지상에서 뜨거운 물을 마신다는 사치마저 허용하고, 맛없는 보충식을 거듭 먹으면서 타냐 자신도 앉아서 잠시 숨을 돌렸다.

그리고 지휘관 선두라는 듯이 타냐는 다시 부대의 선두에 서서 날아올랐다.

다행히 부대의 사기는 허용 범위.

같은 시각, 제2, 제3 마도연대에서 '임무 완료'와 '일시 귀환'의 보고를 수령. 두 부대 모두 인원, 정비에 심각한 소모가 없다는 것 또한 희소식이었다.

휴양의 필요성을 호소하는 두 부대의 지휘관에게, 주저 없이 '낮에 자라. 그때까지는 전투 계속!'이라고 타냐는 채찍질했다.

낮이라면 도무지 다가가고 싶지 않은 적 세력권도, '밤의 장막'이 깔린 상태라면 아직 제국 항공마도사에게 유리하니까.

명백한 사실이 한 가지 있다. 어떤 인간이라도, 어떤 이념이라도, 어떤 권력자라도, 하루는 24시간밖에 없다.

그런 시간은 유한하다. 덤으로 희소하기까지 하다.

그렇다면 그 배분은 '필요와 경우'에 응하여 결정되는 게 필연이다.

"아직 한나절도 안 지난 것이 믿기지 않을 만큼 농밀하다."라고 통신 너머로 제2연대 지휘관이 투덜거리고, 타냐는 웃으면서 "한나절이나 지났는데?"라고 대꾸했지만, 본질적으로 '시간'을 의식한다는 점에서는 비슷하다.

거듭 말한다. 시간은 유한하다.

그런고로 실패하고 시간을 잃는 것은 범상치 않은 타격이다.

'적의 보급 거점이 있을 것으로 예상되는 지역'에 다가가고 있는데도 눈밭에 이렇다 할 적의 불빛이 보이지 않는다면, 실로 불안하다. 시시각각 '못 찾는 것 아닌가?' 라는 비관적 예상이 강해지는 것은 정말 즐겁지 않은 체험이다.

타냐로서도 각오는 했다. 애초부터 여기에 적의 대열이 있을 '공산'이 '크다'라는 이야기에 불과하다.

모든 일에서, 모든 상황에서 당첨 제비를 뽑을 수는 없는 노릇.

그건 당연하겠지. 잘 이해하고 있기도 하다.

하지만 전장에 서면 그 도리가 징글징글하다.

이것은 일종의 인간적 모순이다.

동시에 시장에서 버블의 근원이란 이러한 욕망이라고 절로 이해할 수 있는 체험이다.

타냐는 버블은 반드시 터짐을 안다. 알아도, 그 유혹이 강대한 이유를 거듭 통감할 수 있다.

자, 하지만 현실 문제로 어떻게 행동해야 할까.

가능성이 희박한 캠페인에 시간을 더 들이면 정말로 만회하기 힘들어진다. 매몰비용에 사로잡히는 것은 무섭다.

한편으로는 손절에 나섰다가 유망한 투자를 날려버리는 것도 무섭다.

어느 쪽도 일장일단은 있었다. 공중에서 팔짱을 끼고 잠시 생각한 끝에 타냐는 각오하고 부분적인 추가 리스크 수용을 택했다.

"고도를 올려서 더욱 엄밀히 적을 찾는다."

저공에서는 시야가 제한된다. 높은 곳이라면 전망도 좋다. 이치에 맞지만, 그것은 '여태까지 그러지 않았던 이유'도 나름 있는 선택지다.

"시간은 유한하다. 피탐지 리스크보다 탐지할 수 없을 리스크를 두려워해라. 이 경우, 마도 조사(照射)로 주변 수색 정도는 단행해도 좋다."

레이더는 '적을 찾을' 수 있다.

하지만 레이더는 전파다. 전파를 쏘면 '어디에서 찾고 있는지' 역추적을 당할 수 있다. 마찬가지로 마도사가 고도를 취하고 주변을 뒤지기 시작하면, 적 부대도 마도 반응을 감지하고 줄행랑을 칠 리스크도 커지는 법이다.

아니, 그 정도가 아니다.

적 마도부대가 요격하려 부상할 리스크도 있다.

사실 별개 행동 중이던 아군 제2마도연대는 적 요격부대를 공격하는 처지가 되었다. 그걸로 적이 멈춘다는 보증은 없다.

"색적! 주변 수색! 적 응전이 있을 것으로 상정하라!"

마도부대와의 전투를 의식하며 페어 단위로 사각을 없애라고 명령하면서 수색.

하지만 여기서 타냐가 맞닥뜨린 것은 예정대로이면서도 어떤 의미로 예상 밖의 일이었다. 예상대로 예기치 않은 저항에 부딪혔다고 할까?

"큭! 아군에 접근하는 반응 있음! 비상물체! 2시 방향입니다!"

경계요원의 외침에 전원이 주변에 의식을 돌리고 복수의 비상물체를 감지했을 때, 제국군 마도사들은 곤혹스러웠다.

비상물체에서 마도 반응이 없다. 약간이나마 대공경계용 간이 전파술식 반응만이 있음.

"이건……?"

곤혹스러움을 띤 부하들에게 타냐는 '항공기다!'라고 외쳤다.

'마도사가 아니더라도 하늘을 나는 것은 많이 있지 않은가!'라고. 동시에 베테랑이 모인 군인들이 '설마'라고 곤혹스러워하는 이유도 당연히 있지만.

"하지만 하필 이 시간대에? 느려 터진 야간 전투기로 마도사를 요격합니까?"

곤혹스러운 얼굴의 부관에게 타냐는 "달리 생각할 수 없다."라고 대답하고, 부대에 진형 재편을 명령했다.

상대가 마도사라면 과도한 밀집은 피해야 했다. 하지만 비교적 고속으로 추정되는 적 야간 전투기라면 오히려 방어외피를 모은 컴뱃 박스가……라고 판단을 수정하려던 참에 타냐는 멀리서 보이는 적의 모습에 신음했다.

"야간 전투기치고 너무 작은데? 거리를 잘못 쟀나……?"

그림자가 작다. 아직 어둑어둑한 것도 있어서 식별도 곤란.

하지만 뭔가 이상하다.

일반적으로 야간 전투기란 장거리 비행이 가능한 쌍발항공기. 운동성능은 쌍발치고 나은 편이지만, 속도는 대충 고속. 하지만 멀리서 보이는 적은…….

그 존재가 야간 전투기조차 아닌 것에 무심코 경악하여 외쳤다.

"단발이라고?! 설마 전투기를 띄우기라도 한 건가?!"

야간비행만 해도 기막힌 짓이다.

그것을 복수, 편대 비행할 수 있는 숙련도로, 우리 쪽에 돌진시킨다?

"말도 안 돼?! 무슨 훈련을 시킨 거지?!"

후방에 있었던 예비가, 단발전투기로 야간 이착륙과 유도의 문제를 두려워하지 않고, 마도부대에 덤빈다는 말도 안 되는 숙련도와 각오.

아무리 연방군으로서는 아군 세력권 상공이라고 해도…… 보통 날아오르나?

"저놈들, 제정신인가?"

투덜대면서 타냐는 고개를 내저었다.

이 정도 광량, 쌍방이 서로 제대로 볼 수 없을 정도의 어둠이다. 밤하늘 속에서 적기는 기막힌 집중력으로 이쪽에 기관총을 쏘아 댔다.

공중전의 기본대로 일격이탈.

그것도 편대 단위.

방어외피로 튕겨낼 정도의 화력이라고 해도, 그런 놈들 상대로 정신줄을 놓는 것은 바보 중의 바보. 이른바 월드 클래스의 바보다.

"간덩이가 부었구나! 좋아! 해보자! 상대해 주지!"

용감한 지휘관으로서 타냐는 외치고, 속으로 온갖 욕지기를 흘렸다.

연방 놈들. 대체 왜 월급보다 더 일하는 거냐!

노동력의 덤핑에 격앙하고 싶어졌다.

아군을 고무하기 위해 타냐는 일부러 주역은 자신이라는 듯이 선두로 날아가 폭렬술식을 이보란 듯이 발현하여 투사.

그렇긴 해도 교전은 오래가지 않았다.

적도 애초부터 일격이탈이 전제고, 결판을 낼 것을 생각하지 않는 항공기. 게다가 야전이다. 쌍방이 조직적으로 싸우기에는 너무나도 변수가 많다.

손해는 없어도 귀중한 시간을 낭비했고, 무엇보다도 짜증 나게 발목을 잡힌 것을 타냐는 인정했다.

타냐는 투덜거렸다.

"어찌 됐든…… 적의 야전항공기지가 전진했다면 귀찮다."

단발 전투기를 띄우고 관제할 수 있는 타입의 기지.

아마도 앞으로도 방해할 가능성이 크다. 적어도 이번이 그냥 운이 좀 나빴다고 치부해선 안 된다.

"음? 아니, 잠깐만?"

타냐는 거기서 적의 항속거리가 '평범' 한 것에 주목했다.

일격이탈용 중무장, 중장갑이며 마력이 있는 발동기를 실었다면, 항속거리가 줄어드는 법이다.

분명히 일반론으로 마도사보다는 전투기의 속도가 빠르다.

하지만 물리법칙은 때로는 '균형' 을 맞추는 법이다.

그렇다면 '근처에' 적 기지가 있다면……?

"제군, 늑대가 되어 적을 쫓아라! 적이 소굴까지 안내해 준다!"

추적하고, 소굴을 불태운다.

명확한 결단은 '또 방해받으면 귀찮다.' 라는 절실한 위기감에 뒷받침된 것. 전장에서 광기를 부린다면, 그 광기에는 광기로. 만용에는 만용으로 맞받아치는 야만성.

전쟁에서는 이렇듯 극한상태에 따른 극단적 판단도, 때로는 당사자가 합리적으로 내리는 법이다.

마도연대는 적기들이 가는 방향을 대충 가늠하고 곧바로 추적을 개시했다.

적기가 다소 흩어지는 바람에, 거리를 좁히는 데 다소 난항을 겪었다. 하지만 고생했다고는 해도…… 발견 보고가 머지않아 올라왔다.

"저, 적 기지! 적 기지입니다!"

보고를 듣고 기합을 넣어 포인트로 말 그대로 날아가서 '진짜냐.' 라고 말하고 싶어질 정도로 거대한 적 기지를 보고 숨을 삼켰다.

거대한 활주로가 있는 것은 좋다.

평야를 임시 활주로로 삼는 것은 드물지 않은 광경이다. 눈을 다져서 설원을 활주로로 삼는 사례가 간혹 있다.

하지만 활주로에 부설된 설비들까지 지면에서 솟아나는 것은 아니다.

하지만 어디를 어떻게 봐도 쑥쑥 솟아난 듯한 위용이다.

'야전항공기지' 라고 불러야 할지 의문인, 오히려 고정 거점이 아닐까 투덜대고 싶어질 정도로 거대한 비행장.

기억하기로는 며칠 전에 제국군 항공함대가 정찰을 마쳤을 터. 이런 거점이 있다면 보고가 있었을 텐데.

"어디서 생겨났지?"

이 경우, 하룻밤 사이에 성이 생겼다는 전설이나 어딘가의 우화는 아무래도 좋다. 없어야 하는 곳에 적 거점이 있다.

이것이 얼마나 두통을 일으키는 일인가!

불확실성으로 가득한 마찰이다, 안개다. 클라우제비츠가 말할 것도 없이, 전장에는 예상을 벗어나는 일이 넘쳐나지만, 이 정도의 오차가 되면 적의 작위 말고 있을 수 있을까?

"야전항공기지라고 쳐도, 이런 데까지 설비가 진출하다니."

방법은 의문이지만, 그 엄청난 의지로 무심코 움츠러들게 하는 존재다.

여기는 전선 부근.

제국군의 중포——물론 지금 건재하다면. 그것의…… 사정권에 당당히 적이 항공기지를 세울 정도의 살의와 투지.

욕설을 퍼붓고 싶을 정도로 연방군은 싸울 의지가 왕성하다.

"라우돈 각하께서 살아 계셨으면."

제투아 각하와 손발이 맞는다는 나이 든 대장 각하가 건재하시면 '지금 관찰한 사실'을 보고만 해도, 다 죽어가는 포병이라도 총동원하여 때릴 텐데.

"중령님? 왜 그러십니까?"

그렇게 묻는 부관에게 타냐는 신경 쓰지 말라고 말해 주었다.

'외부의 업무 위탁을 기대했지만, 그게 안 된다면 자력으로 해결할 수밖에 없나?'라는 투덜거림은 부하에게 하는 게 아니다.

오히려 불행한 조우라든가, 운이 나빴다고 여기지 않도록, 하늘이 내린 기회라는 듯이 기세를 올릴 수밖에 없다.

"이런 대박을 독점하는 죄악감은 대단하군."

"잘 불탈 것 같네요."

부관의 솔직한 감상에 고개를 끄덕이다가 타냐는 '잠깐만?'하는 생각에 고개를 갸웃거렸다.

여기는 설원이다. 항공연료의 유폭을 노리더라도 잘 불탈 것 같지는 않다. 무엇보다 적의 배치도 공습이나 포격을 상정하고 나름의 대미지 컨트롤을 의식했겠지.

"폭렬술식을 퍼부어서 불타는 적 기지를 등지고 유유히 물러나는 건……."

어렵겠지, 라는 말을 하려는 순간이었다.

타냐의 뇌세포는 문득 '탈구축이다!' 라고 외치는 신기한 시점을 깨달았다.

'일격으로는 불태울 수 없다' 면 '유폭해도 일격에 전멸할 리스크도 적다' 는 뜻 아닌가?

항공기지는 가연물로 가득하지만, 대지습격으로 탄약고나 연료고가 날아가도 상당수의 시설이 남는다면.

"폭렬술식 준비! 가연물을 얼추 날려버리는 즉시 제압한다! 방호가 약한 비축이 있으면 덤으로 가져간다!"

"강하습격이다!" 라고 부하에게 무전으로 외치는 타냐에게 돌아오는 것은 곤혹을 띤 소령의 질문이었다.

"중령님, 바이스 소령입니다! 저기, 제압이라는 건?!"

"설원 위의 기지다! 다 태울 수 없는 이상 내려가서 부순다!"

"하지만 제압은!"

"습격! 습격이다! 적의 보금자리를 부수는 게 주목적이지, 점령은 목적이 아니다! 의문이 더 있나?!"

없다는 대답에 타냐는 만족스럽게 끄덕이고 대지습격 대열을 짜는 마도연대를 각각 움직여서 지상을 향해 가볍게 폭렬술식으로 가연물 처리를 시작했다.

애석하게도 적의 방어포화는 여전히 농밀하다. 하지만 방어외피 위에 방어막까지 두른 연대 규모 마도사와 사격전이라면 기지가 먼저 두 손을 든다.

대공포의 태반이 날아갈 무렵에는 반격도 약해질 수밖에 없다.

이때다 싶어서 타냐는 부대에 '지상에 강하해서 습격' 하라는 명령을 내렸고, 이것 또한 지휘관 선두로 연방군 야전항공기지의 사령부였을 것으로 여겨지는 숙소 잔해로 내려갔다.

무슨 정보라도 없을까 하고 기대했지만, 거기서 목격한 것은 오히려 속 시원할 정도로 '깨끗하게 파괴된 암호기' 라는 것에 무심코 혀를 찼다.

어떻게 봐도 폭렬술식이나 그 여파에 따른 파손이 아니다.

꼼꼼하게 기름을 붓고 도끼질하고, 마무리로 폭파 처분. 사령부가 습격당한다고 안 순간에 연방군 중 누군가가 암호기를 열심히 파괴하고 도망친 모양이다.

"어이어이, 이렇게까지 하나……."

누가 투덜거린 순간, 갑작스럽게 옆에서 중기관총인 듯한 화선이 사령부의 잔해에 쏟아졌다.

중기관총의 탄환은 목제 벽 따위 종잇조각처럼 찢고, 너희도 살점으로 변하라는 듯한 살의와 함께 실내에 쏟아졌다.

그렇듯 열렬히 환영받는 가운데, 재빨리 바닥에 엎드린 타냐와 마도사들은 밖으로 시선을 주고 무심코 눈을 껌뻑이며, 자신이 잘못 본 게 아니라는 것을 깨닫고…… 맥없이 투덜거렸다.

"진지? ……진지라고?!"

대체 뭘 어떻게 하면? 이라는 기분이었다.

단순한 야전항공기지가 보병 강하를 상정한 진지까지 갖추고 있을까?

연방군답지 않게 현장의 창의적 노력에 의한 독단인가? 아니면 혹시 상부 차원에서 제국군의 공수를 열심히 경계했나?

주위 장병에게 응사를 지시하면서 타냐는 적이 끈질긴 이유를 추측했다.

"제길, 적도 학습했나."

경험이라는 교사는 수업료가 터무니없이 비싸다.

하지만 우수한 교사다. 매우, 매우 우수한 교사다. 솔직하게 배우는 학생이라면 살아남는 한 확실하게 학습한다.

"혹시 적이 용의주도하다면?"

설마 싶어서 타냐는 사령부의 잔해 속에서 '아래를 뒤져라!' 라고 소리치니, 기막히게도 지하호까지 완비된 상황.

덤으로 지상에 강하한 병력의 보고와 종합하면 위장된 엄폐호까지 다수 있는 정도일까.

놀라울 정도의 편집증. 용케 이렇게나 갖추었다.

순간적인 판단으로 이탈을 결의한 타냐는 재빨리 명령했다.

"불태우고 이탈해라! 침상을 부순 것으로 만족한다."

"예! 불태우…… 예?!"

굳어버린 부장에게 타냐는 왜 넋 놓고 있냐고 소리쳤다.

"어차피 이대로는 일시적인 제압도 버겁다. 그렇다면 당초 목표인 파괴를 우선해라. 물자 압수는 이 경우 잊어버리자. 지상, 지하, 양쪽 다 불을 질러!"

아니, 저기, 라며 바이스 소령이 말을 더듬다가 조심스러운 기색으로 의견을 올려왔다.

"저기…… 적의 저항도 매섭습니다. 불을 지르려고 해도 방해받지 않겠습니까?"

"어이어이, 바이스 소령. 그걸 위한 창의적 노력이다."

'하지만' 이라는 말을 삼키는 부하에게 타냐는 "해라." 라고 말했다.

"비행장이란 태워버리는 것이다. 전통 아닌가?"

"어디의 전통입니까?!"

"오리엔탈의 취미지."

전투기 파일럿이 적 비행장에 착륙하여 불을 지르고 이탈한 사례가 타냐가 아는 세계의 실전 사례로 있다.

단순한 파일럿도 그게 가능하다.

그렇다면 방어외피가 있는 항공마도사가 '공습' 이나 '공수 강하' 에 대비한 정도의 놈들을 상대로 뭘 겁낸단 말인가.

포병에 투사화력으로 밀리고, 중전차에 장갑으로 밀리고, 보병에 제압력으로 밀리는 게 마도사지만, 그렇다고 해도 경전차 정도의 장갑을 갖추었고, 포병과 비교할 수 있을 정도로 화력을 투사할 수 있으며, 보병과 같은 일을 할 수 있다.

연방군의 비행장 한두 개를 왜 못 태워버린단 말인가.

우리 쪽이 마음먹고 돌격하면 적의 전열은 와해. 이 기지를 태우고 지도라도 회수하여 적 정세를 아군과 공유하고 다음 목표로 갈 수 있을까……?

머릿속으로 열심히 계산하면서도 타냐는 날아올라서 공중에서 자세를 갖추었다.

재습격하든 이탈하든, 부대로서 행동하려면 통제가 중요하다. 거기서 타냐는 어떤 위화감이 들었다.

어째서인지 주위가 느리다. 아니, 느린 정도가 아니었다. 부대의 대열은 아직 재형성조차도 되지 않았다! 아연히 주위를 둘러보고 사태를 받아들인 타냐가 부관에게 어떻게 된 일이냐고 묻자, 부장은 씁쓸한 얼굴로 아군을 보십시오, 라며 가리켰다.

"피로가 심각합니다."

"자네도 말인가?"

"저는 아직 낫습니다만…… 오히려 지휘를 맡으신 중령님이 힘들지 않으십니까?"

"그렇게 보이나?"

타냐는 조그맣게 답했다.

24시간 싸우기로 각오한 월급쟁이도, 여러 압력 속에서는 당연히 올 것이 오는 것을 부정할 수 없다.

"저희는 그나마 더 힘든 일도 겪어 봤지만…… 연대는."

"그렇겠지. 우리 부대는 혹사에 너무 익숙하다. 그만큼 혹사를 전제로 부대를 움직일 수 있지만……."

연대를 지킨다는 점을 두고 봐도, 피폐에 익숙하지 않은 요원으로서는 기력으로 피폐를 계속 커버하기도 힘들겠지.

타냐도 의식하라고 거듭 당부하기는 했다. 하지만 부하의 피폐는 균등하지 않다. 그것은 얼룩무늬처럼 차이가 있고, 궁극적으로는 부대의 일체성을 저해한다.

거기서 의견을 들어야 할 상대가 또 있음을 타냐는 떠올렸다.

"외스테만 중위!"

"옙! 부르셨습니까?"

아직 활력이 남은 장교의 명료한 대답.

"귀관과 귀관의 부대는 아직 더 싸울 수 있겠나?"

"어……. 저기, 중령님이라면 시키실 줄로 압니다만."

그런가. 타냐는 살짝 유쾌하게 입가를 일그러뜨리고 바이스 소령에게 시선을 보냈다.

"우리는 역시 숨이 헐떡이는 정도가 아닌가 보군."

"중령님에게 혹사당했으니까요."

바이스 소령의 절절한 한마디에 타냐의 옆에서 주변 경계에 임하는 세레브랴코프 중위까지 왜인지 깊게 고개를 끄덕였다.

타냐로서는 '상부의 명령'으로 그러는 것이지, 자신이 악덕 기업의 적극적 추진자가 아니라고 목청껏 주장해야 하는 국면이었다. 슬프게도 여기는 전장이고 부하의 오해를 풀기 위해 정중한 대화를 택할 사치는 허락되지 않는다.

하는 수 없이, 타냐는 각자의 적성에 맞는 역할을 주기로 했다.

"어쩔 수 없지. 귀환한다. 다만 수작은 좀 부리자."

어느 정도를 던질까 고민할 필요는 거의 없었다.

"귀관에게 일임하지, 소령. 데리고 돌아가서 억지로라도 휴양을 시켜라."

"옙! 음? 죄송합니다, 의도가……."

"왜 그러지, 소령? 귀관이라면 연대를 데리고 복귀하는 일쯤은 가능할 텐데."

"아뇨, 그거야 맡겨주신다면 최선을 다하겠습니다만. 저기…… 중령님은? 저희와는 별개로 행동하십니까?"

"그렇다."

타냐는 고개를 끄덕였다.

"그란츠가 빠진 중대와 외스테만 중위의 부대를 데리고 적과 마주칠 가능성이 큰 루트를 훑어보기만 하고 돌아가지."

"굳이 몸소 분견대를 이끄신다고요?"

의문을 담은 바이스 소령의 질문은 정곡을 꿰뚫었다.

타냐도 자신에게 아무런 메리트가 없는 초과 노동을 적극적으로, 무상으로 하는 것은 바라는 바가 아니다. 그래도 빨갱이의 위험성은 무시할 수 없다.

장기적인 자기 안전과 미래에 심각한 위해를 미치는 위협에 대한 대처는 필수 경비.

그렇다고 해도 물론 적자다.

빨갱이 상대가 아니라면 이렇게까지 적극적으로 리스크를 감수할 생각도 하지 않는다.

뭐, 그렇게까지 솔직해질 이유도 없어서…… 타냐는 일부러 가벼운 투로 부하에게 말했다.

"그래. 기운 쌩쌩한 장병을 데리고 그냥 나는 것 말인가? 그건 정말로 내 취미가 아니로군. 아깝지 않은가. 그렇다면 여기서는 여력이 있는 녀석들을 데리고 적을 꿰뚫는 귀로로 날아가는 게 좋다고 할 수 있지 않겠나?"

"예? 이제 동이 틉니다만……?"

"그래, 그만큼 목표가 잘 보이겠지?"

"저희 모습도 잘 보입니다만?"

"그래. 피차 마찬가지다. 공평하게 전쟁하는 건 내 취미가 아니지만, 태양이 편애하지 않는다면서 투덜대는 것도 공평하지 않고, 문명적이지도 않다. 무엇보다 내 취미에 맞춰 생각하자면 적을 날려버릴 수만 있으면 된다."

"매번 그렇지만, 중령님의 취미는 정말 악랄하군요."

"공정함을 지키는데 악랄하단 소리를 듣다니. 정말로 세계란 불합리로 가득하군."

농담을 섞어가며 말했지만, 타냐는 거기서 바이스 소령이 씁쓸한 표정을 풀지 않는 것을 깨닫고 의문을 던져 보았다.

"아직도 뭔가 있나?"

"중령님, 위험성이 급등합니다. 괜찮겠습니까?"

적과 마주치는 것은 위험하지 않다고, 타냐는 정정했다.

"마주치는 건 수송부대일 공산이 크다. 노획한 연방군 지도를 보면 우리의 예상대로 주요 간선도로를 연료 수송로로 삼고 있다. 높은 확률로 연료를 실은 차량을 확인할 수 있겠지."

"때리는 거군요."

타냐는 사납게 보일 것을 생각하며 끄덕였다.

"가연물 덩어리는 놓치고 싶지 않다. 무엇보다 우리 아래에서 적이 줄줄이 수송하고 있을 가능성이 크다고 생각하면."

"밤에 전선으로 보급이 갈 공산이 그렇게 큰 겁니까?"

확실할 정도로 크다고, 타냐는 바이스 소령에게 장담했다.

일단, 전차는 병기로서 자체적인 완결성이 부족하다.

지속적인 보급, 정비가 없으면 금방 멈추고, 보병의 지원이 없으면 의외로 약하기도 하다. 그런 기갑부대를 적이 창끝으로 써서 밀고 있다면, 그 무정지 진격을 위해서 장갑전력에 계속 연료를 먹여 줘야만 한다.

이럴 때 우리가 연료를 많이 가진 군대라면 '노획 연료'로 적 전선이 멈추지 않는다는 악몽도 꾸겠지만…… 행인지 불행인지 제국군이 연방군에 '노획' 당할 연료는 '절대적'으로 소량이다.

애초에 제투아 각하가 이르도아 전선에 대량으로 돌려썼다.

탈탈 털어서, 여분을 쥐어짜, 대량의 기갑사단을 집중적으로 운용한 것이다. 아군의 연료창고는 어디고 텅텅 비었을 것이라고 상상이 간다.

그렇다면 적에게는 노획이라는 선택지가 사실상 없다.

항공우세를 쌍방이 겨루고 있는 현황에서는 어떻게든 연료를 전선으로 옮길 수밖에 없으며, 그 대동맥을 끊는 것만이 제국의 유일한 처방전이다

따라서 타냐는 그런 사정을 배경으로 단언할 수 있다.

"적이 최전선 부대에 가는 보급을 가급적 빠르게 보내려는 것은 확실하다. 그렇다면 조우할 수 있을지는 운에 달렸지만…… 아마도 적은 다소의 손실을 계산하면서도 일정량을 옮길 수밖에 없을 거다."

"대단한 혜안이군요. 그 정도로 예상하신 겁니까?"

"군 대학에서 배운 거야, 소령. 병참을 알면 누구든 이 정도는 역산할 수 있다. 우거 대령님 정도라면 루트의 역산도 가능하지 않을까?"

"그분이?! 실례지만, 후방 근무만 하시는 분으로 알았습니다."

"뭔가, 소령. 우거 대령님은 내 동기인데?"

"갑자기 설득력을 느꼈습니다."

얼굴을 펴면서 타냐는 어깨를 으쓱였다.

"아무튼 뒷일은 맡기지. 자, 나도 가 보실까."

결론부터 말하자면 타냐의 판단은 정확했다.

다수의 연료 수송차량을 발견, 격파하고, 대량의 타고 남은 찌꺼기를 대지에 뿌리는 모습은, 말하자면 일종의 반달리즘에 해당할 정도다.

혁혁한 전과라고 하기에는 부끄럽지 않지만, 만사의 일면에 불과하다.

"비샤, 감청 상황은?"

"전진하는 연방군에 정지 명령이 나온 낌새는 없습니다. 우리군의 전선은 여전히 대혼란 상태입니다. 확인된 것만 해도 상당수의 아군이 남겨진 게 아닐까 합니다."

"그렇겠지."

타냐는 부관에게 그렇게 답했다.

상상하고 예상했던 거지만, 타냐가 강행한 '위조 명령'에 따라 전군이 움직이는 것은 일반적으로 불가능한 일이다.

혹여나 전군이 즉각 그 명령을 실행하려고 해도, 얼마나 많은 부대가 움직일 수 있을까 하는 문제가 있을 정도다.

"오히려 신속하게 움직일 수 있는 곳이 적겠지."

알고는 있었지만, 타냐는 답답한 심정이었다.

이걸로 겨우 하루. 시작한 지 24시간도 채 지나지 않았다. 이것은 지금 후퇴할 시간을 낭비하고 있다는 의미이기도 하다.

군 전체가 움직이지 않으면 이렇게 억지를 부려서 후퇴시키려는 야전군 주력이 멋지게 녹아버리겠지.

제발, 제발. 타냐는 처음으로 그란츠 중위에게 빌었다.

부탁이니까 어떻게든 제투아 각하께 잘 말해달라고.

III

제 3 장

거짓말은 도둑질의 시작

Liar today, thief tommorow

중대한 위기란, 해결할 수 없어서가 아니라
'해결할 수 있을지도 모른다'란 이유로 고민하게 한다.
포기하자니 희망이 남고, 낙관하기에는 복잡기괴.
나중에야 '이러면 해결할 수 있었다'고 말할 수 있겠지.
하지만 단 하나의 정답을, 한순간의 유예만으로,
정확하게 계속 선택하는 것이 인간적으로 가능한가?
계속 선택했던 인간을, 나는 두 명밖에 모른다.
그들을 인간으로 셈할 수 있다면 말이지.

보렌 그란츠, 일시불명 구술 기록

》》》 통일력 1928년 1월 15일 임시 지휘소 《《《

손 모아 기도한다고 세계의 문제가 해결되는 건 아니다.

타냐로서는 부하에게 기도한다는 행위 자체가 정신적 여유의 결여를 깨닫게 하는 자기반성의 기회였다.

그렇기 때문일까.

2개 중대 규모로 대지습격 비행을 문제없이 끝내고, 주둔지로 귀환하여 뜨거운 물을 준비시키고 비장의 이르도아산 진짜 초콜릿을 사령부 요원들에게 배포했다. 그리고 함께 그걸 씹으면서 타냐는 번잡하더라도 처리가 필요한 안건을 처리하겠다는 듯이 서류에 몰두했다.

전시 작전행동 중인 군대에서 서류 업무에 몰두하는 것은 현실도피로 보일지도 모르지만, 멍청해 보여도 절실하다.

애초에 군대도 조직이다. 참 기막히게도 작전행동이니 전투행동을 할 때마다 필요한 사무처리가 급증하는 조직이다.

이 대처를 게을리하면? 부대의 실정을 장악하지 못하고, 보급은 몹시 엉성해지고, 명령은 항상 시기를 놓치고, 실패가 약속되는 조직으로 전락한다.

멀쩡한 현대 군대로서, 서류와 싸워 승리하는 것은 전쟁에서 이기는 데 필수다.

하지만 이 사무전선에서 결정적인 패배를 맛보며, 타냐는 한 사실을 현시점에서 절로 이해했다.

확실히 말해서 처리가 포화 상태다.

별개 행동에서 귀환한 바이스 소령이 결재할 수 있는 양을 처리해 주고, 세레브랴코프 중위의 도움을 받고, 사령부 요원이 총출동해서 처리하는데도 쫓아갈 수가 없다.

원인은 아주 단순하다.

인력 부족. 그것도 아주 귀찮게도 구조상의 결함 타입.

애초에 타냐의 지휘하에 있는 장교는 마도대대의 사람이 많다.

애초에 제203마도대대는 '확장 마도대대' 운용을 전제로 편성되었으니까.

물론 샐러맨더 전투단으로서 기갑, 포병, 보병의 각 장교가 존재하지만…… 중대한 문제로 '각 부대의 장교'는 몰라도, 그것들을 통합 운용하는 요원은 '한 명'도 증원되지 않았다.

지점을 넷 모아서 지역 통합 기능 시설을 만들고, 아르바이트 직원도 채용하지 않은 채로 지점 직원이 그대로 지역 통합을 해나가는 무리한 업무다.

전투단은 '임시' 편성이니까.

긴급사태가 발생하면 유연하게 편성하고, 필요한 처리가 끝나면 해산. 고정 사령부 기능은 그 실정과 달리 불필요하다는 이유로 생략되었다.

원래의 '전투단 규모' 운용도 타냐 같은 지휘관급의 오버워크를 전제로 하고 있다. 혼자서 그런 무리한 업무를 할 수 있겠냐며 타냐가 각 병과의 부대 지휘관에게 일을 재량껏 나누고 여러 처리의 속도를 올리는 것으로 그 무리를 견디는 게 실상이다.

자, 여기서 문제.

기갑과 알렌스 대위는 전차 정비를 위해 부대와 함께 빠졌습니다. 포병과 메베르트 대위와 보병과 토스판 중위는 전투단에서 자리를 지키고 있습니다.

휘하에 있는 마도장교 중에서 그란츠 중위는 장교전령으로 빠져나갔습니다.

이런데 연대 규모의 마도사를 지휘하고, 사단 규모 마도사를 운용하기 위한 사령부 업무를 처리할 수 있을까요?

가능할 리가 없다.

게다가 사람이 부족하다며 근처의 마도장교에게 억지로 업무를 나눠주는 것도 불가능하다.

지금의 타냐는 '제투아 대장 명의'의 명령으로 억지로 부대를 움직이는 상황이다. 상황을 제대로 모르는 장교를 사령부 요원으로 써먹을 수도 없다.

최소한의 효율화를 위해, 우선순위의 문제라며 사단에 넣은 각급 지휘관에게 태반의 사무를 위임하고, 적 병참선을 철저하게 타격하게 하고, 타냐 자신도 계속 비행한다는 것은 파탄이 시간문제인 줄타기라고 할 수밖에 없다.

연방의 공세 개시로부터 24시간. 그것밖에 안 되었는데.

고작 그것밖에 안 지났는데 타냐는 이미 한계에 가깝다.

바라는 건 오로지 하나.

제투아 대장에게 그란츠 중위가 사정을 털어놓고, 제투아 대장 명의로 모든 것이 정상이 되기만 하면, 모든 혼란이 어느 정도 수습되기만 하면.

파국을 뒤로 미루기 위해, 열심히, 열심히 서류에 사인하고, 명령서를 준비하고, 나중에 처리해야 할 일을 미뤄도, 일은 자꾸 늘어나기만 할 뿐.

도중부터 마도부대에 대한 구원 요청은 비정하게 들리더라도 일률적으로 안 된다고 대답하라고 통신요원에게 엄명하지 않으면 일이 돌아가지 않을 정도였다.

거기다가 동부 방면군과의 절충도 잘되지 않는다. 물론 시치미를 떼는 것이 필수이지만, 그래도 '후퇴시켜라.' 라고 강조해야만 한다.

하지만 라우돈 대장이 날아간 저쪽은 대혼란.

"자, 비행 속도와 시간을 감안하면 슬슬 그란츠 중위에게서 보고가 있어도 좋을 텐데."

부탁이니까 얼른 좀 되어라.

차라리 내가 갈 걸 그랬나?

그런 분통을 느낄 정도로 타냐는 쫓기고 있었다.

서류를 끝내지 않으면 전투행동으로 돌아갈 수 없다.

냉전도 깜짝 놀랄 정도인, 핵 없는 공지전을 계속할 필요가 있어서, 그걸 위해서라도 여기저기에 억지를 부릴 필요가 있어서.

타냐는 건조한 눈을 비비면서 손가락이 미묘하게 떨리는 것을 자각했다.

그러고 보니 어느새 펜을 너무 세게 쥐고 있었다.

눈도 손가락도 한계를 진즉에 돌파했다.

더 해도 능률의 낭비라고 판단하고 타냐는 소령과 부관에게 이탈을 고했다.

"바이스, 미안하지만, 나는 눈을 좀 붙이지. 15분만 자겠다. 귀관도 교대로 자도록. 세레브랴코프 중위에게는 미안하지만, 나와 바이스가 일어날 때 초콜릿과 커피를. 귀관도 그 뒤에 필요하다면 눈을 좀 붙이도록."

알겠다고 대답하는 부하에게 뒤를 맡기고, 타냐는 좀비 같은 발걸음으로 '침실'이라고 하기에는 너무나도 조악한 침상에 뛰어들었다.

이불도 침대도 없다. 침상에 있는 것은 침낭은 고사하고 그냥 지푸라기뿐. 하지만 사치스럽게도 누군가가 말려준 것이다.

진흙과 진창의 세계에서, 건조하고 따듯하다.

그렇다면 그것은 사치다.

전장에서는 스위트룸 이상의 문화다.

타냐의 의식은 뚝 끊겼다. 하지만 다음 순간, 끊겼을 터인 의식이 외적 자극에 의해 강제로 되돌아왔다.

"음?"

돌아가지 않는 머리가 더 자고 싶다는 충동을 호소하고, 몸 안쪽에서 나태로 불리는 것이 소리친다. 하지만 각성하는 의식이 그것을 억지로 찍어 누르고, 타냐는 자기 어깨를 흔드는 손의 존재를 지각했다.

"음, 벌써 시간이 다 됐나?"

타냐는 시계를 보았다가 자려고 했던 바로 그 시간임을 깨닫고서, 누가 깨우러 온 것인지를 확인했다.

시야 앞에 있는 것은 미안하다는 표정의 부관.

"데그레챠프 중령님……. 저기."

"용건을 듣지."

"전화입니다. 받으셔야 할 것 같아서. 수화기를 가져왔습니다."

"전화? ……뭐? 아, 전화인가."

이 수라장 속에서 부관이 받아야 한다고 판단한 이야기라면 중요했다. 바이스 소령이 처리하지 못하고 이쪽으로 돌린 이야기라면.

피하기 어려운 전화라고 이해하고 타냐는 즉각 의식을 억지로 각성시켰다.

"받지. 수화기를 이리로 가져와."

타냐는 침상에서 지휘소로 돌아가는 도중에, 어떻게든 졸린 목소리를 가다듬고 전화를 받았다.

"예, 전화 바꾸었습니다. 소관이……."

"여어, 데그레챠프 중령. 최근에는 좀 어떤가? 나는 아무래도 영감이 부족한 건지, 슬프게도 나이만 느끼고 있어서 말이야."

느릿느릿한 목소리였다.

어딘가 놀리는 듯한 목소리이기도 했다.

하지만 타냐에게는 무전 너머든, 전화기 너머든, 설령 그것이 잠에서 깨어난 직후라고 해도, 절대로 잘못 들을 리 없는 목소리임이 틀림없다.

"다, 닥터?"

"그래, 기억해 줘서 고맙군. 으음, 눈치가 빨라서 좋지 않나."

잊을 리가 없다는 것은 타냐의 거짓 아닌 본심이다.

"용건을 말씀해 주시면 고맙겠습니다만."

문명인으로서 최소한의 자제심이 승리했다기보다는 너무나도 기가 막힌 나머지 퉁명스러움이 사라져 버린 목소리로, 타냐는 무심코 사무적으로 되물었다.

자폭하는 보주를 손에 들려 보내고선 무전기 너머로 '왜 제대로 못 쓰는 거냐?!' 라고 욕하던 매드사이언티스트의 목소리다.

그런 상대가 잠을 깨웠다면 누구든 굳어버릴 수도 있겠지.

"으음, 그래, 그랬지."

하지만 타냐가 억지로 뇌를 회전시키는 동안에도 상대는 참으로 마이페이스였다.

"그쪽은 이리저리 바쁜 모양이군. 선한 신앙의 등불을 아는 사이라고 해도 군용 회선으로 너무 느긋하게 말하고 있으면 주위에서 안 좋게 볼 테니까 말이지?"

"하하, 무서운 사람이 어디서 듣고 있을지 모르니까요. 배려해 주시면 감사하겠습니다."

"그래, 그렇지. 하지만 가끔은 느긋하게 이야기하는 것도 나쁘지는 않을 것 같네만."

영문을 모르겠다.

왜 나는 닥터와 잡담하고 있지? 그것도 전장 한복판에서 귀중한 수면 시간을 제물로 바치고?

"닥터?"

"나도 나이를 먹어서 말이지. 여러 친구의 근황을 들으면 역시 안심하게 돼. 여기저기서 일하다 보면 여기저기 인사할 곳도 늘어나고."

"인맥이 넓으시군요."

"그렇다고도 할 수 있지. 지기가 건강히 있는지 걱정이 든단 말이야. 그래, 근황 소리가 나오니까 본론이 떠올랐군. 자네 밑의 젊은 중위였던가, 그도 휴가로 이쪽에 놀러 왔거든?"

잉? 타냐는 그 말에 자세를 바로 했다.

내 밑의 젊은 중위? 어째서 파견 보낸 그란츠에 대해 수도의 닥터가 알고 있지? 아니, 잠깐만.

야전전화로 일부러 헛소리한 이유는 그건가!!!

"애석하게도 지갑과 함께 배급표를 떨어뜨린 모양이라서. 좀 문제가 생겼어. 모르는 사이도 아니지 않나? 친절을 좀 발휘해서 이쪽에서 메꿔주고 싶은데, 그자의 택시비를 대대에 청구해도 될까? 애석하게도 전시배급 규칙으로 택시 티켓은 공창의 공무용밖에 없어서 말이지. 아무래도 이걸 쓰라고 하면 나도 괴로워."

"아, 민폐를 끼치다니. 우리 부하가 실수해서 죄송하군요. 갑작스러운 휴가를 얻어서 마음이 들떴나 봅니다. 배려해 주셔서 감사합니다."

"아니, 우연히 그 자리에 있어서 말이지."

"택시 이용권은 물론, 전화비 청구도 이쪽으로 돌려주십시오. 임시 사령부에서 속히 결제하도록 처리하겠습니다. 오늘은 닥터도 바쁘신 가운데 폐를 끼쳐서 죄송합니다."

"외상으로 쳐 주지."

"비싼 외상이군요. 장부에 꼭 적어 두겠습니다. 그렇다면 다음에 뵙죠."

대화를 마친 뒤 타냐는 찰칵 소리를 내어 수화기를 내려놓았다. 그 태연한 모습에 불안을 느낀 걸까. 조심스러운 기색으로 바이스 소령이 끼어들었다.

"혹시 제 선에서 처리해야 할 안건이었습니까?"

상관의 수면 시간을 빼앗은 게 아닐까.

그런 걱정을 하는 듯한 바이스 소령에게 타냐는 전혀 신경 쓸 것 없다고 느긋하게 손을 흔들어주었다.

"나한테 돌리길 잘했다. 으음, 고민거리가 해결됐어. 이걸로 어깨의 짐을 반쯤 내려놓았고."

"그란츠 중위의 일입니까?"

타냐는 고개를 끄덕였다.

장거리 통화 정도 되면 감청당할 가능성을 고려하는 것도 당연하고, 아군에도 들려주고 싶지 않은 이야기이기도 하다.

오히려 닥터가 신경을 써준 것은 참으로 놀라운 행운이었다.

"지금 전화는 대체?"

"추측이기는 한데 말이지."

그런 전제를 깔고 타냐는 대충 파악한 바를 말했다.

"수도 방공망이나 관료조직인지 모르지만, 그란츠 중위에게 뭔가 귀찮은 일이 생긴 모양이다. 다행히 닥터가 잘 해결해 준 모양이지만."

"닥터가?"

"중앙에서 자기 좋을 대로 지내는 인물이다. 인맥도 참 넓은 모양이군. 그 어르신도 세상에 도움이 되는 일이 있다니."

타냐로서는 전혀 기대하지 않았던 인맥이 도움이 되었다. 인간이란 어떤 녀석이든 써먹을 데가 있는 걸지도 모른다. 타냐로서는 내키지 않지만, 그것을 실감한 순간이었다.

물론 사령부에서 타냐의 의견은 소수파지만.

바이스 소령은 예의 바르게 침묵을 지키지만, 타냐와 붙어 있은 지 오래인 부관이 왜인지 기막힌 얼굴로 쓴소리를 하지 않는가.

"중령님의 보주나 저희의 97식을 개발해 주신, 위대하고 인품도 좋은 기술자 아닙니까. 그런 식으로 말씀하시는 것은……."

"세레브랴코프 중위. 나중에 닥터 슈겔의 인물평을 그란츠 중위에게 들어보도록. 그의 감상이면 설명이 될 것 같은데."

한숨 섞어 끄덕이는 부관을 시야 밖으로 쫓으며 타냐는 일단 좋은 소식이다 싶어서 어깨에서 힘을 다소 뺐다. 제투아 대장의 이름을 사칭해서 만사를 움직이다가, 본국에서 거짓 명령이라며 뒤집기라도 하면 대혼란을 피하기 어려웠는데…….

"적어도 이야기는 할 수 있겠지."

그란츠 중위가 사정을 위에 말해주기만 한다면.

제투아 대장이 어떤 판단을 내리든지, 최소한의 '통보' 역할은 다한 것이다. 그러면 대참사만큼은 어떻게든 피할 수 있겠지.

잘하면 '그 이상'을 기대할 수 있는 것은 참으로 나쁘지 않다.

그렇다면 지금 무리한 업무량이라도 조금 더 견디는 것도 불가능하진 않다.

끝이 보이는 무리란 것은 끝이 보이지 않는 무리보다도 마음의 짐이 훨씬 가벼우니까.

≫≫ 통일력 1928년 1월 15일 제국군 참모본부 ≪≪

"정지!"

날카로운 위병의 수하.

계급을 불문하고 허가받지 않는 자의 침입은 단호히 거부한다.

그런 사명감을 띤 시선이 목소리와 함께 방문자를 향했다. 그 시선 앞에는 참모본부로 뛰어들려는 그란츠 중위가 있었다.

그는 간신히 발을 멈추고 헌병을 마주 봤다.

솔직히 말하자면 심장이 터질 것처럼 긴장하고 있었다.

애초에 억지스러운 강행돌파 가까운 형태로 제도 상공을 횡단한 몸이다.

조금 전까지는 관제나 방공사령부와 다툴 필요가 있을지도 고민했다. 다행히 아슬아슬하게 전투단과 인연이 많은 닥터가 개입해 주어서 고비를 하나 넘기고 참모본부로 달려왔지만…… 그다음은 미묘하게 자신이 없다.

아니, 사실은 참모본부에도 닥터가 '말해 놓겠다.'라고 공중무전 너머로 장담해 주었지만…….

과연 어디까지 말해놓았을까?

"나는 보렌 그란츠 마도중위다. 샐러맨더 전투단에서 장교전령으로……."

조심조심 이름을 밝히자, 헌병은 표정을 풀었다.

"아, 닥터 슈겔에게 들었습니다."

이 순간 그란츠는 그 양식적이고 선량한 연구자에 대한 존경심을 거듭 다질 수밖에 없었다.

이렇게까지 손을 써 주시다니!

보주도 그렇고, 배려도 그렇고, 정말 그러한 인격자가 후방에서 제국을 든든하게 지탱해 주고 있다니. 후방 사람들이 그토록 애써 준다는 것은 이 얼마나 든든한 일인가.

"참모본부 직속 부대에서 긴급 장교전령이지요. 예, 확인했습니다. 통과하십시오."

"고생하십니다."

경례에 답하고, 그란츠는 서둘러서 참모본부 안으로 뛰어들었
다가, 새로운 장해물과 맞닥뜨렸다.

"정지!"

"엥?"

제투아 각하의 사무실인 듯한 구역을 향하던 그란츠는 거기서
총을 든 소령과 고참 하사관인 듯한 인물에게 제지당했다.

출입제한구역이라고 말하기에 닥터 슈켈의 이름을 꺼내 보지
만, "허가가 없다. 물러나라."라며 당장에라도 구속할 듯 강경한
태도.

정문과 달리 말이 통하지 않는다.

그란츠는 거기서 머리를 굴렸다.

생각해 보면 이건 자신의 실수였다. 기밀유지를 의식해서 닥터
에게도 '장교전령'이라는 말밖에 안 했다.

닥터로서는 제투아 대장의 경호원에게 말한다는 발상까지는 하
지 못했겠지.

그분은, 그분이 아는 범위에서 완벽하게 해 주었다.

그런데도 자신은 그 호의를 충분히 활용하지 못했다. 기밀누설
을 각오하고 말해야 했을까?

그때 어떻게 해야 했을까?

맹렬한 의심과 후회에 시달리면서 그란츠는 이번에야말로 실수
하지 않게끔 열심히 생각했다. 시간이 없다. 한시를 다툰다. 어떻
게든 제투아 각하께 말해야만 한다.

하지만 눈앞의 경호원은 완전히 엄중 경계 태세.

여기서 문답하는 시간조차 아깝다.

아예 강행돌파할까?

내가 참모본부에서?

정말로 나는 어떻게 하면 좋을까?

그란츠가 울 것 같은 감정을 억눌렀을 때, 복도를 걷는 참모들이 시야에 들어온 순간, 가늘면서도 튼튼한 동아줄을 깨달았다.

재빨리 소리쳤다.

"제투아 각하의 경호 담당, 그란츠 중위입니다!"

권한은 있을 것이다. 그런 생각에 매달려서 해본 말.

"잠깐, 들어본 적 없다. 통과시킬 수는……."

"확인을! 그란츠가! 그란츠가 왔다고!"

큰 소리로 떠들고 소리치고, 어떻게 좀 해달라고 애원하고, 하다못해 누구 지인이 지나가지 않을까 싶어서 그란츠가 하늘에 기도하고, 절망한 나머지 보주를 사용한 강행돌파를 진심으로 선택지에 넣으려던 순간이었다.

"그란츠? 잠깐만, 203의 그란츠 중위인가?"

소령과 하사관 뒤에서 날아온 말은 감미로울 정도였다.

옙! 이라고 소리치고 싶은 그란츠와 대조적으로 경호 담당인 듯한 소령은 곤혹스러운 얼굴로 돌아보며 등 뒤의 인간에게 물었다.

"우거 대령님? 실례입니다만, 이 그란츠 중위라고 자칭하는 인물을 아십니까?"

"203 소속이지? 아니, 다소 면식이 있을 뿐이다. 그야 얼굴 정도는 알지만……."

그 목소리는 이 얼마나 든든한가.

"시, 실례합니다! 긴급 상황이라서 용서해 주시기 바랍니다!"

그란츠는 품속에 있는 메모를 움켜쥐고 일말의 희망을 담아 우거에게 다가갔다.

"음? 귀관은 그란츠 중위였던가. 갑자기 무슨 일이지?"

"이것을."

그란츠는 매달리듯이 데그레챠프 중령에게 받은 메모를 우거 대령의 손에 쥐여 주었다.

"동부 방면에서의 현재 정세에 관해 타냐 폰 데그레챠프 중령이 보내는 긴급 보고입니다. 제투아 각하께 보여드리라는 엄명을 받았습니다! 그게 안 될 경우에는 레르겐 대령님, 혹은 우거 대령님에게 드리라고 합니다!"

한스 폰 제투아 대장은 제국군 인사 당국의 인사고과에서 항상 '학구파' 라는 평을 받았다.

물론 이것은 제국군 인사 고과의 온건한 표현이다.

예의 바른 어휘를 걷어내고 그 의미를 솔직하게 말하자면, '학구파' 의 의미는 '결단이 느리잖아. 이 멍청한 자식' 일까.

참고로 '학구파' 의 대극에 있는 것은 '용맹과감' 이다.

이쪽에서도 제국의 인사기준이 의미하는 바는 참 깐깐하지만, 그나마 좋은 평가조차도 '달리 칭찬할 곳이 없다' 를 의미할 정도다.

말하자면, '용맹과감? 장교라면 용맹한 게 당연한데요?' 라는 소리.

따라서 표준적인 평가조차도 '달리 장점이 없으니까 눈을 떼지 마라' 라는 '사실상 최고급 주의서' 정도의 뉘앙스를 담는다.

극단적으로 깐깐하게 말하자면, 이미 신랄한 정도가 아니다.

'용맹과감하다고? 그렇다면 왜 번듯한 훈장 하나 없지? 아니, 왜 아직 살아있지?' 정도도 가능하다.

아무튼 무자비하고 인정사정없는 모든 인격의 평가이며, 전쟁 전의 엄격한 기준이 지금 참모장교의 인사고과에 적용된다면 당하는 쪽으로서는 '토할 것 같다' 고 할 정도로 엄격한 시선이 널렸다.

결국 참모본부의 평가 기준은 인간에게 한계가 있다는 전제로, 한계에 얼마나 대응할 수 있는가를 냉엄하게 응시하고 있었다. 스트레스가 심한 환경에서 인지가 일그러지는 한계까지 몰렸을 때, 개인이 얼마나 '현실' 과 마주 볼 수 있는지를 인정사정없이 확인하는 것이다.

그것이 건군 이래의 전통이다.

제국군 창설자들은 알고 있었겠지.

인간은 현실을 인정하기에 너무나도 여리다는 것을.

그러니까 사관학교, 군 대학 모두에서 '우직한 엄격함' 으로 장교를 한계까지 몰아붙인다.

실전에서 마각을 드러내기 전에 얼른 꺼지라고 말이다.

그토록 배려할 수 있었던 선배들조차도 후세의 후배 제군이 자기 분야밖에 모르는 바보가 되리라고는 꿈에도 생각하지 않았던 점에서, 인간의 합리성에는 한계가 있다.

선배들은 완벽하지 않았다. 하지만 그들은 위대한 현실주의자다. 필요한 때 필요한 교육을 받은 남자는 남았다. 그런고로 저세상에서 그들은 자랑스러워하겠지.

'자신들의 후계자'인 남자가, 심한 스트레스 환경에서 기능하는 장교가, 참모본부에는 있다고.

우거 대령은 생각한다.

그 순간을, 나는 절대로 잊을 수 없으리라.

우연이었다.

부관인 그는 제투아 대장에게 '동부에서의 명령계통 혼란을 장악하기 위한 전문'의 발신을 지시받았고, 그 준비를 마치고 돌아가는 참이었다.

경비요원이 이상하게 시끄럽길래 의아한 마음에 들여다보았더니…… 아는 마도장교가 비장함을 띠고 제투아 대장을 접견하게 해달라고 애원하고 있지 않은가.

달려온 그란츠 중위라는 장교가 자신에게 보여준 메모는 봉투에 든 작은 종잇조각.

하지만 그 내용은 극약 그 자체였다.

거기에 따르면 '소관은 독단전행을 저질렀습니다. 하지만 주력을 구해야만 합니다. 자세한 내용은 전령에게 확인해 주십시오. 어떠한 처벌도 달게 받겠습니다.'

의미가 불명료하고, 수상하기 짝이 없다고 해야 할 것.

모르는 사람이 적은 것이라면 웃어넘길 수 있겠지.

아는 사람의 것이라도 일소에 붙였을지도 모른다.

하지만 그걸 쓴 것이 누군지 알면…… 그란츠 중위를 통과하게 하라고 결단하기 충분했다.

애초에 우거 대령은 싫을 만큼 잘 알고 있다.

그 '데그레챠프'가 '독단전행'의 사후 보고.

참모장교가 적절한 독단전행을 했다는 보고라면, 보통 인간은 상부에 보고하는 것 말고 다른 선택지가 있을 리도 없다.

결국 자신은 단순한 인간이니까.

어쩌면 참모장교의 극에 달한 생물들끼리는 뭔가 의도가 통하지 않을까 하는 직감이 발동한 것은…… 스스로 생각해도 제법 감이 괜찮았던 걸지도 모른다.

하지만.

자신이 내민 메모를 빼앗아서.

그 서류를 쓱 본 그 순간.

제투아 대장이 얼굴에 떠올린 감정은…….

직감적으로 생각했다.

그것은 '형용해선 안 된다'는 부류의 감정이다.

그러니까 우거는 잊기로 했다.

뭐라고 느꼈는지는 그걸로 사라졌다.

그래도 잊을 수 없는 것도 많다.

"우거 대령."

떨리는 목소리였다.

혹은, 억양 없는 목소리였다.

겁에 질린 목소리였다.

환희에 찬 목소리였을지도 모른다.

"지금 당장, 그란츠 중위를 여기로 들이게."

자신에게 명령하는 제투아 대장의 목소리는 똑똑히 기억하고 있을 터였다. 내용 하나하나를 선명하게 기억하고 있다. 그런데도 모르는 것이다.

그 목소리가 어땠는지를, 우거의 뇌는 채 이해하지 못했다.

그것을 뭐라고 형용해야 할까.

우거는 망설이면서 말을 찾다가 결국 설명할 수 없다고 생각했고, 그는 평생 그것에 대해 침묵할 수밖에 없다고 후에 깨달았을 정도다.

다만 어찌 되었든.

우거의 눈앞에 있는 것은 단호한 결의로, 수많은 곤경과 혼돈 속에서도 명료한 행동 지침을 택하는 제국군의 이상을 체현한 참모차장 각하였다.

"우거 대령! 그리고 덧붙이지. 아까 발령하라고 했던 명령문을 서둘러 취소해라! 아까 내린 명령은 모두 취소다!"

"각하?"

"아까 명령한 명령문 발송을 즉각 중지하라! 지금이라면 아직 암호화가 끝나지 않을 단계겠지? 아직 안 늦었다. 귀관이 직접 발송을 확실하게 중지시켜라. 그리고 그란츠 중위를 여기로 보내라. 중지 절차는 귀관 자신이 확인하고 관련 서류를 파기하는 대로 보고하라."

동부 방면에서의 혼란과 관련하여 '내렸을 리가 없는 제투아 대장 명의의 명령이 나왔다'고 이해하고, 상황을 파악하려는 조회문.

최우선으로 보내라는 명령이던 그것은 분명 제투아 대장이 우거에게 직접 내렸던 것.

"하, 하지만, 조금 전까지는……."

"우거 대령. 명령은 내려졌다. 귀관은 내 명령을 이해했나?"

닥치고 하라는 상관의 단호한 태도에 우거는 자기 안에서 솟구치는 의문을 일단 치우고 상사의 뜻을 따르는 고급 부관의 의무를 우선했다.

"예, 바로 실행하겠습니다. 실례하겠습니다."

그렇게 말하자마자 우거 대령은 달려갔다.

전화기로 통화하고 절차를 밟는 것보다도 바로 옆에 있는 방에 달려가는 게 더 빠르니까 어쩔 수 없다.

도중에 대기하던 그란츠 중위와 경비에게 "제투아 각하께서 부른 사람이 맞다."라고 말해준 뒤 바로 통신실로 달려갔다.

하지만 달려가는 우거의 가슴속은 복잡했다.

옆으로 치워두었다고 해도 우거 대령의 흉중에는 의심이 몇몇 있었다.

샐러맨더 전투단, 그것도 오래 알고 지낸 데그레챠프 중령 밑에 있는 젊은 장교가 참모본부에 장교전령? 전례가 없지 않은가.

그리고 종잇조각 하나로 모든 것이 뒤집히다니.

동부에서는 대체 뭐가 어떻게 돌아가는 거지? 설마? 아니, 하지만 자신이 아는 중령의 기질은 그런 것과 거리가 먼데?

의문은 계속 끓어오르고, 선량한 그 마음을 의심의 바다에 가라앉히기에 충분했다.

당황하고, 허우적거리고, 가라앉기에…… 우거 대령은 진지하고 선량한 개인이며, 성실하며 훈련받은 조직인이기도 했다.

우거는 그런 의미에서 이상적인 부관이다.

그는 제투아 대장의 희망을 말 그대로 우선했다.

"고급 부관인 우거다! 통신 전부 대기! 통신, 전부, 대기하라!"

통신요원들이 오가는 통신실에 뛰어들자마자 암호화 중인 통신문을 중지시키기 위해 끼어들었다.

참모 휘장의 권위와 참모차장의 고급 부관, 그리고 무엇보다도 참모본부에서 '경력이 길다'라는 세 가지로 밀어붙였다.

"대령님?!"

"제투아 각하 명의로 나가는 전보는 모두 취소! 암호화된 것과 통신 기록은 모두 내게 제출해라. 발신 전인 것도."

은연중에 그것들은 폐기할 것이라고 말하는 그에게 젊은 당직 소령은 아연실색한 얼굴로 규정을 말했다.

"기록 처리는 책임자인 콜리어 준장님의 허가를 받아야 합니다만……."

그 반론은 옳다.

옳지만, '귀관이 직접 발송을 확실하게 중지시켜라. 중지 절차는 귀관 자신이 확인하고 관련 서류를 파기하는 대로 보고하라.'라고 명령한 제투아 대장의 의도를 고려하면 우거 대령에게 선택지 따윈 없는 거나 마찬가지였다.

관련된 인간을 최소한으로 하라고 큼직큼직하게 써 준 거나 마찬가지겠지.

그렇다면 할 일은 뻔하다. 설령 조직상의 책임자가 준장급이라고 해도 몰라야 한다면 알려져선 안 된다.

"각하의 전권사항이다. 미안하지만, 지금 여기에 있는 인간 말고는 알면 안 된다."

말도 안 되는 소리를 하고 있다.

그런 자각은 우거도 가지고 있었다.

하지만 그로서는 밀어붙일 수밖에 없다.

"우거 대령님, 실례입니다만, 대령님의 권한이라고 해도……."

"소령. 미안하지만, 이건 의논이 아니다. 전달이다."

필요하다는 한마디가 횡포를 정당화한다.

"전화를 빌리지, 소령."

그대로 교환실에 한두 마디 전하고, 우거 대령은 당직장교에게 수화기를 넘겼다.

"발송 중지의 건에 대해서 귀관이 직접 각하께 여쭐 수 있게 했다."

"진심이십니까?"

믿기 어렵다는 시선을 보내는 소령에게 우거 대령은 확실하게 쓴웃음을 지었다. 마음은 잘 알겠지만, 애석하게도 자신에게는 유머 센스가 전혀 없다.

그러니까 높으신 분을 기다리게 하지 말라는 무언의 말과 함께 수화기를 가리켰다.

직접 말해보면 알 테니까.

조심조심, 마치 취급을 실수하면 바로 기폭하는 수류탄을 든 것처럼, 안색 안 좋은 당직장교가 수화기로 손을 뻗고── 그리고 그를 덮친 것은 충격이고 두려움이었다.

"한스 폰 제투아 대장이다. 확인할 사항이란 게 뭔가?"

참모본부의 높으신 분이란 무섭다.

그란츠 중위는 제국군에 수많은 중위 중에서도, 불행하게도 그 사실을 자기 몸으로 가장 잘 숙지하는 사람이다.

"얼른 들어가라."라는 명령을 받은 방에서, 상사가 '전해라' 라고 명령받은 말을 했더니, 대장 각하께서는 다 이해했다는 얼굴로 끄덕였다. 그리고 몇 분 뒤에 갑자기 울리기 시작한 수화기를 들지 않는가.

그 뒤로는?

눈앞에 있는 것은 뭔가 장대한 억지였다.

"그렇다, 소령. 모두 내 지시다. 자세하게는 우거 대령에게 구두로 전달하게 했다. 전달은 받았겠지? 좋아. 확인이란 매우 중요하지. 필요한 조치에 관한 권한은, 우거 대령에게 내 권한을 부여했다는 것을 거듭 명언하지."

알겠나? 이해했나? 라고 거듭 압박하는 제투아 대장 각하에게 전화 너머로 '이해해라' 라고 압박받는 현장의 인간이 있는 모양이다.

저분의 무서움을 아는 몸으로서 전화 너머의 공포는 자기 일이나 마찬가지.

진심으로 동정한다. 눈앞에서 펼쳐지는 대화 상대가 어디의 누구인지는 상상할 수밖에 없지만, 분명 친한 친구가 될 수 있겠지.

뭐하면 비어홀에서 함께 푸념해도 좋다.

그날 중에 불알친구나 마찬가지인 백년지기가 될지도 모른다. 그러니까 이 자리에서 얼른 사라지고 싶다고 그란츠가 희미하게 기도하려는 때였다.

영구동토 같은 시선이 힐끗 자신을 바라보지 않는가.

"수고했군, 그란츠 중위. 자, 여기서부터는 사후 처리를 위한 확인인데."

파도에 비유하자면 잔잔한 바다 같은 목소리.

담담하고 지극히 자연스럽게 말을 붙이는 노장군이지만, 그 눈만큼은 웃음을 띠지 않았다.

전장에서 단련된 그란츠의 위기감을 발동시킬 것도 없다.

이것은 데그레챠프 중령님과 같은 부류의 장교가 상대해야 할 괴물이며, 자기 같은 평범한 인간은 폭풍이 물러가기를 부들부들 떨며 기다릴 수밖에 없는 상대다.

"모두 내가 명령했다. 귀관은 내가 발령한 건에 대해서 긴급으로 현황보고를 위해 날아왔다. 틀림없겠지?"

"예, 옙!"

떨리는 목소리로 어떻게든 대답할 수 있었던 것은 그란츠에게 약간이나마 '제투아 각하 면역'이 있었기 때문이겠지.

이럴 때 그란츠는 문득 떠올렸다. 어쩌면 긴장감 때문에 주마등이 비쳤던 걸까?

과거에 '그란츠 중위를 빌려도 될까?'라고 제투아 각하가 부대에 억지를 부렸을 때의 일이다.

상관인 데그레챠프 중령은 얼마나 용감했던가. 안 되는 걸 알면서도 최대한 항변하고 제투아 각하에게서 그란츠를 지켜주었다.

그때는 전혀 알 수 없었지만, 제투아 각하와 오래 알고 지냈고 제투아 각하의 두려움을 잘 아는 상관이 '그래도 자신을 위해 항변해 주었다'는 사실에, 그란츠는 '출세하는 인간은 그렇게 훌륭한 면이 있구나'라고 뼛속 깊이 느꼈을 정도였다.

그런 상관이 '부탁한다'며 자신에게 동부전선의 귀추를 맡겼으니까.

한 명의 인간으로서 그란츠는 의무를 다한다는 각오에 따라, 제투아 대장의 하문에 떨리려는 마음을 가다듬으며 답했다.

"방공관제와 다퉜다고 했지? 왜인가?"

"식별이 문제였습니다."

"루델돌프의 일이 터진 이래로 방공식별이 깐깐해졌지. 덤으로 베테랑이 부족해서 익숙하지 않은 바람에 아무래도 경직적인 반응이 눈에 띄는 거군."

대장 각하는 눈치 빠르게 슬쩍 웃었다. 싹싹한 태도지만, 그 눈은 여전히 웃고 있지 않다.

"내 선에서 말해두지. 참모본부로 오는 전령장교가 방해를 받았다고 확실히 야단치겠네. 그리고 이건 사족이지만……."

넌지시 덧붙이는 말과 달리 유리처럼 차가운 눈. 그리고 관찰하는 듯한 시선이 그란츠의 얼굴을 향할 때 '아아, 이게 본론인가' 싶어서 그는 침을 삼키며 다음 말을 기다렸다.

"본 건에 대해 말했나? 어떻게 돌파했지?"

"도중에 닥터 슈겔에게 도움을 받았습니다."

"닥터 슈겔? 왜지?"

뜻하지 않은 이름을 들었다는 태도의 상관보다 더 상관인 높으신 분이 '처분해라'라고 말하기 전에, 그란츠는 단적으로 말을 이었다.

"장교전령 도중 아군에게 탈주병 내지 보기로 처리될 뻔했습니다. 신원을 증명하라고 해도, 저기, 전령이라고밖에."

"자세한 설명은? 하지 않았겠지?"

아하, 역시나.

기밀보호. 어디까지나 기밀보호.

다행히 그란츠는 그 선량하고 존경해야 할 닥터가 말려들, 멍청한 소리를 전혀 하지 않았다.

조금 전까지는 실수라고 생각했다.

닥터에게 밝히고 조력을 청해야 했다고.

하지만 지금은 말하지 않은 게 정답이었다고 이해했다.

모두 결과론이다. 하지만 자칫했지만 정말 큰일이 날 뻔했다.

"하지 않았습니다."

"좋아. 달리 이 메모에 대해 아는 사람은?"

"우거 대령에게만 메모를 전했습니다."

"전언은? 그것도 전했나?"

그 질문의 참뜻을 그란츠는 다행스럽게 알 필요가 없었다.

애초에 우거 대령님은 그란츠가 메모를 보여준 시점에서 '위에 알리겠다'고 판단했다. 그러니까 그란츠는 가슴을 펴고 "메모만 보여주고 여기로 안내받았습니다. 본 건에 대해서는 데그레챠프 중령 말고 아는 사람이 더 없습니다."라고 보고할 수 있었다.

기밀보호의 필요성. 안건의 중대함을 생각하면 그것은 모든 것에 우선될 필요가 있었다.

필요가, 필요하다고 요구하면.

일종의 '껄끄러운 조치'를 할 필요가 있었지만.

제투아 대장은 그럴 필요가 없음을 남몰래 기뻐하면서도, 그것을 선택지에 넣었던 자신에게 쓴웃음을 지었다.

한 번 친구를 죽인 뒤로는 절제가 없어진다.

어딘가에서 고삐가 풀린 거겠지.

자기 생각이 '목적을 위해 순수화' 되고 있음을 깨닫고, 제투아 대장은 몰래 유쾌한 심경이기도 했다. 어쩌면 선악의 판단에 갈등하지 않는다는 점에서 해학을 즐기는 여유를 처음으로 되찾았다고 할 수 있을까.

어찌 되었든, 누구의 행운인지는 넘어가자.

중요한 것은 제투아 대장이 자신의 고급 부관의 보고를 조용히 기다릴 수 있는 심경으로 있었다는 점이니까.

"고급 부관, 우거 대령. 입실하겠습니다."

"수고했군, 대령. 전보는 다 막았나?"

"예, 늦지 않았습니다."

그가 내미는 것을 쓱 본 뒤에 제투아 대장은 그것을 자기 손으로 찢어서 재떨이에 쑤셔 넣었다.

대충 꺼낸 성냥으로 몇 장의 서류를 태우는 얼굴은 만사를 즐길 수 있는 호호 할아버지다. 그대로 품에서 꺼낸 궐련을 즐겁게 입에 물고 담배 연기를 장난스럽게 내뱉은 직후에 다시금 말을 꺼냈다.

"좋아. 아주 좋아. 수고했네, 우거 대령."

빙글 몸을 돌려서 부하에게 등을 보였을 때 제투아 대장은 말했다.

"미안하지만, 부탁 하나 더 해도 되겠나."

"예, 말씀만 하십시오."

부드러운 어조의 제투아 대장과 직업군인이기에 엄숙한 표정인 우거 대령.

참고로…… 옆에서 지켜보는 그란츠 중위를 보자면 정중한 태도의 사람일수록 무섭다는 산 실례였지만.

"명령을 자꾸 바꿔서 미안하지만, 동부 방면군 사령부에 대해 신규 급전을 준비해 주게. 본문은 '앞선 동부사열관 명령을 신속하게 실행하라'. 이상이다."

"각하? 괜찮겠습니까?"

"뭔가 오해가 있었나 보군. 알겠나, 우거 대령. 그 명령은 분명히 내가 내린 것이야."

제투아 대장은 태연하게 말했다. 자명한 사실이라고.

"경애하는 라우돈 각하에게 만사를 맡겼지만, 무운도 헛되이 라우돈 대장은 소식불명이라는 긴급사태다. 대혼란이라는 현지 보고도 있었지. 만일을 위해서 내가 준비했던 것이야."

우와아.

신음을 흘릴 뻔한 그란츠 중위. 하지만 다행히 견뎌냈다.

제투아 대장의 대답은 뻔뻔하기 짝이 없는 거짓말로, 결코 그 이상의 확인을 허락할 수 없는 것이었다.

그란츠는 자신이 뭘 가져왔는지 알고 있다.

'제투아 대장에 의한 사후 승인은 있겠지' 라고 존경하는 데그 레챠프 중령이 명언했던 것도 믿고 있었다.

하지만 이건 뭔가.

이건 권력으로 검은 것을 희다고 뒤집는 억지다.

이런 억지를, 즉흥으로, 곧바로, 망설임 없이, 택할 수 있나?

제투아 대장도, 데그레챠프 중령도, 어떻게 그렇게 시점이 보통 사람과 다른 걸까.

높으신 분은 무섭다. 뭐라고 표현할 수 없을 만큼 위험하다.

그란츠 중위는 다소 현실도피처럼 생각하기 시작했다. 그건 제 정신을 어떻게든 지키기 위한 행동이라고 평해야 할 것이다.

그런 그란츠 중위를 무시하고, 제투아 대장은 담담하게 말을 이 어갔다.

"아, 그렇지. 우거 대령, 나는 귀관에게 잘 전달하지 못했던 모 양이군. 그것에 대해서는 나도 참 유감으로 생각하네."

"실례했습니다. 격무와 혼란으로 다소 착오가 발생했던 모양입 니다."

"이해해 주었나?"

"예, 각하. 소관은 확실히 이해했습니다."

이해하고 존중하겠다는 듯이 굳은 표정으로 끄덕이는 우거 대 령을 향하는 제투아 대장의 목소리만큼은 여전히 부드러웠다.

"좋아."

다시금 몸을 돌려서 우거 대령에게 미소를 보내는 제투아 대장 은 차분한 어조로, 타냐가 만든 기정사실이야말로 자신이 의도한 것이라고 밀어붙였다.

"그 명령이 통신망의 혼란 속에서도 도달한 것은 참으로 다행이었군. 라우돈 각하의 수난 정도면 현장도 여러모로 피치 못할 혼란이 있었을 텐데, 참모본부로서 거듭 정식으로 엄명하여 동부 사열관 수석참모 명의로 발령된 내 작전 지도를 철저히 주지시키고 싶다."

담배를 문 입으로 태연하게 내뱉은 내용을, 이 자리의 누가 부정할 수 있을까. 제투아 대장의 통달이라며 명의를 위조한 명령이, 지금 본인이 승인한다는 말도 안 되는 억지를 통해 '진짜' 명령으로 변했으니까.

발령 명의에서 언급된 인간이 '내 명령이 맞다'고 하면 그렇게 된다.

그렇다면 모두가 '그것은 정규 명령이었다'라는 '사실'을 사실로서 인정할 수밖에 없다. 그란츠의 눈앞에서 우거 대령이 엄숙하게 끄덕이는 것이 그 시작이었다.

"만사에 차질이 없도록, 소관 자신이 '이번에야말로' 확실히 전달되도록 준비하겠습니다."

"훌륭해. 아주 좋아."

거기서 대수롭지 않은 듯한 목소리로 제투아 대장은 우거 대령에게 별일 아닌 투로 최대한의 감사를 표했다.

"고급 부관, 미안하군. 항상 그렇지만…… 고생하게 해서."

"아뇨, 영광입니다. 이만 실례하겠습니다."

경례와 함께 떠나가는 우거 대령의 뒷모습을 지켜본 뒤에 제투아 대장은 갑자기 떠오른 것처럼 그란츠와 시선을 맞추었다.

그란츠로서는 그냥 잊어 주었으면 좋겠지만. 애초에 너무나도,

정말 너무나도 무서웠다.

그렇다. 무서웠다.

여전히 호호 할아버지 같은 대장 각하의 눈을 보기만 해도 공포가 솟구친다. 그란츠 중위에게 그 정도로 이 제투아 대장이라는 인물은 외경의 대상인 동시에 너무나도 머리 회전이 빨라서 무섭다.

데그레챠프 중령처럼 알기 쉬운 희로애락을 보여주는 호랑이 상관이 그나마 천사로 보일 정도다.

"그란츠 중위, 왜 그러나. 앉게."

친절하게, 싹싹하게, 따뜻한 태도로 권해주는 의자가 그란츠 중위에게는 어쩐지 전기의자 같았다.

"어디, 잠시 즐겁게 담소하지 않겠나."

떨떠름하게 의자에 앉으니 제투아 대장이 맞은편에 앉았다. 그 사실을 견뎌낼 수밖에 없다.

"지도를 봐주겠나. 그래, 이거."

작전에 쓰는, 익숙한 동부전선 지도.

참모본부에서 쓰는 지도인 만큼 자신들의 부대에서 본 것보다 종이 질은 좋지만, 지도 자체는 똑같다.

"보면 알겠지. 여기 기록된 정보는 후방인 제도에서 파악했다고 '믿고 있는' 정보에 불과하지. 간단히 말하자면 혼란이 가시화된 것이야. 귀관이 본 것과 다르지 않겠나?"

"예, 각하. 말씀이 옳습니다. 소관이 파악하는 정세와도 부분적으로 차이가 있지 않을까 합니다."

제투아 대장은 부드러운 표정으로 턱을 쓸었다.

"후방에서는 멀리 떨어진 전선의 상황을 파악하기가 힘들어서 말이지. 참 큰일 아닌가?"

그런 식으로 맞장구를 요구하더라도 그란츠는 뻣뻣한 미소를 지을 수밖에 없었다.

"여기서 정할 수 있는 건 대략적인 방침 정도라서. 그러니까 현장의 의견을 소홀히 했다간…… 중요한 순간에 실수가 있지 않을까 걱정이로군."

상부에서 의사를 정하는 사람이 현장의 의견에 귀를 기울일 필요성을 중시한다. 어디를 봐도 문제없는 정론이겠지.

"그란츠 중위, 조금 물어보지."

'그 당사자가 내가 아니라면!' 이라고 그란츠는 마음속으로 덧붙이지만.

"말씀만 해주십시오."

"203은 공수 강하 경험이 풍부했지? 귀관은?"

"예, 노르덴 이후로 부대의 전통 곡예 같은 것입니다. 저도 그것과는 별개로 간간이 했습니다."

만족스러운 얼굴로 끄덕인 뒤에 뭔가 골똘히 생각하던 대장 각하는 왜인지 때때로 턱을 쓸며 그란츠에게 시선을 보냈다.

"참수전술의 베테랑에게 묻는 것도 멍청한 짓이지만, 한 가지 더 괜찮을까?"

고개를 끄덕이는 그란츠에게, 제투아 대장은 아침 식단을 묻듯이 가벼운 태도로 "확인차 묻는 건데."라고 운을 뗐다.

"동부에서는 현재 통상 전개된 마도대대로…… 연방군의 1개 보병연대 정도라면 쫓아낼 수 있는 기량을 보유했다. 틀림없나?"

"예, 각하. 정원을 6할 정도 채운 마도대대라도 연방군의 1개 보병연대 정도라면 대응할 수 있을 겁니다."

"그런가."

상관은 다소 말을 고르듯이 팔짱을 끼고 천장을 올려다보았다. 잠시 그렇게 있던 대장 각하는 이윽고 결심한 듯이 입을 열었다.

"항공마도사단을 통한 병참 파괴 말인데…… 적 후방을 충분히 유린할 수 있다고 데그레챠프 중령은 판단한 것이로군?"

"저희 대대장은 그렇게 판단하고 소관에게 명령했습니다."

"흠." 소리를 내면서 제투아 대장은 잠시 입을 다물었다.

마치 낮잠이라도 자듯이 꿈쩍도 하지 않고, 그대로 조각상처럼 굳은 대장 각하가 눈을 뜬 것은 몇 분 뒤일까, 아니면 몇 초 뒤일까.

긴장감 때문에 시간감각이 이상해진 그란츠에게, 눈을 뜬 제투아 대장은 놀란 듯이 고개를 들었다.

"중위, 잠깐만 있어 보게. 편히 쉬고 있어도 되네."

제투아 대장은 일어서서 허리 뒤로 팔을 모았다. 그대로 뭔가 사색하듯이 이리저리 실내를 오가기 시작했다.

"저기…… 각하?"

"생각을 좀 할 뿐이야."

"예?"

"음, 그런가. 귀관에게는 확실히 말해야만 하겠군."

대장 각하는 다소 퉁명스럽게 말을 이었다.

"명령이다. 입 다물게."

그 말에 담긴 심상찮은 위압감에 그란츠 중위는 입을 다물었다.

그는 잘 알고 있다.

침묵은 금이라고.

그러니까 나는 그냥 장식품, 그냥 장식품이라고 속으로 중얼거리면서 침묵을 지켰다.

중얼거리는 대장 각하와 제국군 참모본부 깊숙한 방에 함께 있고, 심상찮은 두뇌의 소유자가 뭐라고 계속 중얼거리는 말을 가급적 흘려버리려고 정신을 통일했다.

"부족해, 부족하지만, 부족할 뿐이다."

하지만 그란츠로서는 귀에 들어오면 의식하게 되는 법이다.

부족하다?

뭐가?

병력일까.

타이밍일까?

시간일까?

모르겠지만, 왠지 안 좋은 예감이 드는데?

"참수전술은 이미 저쪽도 잘 알겠지. 하지만 놈들은 고작해야 '참수전술'만 안다. 그 본질인 투사 능력의 진가는 아직 모른다. 그렇다면……."

그렇다면? 아니, 안 돼. 더는 의식을 기울이지 마.

"흠……?"

거기서 제투아 대장의 목소리가 기묘할 정도로 변했다.

계속 반복되던 건조한 음색에서 표변하여, 마치 물이 들어온 것처럼 생기를 띤 음색으로.

"흠, 흠."

작게 고개를 끄덕인 제투아 대장의 손가락은 그 입가를 더듬지 않는가.

"흐음, 과연. 이거 좋군."

손뼉을 짝 치는 모습은 정말 유쾌하게 보이겠지.

"그란츠 중위, 이제 말해도 되네. 아, 그렇게 딱딱해질 건 없다네. 웃는 얼굴은 중요한 법이야. 마음 편히, 긴장하지 말고 대답해 주게나."

서류와의 싸움. 그리고 연방군 세력권에서의 병참 파괴.

양면 작전은 악몽이다.

질 수 없는 두 개의 전선을 끌어안고, 세계를 모조리 저주하듯이 달라붙어서, 자유롭고 공정하며 선량한 개인으로서의 타냐는 끝없이 버텼다.

자유주의자라면 누구나 칭찬하지 않을 수 없는, 선량 시민의 의무를 체현했다고 자부할 정도다.

실제로 경이적인 능률이었다.

제투아 대장 명의로 '동부 방면군'에 '닥쳐라'라고 억지를 부려서, 동부 방면군 사령부의 소음을 일시적으로 차단했다.

물론 들키면 왕창 깨지는 정도가 아니라 무장한 헌병이나 마도 부대가 다짜고짜 사령부의 문을 개머리판으로 노크하겠지.

조직론에서 보자면 그 정도의 만행이다.

하지만 '지금'을 넘기기 위해서는 가타부타 군소리할 여유가 타냐에게도 없었다.

잠깐 눈을 붙인 뒤, 부관과 함께 구역질마저 나는 흙탕물 커피 ——뜨거운 것만이 유일한 이점이다——를 위장에 붓고, 타냐는 항공마도사용 보충식인 초콜릿을 부모의 원수처럼 아득아득 씹었다.

약간의 휴식.

사라지지 않는 피로.

그 상태로 타냐는 연대 규모 마도사를 거느리고, 제국군의 방어선을 유린하는 연방군 제1집단에 일체의 보급을 허용하지 않는 철저한 병참 공격을 계속했다.

보급 방해는 실제로 유용하다.

맨몸의 보병 주체인 참호전에서도 먹을 게 없으면 전투력은 시간과 함께 사라진다. 탄약의 소모도 있겠지.

동시에 '즉각적'인 결과로 이어지지 않는 것도 사실이지만.

일반적으로, 인간은 하루 굶어도 죽진 않는다.

물론 배는 고프겠지. 허기진 군대가 충분한 전투력을 발휘할 수 없다는 것도 맞는 소리지만…… 군대란 것은 결국 필요의 노예다. 공복인 군대에 암페타민만 주고 설중행군을 시키는 짓도 태연히 하는 구석이 있다.

하물며 연방군의 조직 문화가 인도적이며 평화주의에 박애주의일까?

타냐로서는 '무슨 웃기지도 않는 농담을.'이라는 심정이다. 보아하니 제국도, 연방도, 군대는 '필요'에 봉사하는 못된 버릇이 있다.

당연하지만 보급을 하루 이틀 정도, 어느 정도 방해해 봤자 적은 멈추지 않는다.

그러니까 전선에서의 비명 같은 구원 요청은 타냐가 피로에 젖어서 쓰러지듯이 침상에서 의식을 잃을 때까지 격전을 벌여도 끊기기는커녕 오히려 늘어났다.

그에 비례해서 '곤경에 처한 아군을 버릴 수 있겠냐!' 라는 근시안적인 극단론이 '영웅적' 인 마도사 제군에게서 튀어나온다.

'구원 요청에 응하여 전선에 지원을! 여력이 없다면 우리 부대만이라도!' 라면서 별동대에 속하는 중대 지휘관급이 탄원할 때는 정말 한계였다.

파국이 눈앞으로 다가오고 있는데 구조적인 문제가 아니라 눈앞의 문제에만 집착하는 바보에게 내가 시간을 빼앗긴다?

그때는 순간적으로 생각했다.

'차라리 사살해 버리고 다른 인간에게 지휘를 맡겨야 하지 않을까?' 라고.

타냐는 격앙이 아니라 이성으로 '시간과 감정적 반발' 을 저울에 올리고, '사살해서 일벌백계로 삼고 반발을 억누르는 게 시간 효율로 최선일까?' 라고 진지하게 뇌리로 검토했다.

시간이 없는데.

노력도 부족한데.

타냐는 그렇게 경직하고 말았지만, 다행히 궁극적인 판단에 쫓기기 전에 바이스 소령의 듬직한 철권이 문제를 해결해 주었다.

장교가 장교를 때리는 것은 아주 드문 일이지만.

"장교나 되는 자가! 우선순위를 잘못 판단하지 마라!"

노성과 함께 격노를 드러낸 바이스 소령이 시건방진 중대장급의

턱주가리에 주먹을 날렸다. 주위가 얼어붙어서 아연해진 가운데, 의식을 잃은 중대장을 짊어지고 사령부 밖으로 내던졌다.

"중령님, 수면 부족인 장교가 졸도한 모양입니다! 수면을 좀 취하게 하고 싶습니다만, 괜찮겠습니까!"

"호오! 아예 영원히 재워줘야 하지 않을까?"

표정이 딱딱해진 바이스 소령에게 농담이라고 웃어 주는 타냐. 부하의 배려를 헛수고로 만들 만큼 눈치 없는 짓을 하긴 싫다.

"얼른 깨워라. 일이 있다. 일어났을 때 지휘할 수 있는 상태라면 지휘로 돌려보내도 좋다. 아니라면 차석에게 지휘권을 넘기고 푹 재워라. 뭐하면 쭉 쉬게 해도 되니까."

짧게 끄덕이고 서둘러 달려가는 바이스 소령에게 마음속으로 감사하고 타냐는 다시금 서류와 지도를 들여다보았다.

동부 방면군의 방어선은 이미 해체되기 시작했다.

연방군의 포격, 혼란스러운 이쪽의 방어계획, 무엇보다도 적의 충격력이 너무 강렬하다. 말하자면 제방이 곳곳에서 무너지는 상황. 적의 제1집단은 홍수처럼 제국군의 세력권에 밀어닥치고 있는 정세다.

하지만 중요한 점으로서.

'아직'은, 홍수 조절용 저수지에 물이 들어온 거나 마찬가지다.

제국이 가진 것은 종심이 얕은 방어선뿐. 저장기능은 지극히 한정적이고, 홍수에 쓸려가는 것은 시간문제겠지.

상식적으로 생각하면 방어선 재편이 늦었다간 대붕괴 직전인 상황이다.

하지만 '아직'은, 물이 더 밀어닥치지 않으면 제어할 수 있다.

적 제2집단의 돌입을 방해하고, 제1집단에 가는 보급을 방해할 수 있으면, 제국은 '아직' 후퇴한 뒤에 방어선을 재건할 수 있다.

"아직, 아직, 아직."

아직이란 말을 세 번 거듭했을 때, 타냐는 희망 사항의 연속이라며 한숨을 삼켰다.

의식이 너무 흐려진 것을 지각하고, 정신을 좀 차리기 위해 초콜릿을 씹으니 좀 사람 같은 기분이 든다. 더불어서 부관이 내민 커피를 맛보며 인간성을 회복한다.

더 빈번하게 초콜릿을 씹고 커피를 위장에 부어서 휴식하면 문화적이겠지만…… 애석하게도 귀중한 비축이다. 소비량이 더 가속도적으로 뛰어오르고, 이에 반비례하듯이 재고가 감소하는 것은 뼈아프다.

아니, 우거 대령에게 의뢰하면 '언젠가'는 마련해 주겠지만. 적어도 죽음에 직면한 동부 방면군의 용태가 확정될 때까지는 힘들다.

결국 언제든지 시간을 의식할 수밖에 없다.

하루는 어째서 고작 24시간밖에 없는 걸까.

세계의 부조리와 모순에 한탄하면서 타냐는 지도상의 도로를 노려보고 숨을 내뱉었다.

세계의 굴레와 비슷한 것이다. 제국군도, 연방군도, 도로와 철도의 굴레에서 벗어날 수 없다. 그렇다면 어느 도로가 보급상의 약점인지도 양군은 알고 있다.

그리고 거기를 대규모 항공마도군이 노리는 것도 연방군에서 숙지했다고 보는 게 좋겠지. 연방인이 이데올로기로 눈을 가리고 있다고 해도, 연방군은 실용주의라는 안경으로 확실히 시야를 확보하고 있을 게 틀림없으니까.

이것만큼은 아쉽다고 타냐는 한탄하고 싶었다.

어째서 연방 공산당은 더 애써서 연방군의 발목을 잡지 않는 걸까. 이러니까 공산주의자는 곤란하다. 기대해도 무의미한 상대라고 생각하지만, 그래도 조금은 더 도움이 되었으면 좋겠다.

"기습이 더 취향이지만. 강습할 수밖에 없군."

마음을 굳히고 중얼거린 것이 이미 정해진 방침이다.

출격에 임하는 마도사에게는 잠깐이라고 해도 휴양과 따뜻한 식사가 제공되고, 일부 병사들은 위생병이 어떻게든 모아온 연료로 사우나 같은 것까지도 즐기고 있다.

물론 지휘관은 마지막이다.

이런 허영은 부조리하지만, 애초에 전쟁은 부조리의 극치다.

따라서 타냐는 재출격에 임할 때 각 중대 지휘관을 시작으로 하는 '리더'가 각각 해야 할 일을 숙지하고 있는지를 한 사람 한 사람과 눈을 마주쳐 확인하고, '실수하지 마라?'라고 압력을 가했다.

그리고 출격 전에 부대를 싹 둘러보았을 때 타냐는 단도직입적으로 본론을 꺼냈다.

"제군. 자, 일하자. 평소처럼 나를 따라와라."

격한 외침은 없다.

백만의 격려보다도 때로는 '뭘 해야 할 것인지'를 숙지하고 있다고 보이는 행동이 제일가는 웅변이 될 수 있으니까.

그런고로.

타냐는 몸의 피로를 억누르고 선두로 날았다.

할 일을 명시하고, 사람을 부리는 자로서 적절하게 행동하고.

그러니까 부하가 뒤를 따른다.

그러니까 부하가 따른다.

그러니까 뒤에서 총을 맞지 않는다.

마도부대의 역할은 너무나도 힘겹다.

"마도사, 마도사는 어디서 노닥거리는 거야!" "구원 요청! 포위 되었다! 대대가 통째로 포위되었다!" "사령부, 사령부! 항공마도 중대면 된다! 근접지원을 긴급으로 요청한다!" "아군기 추락을 확인. 소대면 된다! 마도사 구조부대를 파견할 수는 없나?!" "철수 중인 포병에 적 기갑대대가 급속 접근 중! 부탁한다, 인근 부대의 누구든 좋아! 막아줘!" "지원 요청, 지원요청, 긴급! 2대 중대 규모의 적 중전차가 진지에 쳐들어왔다! 이대로는!"

무전 감도는 대략 '양호' 했다.

아군의 비명이 명료하게 수신된다.

연방군의 전자전으로 '차라리 들리지 않았으면'이라고 모두가 얼굴을 찌푸릴 정도로, 무전 감도는 '깨끗' 하다.

지상에서 일어나는 현상. 이것을 한마디로 표현한다면 참상 그 자체.

현장에서 실황 중계되는 '도와줘'라는 부름에 진심으로 갈등 하는 것은, 그 모든 것을 '필요'라는 두 글자로 전부 묵살하라는 명령이 내려졌기 때문이다.

"하지만 공지전의 진수를 위해서라도 필요하단 말이지, 이게."

어디까지나 필요가 명하는 대로.

타냐가 택할 수 있는 카드는 '구원 요청을 무시해라'라는 명령 밖에 없다.

지상에서는 종잇조각처럼 유린당하는 제국군 방어선. 진지에 틀어박혀도 거점과 함께 포위되는 게 뻔하다. 그런 지상의 광경을 바라보면서 일행은 그저 적 세력권의 병참 파괴를 노릴 수밖에 없다.

힘겨운 진흙탕 싸움이었다.

적의 후방 대열이나 이동 도중의 적 후속부대를 이쪽이 날려버리는 동안에도, 적은 적대로 포격, 폭격을 우리 쪽 전선에 퍼부어댄다.

철저하게 헤집힌 진지 잔해에서 운 좋게 살아남은 제국군 장병들도 그 미래는 밝지 않다. 파도 같은 기세로 밀려드는 연방군에게 포위되어서 '막판'에 튀어나온 후퇴 명령을 실행할 여유도 없이 그저 짓눌린다.

운 좋게 즉각 결단하고 지체 없이 후퇴하기 시작한 각 부대도, 배회하는 적 항공전력을 두려워하고, 왜 항공지원이 없냐고 진심으로 저주하면서, 이 한파 속에서 멀리까지 쫓아올 연방군과 목숨을 건 술래잡기를 즐기게 된다.

아무리 좋게 말하려고 해도, 이미 제국은 말기라고 할 수밖에 없다.

그리고 여기서 주력군 괴멸을 회피해도, 그 정도로는 피로스의 승리조차 할 수 없음을 타냐가 가장 잘 알고 있다.

하지만, 그래도.

여기서 해낼 수밖에 없다.

"목표 포착! 적 연료 수송차량 집단. 기가 막힙니다. 또 자주식 대공차량입니다."

"상관없다고 해야겠군. 세레브랴코프 중위."

"이미 익숙해졌으니까요."

세레브랴코프 중위가 지적한 것처럼, 적 보급부대는 기분 나쁠 정도로 대공 방호에 정성을 다해서, 그 화선의 규모는 습격에 참가하는 제국군 마도사에게 '대공포에 맞는 것은 일상이다'라고 단언하게 할 정도의 차원이었다.

최소한이라도 자주대공포 수반. 심할 때는 트럭에 방공 고사포다. 연방군은 항공우세를 확보하고 있는데도 이렇다. 항공우세를 상실한 지상군이라도 이렇게 편집적으로 대공포화를 중시할까 싶어질 정도로 대공포화가 농밀하다.

"하지만 레이더 조준 사격이 아니라면."

마도사를 포착하고 격파하기에 연방의 화력 정밀도는 아직 떨어진다. 방심하면 마도사도 떨어지겠지만…… 지금으로선 조심하면 된다.

그렇다면 할 일은 자명하다.

곧바로 격파. 그것도 철저하게, 단호하고, 사정없이.

"좋아. 각 부대는 페어 단위로 지상습격. 물론 서로 사선에 유의하라. 급조된 연대라고 해도 아군을 쏘는 건 허용하지 않는다."

명령을 날리면 부대가 반복된 경험으로 실현된 능숙함으로 지상습격을 위해 분산하고, 각자가 돌입비행으로 이행하기 시작했다.

지휘관으로서, 타냐는 만족스럽게 끄덕였다.

머지않아 일제히 덮치겠지.

"자, 우리도 돌입해야겠는데…… 기합 좀 들어갔나, 비샤?"

"예, 그란츠 중위의 몫까지 힘내겠습니다!"

"의욕 있는 건 좋지만, 왜 여기서 그란츠의 몫이지?"

"아뇨, 저도 이유가 있어서."

어디 들어보자 싶어서 타냐는 부하의 목소리에 귀를 기울였다.

"페어를 빼앗길 것만 같으니까요."

잠시 생각한 뒤에 타냐는 고개를 끄덕였다. 하긴, 장거리 정찰에는 그란츠를 데려갔다.

"하하하, 그거 좋군. 하지만 버디는 익숙한 녀석이 제일이지. 귀관이 제일 든든하다, 중위. 평소처럼 기대하지."

"힘내겠습니다!"

"기대하겠다."

그렇게 말하고 타냐는 힐끗 부대 쪽으로 시선을 돌렸다.

배치 완료. 지상습격 이행도 좋다.

연대 규모니까 번거로워도 수순을 확인한다.

그렇다면 내려야 할 명령은 단 하나.

"대지습격! 전원, 돌격!"

호령을 날리는 동시에 타냐는 세레브랴코프 중위를 데리고 지상을 향해 광학계 저격술식을 투사. 타오르는 적 수송차량의 불길은 제국군에게는 그야말로 공격 목표를 알리는 일종의 유도등 역할을 한다.

전장 음악은 참으로 끔찍하다.

폭렬술식의 광채.

광학계 저격술식에 맞은 인간이었던 것의 비명.

관통술식을 부여한 기관단총의 소리와, 그것이 지상의 경장갑 차량을 쓸어버리는 소리와 빛, 그것은 누군가의 죽음을 흩뿌리는 소리라고 생각되지 않는 경쾌함을 띤다.

하지만 그래도 '아직 느리다'며 타냐는 기함을 토했다.

"제군, 빠릿빠릿하게 해라! 시간을 아까워해라! 동료를 생각해라! 효율적으로 해라!"

적 후방병참선 파괴는 이론상으로 단순하다. 애석하게도 단순한 이론을 단순한 일로 처리하는 것은 간단하지 않다. 그러니까 어떻게든 최적화해야 한다.

병참 공격이란 것이 자명하니까 대책도 잘 알려져 있다.

"우리가 끊어야 할 적의 동맥은 굵다! 하나하나 공들여서 끊을 순 없다! 대담하고 신속하게 싹둑 잘라라라!"

그런고로 고금동서, 수많은 초보부터 고수에 이르기까지 입을 모아 지적한다.

'병참선 파괴'라는 개념은 훌륭한 것이라고.

군대란 거대한 소비 주체다.

전투상태가 아니더라도 군인에게 적절한 식사, 휴양, 여가를 제공하지 않으면 무너질 수 있다. 전투상태 정도 되면 한가득 쌓였을 탄약이 순식간에 사라지고, 비축했을 연료는 텅 비고, 텅텅 비었던 병상만 만석이 된다.

그 생명선인 물류가 끊기는데 과연 효과가 작을까? 보급선을 유지하지 못한 군대는 언제든 시간 경과와 함께 가속도적으로 와해한다.

그런고로 누구든 병참 공격은 유용하다고 즉각 이해할 수 있다. 그것은 훌륭하다. 그러니까 전문가는 '개념'으로서 칭찬한다. 동시에 실무에서는 '가능하다면'이라는 꼬리표를 달아서 칭찬해야만 하지만.

타냐도 그 덧붙여진 실무상의 곤란에는 진심으로 동의한다.

보급을 끊는다는 것은 그만큼 왕도이며, 모두가 생각하기에 대책 또한 흔하다.

여기서 문제.

백 개 사단이 넘어가는 연방군의 규모를 지탱하는 '병참'을, 고작 1개 항공마도사단이 간단히 '파괴'할 수 있을까?

답은 단순. 불가능하다.

애초에 누가 생각해도 알 수 있는 이야기다.

적도 습격을 경계한다. 무엇보다도 습격자와 호위는 그 규모부터 다르다. 그런 상황에서 소수정예가 기세를 올려봤자 얼마나 의미가 있을까.

국소적인 승리에 개가를 외쳐도, 일그러진 군사 낭만주의 이상의 의미를 찾아낼 수 있는지 의문을 생길 수밖에 없다.

그게 당연하다.

지극히 정상적으로 생각하면 여기서 이 이야기는 끝난다.

제국군 항공마도사단은 아무리 애써도 상황을 만회할 수 없다. 따라서 시합 종료. 이번 대전은 이걸로 연방 대승리로 끝납니다……라는 것이 상식의 귀결이다.

그런데.

전쟁에 상식이란 게 있을 수 있나?

그런 게 있으면 애초에 전쟁이란 건 일어나지도 않는다.

일어날 리 없는 전쟁이 일어났다면. 즉, 상식의 귀결로 패배를 받아들여야 할 이유는, 제국군 마도사들에게 없다.

그런고로 항공마도사단은 확실히 적의 병참을 물어뜯는다.

그렇긴 해도 전쟁이란 비상식의 덩어리다.

이쪽이 믿기지 않는 일을 해낸다면, 상대도 똑같이 한다. 그 평범한 진리를, 타냐는 적지 상공에서 무전 경유로 메베르트 대위에게 들었다.

고도 6000. 색적 태세를 유지하면서 적 세력권 돌입 중. 절대로 주의력을 흩트리고 싶지 않은 국면에서, 사령부에서 들어온 긴급 통신에 기쁜 내용이 있을 리가 없다.

하지만 안 좋은 소식을 환영하지 않는 상사가 되는 것이 더 위험하다 싶어서, 타냐는 통신에 응했다.

"주, 주, 중령님!"

어디를 어떻게 들어도 당황한 포병 전문가의 목소리가 아닌가.

역전의 본진 지킴이가 두려워하는 통신.

온건하게 말해도 안 좋은 예감. 하지만 그렇기에 타냐는 일부러 느릿하게 대답했다.

"뭐지, 메베르트 대위? 진정해라. 귀관답지 않다."

천천히, 한마디씩 끊어서, 알아듣기 쉽도록. 나아가서 흥분한 상태인 상대가 진정하기 쉽도록.

"하, 하지만! 긴급입니다."

그런 배려로 가득한 타냐의 말도 안정 효과가 별로 없었던 모양이다.

"중령님, 긴급입니다. 사, 사령부, 적의 공수가!"

"뭐어?"

멍하니.

한순간 말을 이해하지 못한 타냐에게 메베르트는 울 것 같은 목소리로 거듭했다.

"공수입니다! 연방군이 동부 방면군 사령부에! 참수전술을!"

어라라 싶어서 타냐는 입을 다물었다. 제국의 주특기가 표절되지 않았나.

"제길, 메베르트 대위. 그건 유쾌하지 않군."

사령부에 대한 공수강습.

제국군 마도사의 주특기지만, 사실 실행부대가 꼭 마도사여야 할 필요는 없다. 뭐하면 평범한 공수부대도 편도라면 돌격할 수 있겠지.

그리고 그런 식의 계산을 연방이라면 태연하게 한다.

낙하산을 펼치고 뛰어내리기만 하면 그다음은 될 대로 되라. 지휘계통을 부술 수만 있으면 종합적으로는 수지맞는 장사라고 판단하는 감성이 공산주의자에게는 있다고 타냐는 쓴웃음을 지었다.

쓴웃음 정도가 아니라 구역질을 느껴야 할 국면이라고 뇌리에서 누군가가 속삭이고, 분명 현실도피일 거라고 뇌리에서 누군가가 맞받았다.

어찌 되었든 타냐는 머리를 흔들면서 메베르트 대위에게 반쯤 충동적으로 되물었다.

"주위 부대는? 최악이라도 사령부의 상황을 알고 싶다."

"모든 것이 불명입니다! 현재도 교전 중이라는 사실밖에 알 수 없습니다."

보고를 듣고 타냐는 즉단했다.

동부 방면군 사령부는 라우돈 각하를 상실했지만, 그것의 의미는 고작 의사결정권자의 상실에 불과하다. 아무리 그래도 사령부가 통째로 날아가서 조직적 전투 능력을 모두 상실한 처지까진 가지 않았다.

그렇다면 최악을 회피하는 것이 의무겠지.

"구원 명령. 최우선. 토스판 중위의 보병을 포함하여 전투단의 모든 요원을 써도 상관없다. 동부 방면군 사령부의 구원을 위해서라면 현재 병력을 전부 투입해도 좋다."

"거, 거점 방어는 어떻게 합니까?!"

"암호기를 처분할 준비만 해둬라. 나머지는 전력 진출이다. 어떠한 희생을 치러서라도 적 공수부대에 동부 방면군 사령부를 빼앗기지 마라."

"어떠한 희생이라고요?"

되묻는 부하에게 타냐는 그렇다고 강하게 수긍했다.

"메베르트 대위, 명언하지. 우리 전투단이 전멸하더라도 말이다. 사령부를 잃는 타격이 더 크다."

"즉각 실행하겠습니다. 마도부대의 구원은 기대할 수 있겠습니까?!"

절실하게 구원을 바라는 부하의 질문에 타냐는 떫은 목소리로 힘들다고 사실만 전했다.

"시간적으로 무리다. 지금은 오지에 있거든?"

적 보급선을 노린 장거리 적중 침투. 하늘을 날고 있다고 해도 지금 와서 5분 뒤에 따끈따끈한 피자를 배달할 수는 없었다.

"반전을 요청할 수 있겠습니까?!"

"시간적으로 무리라고 했잖나."

"하지만 그래선!"

힘들 건 타냐도 안다. 메베르트 대위가 울며 매달릴 것도 없이, 사령부를 공격하는 적 공수부대의 투지가 왕성하지 않을 리도 없다.

전투단의 근간은 제병합동에 있지만, 알렌스 대위의 기갑전력도, 타냐의 마도전력도 없으니까 포병과 보병만으로 어떻게 하라고 현장에 내던지는 것 자체가 지독한 이야기다.

상사로서 타냐는 최선을 검토하고, 이 상황에서 가능한 유일한 길을 택했다.

이미 늦었지만, 하다못해 적 후속은 차단하겠다고.

"적 공수부대의 증원을 저지하기 위해 이쪽도 움직이지. 타이밍이 맞는다면 사령부로 가는 지원도 그 뒤로는 맡지. 하지만 후자 쪽은 별로 기대하지 마라."

"최선을 다하겠습니다만…… 하다못해 중대 단위만이라도."

"사령부에 투하된 공수부대 아닌가? 후속 규모에 따라서는 내 연대로 맞받아낼 수 있을지도 미심쩍다. 거듭 말하지만, 증원을 너무 기대하지 마라."

최악의 상사가 하는 말.

실질적으로 증원의 보증은 없다.

정말로 얄미운 상사가 되었구나 싶어서 타냐는 공중에서 탄식했다.

좋은 군인이 되고 싶다고 생각한 적은 없다. 좋은 군인으로 평가받고, 적절한 대우와 더 좋은 커리어를 원한다고는 생각한다. 하지만 그 이상으로 직업을 바꾸고 싶다. 그럴 때 부하에게 정신론만 강요하는 상사라는 인사고과는 견디기 어렵다.

자신이 채용담당자라면 '협조성'이 있는 인간을 찾겠지. 누구든 그렇다. 자신도 그렇게 한다.

진심으로 협조성을 가질 필요는 없다. 누구든 자기희생은 피하고 싶다. 하지만 최소한, 주위의 눈을 의식하며 '남에게 안 좋은 일을 떠넘긴다'라고 여겨지지 않을 정도의 선량함을 사회성이라고 한다.

사회성을 위해서라도 타냐는 지금 여기서 메베르트 대위를 성실하게 지원해야 하는 처지임을, 시민으로서 이해한다.

정말로 왜 내가.

그런 투덜거림을 흘릴 수도 없어서, 타냐는 대신 투덜거렸다.

"연방놈들, 전쟁하는 솜씨만 키우다니."

[chapter]

IV

제 4 장

프로 의식

Proffesionalism

전차병은 말했습니다
"전장에서 대전차포만큼 무서운 건 없습니다.
숨어 있다가 언제 쏠지 모릅니다."

대전차포를 조작하는 군인은 말했습니다.
"전장에서 전차만큼 무서운 건 없습니다.
이쪽은 맨몸인데.
상대에게는 두꺼운 장갑이 있지요."

──── 전쟁 일화 ────

》》》통일력 1928년 1월 초반 《《《
동부 방면군 관할 후방지역 / 정비공창

제국군에는 수많은 대위가 있다.

그 수많은 대위 중에서 연말연시만 가까스로 제도에서 지내고 신년의 축배를 제대로 비울 틈도 없이 동부로 내던져진 불쌍한 대위도 한 명 있었다.

그 이름은 알렌스 대위.

샐러맨더 전투단의 기갑 전문가다.

중간관리직이 혹사당하는 건 어느 세상이고 똑같고, 그 또한 조직의 톱니바퀴로서 혹사당하고 있었다.

동부 방면에 재전개하라.

상급자가 억지를 부리면, 실행하는 건 현장의 중간관리직.

알렌스 대위는 어느 틈에 말도 안 되는 속도로 동부 방면에 내던져지는 지경에 처했다.

덤으로…… 어느 틈에 노도와 같은 기세로 전투단 주력만 동부 사령부 부근에 재진출하는 가운데 전차 정비라는 사정으로 기갑 부대만 후방에 잔류.

전선근무를 기피하는 성격이라면 '아싸, 좋구나!' 하고 갈채를 외치겠지.

하지만 애석하게도 그는 뼛속까지 기갑장교였다. 게다가…… 상당히 '샐러맨더 환경에 적합' 한 타입이기도 했다.

"왜 우리만 뒤에 남겨지는 겁니까?!"

동부 관구의 공창에 버려졌다고 인식한 알렌스 대위는 소리쳤다.

"납득할 수 없습니다! 대체할 전차를 주십시오! 우리가 제일 잘 써먹을 수 있습니다!"

알렌스 대위는 정말로 외치고 외쳤다.

"예비가 없다?! 그렇다면 하다못해 이 녀석의 바퀴만 고쳐서 얼른 주전선으로 보내주십시오! 전투단 주력은 이미 전선에 들어갔단 말입니다!"

이를 악물고 분한 심정을 토하며, 어떻게든 서두르라고 알렌스 대위는 소리쳤다. 한시라도 빨리 전선으로 가고 싶지만…… 아무리 밀어도 꿈쩍도 하지 않는 관료주의 문화에 머리를 싸쥐는 꼴이 되었다.

1월 첫째 주에 이미 알렌스 대위와 관료기구는 사이가 틀어졌다.

"제길……. 마음대로 안 되는군. 언제 우리 차례가 오지?"

밀어붙이고, 한탄도 해보고, 어떻게든 요구를 관철하려는 기특한 전차 지휘관으로서도 '이건 틀렸다'라고 깨달을 수밖에 없는 환경이었다.

알렌스 대위는 주위로 시선을 돌리며 말없이 담배 끄트머리를 씹었다.

그 시선 앞에는 공창 안에 쌓여있는 무수한 '정비 대상'.

부품밖에 쓸 길이 없는 잔해부터 아마도 재생할 수 있을 파손 차량까지, 정말 뭐든지 있다. 공창이 전차의 묘지라고 해야 할지도 모르겠다.

거기서 신년 초부터 무수한 작업원들이 이보란 듯이 일하고 있다. 교대로 24시간 전면 가동. 작업원의 사기 확보를 위해서일까. 특별 배급으로 진짜 초콜릿까지 나오는 것을 보면 상부가 얼마나 진심인지도 전해지겠지.

알렌스 대위도 처음에는 '이만큼 사람과 부품이 있으면'이라고 기대도 했다. 부품도 사람도 충분히 있으면 우리의 전차에 필요한 정비도 비교적 간단할 거라고.

그런데 이럴 수가. 동부 방면군 사령부는 알렌스의 예상보다 전차와 연료에 훨씬 굶주려 있었다.

대량의 인원도, 대량의 연료도, 수요 앞에서는 너무 부족했다.

효율 따윈 모른다는 듯이 폐기된 전차의 회수와 재생에 매진하기 위해 설치된 정비시설이 말 그대로 불야성으로 변한 지 오래다.

그런고로 자기네 전차 확보에 눈에 불을 켠 동부 방면군의 공창에서 외부인이 어떤 대접을 받을지는 뻔하다.

"스케줄이라면 내달에는 어떻게 답할 수 있을 거라니……. 기가 막히는군."

샐러맨더 전투단의 기갑부대 지휘관, 두려움을 모르는 알렌스 대위조차도 떨떠름하게 신음하고 싶어지는 상황이었다.

그렇긴 해도 이해는 할 수 있다.

제투아 대장이 이르도아 방면으로 송두리째 전용했으니까, 동부 방면군의 전차 사정은 정말로 궁핍해졌겠지. 장갑전력의 결여와 심각한 정수 부족에 직면한 동부 방면군이 '전차를 한 대라도 더'라는 심정이 되는 것도 이해된다.

겨우겨우 돌아가는 현장에 괜한 일을 추가로 발주하는 것은 대단히 미안하다.

하물며 샐러맨더 전투단도 동부에서 이르도아로 전용되었던 전력이다.

물론 잘못이라곤 하나도 한 것 없지만⋯⋯ 경위가 경위다. 동부에서 순번을 기다리는 이들 앞에서, 남방작전에서 돌아온 샐러맨더 전투단이 억지로 새치기하기도 미안하다.

아니, 참모본부의 보증이 있는 만큼 '제도상'으로는 그래도 우선순위를 받게 되어 있다. 하지만 간단한 정비도 아니라 '오버홀이 필수'라면 편의 공여에도 한도가 있었다.

"어떻게 좀 안 되나?"

알렌스 대위의 매달리는 듯한 질문에 공창의 검사 담당자가 말없이 고개를 돌린 것이 대답이었다.

이러니저러니 해서 우울할 뿐이지 즐겁지 않은 나날에 비육지탄을 느끼는 알렌스 대위가 '최전선에서의 대격전'을 알게 되었을 때는 이미 한계였다.

연방군의 공세――후에 〈여명〉이라는 이름의 공세라고 알게 되는데――를 들은 1월 14일 시점에서 알렌스 대위는 완전히 폭발해버렸다.

말 그대로 온몸에서 투지가 솟구쳤다.

그것도 당연하겠지. 애초에 그는 기갑부대 지휘관이라는 인종이다. 기갑장교라는 인종은 전선에서 전투가 일어날 때 후방에서 느긋하게 자는 것을 달게 여길 수 없다. 누구보다 적극적인 것을 최고의 미덕으로 삼고, 선두에 나서서 행동하는 것을 옳게 여기는, 호모사피엔스 중의 적극행동종이다.

기갑장교다운 솔직함으로 그는 '남는 전차는 없냐'고 여기저기를 들쑤셔 보고 있었다.

물론 애차가 최고다.

하지만 애차를 끌고 갈 수 없다면?

전선에서 닳고 닳은 장교는 '일단 근처에서 조달할 수 없을까?'라고 생각하기 마련. 이 경우 현지조달로 입수하는 장비라도 어쩔 수 없었다.

그리고⋯⋯ 사실, 알렌스 대위도 노리고 있는 '재고'가 있다.

엄밀히 말하자면 현재 머물고 있는 공창의 재고가 아니다. 전차로 오래 달리면 아무래도 구동부에 문제가 생긴다. 그러니까 전선이나 부대 주력 부근에서 조달할 수 있는 재고다.

그렇게 입맛에 딱 맞는 전차가 굴러다니면 제국이 고전할 리 있을까? 정말로 지당한 지적이겠지. 하지만 샐러맨더 전투단의 특수성이 근처에 딱 맞는 공급원을 준비해 주었다. 구체적으로는⋯⋯ 동부 방면군 사령부에 병설된 병기창에서 '긴급 정비 중'인 재고다.

말하자면 동부 방면군 사령부의 쌈짓돈.

알렌스는 이 재고를 알아차리고 재빨리 눈독을 들였다.

물론 동부 방면군 사령부가 아끼는 물건이다. 정확하게 말하자면, 장갑전력을 빼앗겨서 난처해진 동부 방면군 사령부가 여기저기 뛰어다니면서 파손 차량을 회수하고, 혹은 노획품을 정비하고 손봐서, 부족한 장갑전력을 어떻게든 메우려고 조금씩 긁어모아서 간신히 만들어낸 재고다.

장갑부대를 재건할 때 하나의 전술단위로……! 라는 절실한 마음으로 사령부가 총동원하여 만들어낸 것이 중대 규모도 안 되는 전차들.

'빌려줘' 라고 한들 '빌려줄 수 있겠냐' 라는 말이 돌아온다. 하지만 알렌스 대위로서는 중대 규모의 전차가 있다는 사실만이 중요하지, 그 뒷일은 알 바 없다.

실제로 연방의 공세가 시작되기 전부터 빌려달라고 떼를 썼다.

꼭 좀, 꼭 좀, 그걸 쓰게 해달라고.

중대 규모의 전차를 안 쓰면 아깝지 않느냐고.

14일에는, 일대 격전이 시작되었으니까, 쓸 거라면 몰라도 안 쓸 거면 꼭 좀! 이라고 억지를 부렸다.

아니, 전화나 전신만으로는 턱도 없을 거라고 알기에 그는 행동력의 귀신답게 현지에 뛰어들려고 움직이기 시작했다.

하지만 애석하게도 수송기 자리는 한정되어 있고, 차량 사정도 최악. 혼자 현지 거점에 들어가서 정비병을 구워삶아서 전차병으로 전용시킬까? 그렇게 알렌스 대위는 진심으로 고민했다.

하지만 거기서 그의 경험이 찬란한 계획을 세웠다.

"그래, 중령님 흉내를 내면 되지 않을까?"

손뼉을 짝 친 그는 동부사열관의 명령으로 사령부 부근으로 날아가는 마도대대에게 말을 붙였다.

마도대대에 20명 정도의 전차병을 억지로 운반하게 한 것이다.

이르도아에서는 포병을 마도사가 수송했었다고 알렌스 대위는 태연히 말했지만, 일반적인 기갑부대 지휘관은 '마도사라면 사람 정도는 옮길 수 있겠지' 라고 생각하지 못한다.

샐러맨더 전투단에서 마도사가 많이 익숙해진 장교이기에 나온 발상이었다.

그리고 다음 날에는 사령부 부근의 정비 거점에 들어가서, 아군 기술장교를 붙잡고 "빌려줘."라고 끈덕지게 부탁했다. 붙들려서 난처해진 기술중위를 상대로, 알렌스 대위는 "됐으니까 쓰게 해 줘. 잠깐 빌리는 것뿐이잖아."라고 애원했다.

"그러니까 대위님. 그건 맡은 것이라서……."

"기술중위. 하지만 지금 쓰는 게 아니지 않나! 지금도 전투가 일어나고 있는데?!"

알렌스 대위는 거기서 말을 바꾸었다.

"전선에서 회수되고 수복되어 투입을 기다리는 차량이겠지? 그래, 내가 전선으로 가져간다는 건 어떨까?"

"아니, 당신, 분명히 여기저기 타고 다닐 거지요?"

황당한 기색인 기술중위에게 알렌스 대위는 당당한 태도로 고개를 내저었다.

"최소한으로 필요한 자기방어 말고는 하지 않아. 나는 소극적인 신중파야."

"기갑장교가 하는 말을 믿느니, 상층부의 공수표를 더 믿겠습니다만?"

"믿어 줘. 나는 성실한 기갑장교야."

"억지 부리지 마세요!"

"빌리기 전에 부탁하고 있잖아! 꼭 좀 부탁해! 제발!"

"이러니까 기갑장교는."라는 기술중위의 한탄을 아랑곳하지 않고, 알렌스 대위는 열심히 '빌려줘.'라고 계속 다그쳤다.

하지만 희극 같은 문답은 답이 나오기 전에 갑작스러운 사이렌 소리에 끊겼다.

""공습 경보?!""

경악은 한순간이었다.

알렌스 대위와 기술중위는 다른 병과의 인간이다. 하지만 그들에게는 동부 전선의 인간답게 무익한 말싸움을 집어치우고, 파악한 참호 중 제일 가까운 곳에 얼른 뛰어든다는 공통적인 습성을 갖추고 있었다.

개인호처럼 얕은 구덩이도 있고 없고는 차원이 다르다.

폭격 도중이라면 어떤 인간이고 자기 머리 위만큼은 폭탄이 떨어지지 않기를 기도하는 법이다.

용기라기보다도 경험과 체념의 칵테일을 계속 비우다 보면, 하다못해 적기가 이쪽으로 폭탄을 떨어뜨리지 않기를 빌며 하늘을 올려다보는 습성도 생긴다.

하물며 알렌스 대위는 기갑장교다.

즉, 전차에 타는 인종이며, 전차라는 강철의 관짝은 '갑자기 적기가 왔다' 라는 이유로 숨길 수도 없는 까다로운 물건. 항공우세를 얻지 못하는 전장 생활이 길면 적기란 것은 대전차포급으로 싫은 게 당연하다.

그런고로 알렌스 대위는 전차에서 떨어져서 참호로 뛰어드는 안도와 장갑에 둘러싸이지 않았다는 불안함이 동거하는 기묘한 감각과 함께, 하늘을 올려다보며 적이 제공권까지 장악한 게 아닐까 하는 전황에 잔뜩 군소리를 퍼붓는 시간을 만끽하려고 하긴 했다.

하긴 했다, 라고 보류하는 것에는 이유가 있다. 그는 거기서 '이상하다'고 깨달았다.

공습할 터인 짜증스러운 적기들.

할 일도 없으니까 그 녀석들을 보기 위해 하늘을 노려보았는데, 아무래도 낌새가 이상하다.

"본 적 없는 기종인데?"

전투폭격기처럼 보기도 싫은 적기가 붕붕 날지 않는 것은 좋다.

하지만 적의 중폭격기란 놈은 도로 정도야 수평폭격으로 날려 버릴 수 있다.

어느 쪽도 싫기에 제대로 모습을 파악하는 정도는 했다. 그런데 이게 어찌 된 일인가. 멀찍이서 보기로는 적의 기체는 땅딸막한 모습이긴 하지만, 폭격기치고는 낯설지 않은가.

한순간 새로운 중폭격기라도 나왔나? 라고 생각했을 때, 알렌스 대위는 적이 뭔가를 투하하기 시작한 것을 깨닫고 눈썹을 찌푸렸다.

"참 멀리 떨어뜨리는군. 실수했나? 신기한 일은 아니지만, 그래도 폭탄이 너무 천천히 떨어지는데……?"

폭탄에 낙하산이 달린 것은 그냥 넘어가자. 그런 식으로 떨어뜨릴 수도 있겠지. 하지만 그 이상으로 위험한 것이 있음을 알렌스 대위는 알고 있었다.

"이럴 수가. 혹시나, 아니, 이건 혹시나도 아니라!"

알렌스 대위는 샐러맨더 전투단에서 교육받은 장교다.

예를 들어서 하늘에서 부대가 찾아와서 적진을 산산이 부순다는 수법도 숙지하고 있었다.

경험은 말한다. '저건 위험하다'.

그리고 역전의 장교답게 알렌스 대위는 알고 있었다. 위험을 모르고 있다간 죽음뿐이라는 것을. 전장에서 뼛속에 밴 체험으로 싫을 만큼 이해하고 있었다.

다음 순간 방공호에서 버티자는 마음을 돌려서, 그는 베테랑처럼 노성을 질렀다.

"적 공수부대! 적의 공수부대다! 적이 공수 강하를 했다!"

사령부에 대한 공수강습작전. 그것이 의미하는 바를 알렌스 대위는 결코 그르치지 않는다. 제국군이 신나게 애용해왔던 참수작전.

대규모 작전에서 머리를 후려갈기는 강렬한 펀치.

잘못 맞으면 일격으로 KO. 시합 종료다.

알렌스 대위 자신도 시합을 끝내던 일원이니까, 그 위력은 숙지하고 있다. 지금 당하는 쪽이 되어서 처음으로 그 악랄함에 몸을 떨었다.

"기갑요원은 즉각 탑승 준비! 포탄과 연료에 유의하라! 다만 최악의 경우는 차량을 움직이는 것을 우선하도록! 각자 행동하라!"

호령과 함께 전차병들은 폭격받는 것 따윈 알 바 아니라는 듯이 호를 뛰쳐나가서 각자가 점찍었던 전차나 연료, 비품을 향해 달리기 시작했다.

"전차를 움직여라! 서둘러!"

연료통을 긁어모으고, 포탄을 억지로 준비하고, '이걸 몰 수 있다!' 라는 환성들과 함께 전차에 시동을 건다.

물론 샐러맨더 전투단에 속하는 알렌스 대위는 규정을 지키라는 데그레챠프 중령의 가르침을 받은 몸이며, 이럴 때는 한마디를 꼭 남기는 법이다.

"빌려가지, 중위!"

긴급사태라고 해도 보고, 연락, 상담을 중시한다.

알렌스 대위의 훌륭한 마음은 불행하게도 문화적 차이 때문에, 황당한 얼굴로 내뱉은 폭언에 가까운 반발에 직면했다.

"강탈이잖습니까?!"

"적의 폭격에서 대피시켜 주는 건데? 긴급사태 아닌가?"

알렌스 대위의 마음을 다한 설득에 전차를 담당하던 기술중위는 갈등 끝에 쥐어짜듯 애원했다.

"하다못해…… 망가뜨리진 마십시오!"

비명 같은 기도에 대해 알렌스 대위는 안심하라는 듯이 성실하고 현실적인 태도로 무겁게 끄덕였다.

"성실하게, 신중하게, 철저하게, 노력하지!"

"한마디도 신용할 수 없는뎁쇼?!"

신용은 실적과 인간관계의 축적 없이는 쌓을 수 없다는 쓸쓸한 현실을, 알렌스 대위와 현지의 기술중위가 곱씹은 것도 잠시.

기술중위는 그 직분에 충실했다.

달려 나가는 전차를 향해 무전 너머로 주의를 날려주었다.

"장갑을 과신하지 마십시오! 열에 노출되어서 약해진 것도 많습니다! 재활용 사양도 많습니다. 다리도……!"

무전기의 수신 상태도 양호. 잔소리 많은 작업원들은 사실 솜씨도 좋다. 그런고로 알렌스 대위는 만족스럽게 턱을 쓸었다.

"일도 잘하고, 애프터케어도 확실하잖아."

만족스럽게 장갑을 쓰다듬으면서 활짝 얼굴을 폈을 때 알렌스 대위는 세계를 향해 정형구를 외쳤다.

"좋아, 전차 전진!"

결론부터 말하자면 이 알렌스 대위가 빌린 전차는 고작 열 대 정도였다.

전차병도 직할 병사들만이 아니라 공창의 작업원까지 동원한 급조부대.

뭐, 그렇다고 해도…… 전차 열 대를 즉각 투입할 수 있었던 걸 보면 대단한 예비병력이라고 평해야 할까.

적어도 공수 강하한 연방군의 공수부대원들로서는 "정보와 다르다!"라고 외치며, 가까스로 가져온 '대전차총'에 가까운 경량 대전차포로는 뚫리지 않는 장갑 앞에서 결사적인 표정으로 대전차 수류탄을 꺼내 알렌스 대위의 전차를 '막아보자'는 방어태세를 취할 수밖에 없을 정도로 강력한 전력이었다.

동시에 방어태세를 취할 수 있을 정도로 팽팽했다.

무엇보다 최악으로. 강하한 연방군의 화력은 증강할 수 있었다.

"4호차! 당했…… 7호차도 당했습니다!"

"제길!" 하고 말을 내뱉으며 알렌스 대위는 자기 전차를 차폐물 뒤로 되돌렸다. 구원을 위해 돌입하려고 해도 이미 적의 화력이 우세한 판이었다.

"중(重)대전차포잖아? 어디를 봐도 중대전차포다! 공수부대 따위가 어떻게……."

"대위님, 저건 아군 장비입니다!"

"뭐?"

무전 너머로 날아온 부하의 보고에 알렌스 대위는 무심코 기겁했다. 해치에서 몸을 내밀고 짜증 나는 대전차포 쪽으로 쌍안경을 돌리자.

오오, 이게 어찌 된 일인가.

"사령부 놈들, 노획당했나?!"

원성을 지르고, 전차의 차장으로서 알렌스 대위는 부하에게 엄폐를 지시할 수밖에 없었다.

"제길, 이쪽은 고물이라서 장갑도 엉망인데!"

재활용 전차의 단점은 여럿 있다. 그중에서도 장갑 강도는 아무리 강조해도 부족할 정도로 불안하다. 안 그래도 대전차포와 상성이 나쁜데, 무른 장갑에 제국식 텅스텐 탄자를 맞긴 싫다⋯⋯.

또한 연방군의 움직임은 알렌스 대위도 소름이 돋을 만큼 뛰어났다. 대전차포의 원호 속에서 연방군 공수보병부대가 거침없는 백병전도 불사할 자세.

"접근당하면 위험합니다. 이거, 커버할 수 없습니까?"

그렇다고, 알렌스 대위는 투덜거렸다.

아군 보병의 원호가 없는 전차 따윈 커다란 표적에 불과하다. 하지만 커버해 주어야 할 보병이 어디에도 없다.

으으, 제길, 여기까진가⋯⋯ 싶은 찰나에 알렌스 대위는 후방에 위치하는 부하 차장의 무전 보고에 눈이 뒤집혔다.

"새로운 반응입니다! 트럭이 접근 중!"

엥? 이라고 생각할 틈도 없이 알렌스 대위는 돌아보고 앵무새처럼 외쳤다.

"트럭이라고?!"

고개를 돌려보니, 정말로 저 멀리에 한 무리가 있었다.

장갑 트럭 몇 대가 확실하게 보조를 맞추어 천천히, 하지만 확실히 다가오고 있었다.

알렌스 대위의 뇌리에는 순간적으로 최악의 사태가 연상되었다. 적 공수부대에 이은 적의 후속이 벌써 도착인가?!

언젠가 올 거란 가능성은 머릿속 한구석에 있었다고는 해도.

지금, 이 순간에 적의 증원이 온다는 사실은 용감무쌍한 알렌스 대위조차도 한순간 침을 삼키고 욕설을 내뱉지 않기 위해 주먹을 움켜쥘 수밖에 없는 공포였다.

허락된다면 그는 소리쳤겠지.

'너무 일러! 빌어먹을 놈들, 어디서 나타난 거야?!' 라고.

하지만 지옥 밑바닥에서 발버둥 치자고, 얼른 선제 포격을 퍼부어주자고 의식을 전환한 알렌스 대위의 예상은 좋은 의미로 어긋났다.

"아, 아군입니다!"

알렌스 대위에게 트럭의 존재를 알린 부하는 후방을 쌍안경으로 보면서 희색을 띠고, 밝게 거듭하지 않는가.

"아군입니다! 지원군입니다!"

"뭐?"

전장의 스트레스로 망가졌나? 저 녀석, 그렇게 간덩어리가 작았나……라고 부하의 정신 상태를 의심하면서도, 알렌스 대위는 먼저 수중의 쌍안경으로 다가오는 트럭들을 다시금 보았다.

관찰해 보니 깨끗하다고 하기 어렵지만, 그럭저럭 움직이는 제국군 제식 트럭.

뭐, 장비품은 노획하고 노획당하며 쌍방이 써대는 것이니까, 그 것만으로 '아군'이라고 오인하는 것은 희망적 관측에서 나온 착 오겠지.

오히려 아군으로 위장한 적이란 게 더 무섭지만……이라고 푸 념하는 알렌스 대위는 그때 전투 트럭 위에서 총을 휘두르는 인 간을 보았다.

아니, 이게 어떻게 된 일일까.

"저건……! 토스판 중위? 그렇다면 저건…… 본대인가?!"

"그렇습니다!"

무전 너머로 환희를 폭발시키는 부하의 목소리가 알렌스 대위 의 목소리를 수긍했다.

"아군입니다, 샐러맨더 전투단입니다!!"

다가오는 트럭에 가득한 보병의 정체를 알았을 때, 알렌스 대위 는 환희의 외침을 내뱉고 토스판 중위에게 모자를 흔들며 진심에 서 나온 갈채를 세계에 계속 드날렸다.

"지금이라면 키스해 주고 싶군!"

껴안아 줘도 좋다.

위기에 달려와 주는 지원군이란 더없는 환희를 현장에 발현시 키는 법. 하물며 그것이 막역한 아군이라면 기쁨도 한층 더하다.

"알렌스 대위님?! 왜 여기에!"

"한바탕 싸움이 시작됐잖아. 기갑장교로서 낮잠만 퍼질러 잘 수 있겠냐! 포성이 들리는 곳으로 돌격! 말했지? 이것이 고금동서 의 진리다!"

킬킬 웃으면서 의기양양하게 대답하는 기갑장교. 하지만 딱히 현실이 안 보이는 것도 아니다. 그러니 재회를 기뻐하면서도 척척 상황을 공유하기 시작했다.

"사령부는 여전히 저항 중이다. 지켜본 바로는 사령부는 함락에 이르지 않았겠지. 지금도 저항 중이라고 판단할 수 있다. 하지만 적 공수부대는 수적으로 우세하다. 비교적 경화력인 강하보병이지만, 우리 군에서 노획한 것으로 보이는 화포가 위협이다. 이대로는 힘들어."

그래서 그쪽은? 이라고 물어볼 것도 없이, 정보는 신속하게 공유되었다.

듣자니 토스판 중위는 데그레챠프 중령의 명령으로 사령부 지원에 파견된 메베르트 대위 이하 구원부대의 선봉이라나.

"그렇다면 일이다. 보병과 전차로 익숙한 일. 평소처럼, 평소와 같은 일을 하자."

어깨를 탁 두드리며 재촉하면 이해했다는 표정을 보여준다. 좋든 나쁘든, 그들은 폭력장치로서 완성되어 있었다.

전차포를 갈겨대면서 전차로 슬금슬금 압력을 가한다.

장갑전력이 부족한 상대가 백병전으로 정리하려고 다가오면, 아군 보병이 견제사격으로 도로 쫓아내고 슬금슬금 돌파구를 확보한다.

도중에 전차를 격파하려고 쏴대는 징글징글한 중대전차포는 간신히 전차, 보병 협동으로 제압.

교범대로 장갑을 활용한 격돌이라면 알렌스 대위도, 토스판 중위도 자기 일을 잘 이해하고 있었다.

피와 땀으로 얻은 경험은 그야말로 뼈와 살로 변했다.

이는 전쟁터에서 아주 잘 기능한다.

따라서 후속으로 메베르트 대위가 억지로 견인한 포와 함께 전투에 참가했을 때는 전차, 보병, 포병이라는 각 병과가 자기 역할을 다하기 위한 체제가 임시적으로 확립되었다.

그래도 절망적으로 숫자가 부족하다.

그러니까 알렌스 대위는 또 다른 지원군을 갈망하며 물었다.

"메베르트 대위님, 구원 상황은?"

"근처에는 아군 부대가 많지 않다."

"사령부 구원을 위한 염출도 곤란하다고요?"

메베르트 대위는 알렌스 대위의 의심을 수긍했다.

"애초부터 예비병력이 적다. 우리 샐러맨더 전투단이 제일 유력한 전력일 수도 있다."

"전략예비란 놈은 이럴 때를 위해 있는 거 아닙니까? 그것들은 어디 있습니까?"

"서류상에 있겠지."

표정이 우그러지긴 했지만, 알렌스 대위는 메베르트 대위와 서로 마주 보며 쓴웃음을 지었다. 힘든 현실을 직시하기 위해서 또 뭘 할 수 있을까?

아무것도 없다.

그렇다면 하다못해 웃을 수밖에 없다.

그들은 아무것도 없는 현실을 싫을 만큼 맛보았으니까.

"거참 멋지군요. 제 전차도 서류상에는 건재합니다만."

"자네 건 종이로 안 보이는데? 아무리 봐도 평범하게 쓰는 전차 아닌가?"

그렇게 말하며 메베르트 대위가 가리킨 것은 알렌스 대위가 '적의 폭격에서 대피시킨다'는 명분으로 '잠시 빌린' 정비 중인 장갑차량이었다.

'보나 마나 어디서 슬쩍한 거겠지?'라고 묻는 메베르트 대위에게 알렌스 대위는 태연하게 가슴을 폈다.

"근처의 전차를 빌려온 겁니다."

물론 보고서에는 '폭격에서 대피 중, 퇴로에서의 예기치 못한 조우전으로 피치 못해 참전'으로 기록되는 종류의 수단이다.

나중에 문제가 될 수 있는 아슬아슬한 수단. 잔소리 좀 듣겠다며, 이럴 때인데도 불구하고 야단맞은 학생 기분으로 내심 답답했던 알렌스 대위는 야전에 익숙한 메베르트 대위의 멋진 미소에 '어라라?' 싶어서 놀랐다.

"나중에 중령님께 명령서를 받지. 그걸로 해결이다."

"가능합니까?"

메베르트 대위는 미소 지었다.

"중령님도 작금에는 명령서에 창조성을 발휘하시게 된 모양이니까. 뭐, 날 잡아 술잔을 들고 마도사들과 좀 이야기해 볼까."

알렌스 대위가 토스판 중위에게 가볍게 말했듯이.

메베르트 대위 또한 '전차, 보병, 포병의 일이군'이라며 익숙한 일에 익숙한 자세로 임했다. 전차, 보병, 포병으로 이루어진 제병합동부대는 그렇게 연방군 공수부대 척결에 임했다.

샐러맨더 전투단의 정수인 마도사가 없다고 해도, 메베르트 대위에게는 이런 종류의 제병합동 운용이 익숙했다. 다만 여기서 메베르트 대위는 자신의 지휘에서 약간의 문제를 자각하고 있었다.

자기 경험이 '편중되었다'는 것을.

"우리가 먼저 공격하는 건 서툴군……"이라고 스스로 인정하게 된다.

메베르트 대위로서는 부하에게 들려줄 수 없는 한탄이다. 하지만 실질적인 문제로, 서툴고 수완도 좋지 않다.

'쳐들어오는 적'을 물리칠 때는 망설임도 적은 자신이, 사령부를 구원하고자 '먼저 공격한다'가 되면 갈팡질팡 고민하게 된다.

전통적으로 제국군에서는 '내선전략'을 중시한 경위로…… 카운터를 즐긴다. 해묵은 타입의 장교인 메베르트 대위는 특히 그런 사상이 강하다.

더 말하자면 '방어' 경험밖에 없다. 그 결과, 망치와 모루로 비유하자면 망치를 휘두른 경험은 그 경력과 비교할 때 너무 부족하다.

포병으로서는 데그레챠프 중령의 지휘하에서 공세를 경험했지만…… 떠올려 보면 전투단에서 여러 병과를 지휘해 본 경험이라곤 방어전뿐. 보병 교범도 다시 일독했지만, '주로' 방어전을 염두에 두고 읽었다.

"골방지기란 놈이로군."이라며 메베르트 대위는 작게 탄식을 흘렸다.

뭐, 그런 생각도 반쯤은 사치스러운 현실도피다.

공격에 익숙하고 자시고의 문제 이전에, 병력이 부족하다.

공수 강하한 적의 규모가 어느 정도인지는 아직 추측뿐. 하지만 명백히 구원부대보다 적이 많다. 물론 사령부가 항전하는 상황에서 사령부를 습격하는 연방군 부대를 견제하기만 해도 압력 완화라는 점에서 구원군의 역할을 부분적으로 달성하고 있지만…….

"이러다간 밀리겠군."

메베르트 대위는 단순한 사실을 토해내고 머리를 가볍게 긁적였다.

사령부의 함락을 지연할 수 있는 건 아주 좋다.

하지만 그렇게 지연시킨 끝에 '파멸'이 불가피하다면 정말로 좋지 않다.

열심히 시간을 끌면 아군 또는 상관이 구원하러 달려와 줄 가능성은 있다. 데그레챠프 중령님 정도라면 상상보다 일찍 달려올수도 있겠지.

하지만 아무리 계산해도 '지금'은 오지 못한다. '숫자가 부족하다'는 단순한 사실만이 메베르트 대위의 뇌리를 괴롭혔다. 이대로 가다간 사령부도 위험하다. 무모하지만…… 도박에 나서서 돌진할 수밖에 없냐며, 궁지에 몰린 야전장교다운 생각이 머릿속에서 부풀었다.

다만 그것이 포병장교답게 논리정연한 절망이라면.

"메베르트 대위님! 여기를 맡겨도 되겠습니까?!"

"어쩔 셈이지, 대위?"

"다른 길을 찾겠습니다!"

메베르트 대위가 보는 데서 당당히 제3의 길을 찾자며 알렌스 대위가 웃고 있었다. 활달하고 활발한 우회로의 모색이야말로 기병 이래의 전통이고, 오늘날의 기갑장교이기에 나온 발상이었다.

"다른 길?"

"공창에 아직 전차와 정비병이 남아있지요. 그걸 긁어모아서 어떻게든 하겠습니다."

기갑장교는 될 대로 되라는 식으로 씨익 웃었다.

"애초에 상황이 상황입니다. 차량만이 아니라 인원까지 깡그리 빌려도 명령서가 나중에 어떻게든 해주지 않겠습니까?"

"누구도 불평하지 못하겠지. 맞는 말이야."

"그렇다면 말이 나온 김에 바로 진행해도 되겠습니까?"

"진행하게."

메베르트 대위는 힘주어 끄덕였다. 그뿐만이 아니라 한 발짝 더 나가자며 자연스럽게 덧붙였다.

"기왕이면 명령으로 하지."

"사령부의 부대인데요?"

"사령부의 부대라도 상관없다. 우리는 참모본부 직속이며, 참모본부에서 권한을 받았거든? 사양하는 게 이상하지."

메베르트 대위는 지금 이해했다.

상사의 무모함은 그저 무모하게만 보이지만, 자기가 그 처지가 되어 보니, 그것이 합리적이며 유일한 해결책임을 알 수 있다고.

따라서 내심으로는 조금 지나친 짓 아닌가 하고 주저했던 데그레챠프 중령의 방식이, 현재로서는 유일한 정답이라고 확신한 그는 당당히 모방하고 있었다.

"권한은 있다. 있다고 한다. 그렇게 하도록."

"어쩌다가 그렇게 된 걸까요. 하지만 이런 상황입니다. 뭐든 부족하지요. 쓸 수 있는 것은 전부 써버리죠."

알렌스 대위는 메베르트 대위에게 남자답게 씩 웃어 주었다.

"모조리 강탈하고 오겠습니다. 그때까지는…… 몇 대밖에 안 남아서 죄송합니다만, 긁어온 것은 여기에 전부 남기겠습니다."

"알겠다. 여기는 맡기도록."

"그렇다면 천천히 서두를 테니, 잘 부탁드립니다."

"좋아, 좋아. 알겠다. 너무 늦으면 사령부 구원도 이쪽에서 다 끝내버릴걸?"

스스로 근엄하다고 자부하는 메베르트 대위조차도, 이 정도의 허풍은 다반사다. 농담할 수 있는 동안은 아직 죽은 게 아니니까.

메베르트 대위는 알렌스 대위에게 잘 다녀오라는 말을 던져주었다. 그리고 짧아진 군 담배를 씹으며 빌어먹을 전쟁으로 의식을 돌렸다.

떠맡은 거는 좋지만, 적은 아직도 쌩쌩하다.

안타깝게도 적 보병의 실력은 나쁘지 않다. 다음 순간 메베르트 대위는 바로 옆에 날아온 포탄의 충격파에 세계를 마구 저주하는 꼴이 되었다.

"우옷?!"

무심코 소리치고 머리를 감싸야 할 정도의 근거리.

고개를 들어보니 주저앉은 강철 덩어리가 하나. 아군 전차였던 잔해에서 가까스로 승무원이 도망치는 것이 불행 중 다행.

그렇긴 해도 전차병에게는 재난이겠지. 그리고 장갑전력을 또 하나 상실했다는 점에서 지휘관인 메베르트 대위로서는 한탄해야 할 사태였다.

"적 대전차포를 제압하라!"

"틀렸습니다! 적 마도사들입니다. 마도사들이 나섰습니다!"

"적에게 마도사까지! 게다가 대전차포를 끼고 있다고?! 공수부대가 잘도 그런 짓까지!"

경장비 공수부대였을 텐데, 적의 화력은 상상을 웃돌았다.

장갑을 관통할 수 있는 대전차포가 노획된 것만 해도 두통이 심한데, 때때로 날아오곤 하는 적 마도사의 폭렬술식도 메베르트 대위의 골치를 썩였다.

애초에, 애초에 마도사 상대로 왜 화력에서 밀리는 걸까. 포병으로서 짜증스럽기 짝이 없다.

이 거리다.

중포와 포탄만 있으면 화력으로 밀리는 추태는 없다.

하지만 수중에 있는 것은 기껏해야 소총과 끌고 온 야포 정도.

무엇보다 탄이 없다.

탄, 시원하게 쏴대기 위한 탄.

왜 수중의 포탄에는 항상 제약이 있는 거지?

"그렇긴 해도 사령부가 꿍쳐놓은 비축을 빼앗기고, 포격전에서 진다면 죽어도 차마 눈을 못 감을 부조리지. 정말이지 이게 무슨 일이야……."

구원하러 온 군대가, 구원해야 하는 군대가 빼앗긴 포탄에 신나게 얻어맞는다.

예전에 노획한 포탄으로 적을 신나게 쏴댄 몸으로서 메베르트 대위는 다소 납득할 수 있었다. 적이 미쳐 날뛸 만하다. 직접 몸으로 체험하니 한 방에 납득할 수 있다.

나아가서 실행하는 쪽은 유쾌상쾌, 투지가 끓어오르는 것도 이해하게 되는데.

'이건 안 좋은 흐름이군.' 이라며 그는 부하에게 들리지 않게 속으로 투덜거렸다.

상황을 정리하자. 적은 공수 강하로 적지에 내려온 놈들. 일종의 자포자기가 있다고 해도 최고의 기분이겠지. 이쪽은 최악의 기분이다.

원래라면 시간을 끌수록 이쪽에 지원군이 모이고 적은 불리해질 텐데…… 이런 상황이면 사령부가 버틸 수 있을까?

그의 뇌는 냉철하게 계산식을 풀어나갔다.

적병. 완전 팔팔하다. 혈기 왕성하게 날뛰고 있다.

아군 사령부, 저항이 미약해진 기미가 있다.

메베르트 대위의 보수적인 계산으로도, 상상보다 상황은 좋지 않다.

탄식한 포병장교는 항상 가난하게 전쟁해야 한다고 투덜대고, 한탄하고, 그리고 제국군에도 윤택한 공급이 허락되는 한숨을 또 세계에 흘렸다.

포탄이 필요하다.

병력이 필요하다.

왜 항상 모든 게 부족하지?

사령부 경비들은 뭘 하고 있고, 그 이상으로 사령부가 확보했을 전략예비는 뭘 하고 있지?

"사령부 얼간이들. 평소에는 예비병력을 끌어안고 놀리는 주제에, 중요할 때는 그게 없냐! 왜 반대로는 못 하는 거냐고!"

내키는 대로 이 빌어먹을 현실에 온갖 욕설을 퍼부었다. 극한 상황에 처한 인간이 지기 싫다며 하는 욕설. 이른바 인간성이다.

슬슬 위험할지도 모른다. 그런 예감과 함께 메베르트 대위는 입에 물고 있는 군 담배에 불을 붙였다.

한 모금 빨아들여서 냉정함을 되찾은 것이 유일한 플러스 요인. 몇 번 봐도 적 공수보병은 훈련도가 좋다. 예전에 항만방어에서 싸워댔던 적 코만도급이나 그 이상이다.

"왜 포병인 내가 이런 짓을."

알렌스 대위가 얼른 전차를 강탈해 왔으면 좋겠다. 그러기를 절실하게 빌었다. 아니, 병참 공격 중인 중령님의 마도사가 돌아왔으면 싶었다.

연대 규모 마도사를 머릿속에 그리며, 메베르트 대위는 무심코 투덜거렸다.

"있다면 말이지."

그것은 현장에서 책임지는 지휘관에게 금지된 말이다. 없는 걸 졸라도 문제가 해결되지 않는다. 하지만 근처에 아군의 마도사만 있으면……이라고. 그 편리함에 장교라면 무심코 바라게 된다.

꿈꾸는 메베르트 대위는 거기서 떨떠름한 현실을 되새기는 전화 소리에 무심코 신음했다.

포격을 맞으며 거의 지고 있는 전선에서 무선 전화. 내용은 아무리 생각해도 그리 유쾌하지 않을 거라 생각하면서 그는 전화를 받았다.

"메베르트 대위님! 이제 한계입니다! 이대로는!"

"토스판 중위! 물러나는 건 허용할 수 없다. 미안하지만, 그럴 수 없다."

"어떻게든 하겠습니다만! 하지만, 제길, 이대로는……."

힘들겠다는 말은 하지 않지만. 당연한 사실을 외면하지 않고 확실히 이해했을 때, 메베르트 대위는 결심했다. 이렇게 되면 병사 한 명이라도 놀려두기 아깝다.

"증원을 전투에 투입한다! 그쪽에서 만나자!"

"예? 그건……."

"한 명이라도 앞으로 보내라는 뜻이지."

전화를 딱 끊고 메베르트 대위는 철모를 고쳐 썼다. 이미 전투단에 잉여전력은 없다. 그렇다면 쥐어짤 수밖에 없다. 간단한 계산이다.

자, 군대에는 지휘계통이란 것이 있다.

일반적으로, 이래라저래라 사람들에게 지시하는 자들이다.

그리고 이 녀석들은 군인이다.

즉, 병력으로 쳐도 된다.

물론 머리를 제압당할 바에는 차라리 뒤에서 경비라도 데리고 얌전히 있길 바라는 게 상식이지만, 전장에서 상식대로 만사가 풀린다는 것은 사치다.

고로.

"지휘소를 전투에 투입한다."

부하에게 한마디 명령하면 샐러맨더 전투단 대리 사령부도 이해한다. 애초에 본래의 지휘관, 데그레챠프 중령 본인도 지휘하면서 전쟁도 하고 있었다.

"정말로 여기에는 전쟁광밖에 없어."

전투단 사령부와 그 경호도 전선으로.

사관학교에서라면 즉각 낙제할 지휘. 하지만 병력이 이토록 고갈되면 이것이 최선이다.

메베르트 대위는 토스판 중위와 어깨를 나란히 하고 드디어 보병전에 참전했다.

전선에서 적과 주먹을 맞댈 정도의 거리에서, 온갖 무기를 원시적으로 맞부딪치는 말 그대로의 육탄전.

이미 백병전이다.

적에게 찔리고, 곳곳에서 화력과 전의만 믿는 형태로 베고 찌르는——총검과 나이프의 대결——그런 수준의 혼전이었다.

샐러맨더 전투단은 동부 방면군 사령부의 구원은 고사하고 우선 자기 자신을 지켜야만 하는 상황에 아래부터 위까지 죄다 빠졌다.

그것은 어디에서도 예외가 없다.

홀연히.

그림자가 나타났을 때, 지휘소에 있던 사령부 지도를 손에 들고 부대를 독전하던 메베르트 대위도 같은 상황이었다.

어라? 라고 의아한 기색으로 그 모습을 응시해보니 길을 잃고 들어온 적병일까.

하지만 거기까지 인식했을 때, 나이프를 쳐들고 덤벼드는 연방 공수부대원은 이미 눈앞에 와 있었다.

"빌어먹을!"

메베르트 대위는 소리치며 몸을 돌려 나이프의 일격을 아슬아슬하게 피했다.

하지만 피할 수 있었던 것은 내뻗은 칼날뿐. 달려온 적병과 부딪쳐서, 연방산 몸뚱이의 무게를 온몸으로 느끼게 되었다. 차가운 강철을 온몸으로 받아내는 것보다는 낫다고 해도, 덩치 있는 보병의 태클은 견디기 힘들었다.

물리법칙에 따라서 가속한 무게에 부딪힌 메베르트 대위는 완전히 자세가 무너져서 날아갔다.

다만 쓰러지는 와중에도 무의식중에 그걸 움켜쥐고 있었다.

"대위님?!"

"그만둬! 대위님이 맞는다!"

주위가 떠드는 것을 어딘가 먼 세계의 일처럼 들으면서, 핏발 선 눈으로 나이프를 이쪽에 대고 찌르려는 젊은 적병에게 메베르트 대위는 굳게 움켜쥔 친구를 내리쳤다.

"얍, 보, 지, 마, 라!"

그 친구는 확실히 날을 세워두었다.

칼날이 적병의 뒤통수를 강타하고 반사적으로 적이 움츠러든 순간, 메베르트 대위는 재빨리 몸을 빼내서 거리를 벌렸다.

잠시 후 주위의 아군이 적병에게 총을 쏴서 확실히 무력화해 주었다.

"무사하십니까, 대위님?!"

"그래, 별일 없다. 야삽이 없었으면 위험했어."

퉤 하고 입에 머금은 모래와 피를 바닥에 내뱉고, 수통 안의 귀중한 물로 입을 헹구며, 메베르트 대위는 병과에 대한 충성심으로 불만을 토해냈다.

"포병대위로 군에 봉직하고 있는데, 적 포병도 아닌 놈에게 죽을 것 같냐!"

병사들은 호탕한 지휘관을 좋아한다. 그렇긴 해도 이런 건 허세다. 용맹한 척하는 대위의 속마음은 사태가 슬슬 한계에 달했다고 울고 싶어졌다.

조금 전의 적병은 공수부대원 하나. 그런데도 이쪽의 지휘관을 노리고 돌격하는 투지. 그런 녀석이 우르르 쳐들어온다면.

의지력과 의지력의 충돌에서 뒤진다고는 생각하지 않지만, 숫자의 열세는 명백.

더는.

이대로는.

등골에서 서늘한 것이 흐르는 가운데, 메베르트 대위는 일부러 주위에 보여주기 위해 대담하게 웃으며 여유로운 모습을 꾸몄다.

근거가 없더라도 장교는 징징대선 안 된다.

당연한 일을 당연하게.

'시야를 넓게 잡는 건 중요하거든?' 이라고 말하듯이 메베르트 대위는 쌍안경을 한 손에 들고 주위를 둘러보다가 굳어버렸다.

무심코 다시 보고, 그리고 그는 처음으로 본심으로 웃었다.

시야 앞에 있는 것은 강철의 덩어리.

그리고 제모를 흔들며 최고로 신이 난 기갑장교였다.

기갑장교는 아니꼬운 녀석이다……라고 포병장교로서 생각하지 않는 것도 아니다.

하지만 지금이라면 알렌스 대위의 그런 면조차 메베르트 대위에게 사랑스럽겠지. 아군 전차의 등장은 언제든 아군의 가슴을 뛰게 해주니까.

"기병대가 납셨다."

메베르트 대위는 쓴웃음을 짓고, 보라는 말과 함께 주위에게 알렌스 대위의 전차부대를 가리켰다. 새로운 중장갑전력.

몇 대 정도가 아니라 두 자릿수는 되는 전차.

메베르트 대위는 손뼉을 치며 "자, 다시 해보자."라는 말과 함께 미소를 띠었다.

"전차대를 지원해라! 공수부대 따위로는 제병합동부대를 쫓아낼 수 없다고 교육해 줘라!"

격려 사이에 당당한 말을 섞어 투지를 부추긴다. 희망을, 낙관을, 그리고 역전을 확신시키기 위한 말. 하지만 이왕이면 기합이 들어갈 짓을 하나 더 할 수 있으면……이라고 생각하던 메베르트 대위는 거기서 '전차' 중에 유쾌한 것이 섞여 있는 것을 깨달았다.

10.5cm 곡사포, 커다란 대포를 짊어진 차량. 전차와 거의 비슷한 모습이지만, '포'로 분류되는 것. 그 카테고리는 돌격포.

무전으로 알렌스 대위를 호출한 메베르트 대위는 신나게 캐물었다.

"어이, 어이, 알렌스 대위! 멋진 곡사포가 실린 선물이잖아! 돌격포 같은 걸 어디서 주운 거지?!"

"빌렸습니다! 아군이 있길래 정중하게 부탁해서!"

메베르트는 빙그레 미소 지었다.

"그렇다면 나도 포병장교로서 정중하게 부탁하지. 우리한테 그걸 쏘게 해줘!"

"아니?!"

"'돌격포'는 분명히 포병 담당이었을 테지?"

"돌격포만 말이죠?!"

말귀를 알아먹는 녀석이라고 웃으면서 메베르트 대위는 주위 포병에게 말했다.

"제군, 보병 흉내는 일단 끝이다! 다음은 전차병 흉내다. 포병을 시작하자!"

"좋았어, 올 게 왔다!"라고 호응하는 포병들을 데리고 알렌스 대위의 떫은 얼굴을 무시하며 메베르트 대위와 포병 일행은 돌격포 몇 '문 ——'문'이지, 실수로라도 '대'라고 헤아리지 않는다 ——을 '운전수 전차병'과 공유하여 포로 운용하기 시작했다.

'포'는 전차병이 아니라 포병의 것이니까. 그리고 기계의 힘은 이 얼마나 훌륭한가. 야전포의 배치전환이 이렇게나 간단하다니.

스스로 달릴 수 있는 멋진 포가 더 늘어나면 좋겠는데.

그런 멋진 감개를 품으면서 돌격포를 조작하고, 메베르트 대위는 '때가 되었다'고 하듯이 포격을 개시했다.

효과는 곧바로 나타났다.

메베르트 대위의 수중에 있는 것은 일반적인 전차포와 달리 대보병전투도 수행하는 고폭탄 사양의 곡사포. 그렇다면 신나게 쏴댄다. 조금 전에는 야삽과 나이프로 치고받던 석기시대의 용사도 대포와 탄약만 있으면 무자비한 화력주의에 대한 열렬한 신앙을 회복한다는 것이다.

언제든 적에게 앞서는 우리의 화력이야말로 정의다. 적의 화력은 사악하다.

그리고 정의는 언제든 이긴다.

승리를 확신하며 곡사포를 조작하던 메베르트 대위는 거기서 고폭탄의 천적인 장갑을 두른 '적'의 존재를 떠올렸다.

연방군 마도사 제군의 반격에 싫어도 떠올리게 되었다고 해야 할까.

당찮게도 놈들이 지형을 활용하면서 방어외피를 두르고 짜증스럽게도 대전차포의 원호를 받으면서 이쪽의 반격을 밀어내려고 폭렬술식을 끈덕지게 응사해댔다.

"마도사를 적으로 삼는 건 귀찮군. 제길, 오늘은 운수가 최악이야."

혀를 차면서 되든 안 되든 견제로 고폭탄을 갈겼다. 방어외피로 막을 수 있다고 해도 지근탄이라면 제압은 가능하겠지.

그런 계산이었다.

메베르트 대위의 계산은 완전히 빗나갔다.

적 마도사들은 곡사포의 지근탄에 줄줄이 쓰러지지 않는가. 너무나도 어이없는, 예상 밖의 광경.

메베르트 대위는 무심코 거듭 바라보았다.

"음? 어라? 마도사인가 했는데 보병이었나?"

그렇다면 엄청난 낭비인데……라고 생각하면서 다른 마도사로 표적을 다시금 돌려서 고폭탄을 갈겨도 같은 결과.

"어라?"

"으음, 메베르트 대위님. 마도사는 날 수 있지요?"

"그래, 날 수 있지."

"저놈들, 안 나는데요?"

"어?! 설마?! 그래, 실력이 별로인 놈들을 긁어모은 속성 부대인가! 제길, 너무 우리 마도사를 기준으로 했어!"

그렇다면 아무리 연방식 보주가 단단하다고 해도, 방어막은 물론이고 방어외피도 수준 이하인가?

"어이, 탄종은 고폭탄 그대로 해서 면 제압이다. 날려버려!"

"괜찮습니까? 사령부 바로 옆입니다만."

"적에게 제압당하는 것보다는 훨씬 낫겠지? 게다가 적이 이쪽의 대포를 잔뜩 노획해서 쏴대고 있어. 지금 와서 할 말은 아니잖아?"

맞는 말이라고 납득하는 부하 일동. 메베르트 대위는 장전된 탄에 그저 열심히 진심과 적의와 망할 새끼들이라는 말을 담았다.

'마음이여, 닿아라!' 라는 식으로, 메베르트 대위는 소리쳤다.

"갈겨버려!!! 알렌스 대위의 돌진을 커버한다!"

결론부터 말하자면 메베르트 대위가 실마리를 푼 중장갑 제병합동부대의 돌입은 연방군 공수여단의 대규모 공수 공격에 대한 강렬한 일격이었다.

노획한 대전차포가 최대의 대항 수단인 경보병에게, 장갑전력에 의한 일격.

저울은 제국 쪽으로 크게 기울었다.

하지만 그 정도라면 연방군 공수부대가 두 손 들 일은 아니다.

심상치 않은 결의와 각오, 또한 희망마저 품은 그들은 계속해서 사령부 확보와 증원 차단에 매진했다.

어쩌면 조금만 더 있으면 사령부에 들어갈 수 있을지도 모르는 국면.

하지만 마지막 저울은 연방군 공수부대에 기울지 않았다.

혈기 왕성한 연방군 공수부대의 희망.

그것은 후속이 있기 때문.

그리고 약속되었을 후속—— 지상을 달리며 돌진해야 하는 기갑부대는 결국 약속 시간을 넘어도 모습을 보이지 않았을 뿐만 아니라 '유력한 항공마도사단에 습격받고 있다' 라는 비명 같은 보고와 함께 통신이 끊겼다.

희망의 상실은 용감한 병사를 용감했던 자들로 변모시키고, 나아가 충격력을 상실하기에 이른다. 따라서 삼삼오오 이탈하고, 혹은 투항하게 된 그들의 얼굴은 이미 제국군 사령부를 정복하려는 용사가 아니라 필사적으로 살려는 인간이었다.

동시에 절망을 삼키고 있던 수비 측—— 제국군 동부 방면군 사령부는 장성부터 일반 졸병에 이르기까지 희망이라는 미주를 탐욕스럽게 마셔댔다.

살아남을 수 있었다.

적의 습격을 견뎌냈다.

그 실감에서 '그럴 때가 아니다' 라는 안건에 머리를 돌릴 여유가 회복되었다. 고민에 사로잡힐 수 있게 된 것은 살아있기에 누리는 사치다.

뭐, 사치라고 해도.

'그 영문 모를 명령은 대체 뭐였을까?' 라고 반쯤 혼란에 빠진 상황에서 공수 강하를 당한 것은 하젠크레퍼 중장이다.

간신히 습격을 격퇴하고, 소총을 짊어지고 흙 묻은 손으로 전투 식량을 씹는 '만찬' 속에서, 동부 방면군 사령부 앞으로 폭탄 같은 전문을 받는 것을 살아남았기에 누리는 사치라고 형용해야 할지는 수사학적인 난제라고밖에 할 수 없겠지.

간단히 말해서 하젠크레퍼 중장은 도무지 이해할 수 없었다.

"참모본부에서 온 것입니다. 발령자는 제투아 대장. 코드는 완전히 정규의 것입니다."

겨우 왔나.

그런 안도의 마음으로 하젠크레퍼 중장이 전문을 받더니 "이럴 수가!"라고 외치며 위장을 눌렀다.

"그게 틀림없는 진짜라고?!"

기막히다고 하자면 기막힌 전개.

'그게 정말로 올바른 것이었나.' 라며 불안에 사로잡힌 모습을 숨기지도 않는 막료들은 중장이 찢어버릴 기세로 움켜쥔 종잇조각으로 자연히 시선을 모았다.

틀림없이 제투아 대장이 본국에서 보낸 전문이다. 그렇다면.

혼란을 해결해 주겠지. 혼란을 걷어내고 뭘 해야 할지 명시해 주겠지. 그런 희미한 희망을 그들이 품었다면, 참모들은 옳은 것이다.

하지만 그들이 본 것은 완전히 굳은 중장 각하의 모습이었다. 연방군의 공수부대에 습격당했다는 보고조차도 그를 이렇게 굳어버리게 할 수 없었다.

보다 못한 참모가 사령관의 손에 있는 통신문을 받았다가 마찬가지로 조각상이 되었기에 고급 영관들도 간신히 전문을 볼 수 있었는데, 그 순간 그들도 일제히 굳어버릴 수밖에 없었다.

분명히 그것은 참모본부에서 온 전문이다.

누구도 오해할 여지 없이 권위로 찍어 누른다고 해야 할 내용.

그리고 참모본부는, 한스 폰 제투아 대장은, 동부 방면군이 보낸 '제4호'와 관련된 사실 조회에 대해 실로 명료하게 답했다.

'앞선 명령을 신속하게 실행하라!'

그걸로 끝.

말하고자 하는 바는 모두가 이해한다.

앞서 '괴문서'가 아닐까 의심한 탓에 '어중간하게 시작한' 방어계획 제4호의 완전하며 즉각적인 실행과 이전에 엄명한 항공마도전 속행을, '누가 봐도 오해할 여지가 없을 만큼 단호하게, 또한 이를 주저하는 것에 격노한 문장으로 들이댔다'는 뜻이다.

군대에 몸을 둔 자라면 누구든 안다.

앞선 명령을 신속히 실행하라. 조직의 우두머리가 친히 명령한다면 대답은 언제든 하나뿐.

얼른 실행하라고 '독촉' 받는 것은 보통 일이 아니다.

엘리트로 가득한 참모장교쯤 되면 경력 단절을 각오해야 할 차원이다.

"즉, 우리의 질문에 '혼란'했던 것은." "정규 명령에 재차 문의한 것으로 해석되었다?" "하지만 참모본부도 혼란에 빠졌습니다! 그건 확실히……." "그런 형태의 명령이 있을 수 있나?"

"제군! 그만!"

하지만 하젠크레퍼 중장의 단호한 일갈이 혼란과 논쟁이 만연하려던 실내 분위기를 단숨에 날렸다.

눈에 핏발을 세우고도, 중장은 떨리는 목소리로 계속 말했다.

"명령은 명령이다! 허비한 시간을 만회하라!"

"하지만! 그건 너무나도 이례적이었습니다!"

그는 올바른 조직인으로서, 그 조직인이 해야 할 바를 몸으로 보였다.

"알겠나, 명령은 나왔다! 이건 정규 명령이다!"

하젠크레퍼 중장은 어디까지나 대리다.

울트라 적극주의인 라우돈 대장이 '언젠가 하젠크레퍼 중장의 교체를 검토하고 싶다'고 생각할 만큼 소극적이었다.

하지만 그는 표준적인 제국 군인이기도 하다.

결국 훈련된 직업군인으로서, 명령의 즉각 실행에 관해서는 조금도 주저하지 않는 전형적인 제국 군인이다.

"행동하라! 뒤처진 것을 만회하라!"

제1집단은 노도와 같은 기세로 제국군을 몰아내고 있었다.

거점에 틀어박힌 적의 저항이 예상보다 미약하다.

예상보다도 제국군이 쇠약해진 징조라고 갈채를 보내던 연방군 사령부는 몇몇 이해할 수 없는 보고에서 일이 심상찮게 돌아간다는 징조를 느끼고 있었다.

1 : 도로에서 움직이는 다수의 적 부대.

2 : 제국군 사령부에서 발신된 명령 '제4호'?

3 : 결정타는 제국군 동부 방면군 사령부를 노린 공수 작전의 실패다.

빨치산 등과 동행한 정규군과 비밀경찰의 전문 팀이 '예비병력 고갈'을 확인한 뒤, 마도부대를 섞은 공수부대를 제국군 사령부에 투하했는데.

사령부 경비대 따윈 압도할 수 있었을 텐데.

우세하게 습격을 진행하던 공수여단 앞에 갑작스럽게 미확인 기갑부대가 출현해 반격한 것은 영문 모를 전개. 거기에 공수보병에 필적할 정도로 강력한 보병부대가 수반했다면 당연히 공수부대가 '정보와 다르다!' 고 외치겠지.

결정타로 돌격포까지 끌고 나왔기에 습격조는 철수할 수밖에 없었고, 동행한 마도중대에 이르러선 전멸했다는 보고까지 들어왔다.

이렇게 제국에게 유리한 전개가 단순히 우연이라고 믿는 얼간이는 당연히 연방군 사령부에 남아있을 수 없다.

그들은 의문에 직면했다.

'왜 미지의 병력이 때마침 튀어나온 걸까?'

'적은 사령부에 미지의 예비병력을 둘 정도로 통제가 잡혔다. 그런데 왜 우리는 거침없이 진격하는 걸까?'

'왜 적 전방진지는 예상보다 약한 걸까?'

그런 의문들은 이윽고 다 밝혀지게 된다.

하나의 불쾌한 답에 의해.

'제국군은 전면후퇴하여 이쪽의 일격을 회피하고자 움직이고 있다' 라는 가능성.

장교들이 설마 싶은 마음에 창백하게 서로의 얼굴을 바라보다가 상대방의 얼굴에서 그 '설마' 를 읽어냈을 때, 그들은 가만히 지도로 시선을 내리고 최악을 예상했다.

여명의 주목적은 '제국 야전군 섬멸' 을 주안에 두고 전략적 승리를 추구한 대규모 공세다.

거듭 말하지만, 적 야전군이야말로 진짜 목표다.

그 목표인 제국군 주력부대가 이쪽의 일격과 동시에 '후퇴' 했다? 여명의 목적인 사냥감은 후퇴하고, 이쪽의 공격은 헛방망이질을……

안 좋은 예감이었다.

악질 사기에 걸린 듯한 오한.

물론 지도상에서 보기론 연방군의 우세는 흔들림 없다.

무너지는 제국군 방어선.

거의 종잇장만큼 얄팍해지고 미약한 제국군의 예비병력 사정.

이쪽은 중후하다고 표현해야 할 보급선을 준비했다.

덤으로 제1집단 뒤에는 제2집단도 준비 끝. 남은 건 제국군 야전군 주력 격멸이 달성되는 대로 증기 롤러로 제국군 세력권을 밀어버리고 서진할 뿐.

그럴 터였는데.

그런데 뭔가가 이상하다.

여명에 관련된 사령부 요원들이 일제히 최악을 확신한 것은, 올라온 흉보가 하나의 징조를 띠고 있었기 때문이다.

"보급이 왜 안 오지?!" "적에게 습격당했다?! 처음부터 손해를 계산해서 여럿 준비했는데?!" "사전 집적거점이 파괴당했다!" "고, 공급망이……!"

병참.

두껍고 반석과도 같을 그것이 제국군 마도사에게 유린당한다는 긴급한 보고. 하지만 그 정도는 사전에 계산했다. 제국군의 참수전술이나 병참 공격이야말로 경계의 대상이라는 상부의 집요한 요구도 있어서, 이거 너무 남아도는 것 아닌가? 싶을 정도의 요격용 병력을 정비하기도 했다.

트럭까지도 확실히 대공 사양으로 개조하여, 어중간한 습격이라면 격퇴할 수 있는 중후한 방호를 수송부대에도 포진시켰을 텐데.

그랬을 텐데.

그런데 모든 게 이상하게 돌아갔다.

"사, 사단 규모, 사단 규모라고?!"

수화기를 움켜쥔 참모가 당황한 기색으로 아연히 절규했다.

"인적 자원이 바닥을 쳤을 터인 제국군이, 마도부대로, 그것도 사단 단위로 병참 공격?! 대체 어디서 사단 규모 마도사를 염출할 수 있지?! 동부의 모든 병력을 다 합쳐도 사단 규모의 마도사는 있을까 말까 하지 않았나?!"

"죄다 전용하지 않았나?"

"우리의 여명에 맞춰서 모든 마도사를 그 자리에서 모조리, 몽땅 차출했다고? 그 자리에서 망설임 없이?!"

그건 말도 안 된다는 게 장교들의 본심이다.

여명의 주축은 야전군 섬멸이지만, 그렇기에 그것을 들키지 않도록 전면공세로 의태하고 면 제압과 화력주의의 조합이라는 전통적인 전법을 대대적으로 채용하기도 했다. 보통은 이런 상황에서 마도사를 죄다 긁어모아서, 있는지도 불확실한 병참선 공격에 투입한다는 것은 불가능하지 않은가.

병참 공격으로 제2집단이 움직이지 못하고, 제1집단이 약해진다는 예상을 적이 할 수 있을 리가…….

없는데.

어째서.

"어째서 제국 놈들은……!"

여명에 맞춰서 이쪽이 가장 싫어할 대응책을, 망설임 없이?

"제국 놈들, 항상 그렇지! 놈들은 전쟁만큼은 잘해! 빌어먹을!"

》》》 통일력 1928년 1월 17일 제도 / 참모본부 《《《

제도에서 한 남자가 빙그레 웃고 있었다. 그는 지금 지구에서 제일 행복한 남자일지도 모른다. 비원의 성취가 저지될 뻔했다가, 절망의 나라에서 '최고'의 보고를 뜻하지 않은 형태로 받고 미래를 확신한다면 희색이 만연할 만도 하겠지.

그는 행복했다.

모두가 그처럼 행복하다면, 세계는 참으로 멋질 것이다.

애석하게도 제투아 대장이라는 그 남자의 곁에 있는 젊은 중위 한 명만 봐도 그 행복을 이해하지 못할 정도로 특수한 행복이지만.

그렇긴 해도 제투아 대장은 행복하게 시가를 태웠다.

느긋하게.

태엽을 감은 시계를 책상 위에 던져놓고 그는 표정을 풀었다. 시곗바늘을 움직이는 것은 기계장치. 그렇다고 해도 태엽을 감는 것처럼, 인간의 손으로 할 수 있는 일도 한둘쯤 있다.

전쟁에서 압도적인 물량을 앞에 두고서도 그렇다.

그렇다면 나이와 관계없이 인간답게 놀 수밖에 없겠다며 제투아 대장은 감개무량했다.

"그란츠 중위, 불러내서 미안하군. 짧은 시간이지만, 제도는 만끽하였나?"

"배려해 주셔서 감사합니다."

"아니, 딱딱해질 필요는 없네. 행복을 나누어주는 것이니까."

제투아 대장은 미소 지었다.

"느긋하게 쉬었을 테니, 조금 부탁이 있군. 수고스럽겠지만, 소식을 좀 전해 주게나."

"내용은 어떠한 것입니까?"

"필요한 것이지."

"필요?"

뜻하지 않은 말에 그란츠 중위의 목소리에는 곤혹과 희미한 공포마저 깃들었다. 제투아 대장은 젊은 중위에게 가련함과 희미한 동정을 느꼈다.

젊은 그는 아직 이 미주에 익숙하지 않다.

역사상 이만한 역전극이.

강하고 농후하고 맛있는 미주가 얼마나 있을까.

하지만 제투아 대장은 쓴웃음과 함께 그 한탄을 마음에만 담았다. 젊은이에게 주기 아까운 미주라면, 늙은이가 독차지하지.

물론 이걸 나눌 수 있는 벗을 경시할 일은 없지만.

"데그레챠프 중령에게 말을 전해 주게나. 중령이라면 전부 이해하겠지."

"예, 전언을 받을 수 있겠습니까."

제투아 대장은 알겠다면서 펜을 들고 종이 위에서 움직였다.

수많은 명령서를 써 왔다.

수많은 서류를 결재해 왔다.

하지만 오늘 이 순간, 이 펜을 움직이는 것보다 가슴이 뛰는 체험을, 제투아 대장은 모른다.

"하하하, 하하하, 하하하. 재미있어질걸?"

기쁨에 펜이 춤추다가 자칫 미끄러지지 않도록 하는 게 왜 이리 힘들까.

"설마, 설마 말이지. 그 국면을 여기서 뒤엎다니. 그리고 이만한 일이 이 한 수만으로 가능하다니."

문제를 알면 절반은 해결된 셈이다.

해결의 실마리를 풀어내고자 운명의 여신을 날려버리고 목을 비트는 폭거라도 상관없다면.

"운명의 가불 정도야 얼마든지 해주지."

이미 잃을 게 아무것도 없다면.

제국은 무적이었다. 적어도 제투아 대장 본인은 말 그대로 운명조차 두려워하지 않았다.

"나는 무책임한 빚쟁이니까."

그렇게 자각하면 수많은 고민도 그 앞에서는 일제히 빛바랜다.

세계는 회색이었다.

과거에는.

지금은 총천연색 그 자체.

모든 게 명석하다.

망설임 없이 선택할 수 있다. 미래로 가는 길이 새빨갛게 칠해져 있다면 망설일 것도 없다.

"내년의 파종 따윈 알 바가 아니야. 지금 안 먹으면 죽으니까."

우리는 제국군 항공마도사. 우리에게 맞설 적은 없다.
우리는 제국군 항공마도사. 우리에게 맞설 적은 없다.
우리는 제국군 항공마도사. 우리에게 맞설 적은 없다.

동부 전선─마도사의 묘비

제국군이라는 조직은 직업군인의, 직업군인에 의한, 직업군인을 위한 군사적 합리성만을 추구하는 조직이다.

이것을 자기 분야밖에 모르는 조직의 전형적인 사례라고 한다.

즉, 무슨 말이냐면.

군대다운 군대의 생생한 모습이라고 할까. 좋든 나쁘든 군 단위로 결단이 내려지면 신속하게 행동할 수 있다.

동부 방면군 사령부도 예외는 아니다.

참모본부에서 내린 제투아 대장의 엄명을 받고, 그들의 망설임은 순식간에 끝났다. 참모들은 모든 의심을 억누르고, 하젠크레퍼 중장 명의로 제국군의 모든 부대에 단호한 철수 명령과 방어선의 대담한 재편을 전달했다.

이건 말을 뒤집는 정도가 아니다.

하지만 정규 명령이라면, 그 명령보다 더 우선할 것은 없다.

소정의 방어계획을 완전히 내던지고 방어계획 제4호를 단호하게 즉각 실행.

사전 계획과는 다른 철수 명령조차도, 동부 방면군의 각 부대에 따라 약간의 오차가 생기긴 해도 비교적 신속하게 시작되었다. 제국군은 피폐하고 마모된 국면에서도 군사 기구로서 지극히 견고했다.

통제를 유지할 수 있는 조직. 전쟁만큼은 능하다는 평가를 받을 만한 기구.

원래 철수라는 건 어렵다. 하물며 대규모 전선 후퇴와 전선 붕괴란 거의 비슷한 것. 그런데도 제국군은 그것을 수라장 속에서도 해낸 것이다.

외부에서 보자면 제국군의 조직은 거의 완벽했다.

연방군의 공세를 '받아낸다'라는 선택을, 공세의 규모와 목표를 파악한 순간에 백지 철회.

매몰비용을 도외시하고, 사전 계획을 내던지고, 연방군의 진격에 대해 '적 후방 조직'을 사단 규모의 항공마도사로 철저히 습격해 휘저으면서 전력 후퇴.

그 결과, 제국군은 연방군의 사전 계획을 훨씬 뛰어넘는 속도로 '공간'을 비우는 한편, '제국군 주력'을 온존한다는 목표를 달성했다.

물론 후퇴하고 적에게 쫓긴다는 구도는 변함없다.

제국은 도망치는 쪽이고, 연방은 쫓는 쪽이다.

하지만 제국의 야전군을 모든 전선에서 구속하고, 제국군이 과거 공화국군 주력을 격멸한 것을 재현하겠다는 연방의 생각은 일찍부터 어그러지는 꼴이 되었다.

군대는 움직이면 마모된다.

보병도 걸으면 지치고, 물과 침상, 식량 확보는 필수다. 차량도 어느 정도 이용하면 정비가 필요하고, 연료도 준비해야 한다.

책원지에서 멀어질수록 문제는 부풀어 오른다. 아무리 자체 병참체계를 완비했어도 거리의 횡포에 시달리는 법.

도망치는 쪽은 도망치는 방향에 거점이 있겠지.

하지만 쫓는 쪽은 거점에서 멀어질 뿐이다.

따라서 추격에 매진할 터인 연방군은 싫어도 깨닫게 된다.

아니, 떠올린다고 해야 할까.

제국이 노리는 것은 늘 보던 그거라고.

뭔가 올지는 알고 있었다.

제국이 노리는 것은 특기인 카운터. 이전에 '철퇴 작전'인지 뭔지로 얻어맞았던, 후퇴와 유인에서 이어지는 기동전임을 간파했다.

이 점에서 연방군에서는 제투아 대장의 의도를 거의 정확하게 간파했다. 이러한 추정에 필요한 것은 창의적 노력이나 지적 도약이 아니라 오히려 군사적 상식이니까.

여명에서도 제국군의 이러한 반격을 예상했었다.

연방군 주력이 전진하면, 후퇴한 제국군이 재편하고 카운터를 시도한다? 그 가능성은 연방군도 처음부터 예정에 넣었다.

반격을 철저하게 깨부순 뒤가 진짜이기까지 했다.

반대로 제국은 이 어려운 반격을 어떻게든 형태로 만들고자 뛰어다니는 것밖에 길이 없다.

실제로 전선에서 대치하는 제국군도 이 견해에는 동의하겠지. 다름 아닌 타냐조차도 직업군인의 식견으로 보면 그게 타당하다고 온건히 판단했을 정도다.

정말이지 실수했다고, 타냐는 반성하지만. 제투아라는 생물을 알면서도 상식에 매달리려 했다고.

그 어리숙함의 대가를, 타냐는 자기 지휘소에서 오랜만에 제대로 도착한 마도사용 보충식 초콜릿을 씹을 때, 수도에서 정신없이 날아온 그란츠 중위에 의해 강제로 치러야 했다.

귀환 인사, 형식적인 대화, 그리고 '전령'을 맡아 준 부하에 대한 진심에서 우러나온 감사. 그런 대화 중, 그란츠 중위는 봉함된 꾸러미 하나와 참모본부의 종이에 뭔가 휘갈긴 편지를 내밀었다.

받아달라며.

마치 폭탄을 남에게 떠넘기는 듯한 거동으로 내미는 편지였다.

"중령님, 봉함명령서입니다. 첨부 형식의 편지도. 본국에서, 제투아 각하께서 직접 주셨습니다. 편지도 봐 주십시오."

"물론이다. 흐음, 각하께서 보내셨다고? 대체 어떤……."

편지를 받아 읽고 의미를 이해한 순간, 타냐의 이성을 관장하는 뇌의 일부는 '의미를 모르겠다'며 이해를 거절했다.

동시에 부조리한 명령과 요구에 익숙해진 반대쪽 부분은 '무슨 소리를 들은 것인지'를 이해하고 충격에 마음이 짓눌리는 것을 막기 위해 마음의 메인탱크에 일종의 긴급 신호를 발령했다.

편지에 적힌 단어 중에서 건진 단어는 딱 하나.

"공수?"

뇌의 중추에 파고든 '공수'란 두 글자는, 타냐의 뇌리에서 '과부하'를 일으키기 전에 재빨리 목구멍 밖으로 배출되는 것으로 그 인격에 막대한 피해를 주는 것을 모면할 수 있었다.

"고, 공수라니……?"

소리 내어 단어를 반복했을 때 타냐는 심호흡을 한 차례 하였고, 그때야 그란츠 중위가 가져온 보고를 떨떠름하게나 마주 보았다.

제도에 파견한 장교가 상급 사령부에 있는 제투아 대장에게 일체의 허가를 받아 왔다는 소식은 낭보다.

정말로 커다란 낭보다.

긴급대피의 조치라고 해도, 명령을 사칭했다.

이것이 추인되고 면책받고, 그뿐만이 아니라 공적으로 상사가 그렇게 이야기를 진행해 준다!

본래는 만세를 외쳐야 하고, 더 바랄 게 없을 만큼의 희소식이다. 그런데도 그란츠 중위가 가져온 '제투아 대장의 편지'는 그런 소식으로 설탕 옷을 입혔는데도 너무 쓰디썼다.

"그란츠 중위, 확인하지."

"예, 중령님."

"제투아 각하께서 이 편지를? 귀관은 내용을 알고 있나?"

"예, 중령님."

"사단 규모 마도사에 의한 적 연락선 차단. 돌격, 공수 작전. 이 봉함명령서에는 그 상세 내용이 있다. 틀림없나?"

"예, 중령님."

같은 말만 반복하는 BOT으로 변한 부하.

그 자세한 설명을 기다릴 것도 없이 타냐는 그란츠 중위가 건넨 꾸러미를 마치 폭탄처럼 가만히 책상 위에 내려놓았다.

개봉하고 싶지 않다는 게 솔직한 심정.

애석하게도 개봉하지 않을 수도 없지만.

봉함이 엄격하게 준수된 것을 확인하고, 규정대로 장교 입회하에 그란츠에게 서류 사인을 받고 개봉 처리까지 모든 것을 규정대로 한 것은…… 타냐 나름의 현실도피였다.

보고 싶지 않은 현실을 직시하기 전에 타냐도 인간다운 거동을 하는 것이다.

그렇게 제203항공마도대대라는 제투아 대장 휘하의 심부름센터는 제투아 대장 본인이 세운 작전 계획(그것을 작전이라고 부른다면) 때문에 눈에 핏발이 서게 되었다.

"3개 초크포인트에 각각 마도사단을 투사?"

봉함명령서에 기재된 목표를 읽자마자 타냐는 갑작스럽게 심각한 현기증에 시달렸다.

그것은 '그게 가능하면 참 좋겠지'의 극단적인 사례다.

하필이면! 제국군에서 정상적인 두뇌를 소유한 사람이! 그런 몽상을 진지하게 노리고 있다?

"연료, 탄약을 말리고, 이로써 연방군의 활동 한계를 유발. 책원지에서 돌출한 연방군을 최소한의 비용으로 최대한 타격……."

이론은 안다.

약간의 군사적 상식이 있으면 의도하는 바를 쉽게 간파하겠지.

적 후방에 있는 요충지를 제압한다.

연락선을 절단한다.

보급선을 조였을 때 주군으로 공간 전체를 포위하고, 이것으로 적 주군의 격멸을 꾀한다는 포위섬멸의 구조.

모범적이라고도 할 수 있겠지. 나아가 지긋지긋할 만큼 기시감이 들었다.

이것은 작년 5월 5일에 제국군이 발동한 '철퇴 작전'과 거의 흡사한 것에 불과하다. 분명히 말해서 작전 입안에 유용되었다고 여겨지는 부분이 몇몇 엿보이는 점에서 '급조한 감'이 훤히 보일 정도다.

하지만 그 목표는…… 그 작전에 관여한 장병으로서 생각하면 그 당시에는 무모하면서 위험한 도박이었을 '철퇴'가 '정말 견실하다'고 여겨질 정도로 정신 나간 것이었다.

'철퇴'도 타냐가 보자면 '터무니없는 리스크 덩어리'였는데!

작년이라면 제국군도 아직 동부에 기갑사단을 카드로 쥐고 있었다. 지금 동부 방면군이 전차를 얼마나 보유했을까? 남는 것이라고는 거의 다 이르도아에서 일광욕 중이거나 귀환하여 휴양 중이다.

또한 철퇴 작전에서는 적지 후방을 차단한 강하부대를 구원할 수 있었다. 하지만 기갑사단이 사라진 지금, 과거와 마찬가지로 '구원'을 기대할 수 있을까?

타냐는 팔짱을 끼고 책상 위로 내던졌던 초콜릿을 단숨에 입에 넣었다. 당분이라도 뇌에 보내지 않으면 현기증이 재발할 것 같았다.

멍하니 바라보는 그란츠 중위에게 "귀관도 먹어라."라면서 옆의 비품에서 항공마도사용 고열량 초콜릿을 던져 주며, 타냐는 뇌리로 정세의 심각함을 생각했다.

기갑사단이 없고, 결정타로 항공우세라곤 찾아볼 수 없다.

작년에는 기동전의 최소 조건인 항공우세를 확보하기 위해 제국 내 항공함대를 죄다 끌어왔다. 그것은 틀림없이 정공법이겠지.

오늘날의 제국에 그런 여유는 없다.

이르도아 방면에서 국소적인 우세를 만들기 위해서라고 해도, 제투아 대장이 너무 막 굴렸다. 항공함대는 작년에 너무 혹사당했다.

따라서 공수 작전의 필수 조건인 제공권은 고사하고, 항공우세조차 바랄 수 없다. 아니, 애초에 대형 수송기가 제대로 확보되기나 할지 미심쩍겠지.

그런 점은 제투아 대장도 잘 알고 있으니까 이쪽으로 이야기가 돌아온 거겠지만.

공수보병의 대체재로 소수라도 효과적인 마도사를 등용. 화력과 방어력에서 수적 열세를 만회한다는 건가. 이치만 보자면 지당하게 들리겠지. 쓸 만한 마도사를 긁어모을 수 있어야 한다는 문제를 무시할 수 있다면.

참모본부 직속의 제203항공마도대대조차도 '보충을 기대하지 말라' 소리를 듣는 상황에서 그게 가능한가? 사단 단위의 마도사를 공수 강하할 수 있다면 항공마도사의 보충에 제국군 관계자가 이만큼 고생할 필요가 어디에 있나?

아니, 그것들을 기적처럼 해결했다고 해도.

"더군다나, 가장 안 좋은 것은…… 이 가능성을 노리는 건."

타냐는 그란츠 중위의 앞임에도 불구하고 중얼거렸다.

'철퇴 작전'의 기본적인 프레임을 유용했다고 여겨지는 반격 계획은 피아 모두가 잘 아는 것이다.

철퇴 작전에서 '제국은 이렇게 한다'고 전 세계가 이미 학습했다. 상대는 백신 접종을 마쳐서 면역을 획득했다고 봐도 좋다.

면역이 없는 상태와 같은 반응을 기대하는 것이 잘못되었다.

적은 과거보다 강대하고. 우리는 과거보다 열약하고. 도박 같은 작전보다도 갬블 요소가 많고, 모든 것이 잘 풀리기만 비는 재탕 작전으로 건곤일척.

그것 말고는 길이 없다는 전제를 깔았다고 해도, 수단과 방법을 가리지 않는 부분은 너무나도 무모하며 거창한 계획.

"공중기동, 전략 단위의 대규모 약진. 이건……."

무리다, 라는 말을 흘릴 뻔한 타냐는 그란츠 중위의 앞이라는 지극히 사회적인 입장을 간신히 떠올리고 뇌리에서 말을 쥐어짜 한계까지 둘러대면서 내뱉었다.

"한번 쓰고 버리는 패다. 사실상 마도사단은 무조건 피투성이가 된다. 그렇게 번 시간 동안 승리를 만들려는 구도. 하지만…… 우리가 전멸할 때까지 버텨도 제대로 된 승산은 어렵다."

봉함된 서류에 따르면 '적지 후방에 강하. 한계까지 적 보급로를 차단하라' 다. '후속부대와의 합류' 가 아니라 '한계' 까지. 이말에 숨겨진 '구원은 없다' 는 의미를 간파할 수 있으면 훌륭한 야전장교가 되었다고 할 수 있겠지.

요컨대, 구원이 없다.

적지에 강하해서 자력으로 보급선을 차단하고, 연방군 주력이 보급 곤란으로 힘들어하는 동안, 강하부대는 사방팔방에서 두들기는 것을 단독으로 버텨야 한다.

가장 좋게 쳐도 제국군 마도사단과 연방군 주력의 교환.

가서 죽으라는 소리밖에 되지 않겠지.

거절하려고 해도 조금 전에 명령 관련으로 빚을 진 판.

타냐는 무심코 눈을 감고, 그리고 각오했다.

"이건……."

타냐는 "미안하지만." 이라며 그란츠에게 눈길을 주고, 주위의 눈치를 살피며 용건을 전했다. 지금 즉시 바이스 소령과 세레브랴코프 중위를 지휘소에 부르고, 귀관 자신이 아무도 지휘소에 가까이 오지 못하게 하라고.

호출된 바이스 소령은 뜻하지 않은 것을 보았다.

"자, 소령. 커피는 어떤가?"

지휘소의 나무상자 위에 앉아서 커피 컵을 한 손에 든 채 빙그레 웃는 상관. 그뿐만이 아니라 제도의 카페에서 차라도 마시자는 듯이 온화한 얼굴로 커피와 초콜릿을 권한다.

"이 기회에 긴장을 좀 풀어라. 진짜 커피니까."

쇠와 피의 거대한 폭위가 전선 전역에 몰아치는 한가운데, 차를 마시자니!

정신이 멍해졌을 때, 바이스는 자기보다 중령과 알고 지낸 시간이 긴 세레브랴코프 중위가 태연히 초콜릿을 씹고 있는 것을 깨달았다.

"맛있네요, 이거?"

"음, 그런가."

뭐라고 대답해야 할지 망설이면서…… 묘하게 긴장이 흐트러졌다. 어느새 바이스 자신도 시키는 대로 의자 대용 나무상자에 앉아 있었다.

"뭐, 이야기 전에 단것이라도 먹어라. 그리고 커피라도 마시고, 조금이라도 좋으니까 긴장을 풀어라. 이건 그런 이야기니까."

온화한 목소리로 상관이 그렇게 말하고, 전시인 제국에서는 엄청난 고급품일 기호품을 아낌없이 나눠주는 점에서 바이스 소령은 각오했다.

상관이 이렇게까지 형식을 갖추어 향응을 베풀어준다.

앞으로 난제가 튀어나올 것은 자명했다.

"지원하겠습니다. 뭐든지 명령해 주십시오."

"바이스 소령?"

놀란 얼굴로.

그 순간 평소에는 역전의 고참인 지휘관이 갑자기 나이에 어울리는 표정을 짓는 것을 보고, 바이스는 신기하게도 즐거움을 느꼈다.

그렇다고 해도 그건 머리 한구석에서의 감상이다.

상관이 말을 꺼내기 힘들어 최고의 만찬 같은 것을 준비해 준 자리.

또 새롭게 귀찮은 일이 내려왔겠지. 그렇게 눈치챌 수 있을 만큼 바이스는 동부에서 혹사당하는 자의 비애를 실컷 맛보았다.

"소관은 애초부터 각오한 바입니다. 대대가 샐러맨더에 속하기 전부터 그런 직업이라고 소관은 알고 있었습니다. 아무리 힘든 임무라도 지원하겠습니다."

데그레챠프 소령은 힐끗 세레브랴코프 중위에게 시선을 보냈다.

그 시선의 대수롭지 않은 움직임에 바이스는 확신했다. 세레브랴코프 중위는 지금 질문을 받았다. '귀관도 동의하는가' 라고.

그것은 동시에 반대하고 싶다면 반대해도 된다는 퇴로이기도 하겠지.

애초에 아무런 말도 하지 않았으니까.

세레브랴코프 중위가 바이스의 의견에 반대한다면 그저 침묵을 지키면 된다. 그것은 상관에게 '저는 반대합니다' 라는 말을 하지 않아도 반대하는 걸 허락한다는 상관의 마음 씀씀이.

그런고로 바이스는 세레브랴코프 중위의 심정을 배려하여 침묵했다.

물론 불필요한 배려였겠지.

세레브랴코프 중위는 조용히 입을 움직였다.

"고난의 전장, 미비한 보수, 칼날의 숲과 총탄의 소나기만이 존재하는 나날."

바이스 자신이 단단히 새긴 글귀다.

용감하고, 고결하고, 용맹한 자를 위한 글귀.

현실은, 전장에 낭만 따위가 없음을 질리도록 잘 알려준다. 그래도 그 와중에 호언장담한 부대에서, 무대에 설 수 있다면.

"라인부터 페어여서 착각하신 걸까요? 중령님, 저는 처음부터 지원한 걸로 아는데요."

"그런가."

"예, 그렇습니다."

작은 목소리로 "그런가."라고 중얼거리며, 데그레챠프 중령은 시선을 바이스에게 향했다.

"귀관들은 각오했나."

"예."라며 두 사람 다 수긍했다.

"대대에 지원했을 때, 그 용맹함에 끌렸습니다. 하지만 지금은 그것이 중령님의 평상시 모습임을 간신히 이해한 기분입니다."

"생환은 보장하지 않는데?"

바이스는 확신하고 있다.

그 순간 '무섭다'며 방금 한 말을 취소한다고 해도, 데그레챠프 중령은 전혀 비난하지 않을 거라고.

그 정도로 침통한 얼굴로 상사는 '지원'할 거냐고 확인하고 있었다. 그것만 있으면 바이스는 충분히 확신할 수 있었다.

이것은 터무니없는 작전에서 도망칠 마지막 기회라고.

어깨를 슬쩍 으쓱이며 바이스는 자신의 본심을 말에 덧붙였다.

"전쟁입니다. 그렇다면 필요가 그렇게 명령하는 것이겠지요."

"귀관에게 요구하기 전에 거듭 문답하고 싶다. 어떤가, 세레브랴코프 중위? 이렇게 되었으니 귀관도 마음껏 말해 보게."

"뭘요?"

초콜릿을 씹던 부관이 그것을 꿀꺽 삼키고 커피를 한 손에 들어 고개를 갸웃거리는 동안, 데그레챠프 중령은 뭔가를 참는 시선으로 그 모습을 바라보았다.

그 모습에 바이스는 문득 위화감을 깨달았다.

이미 부관에게 뜻을 굽힐 것을 요구하고, 지금 또 확인하다니.

그렇다면 이건 '길동무'를 찾는 것을 주저하고, 어쩌면 '다시 생각해 봐'라고 보채는 심정일까. 힘겨운 국면에서 이만큼 부하를 걱정하는 건가, 이 중령님은.

바이스는 무심코 쓴웃음을 지었다.

"중령님, 실례지만……."

"뭔가, 소령. 옆에서 끼어들지 마라. 세레브랴코프 중위, 귀관도 바이스와 마찬가지로 이번에도 지원하는 괴짜인가? 편하게 말해 보게."

"저기, 그러니까. 어, 그게. 왜 물어보시는 겁니까?"

"왜냐니?"

세레브랴코프 중위는 고개를 끄덕이고, 커피를 한 손에 들고서 의아한 눈치로 말했다.

"라인 시절부터 따라가기로 결심했고…… 조금 전에도 말씀드렸을 텐데요. 다시 생각해 보라고 하셔도…… 새삼스러운 것 같아서요."

또다시 허를 찔린 듯한 상관을 보고, 그 상관 앞에서 바이스는 진심으로 웃음을 터뜨렸다.

하긴, 당연하겠지. 그렇게 느낄 수밖에 없다.

데그레챠프 중령의 부관으로서 라인 전선에서부터 낙오하지 않고 쭉 뒤를 맡은 세레브랴코프 중위다. 데그레챠프 중령이 배려해 주는 건 좋지만, 배려받는 본인은 '새삼스럽게 뭘' 이라는 기분이겠지.

상관도 묘하게 인간관계의 구축이 서툴다.

쓴웃음을 지으려다가 문득 깨달았다. 이 위인은 애초에 자신보다 한참 어리지 않나! 그렇다면 완벽하게 보여도, 이 상관 역시 인간이다.

유쾌함을 곱씹으면서 바이스는 근엄한 얼굴을 만들며 말했다.

"실례지만, 중령님. 지금 와서 각오를 묻는 것도 그렇지 않을까요. 각오는 오래전에 했습니다."

"내 주위에는 전쟁광밖에 없나."

황당해하는 목소리에 바이스는 '애초에 중령님부터 그렇지 않습니까?' 라고 대꾸할 뻔했지만, 세레브랴코프 중위가 더 좋은 대답을 해서 그 말을 마음속에 담아두었다.

"아뇨, 한 명 예외는 있습니다."

"흠?"

중령이 세레브랴코프에게 '그게 누구지?' 라는 시선을 보냈을 때였다. 부관은 미소를 띠면서 그 이름을 말했다.

"레르겐 전투단의 레르겐 대령님만큼은 상식인입니다!"

모두가 고개를 끄덕일 만한 지적이었다.

바이스 자신도 손뼉을 치며 찬동을 보였다.

"아하, 그렇지! 그분은 아주 정상인이지요."

셋이서 킬킬 웃었다.

바보처럼 웃고, 그 유쾌하고 따스한 기분으로 바이스는 데그레 챠프 중령이 내민 명령서를 받아서 훑어보고 따스함을 가슴에 담은 채로 끄덕였다.

"참 기막힌 명령이로군요."

"호오, 그게 다인가? 소령은 용케 말을 참는군."

"각오하면 될 문제입니다."

"좋다."라고 대답한 순간.

갑자기 분위기가 싹 바뀌는 소리를, 바이스는 똑똑히 들었다.

"제군, 그렇다면 각오하자."

나이에 어울리게 보였던 상관이, 지금은, 전장에서 〈백은〉으로 불리는 숙련된 야전마도장교로의 자격을 누구도 의심하지 않을 오라와 함께 명령을 내리지 않는가.

"하자, 제군. 철퇴보다 더한 것을…… 우리가, 하는 것이다."

그렇게 말하긴 했지만 타냐는 의문이었다.

어째서 아무도 반대하지 않는 걸까.

세계는 때로는 지독하게 신기하다.

영원한 수수께끼라고 생각하면서도 타냐는 달리 선택지가 없다면 최악을 피하려고 노력할 정도로 우수했다.

그러니까 제투아 대장이 명령하고, 현장의 지휘관이 승낙하고, 현장의 요원이 찬성하고, 결국 아무도 반대하는 일 없이, 보통은 제정신인지 의심해야 할 군사적 모험 같은 공수 작전이 별다른 파란도 없이 승인되었다.

승인되고, 실행에 들어갔다.

그러면 제국군은, 아주 성실한 전쟁광이 된다.

아무도 의문을 느껴 멈추지 않고, 각자가 각자의 의무를 확실히 해낸다.

그때는 전부 다 이상했다.

어느 제국군 마도사는 그 의문을 '선명'하게 말한다.

동부전선에서 시간은 고사하고 날짜도 의심스러울 만큼 계속해서 날고, 거듭해서 연방군에게 대지습격을 가하고, '5분이라도 좋으니까 자게 해줘.' 라고 모두가 신음하는 전장에서 '잠잘 시간은 없다! 날면서 보급을 마치도록! 곧바로 재출격이다!' 라고 호통치던 장교들이 지친 마도사들의 손에 보충식인 고급 초콜릿을 쥐여 주며 소리치는 광경이다.

"마도사단 제군, 먹고 자라! 깨울 때까지 마음껏 자도 된다!"

만금을 줘서라도 수면을 원하던 그들은 그 순간 눈이 떠졌다.

"수면 허가가 나오다니……."

"선임님?"

"생각 좀 해라. 이건 '당분간 잠자긴 글렀다'는 소리라고."

그러니까 먹을 수 있는 만큼 초콜릿을 먹고, 얼른 눈을 감고 꿈나라로 뛰어든다. 한시를 아까워하며, 잠을 충전하기 위해서.

같은 때의 일이지만, 몇몇 마도장교들은 피로와 수면 부족으로 충혈된 눈을 껌뻑이면서, 소리치는 동부사열관 수석참모의 모습을 희미하게 회고했다.

"모든 지휘관은 자신이 지휘관임을 저주해라! 일이다! 지휘관 회합! 수면은 한 시간뿐이다!"

긴급명령.

그런데도 한 시간만이라도 수면이 허용된다는 통 큰 결정.

이것만 해도 대단하겠지.

완전히 지친 장교들은 그 명령을 들은 순간, 실이 끊긴 꼭두각시 인형처럼 한 사람, 또 사람 침상에 쓰러져서 잠들었다.

그리고 정확히 한 시간 뒤.

체감으로는 잠든 그 순간에 깨운 것 같아서 몸이 '더 재워줘' 라고 비명을 지르는 가운데, 일부는 보주를 써서 뇌를 강제로 깨우며 엉금엉금 기듯이 지휘관급 장교들이 모인 지휘소에서, 그날, 그들은 '역할'을 알게 되었다.

지휘소에서 그것을 들은 제203항공마도대대 이외의 마도부대

지휘관들은 경악할 수밖에 없었다.

"아니?! 각하는 제정신이신가?!" "현재 전력으로 점령 임무?! 고작 200 정도로?!" "탁상공론이다! 적도 요충지는 지키고 있어!" "지상의 방공포화가 얼마나 두터운지 계산하지 않았어!" "보급이 못 버텨! 노획만으로 하라고?!" "마도사의 숫자가 너무 부족해!"

말하자면 제국 군인에게는 확실히 이의 신청 기능이 있다.

하지만 애석하게도 그들은 제국 군인이다.

타냐는 간결하게 이의에 답했다.

"제군의 이의 신청은 모두 이해한다. 희망한다면 문서로 기록하지. 하지만 이미 명령은 내려왔다. 더 말하자면 준비도 되어 있다."

명령이라는 정형문.

그저 그것만으로 지휘관들이 얌전하게 침묵하고 '준비란?' 이라는 긍정적인 질문마저 시선으로 던져왔다.

"인원이 증강된다. 고대하던 보충이다, 제군. 1개 사단 규모로 공수 작전을 할 필요는 없다. 상부는 사람을 늘려준다고 말한다."

마법의 항아리에서 대량의 인원을 상부가 준비한다, 라고 타냐는 웃어 주었다.

"숫자는 어느 정도가?"

받아들일 수 없었는지 진지하게 '증원의 규모는?' 이라는 실무적인 질문이 날아왔다.

"본국에서 2개 사단 규모의 증강이다."

"예? 실례, 2개?"

온몸으로 '귀를 의심하고 있습니다' 라고 주장하는 마도장교의 확인에 타냐는 그 마음도 이해한다는 듯이 끄덕였다. 그리고 거듭해서 말했다.

"본국은 진심이다. 2개 사단 규모의 마도사를 짜낸다고 한다."

상부가 확약한 숫자를 말하는 타냐에게 도무지 믿을 수 없다는 듯한 의심이 날아든 것은 바로 직후였다.

"사단 편성과 실제 전력은?"

"증강되는 사단은 각각 3개 연대 편제. 각 연대는 표준인 3개 대대 편제다. 여기에 있는 1개 사단과 합치면 9개 연대겠지."

"데그레챠프 중령님, 그게 정원을 채운 상태라면 1천 가까이 됩니다만⋯⋯."

타냐는 끄덕였다.

"그래, 정원을 채웠다면 그렇게 되겠지."

"중령님. 실례지만, 중령님께서도 그 말을 못 믿으시는 것 아닙니까."

그렇다고, 타냐는 수긍했다.

"액면만 보면 탄탄히 방어 중인 지금의 모스코도 편도로는 유린할 수 있겠지."

동부의 여기서 타냐가 장악하고 있는 1개 사단 규모 마도사도 실제 숫자는 기껏해야 200 정도. 정원의 3분의 2 정도.

"다만 각하의 말씀으로는 후속의 정원은 억지로라도 채운다고 하신다."

숫자만큼은 채운다는 보증수표가 있다며 타냐는 웃었지만, "실례지만." 이라며 그란츠 중위가 끼어들었다.

"쓸 만한 마도사가 올지는 의문입니다."

"그란츠 중위? 그 근거는?"

"예, 중령님. 소관은 얼마 전에 제도 방공부대의 마도사 제군과 인사할 기회가 있었습니다만, 놈들은 규칙적으로 날 수만 있으면 합격일 정도였습니다."

그란츠의 말은 그 자리에 모인 많은 관계자를 적잖게 불안하게 했는지, 일제히 '그런데도 괜찮은 겁니까?'라는 시선이 타냐와 그란츠에게 모여들었다.

"그란츠 중위, 나는 보지 못했다. 실무상의 우려를 말해라."

그는 보충설명을 했다.

"예, 제도 상공을 편대 비행할 수 있으면 그나마 나은 수준일 겁니다. 합격 수준으로 봅니다. 이러한 기량으로는 날아서 진출이나 할 수 있을지 미심쩍은데……."

"귀관의 말이 사실이라면 우리가 받는 것은 증원이 아니라 족쇄로군. 날지 못하는 놈들을 데리고 우리가 나는 꼴이 되면……."

다른 연대에서 온 연락장교가 떫은 얼굴로 말한 걱정에, 타냐는 이해를 표하면서도 이야기가 어긋났다고 쓴웃음을 지었다.

"제군, 기억해 봐라. 이번 작전은 공수 작전이다."

"하지만 목적지는 우리 군의 수송기로 아슬아슬합니다. 전선에 진출시키려고 해도……."

"그건 수송기의 항속거리라면, 말이지."

"V-1의 장거리 버전을 생각하십니까? 하지만 그렇다고 해도 사단 규모의 전력 투사가 가능할 정도의 숫자는……."

상식적인 반론이었다.

제국군 장성의 사고방식을 어지간히 이해하는 마도장교도 '그런 건가'라는 사실에 타냐는 무심코 '제투아 대장의 기책은 적중할지도 모른다'고 신음했다.

"중령님?"

타냐는 어깨를 으쓱였다.

"아, 귀관들의 반론에 무심코 제투아 각하의 작전은 승산이 있다고 확신했다."

놀라고 곤혹스러워하는 마도장교들.

그것은 연락장교로 집합된 타 부대의 대원들만이 아니었다. 타냐의 밑에서 오래 있은 세레브랴코프 중위도 그랬다. 하지만 타냐의 시선 앞에서 그란츠 중위가 표정을 살짝 굳혔다.

"그란츠 중위?"

"실례입니다만, 저기…… 제투아 각하시니까, 뭔가 있지 않을까 하고."

타냐는 그란츠 중위의 후각에 손뼉을 쳤다.

"오, 자네가 연방군 사령부에 없는 것은 우리 군의 행운이군."

"그렇다면?"

타냐는 탁상 위의 지도를 두드렸다.

"그래, 장교 제군. 지도를 보도록. 목적지는 알겠나?"

마도장교들이 일제히 끄덕이는 모습에 타냐는 미소 지었다.

"모두 가장 가까운 항공 수송부대가 작전행동으로 무리 없이 도달할 수 있는 영역보다 멀다. 그건 보면 알겠지. 하지만 우리 군의 대형 수송기가 '편도'로만 날 수 있는 범위라면 어떨까?"

"예? 아니, 저기……?"

대형 수송기.

제국군에서 희소하기 짝이 없는 고가치 목표.

일반적으로 생각하면 당연히 지켜야 할 것이고, 실수로라도 '쓰고 버리는 용도'를 상정하지 않는 것.

그런 희소한 기재를 공수 작전에 투입하는 것만 해도 눈알이 튀어나올 정도의 도박인데.

"쓰고 버리면 왕복할 필요가 없겠지?"

'진담인가?'라며 무심코 굳어버린 연락장교들의 시선을 등지고, 직속인 것도 있어서 입을 열기 쉬운 바이스 소령이 일동을 대표하는 형태로 의문을 말했다.

"저기…… 대형 수송기를 한번 쓰고 버리는 겁니까? 글라이더도 아니고……?"

바이스 소령의 상식적인 의견은 실로 상식적이었다.

"모두 바이스 소령과 의견이 같나?"

흠 소리 내며 고개를 끄덕이고, 타냐는 제투아 대장이 '선택과 집중'으로 쥐어짰을 사실을 말했다.

"상식적으로 생각할 필요는 없다. 필요에 응하여 유연하게 생각해라. 결국 글라이더도, 수송기도, 비용과 효과의 문제로 수렴된다."

결국 그 논리적 귀결은 명료하지 않나.

걸맞은 투자라면 거액의 투자도 합리적이라며 타냐는 말을 이었다.

"여기서 연방군의 전략공세를 꺾을 수 있다면 고작 두 자릿수 정도의 대형 수송기를 쓰고 버리는 것도 제국은 긍정하겠지. 각하께서 내리신 결단이다. 소관도 완전히 동의한다. 귀중한 장비라고 해도 전략적인 관점에서는 소비가 허용되는 거겠지."

물론 소비하면 어떻게 될지 공언하지 않는 정도의 은폐는 게을리하지 않지만. 애초에 타냐는 예상하고 있었다.

아마 제국군 항공 수송부대는 재건할 수 없으리라.

속으로 그런 예상을 중얼거리면서도 타냐는 '비용 대 효과' 라는 한 가지 면에서 제투아 대장의 선택에 강렬한 합리성이 있음을 인정했다.

국가정책의 입안자 차원에서, 국가 존망이라는 목적과 비교하면 중요한 전략적 군사적 자산조차도 결국 부차적인 범주.

나아가서 타냐는 여기서 슬픈 논리적 필연마저 깨달았다.

대형 수송기와 전략적 투사 능력은 제국에서 사라지지만, 필연적으로 '투사 수단' 이 사라지는 전장에 투입되는 '투사된 인간' 도 '소비' 한다.

"실례입니다만, 그러한 작전의 경우, 저기……."

타냐는 바이스 소령에게 더 말하지 못하도록 끼어들었다.

"마도사도, 수송기도, 말 그대로 전부 잃을 각오로 쓰는 거지, 군은."

제일 나쁜 소식은 자신이 솔선해서 알린다.

부하의 질문에 뒤늦게 나쁜 소식을 인정하는 상사보다도, 하다못해 나쁜 소식을 숨기지 않는 자세를 취하는 편이 훨씬 인상도 좋다.

부하에 대한 장교의 의무라는 듯이 타냐는 노골적일 정도로 최악을 말했다.

"우리는 수송기로 편도 여행을 가고, 작전이 끝날 때까지 공산주의자와 놀고, 뒤처리는 남에게 맡기고 날아서 돌아오면 된다고 하지만. 결국은 격전지에 던져지고 구사일생으로 돌아올 수 있으면 다행이라는 작전이다."

"많이, 죽겠군요."

침통한 기색인 연락장교의 말에 타냐도 괴롭다는 얼굴을 했다.

"장거리 비행에 익숙하지 않은 신참들의 손해는 절대적이겠지. 여태까지 싸워온 베테랑조차도 연전을 벌이면 쉽지 않다."

타냐 자신의 리스크도 큰 작전이란 것이 무엇보다 최악이다.

"하지만 슬프게도 현재 군이 택할 수 있는 희생 중에서 가장 적은 코스트다. 제군도 알다시피 동부 방면군은 현재 상당한 중장비를 상실했다. 반격을 위한 기동전이 가능한 것은 이르도아 방면의 기갑부대 정도겠지."

애석하게도 이르도아에서 돌아온 전차는 전혀 기대할 수 없다.

말로는 하지 않지만, 액면상의 병력에 불과하다고 생각하는 편이 정신건강에 좋을 정도다.

애초에 전차는 굴릴수록 마모된다. 유지보수가 필요 없는 기계가 이 세상에 존재할 리도 없다. 정비도 없이 다음 전장에서 쌩쌩하게 달릴 수는 없다.

전력으로 동부 방면으로 재배치한다고 해도, 대량 수송 이전의 문제다. 일단 정비하지 않으면 쓸 수 없다. 억지로 가져와도 토치카 꼴이 된다.

즉, 전략적 의미가 있는 기갑부대는 도저히 제 시간을 맞출 수 없다.

따라서 제투아 대장이 쓸 수 있는 카드가 피폐한 동부 방면군의 주력뿐이라면, 반격전은 가급적 '간편히' 수행하는 것을, 제투아 대장은 원하겠지.

필연적으로 연방군 부대에 디버프를 거는 것은 불가피하고, 그 디버프로 보급선 절단을 원하는 것도 군사적 합리성에서 보면 명료하다.

'그게 가능하다면' 이라는 꼬리표가 붙는 난제. 그런 난제를 사단 규모 마도사 집중 투입이라는 초강수로 풀려는 거니까 정말 엄청나겠지.

그러니까 타냐는 가급적 용감하게 들리기를 바라면서 말을 이었다.

"역전의 사단에 신규 정예. 많은 사단에 많은 부대. 말하자면 잔해와 잔당의 조합이다."

하지만 긍지가 있을 거라고 부채질도 한다.

"그런고로 마도장교 제군. 제군과 나는 지금부터 증강되어 급파되는 마도부대를 송두리째 활용하여 동부에 전력이 될 만한 항공마도사단을 세 개 만들어야 한다."

할 수밖에 없다.

그러니까 한다.

할 수밖에 없으니까.

정말로 멍청한 순환논법이다. 이런 격려로 사람을 고무하고 전쟁에 내던져야만 하는 자는 왜 이리 비참한 걸까.

이것은 관리직의 악몽이다.

악몽이란 걸 알면서, 웃긴다는 걸 알면서, 타냐는 마도장교들에게 호소했다.

"이 3개 항공마도사단으로 해내는 것이다. 철퇴와 마찬가지로 연방군의 병참을 차단하고, 적 주력을 질식시킬 수만 있으면 우리의 승리다."

이길 수 있다고.

승리가 보인다고.

앞으로의 행동에는 명확한 의미가 있고, 결코 무모하기만 한 게 아니라고, 겉으로 사람을 납득시키기 위한 말.

"사실상 우리가, 우리만이 제국을 구할 수 있다."

타냐는 한 사람 한 사람의 눈을 바라보면서 호소했다.

애국심, 명예, 직업의식, 뭐든 좋다.

아무튼 위기에 겁먹지 않고 일치단결할 수만 있다면, 아껴 써야할 정신론을 무제한으로 활용하는 것도 불사한다.

"제국을, 세계를, 공산주의자의 손에서 우리가 지키는 것이다. 군인이라면 이보다 더 좋은 무대를 상상하기 어렵다."

씨익, 하고.

호전적인 얼굴을 하며, 두근거림이 멈추지 않는다고 말하고, 두려움을 멀리하라고 방향성을 유도하면서, 타냐는 한 박자 쉬었다가 말했다.

"그리고 이 작전을 준비하기 위해서……"

말이 퍼지는 것을 가늠하면서 손뼉을 한 차례 쳤다.

"우리는 현재의 적 보급선 차단 행동을 반드시 지속해야만 한다. 이 돌격 작전의 준비와 병행하면서."

"예……? 출격 준비와 병참 공격을 병행합니까?"

놀란 장교들이 '말도 안 됩니다' 라고 하기 전에 타냐는 기선을 제압하며 말했다.

"이 정보를 아는 지휘관이 포로가 되는 것을 간과할 수 없다. 그런고로 제군은 현시각부로 작전 개시까지 출격을 금한다. 다만 부하는 반드시 계속 출격시켜라."

전선에 나가지 않아도 된다는 안도. 혹은 부하만 위험한 곳에 보내야만 한다는 죄악감. 사람은 자신의 감정을 처리하려고 할 때 간혹 굳어버린다.

굳어버려서 반론의 기회를 놓쳐 준다면.

그걸로 충분했다.

제국군이라는 조직 문화는 한번 결정하면 단호히 실행하려는 표준적인 군대 규범을 과도할 정도로 장교의 내면에 새기는 데 성공했으니까.

"자, 제군. 부하 제군을 최대한, 항공공격에 내보내라. 그동안 장교는 죽도록 일하고, 죽지 않을 정도로만 자고, 공수 작전을 준비한다. 알기 쉽지? 양쪽을 병행하면서 빠짐없이 진행해 보자."

》》》 통일력 1927년 1월 24일 동부 《《《

병참선은 군의 생명선이다. 포위섬멸의 꿈과 함께, 고금동서 수많은 군대에서 적의 병참선을 끊으려고 시도했다.

제국군의 한스 폰 제투아도 적의 병참선을 끊으려고 시도한다는 점에서는 역사상의 한 명이고 과거의 선배들과 마찬가지로

'어려움'을 알면서 시도하는 사람이기도 했다.

이 점에서 그는 베테랑이다.

열세인 군대를 가지고 대군으로 이루어진 적의 대규모 공세에 맞설 때, 제투아 대장은 대부분 적의 병참을 노려서 승리했다.

그것은 작전가의 수완이고, 병참 전문가로서 쌓아온 식견의 활용이고, 세계의 적인 사기꾼다운 기량이겠지.

하지만 결국 숫자는 웅변한다.

전력의 집중과 적절한 투입.

교범을 따르며 잔재주를 부리지 않는 정석은, 그게 가능할 때까지는 최강이다.

병참선 공격을 통한 역전 시도는 열세 측이 잔재주로 추구하는 한, 어디까지나 도박이라고 할 수밖에 할 수 없다. 그래도 제국군은 필요의 충실한 신봉자로서 '병참선'을 노릴 수밖에 없다.

따라서 이번에도 필요의 요구에 따라서 총력을 기울여 마도사를 집결시켰다.

이렇게 말하면 실로 멋지겠지. 하지만 현장에 있어 보면 그 멋진 말 이상을 기대할 수 없는 슬픔을 만끽할 수 있다.

긁어모을 수 있는 데까지 긁어모은 제국의 마도사.

그 숫자는 바로 3개 사단 규모.

앞서 동부사열관 명의로 단행된 공전절후라고 해야 할 대규모 항공마도반격조차도 '1개 항공마도사단'이었던 것을 생각하면, 제국에서 쥐어짤 수 있는 모든 마도전력을 긁어모았다고 해야 할 규모다.

당연하지만…… 일반적으로는 이런 숫자가 모일 리가 없다.

그러니까 정상적인 게 아니다.

"하하하, 하하하, 하하하. 이건 웃을 수밖에 없군."

타냐는 무심코 크게 웃었다.

이런 긴급사태다. 속성으로 육성된 젊은이들이 섞였을 것은 각오했다.

훈련부대에서 교관을 빼낼 수는 없다……고 말했던 제투아 대장이 결국 훈련부대에 손을 댈 것도 예상은 했다.

하지만 아무리 그래도 이 정도로 앞뒤를 가리지 않았나…… 싶은 놀라움은 있다.

"교관이나 조기 수료생 정도가 아니라…… 훈련생들을 즉시 투입하다니 기겁하게 되는군."

교육 훈련을 받던 자들을 마도 자질만 있으면 죄다 전선에 투입하다니.

하긴, 인솔자가 딸린 학생이라면 소풍 정도는 갈 수 있겠지.

행선지가 최전선 중의 최전선이라면 어떤 의미로 평생에 남을 체험일 게 틀림없다.

"집에 도착할 때까지가 소풍이라고는 하지만."

평화로운 현대 지구의 기억이 타냐의 뇌리에 되살아났다.

몇 번이나 전장에서 '집에 도착할 때까지가 중요하다'고, 통감하고 곱씹었다고 여겼지만, 이건 역시 임팩트가 강하다.

그렇다고 해도 타냐는 좋든 나쁘든 '그건 그거, 이건 이거'로 구분할 수 있다.

신병이든 훈련생이든 그 신분은 군인이다.

즉, 전장에 내던져도 법적으로는 문제없음.

지원병이냐 징병이냐의 차이는 있더라도, 사용자 측인 타냐로서는 어떻게 보면 남 일이다.

　하지만 이기적이기에 타냐는 다른 집단에 눈을 주고 눈 가장자리를 눌렀다.

　"끝까지 나라에 부려 먹히는군."

　입장상 하면 안 되는 말이라고는 이해하지만, 동시에 입에서 본심이 흘러나오는 것은 어쩔 수 없다고 주장하고 싶다.

　원래는 상이군인일까? 마도사라면 팔 한둘쯤 없더라도 전선에 다녀오라는 멋진 발상으로 긁어모은 듯한, 나이도 세대도 제각각인 집단까지 전열에 가담하지 않았나.

　"데그레챠프…… 중령님?! 출세하셨군요!"

　"음? 그 얼굴은…… 타이야넨? 귀관은 타이야넨 준위인가!"

　츠이테 나이카 타이야넨 준위.

　통일력 1925년경이었던가. 라인 전선 부근에서 병으로 후송되었던, 과거의 부하다. 기억이 정확하다면 퇴역했을 텐데.

　"귀관은 감자 식중독으로 퇴역하지 않았나?"

　"예, 그게 계기였습니다만, 의사 말로는 여러 종류의 식중독에 한꺼번에 당해서 간 기능이 완전히 상했다고……."

　"감자만이 아니었나."

　"뭐, 아무래도 고생하고 퇴역했습니다. 하지만 조국의 부름이 있어서."

　진짜 운이 나빴다고 이해했을 때 타냐는 그 '불운'한 준위가 '명예로운 부상'으로 퇴역했다가 도로 끌려온 사실에서 제국의 악독함을 거듭 깨달았다.

"현역으로 복귀한 것은 언제지?"

"얼마 전에 교관으로 복귀했습니다. 햇병아리들을 상대로 실전 적이라는 이름의 열악한 프로그램을 주입하는 걸로 하루가 끝납니다만."

그는 거기서 중얼거렸다.

"설마 실전에 투입되다니……."

"실제로, 훈련생의 기량은 어떻지?"

"비행시간만 보면 200을 상회합니다."

타냐는 뜻하지 않은 숫자에 무심코 고개를 갸웃거렸다.

200시간이란 것은 전쟁 전 감각으로 보면 너무 적지만, 작금의 총력전에서는 나쁘지 않은 숫자로 보인다. 커리큘럼에 달렸지만, 나는 것만 보자면 아슬아슬하게 최저한의 수준을 만족했다고도 할 수 있다.

"놀랍군. 훈련생이라고 들었을 때는 제투아 각하의 무차별 소집도 있어서 비행시간이 두 자릿수인 놈들까지 모았을 줄 알았는데."

의외로 전력으로 쓸 수 있는 녀석을 긁어모은 걸까.

그런 뜻밖의 호재에 얼굴을 풀던 타냐는 고참 마도사가 떫은 표정을 하는 것을 보고, 자기가 뭔가 착각했음을 깨닫고 입을 다물었다.

"중령님. 작금의 훈련을 아십니까?"

목소리를 낮추는 타이야넨 준위에게 타냐는 솔직하게 고개를 내저었다.

"후방부대와는 인연이 없어서. 인연이 있으면 좋겠다고 생각할 뿐이다. 그래서 현재는 속성 재배겠지? 그런 훈련에서는 아무래도 간략화되기 쉽겠지만…… 어떤가?"

"간략화 정도가 아니라 연방식입니다."

"뭐?"

귀를 의심할 단어였다. 이해하고 싶지 않은 이야기를 들었다고도 할 수 있다.

"제국군 마도전술과는 물과 기름인 연방식?"

"마도의 마 자도 모르는 초보를 가장 효율적으로 전력화하려면 연방식이 제일 '견실' 하다고 판단되었습니다."

"헛소리를."

무심코 타냐는 자연스럽게 중얼거렸다.

"보주의 설계 사상부터 전혀 다른데? 우리 군의 평균적인 방어 외피를 가지고 연방식으로 운용하다니. 그걸 도입했다간 시체만 널릴 텐데……."

제국식 보주는 기동성을 중시한다.

나비처럼 날아서 벌처럼 쏴라. 그것이 제국식의 중점이다.

연방식 보주는 견고함을 중시한다.

산처럼 견고하고, 불처럼 화력을 중시.

좋고 나쁘고의 문제가 아니라 발상이 다르다. 당연히 운용도 달라지고, 거기에 맞춰서 장비하는 보주의 설계이념도 달라진다.

결국 제국은 High&Low의 혼합 운용을 꾀하지만…… 염가판 사양의 보주조차도 'High' 와 마찬가지인 운영이념을 전제로 설계되었다.

제국군의 마도장비로 연방식처럼 '견고하게 버틴다' 라는 건 엉뚱한 운용이라고 해야 한다.

그것은 F1 차량을 트럭의 견인차로 활용하자는 식의 무리다.

아무리 생각해도 치명적으로 맞지 않는다.

'제정신인가?' 라고 타냐가 황당해하는 가운데, 타이야넨 준위는 괴로운 듯이 덧붙였다.

"하지만 빨리 키워낼 수 있습니다."

"'단순화' 해서 억지로 시간을 만들 수 있나."

타냐는 납득했다. 광학계 기만술식 발현이나 술식 전환을 전제로 하지 않고, 방어외피와 비행술식에만 주력하면 여러 교육을 생략하는 것도 가능하겠지.

교범으로 이것저것 가르칠 시간을 생략하고, 일단 나는 것만 가르치면…… 그 이전의 교육을 극단적으로 간략화하여 비행시간을 200시간까지 만드는 것도 불가능하지는 않다.

하지만 그 대가는 크다.

"못 날고 죽는 것과 날고 죽는 것. 뭐가 나은 걸까요."

괴롭게 묻는 타이야넨 준위의 의문이 옳다.

과거의 항공마도사는 비행 전투의 프로였다.

오늘의 속성 마도사는 간신히 날 수 있게 된 아마추어다. 이걸 전쟁에 투입한다는 것은 솔직히 말해서 끔찍한 인적 자원 낭비겠지.

물론 그런 무리조차도 잘못되었다고 단언할 수 없는 것이 말기 군대다. 그리고 타냐는 자기 몸을 지킨다는 점에서 어떠한 타협도 하지 않는다.

"패배주의적 발언이군, 준위. 후방의 물이 몸에 별로 안 맞았던 모양이야."

"중령님과 같습니다."

"나와?"

"저도 전선이 훨씬 마음 편합니다."

타냐는 타이야넨 준위의 기특한 감성에 다소 곤혹스러워하면서도 개인의 의견을 중시하여 침묵을 택했다. 뭐, 그런 종류의 인간이 있다는 것은 알고, 그렇게 생각하는 마음의 자유는 존중해야 할 테니까. 그렇긴 해도 나도 그런 인간이라는 오해만큼은 풀고 싶었다.

"귀관의 오해를 하나 정정하고 싶군. 나는 안전한 후방에서 참견하는 인간들을 존경한다. 그들 덕분에 우리는 싸울 수 있다."

더 말하자면 나도 꼭 좀 후방에서 그런 일을 하고 싶다.

아니, 타이야넨 준위에게 주장해도 그런 자리를 제공할 수 있는 것도 아니니까 강조해도 헛수고이긴 하지만.

그렇긴 해도 타냐는 올바른 시민적 감각의 소유자로서, 넌지시 '나는 후방에도 적성이 있는데'라는 점은 언제든지 덧붙여둔다.

"신참들을 보면 생각하게 되는 바도 있지. 나 자신이 사람을 가르치고 지도하고 싶다."

그리고 끊임없는 양식 어필은 남에게 감명을 주는 모양이다.

"감사합니다. 최대한 제자들을 잃지 않도록 하고 싶습니다만."

"미안하지만, 애써 보겠다는 말밖에 할 수 없다. 무엇보다 너나 나나 자기가 살아남는 것을 우선할 수밖에 없는 전장이다."

"예……."

잘 부탁한다는 등의 말을 나누면서 타냐는 한숨을 삼켰다.

수중의 카드는 신병들.

장비도 준비되는 대로 긁어모은 것.

비품 창고를 뒤집다시피 해서 나온 낡은 물건을 총동원한 것으로 부족해서, 역사적 기념물이라고 해야 할 박물관의 전시품까지 다 긁어온 걸까. 박물관에서 전장으로.

내일을 위한 종자는 고사하고 과거의 전시품까지 해체해서 이용한다.

정말로 처절한 광경이다.

"이걸로 해결해야 할 일이 과거의 베테랑들조차 두 손 들 만큼 어려운 일이라니."

푸념을 하늘에 녹이고 타냐는 늘어뜨리고 있던 엘레니움 공창 제 95식 연산보주를 그 손에 쥐었다.

분명 여기에 기대게 되겠지.

최악이다.

"그래도 살아남기 위해서는 호불호를 따질 상황이 아니니까."

3개 마도사단에 의한 후방 교란.

집중과 선택에 의한 국소적 우세의 확보.

제투아 장군은 주저 없이 모든 것을 던졌다.

전문가들은 오랫동안 이 점으로 논의해 왔다.

이만한 투입은 과연 장기적 시야를 가진 결단이었을까, 라고.

이 시기의 제투아 장군은 무섭긴 해도…… 심리 상태로는 '우수한 방면군 사령관'이 아니었을까, 라고 속삭이는 의문의 목소리는 작지 않다.

어느 권위자는 지적한다. '제투아 장군은 중앙에서의 군정 경험이 길다. 하지만 작전가로서는 동부 경험이 길고, 중앙을 맡았던 루델돌프 장군의 급한 부보로 뒤를 이을 때까지 전략 차원에서 병력을 다뤄본 경험이 부족하여, 쓸 수 있는 것은 죄다 쓴다는 방면군 사령관의 멘탈리티가 작용한 것이 아닐까.' 라고.

여기에는 여러 설이 있어서, 그중에는 '내일 울게 되더라도, 내일 울기 위해서는 꼭 필요하다고 각오한 심리 상태이며, 전략 차원의 결단이다.' 라고 반발하는 사람도 적지는 않다.

하지만 후세의 적잖은 자가 인정한다.

이것은 위대한 피로스의 승리였다고.

전지전능하지 않은 제투아 장군은 군인의 본능을 이기지 못하고 승리를 추구한 나머지, 마술에 즐겨 쓰던 마도전력을 크게 잃었다.

객관적으로 판단하면 이 순간에 전쟁의 추세는 결판이 났다고 말하는 사람도 있다.

제국은 한때의 절대적인 승리와 최종적인 고배가 확정되었다고.

그러니까 그 순간, 제국 마도사는 세계 최고봉에 있었다.

그 눈부신 주역의 자리는 멈추지 않는 유혈 끝에, 대지에 뿌려진 원념의 신음과 백골 주검으로 얻어낸 것이다.

제국군 항공마도사는 싸움에 이기고, 그리고 사실상 죽었다.

따라서 세계는 알게 된다.

죽을 기세로 날뛰는 마도사가 얼마나, 얼마나 무서운지를.

'우리는 제국군 항공마도사. 우리에게 맞설 적은 없다'.

주문 같은, 저주 같은, 원념 같은, 축복 같은.

'우리는 제국군 항공마도사. 우리에게 맞설 적은 없다'.

그들은 동부 하늘에서 거듭 되뇌었다.

'우리는 제국군 항공마도사. 우리에게 맞설 적은 없다'.

미네르바의 올빼미가 황혼이 저물 적에 그 날개를 펴듯이.

마도사의 시대의 종말을 알리는 일전으로, 마도사가 얼마나 용맹한지를, 그들은 마지막 순간에 세계에 새기고 발할라로 떠나갔다.

아군은 피비린내 나는 전쟁을 성실하게 수행하는 가운데, 당당히 후방 거점에서 낮잠을 자고 일어나서는 초콜릿을 요구.

물론 먹는 것은 진짜 고급 초콜릿뿐. 싸구려는 필요 없다며 참모본부가 조달해 준 고급 초콜릿을 씹으면서, 진짜 원두를 갓 볶은 풍부한 향기의 커피를 한 손에 들고 벌꿀을 듬뿍 넣은 비스킷을 추가.

아아, 잊어선 안 된다. 다른 손에는 설탕을 듬뿍 뿌린 비스킷도 확실하게 챙겼다.

절제네 검약이네 하는 가난뱅이 같은 짓은 필요 없다.

주위가 전쟁하고 있다고? 교대 중인 아군은 따뜻한 밥조차 못 먹는다고? 그래서 어쩌라고? 그런 느낌으로 따뜻한 스튜에 듬뿍 든 큼직큼직한 고기를 맛보면서, '아아, 잘 먹었다.' 라고 말하듯이 만족스럽게 비행기를 타고 심야 비행으로.

액면만 보면 우아한 하늘길 여행이다.

뭐, '그래선 안 된다'고 질책하는 윤리 정신이 투철한 자라면 꼭 동행을 부탁하고 싶다고 타냐는 생각한다.

왜냐하면 최후의 만찬에 가까우니까.

완전무장한 군인들이 생환을 거의 기대할 수 없는 편도 야간 비행을 떠나기 전에, 기지의 회계요원들이 걱정하며 배려해 주는 것을 '사치'라고 비판한다면 그냥 배째라고 하고 싶다.

그런 상념을 떠올리는 동안에 수많은 군인을 기내에 태운 수송기는 무사히 이륙했다.

"파일럿과 기재의 완벽한 조합이로군. 정말로 대단하지 않나."

타냐는 칭찬을 흘렸다.

야간 이륙이란 것은 안 그래도 어렵다.

짐을 가득 실은 대형 수송기는 전적으로 무겁기도 하고…… 활주로의 노면 상황도 양호하다고 하기 어려운데.

이런 상황에서 대형 수송기를 어렵잖게 이륙시키는 파일럿은 정말로 희귀한 베테랑이다.

"손님들께 알립니다. 저는 기장인 한스 슐츠 공군중위입니다. 본 기체는 현재 기지 상공을 계기비행으로 선회 중. 관측기의 보고에 따르면 목적지까지의 구름의 양은 7."

제국군 제472수송항공단에 소속된 기장은 거기서 잠시 뜸을 들였다가 말을 이어나갔다.

"관제에서 발광신호. 전 기체가 무사히 이륙에 성공. 현재 편대를 형성. 정각이 되었으니 진심으로 지긋지긋하지만, 하이잭 준비를 잘 부탁드립니다."

'지긋지긋하다'는 부분을 묘하게 강조하는 기내 안내에, 편승

했던 마도사들은 일제히 웃음을 터뜨렸다.

타냐도 이러한 프로의 유머에 경의를 표하는 기질을 가지고 있었다.

"하하, 제군, 가엾은 기장님께서 화나셨다. 바이스 소령, 세레브랴코프 중위, 따라와라. 하이잭이다. 그란츠 중위, 너도 와라."

차석지휘관과 부관과 그란츠 중위를 데리고 좁은 조종실에 들어가 보니, 항공기관사가 엔진을 달래고 조종사가 자동항법장치의 최종 조정에 공을 기울이는 모습이 눈에 들어왔다.

본래는 이들에게 목적지까지 데려다 달라고 하고 싶었다고 타냐는 생각했지만, 이런 전문기능직을 편도비행에 낭비하는 것은 당연히 비용 대 효과 면에서 허용되지 않는다. 그러니 그들은 어쩔 수 없이 내리게 할 수밖에 없다.

그 마음을 타냐는 단적인 말로 표현했다.

"고생 많았다, 파일럿. 우리는 군령에 기반한 합법적인 하이잭 팀이다. 얼른 조종간을 내놔라."

그런 타냐의 말에 고개만 이쪽으로 돌린 기장이 한숨을 흘리고 성대하게 고개를 좌우로 흔들었다.

"한스 슐츠 공군중위입니다. 이 녀석에게는 애착이 있습니다만. 상부에선 참 말도 안 되는 소리를 하는군요."

"대량수송기를 한번 쓰고 버리는 짓이지. 그런 종류의 억지에 자네들을 길동무로 삼을 수도 없으니까. 임무 수행, 수고 많았다. 내려도 좋아."

"아뇨, 사양하지 마시길. 괜찮다면 끝까지 함께하겠습니다."

진심 어린 목소리에 진심 어린 눈이었다.

기체와 함께한다는 기장의 각오 앞에 타냐는 고개를 내저었다.

솔직히 말하자면 꼭 그랬으면 싶다. 하지만 조직인은 조직인으로서 조직의 이익을 의식할 수밖에 없는 것이 괴로운 점이다.

"아니, 항법 정도라면 우리도 안다. 자동항법장치가 있으면, 뭐, 똑바로 나는 정도야 되겠지. 잘만 가면 목적지다. 다소라면 수정도 할 수 있지. 게다가 유감이지만 야간비행 경험은 우리가 더 많을걸?"

"가능성의 이야기 아닙니까. 사고라도 나면 누가 손쓸 수 있습니까?"

"최악의 경우 목적지 상공까지 가기만 하면 어떻게든 된다. 버릴 거니까."

"격추당한 적이 없다는 게 자랑이었는데, 기체를 잃는 꼴이 되다니."

자기 불행을 한탄하는 기장은 지금도 믿기지 않는다는 듯이 한숨을 흘렸다.

그 시선에 닿는 것은 반짝반짝 닦은 계기들.

마지막 이별이라고 닦은 거겠지. 조종간을 쥔 기장은 웃는지 우는지 모를 표정을 지었다.

"적 전투기도 피했는데…… 설마 말이죠? 아군의 손에 이런 만행을 당하다니, 도저히 상상하지 못했습니다. 너무하잖습니까."

너스레를 떨고 있다. 하지만 그 말에 깃든 것은 틀림없는 본심이겠지.

누구든 퍼포먼스가 매우 양호한데 상부의 사정으로 자기 작업도구를 빼앗기면 한탄할 권리가 있겠지.

잘리고 싶지 않은 인간에게 해고를 선고하는 만큼 무의미한 일도 드물겠지.

　타냐도 프로로서 일하고 있고, 프로의 기재를 망가뜨리고 싶지 않다. 일만 아니면 왜 그런 짓을 할까.

　어째서 이런 무익한 역할을 내가 맡는 거지?

　그런 마음속 갈등을 억누르면서 최소한의 공감을 보이려고 타냐는 위로의 말을 기장인 슐츠 중위에게 건넸다.

　"나도 파일럿과 함께하는 우아한 여행을 즐기고 싶다. 하지만 명령이다, 중위."

　"어떠한 명령입니까?"

　슬픈 듯이 타냐는 대답했다.

　"그게…… 귀관을 낙하산에 묶어서 하늘에서 내던지라고 했던가. 그런 명령을 받았다. 정말로 아쉽지만, 조종을 교대해 주게."

　"정말로 소관이 조종하면 안 되는 겁니까?"

　"미련이 있는 건 알겠지만. 이건 편도다, 슐츠 중위. 자력비행이 불가능한 조종사를 데려갈 수는 없다."

　"하지만 보내드리는 거라면 제가 제일 잘할 수 있습니다. 이 녀석의 마지막 일을……."

　'내가 제일 잘 다룰 수 있는데' 라는 분노.

　유익한 자산에 대한 훌륭한 책임의식.

　자기 일에 긍지와 자신을 가지는 선량한 시민적 모범이라고, 타냐는 동류를 보는 눈으로 슐츠 중위에게 절절히 동정했다.

　"미안하군. 이런 종류의 못된 이야기에는 늘 이유가 있지. 우리도 협박당하고 있다."

"한 명 정도 눈감아줄 수 없습니까?"

타냐는 슬프게 고개를 내저었다.

"안 된다. 전부 명령이야. 베테랑 조종사 한 명이라도 낭비하려고 하면 쓴맛을 보여주겠다는군."

"피도 눈물도 없는 이야기로군요. 어디서 그런 협박을 한답니까?"

"세계에 그 악명을 떨치는 우리 참모본부에서. 그런고로 국가보상을 청구한다면 나도 응원할 테니까, 제대로 참모본부에 청구서를 내도록."

위로가 되기나 할까. 전장에서 한 발짝 물러날 수 있으니까, 자신이라면 기뻐할 거라고 타냐는 생각했다.

"필요하다면 내가 한마디 보태지. 제투아 대장님은 필요하다는 이유로 명하는 분이지만, 불만 제기를 무조건 기각하는 분은 아니거든?"

"제투아 각하께? 사양하겠습니다. 높으신 분 아닙니까. 이때다 싶어서 괜한 짐을 잔뜩 안겨줄지도 모르니까요."

슐츠 중위가 내뱉은 순간이었다.

상관 모욕이라고 해도 이 정도는 전선에서 허용될 거라고 흘려넘길 생각이던 타냐는 '지금 뭐라고?' 라며 자기 옆에서 소리친 젊은 장교에게 무심코 시선을 주었다.

"슐츠 기장. 귀관 지금 제투아 각하를 뭐라고 했습니까?"

그란츠 중위가 일어서서 기장의 어깨에 손을 올리고 험악한 얼굴로 묻지 않는가. 하지만 기장은 움츠러드는 빛 하나 없이 앞을 보는 채로 대답했다.

"짐을 잔뜩 안겨주는 높으신 분이라고 말했습니다만?"

다음 순간 그란츠는 폭소를 터뜨렸다.

"하하핫!"

"어라? 왜 그러십니까?"

"완전히 동감입니다! 슐츠 기장, 당신이 옳아! 이 작전이 끝나거든 꼭 한 잔 살 테니까 푸념을 한 보따리 들어주시지요!"

"내가?"

그란츠 중위는 몇 번이나 고개를 끄덕이면서 소리쳤다.

"제투아 각하도, 참모본부의 높으신 분도, 그런 건 괴물이니까요. 엮여선 안 됩니다, 정말로! 당신 같은 분과 알게 된 것만이 오늘의 행운일지도 모릅니다!"

그러며 힘주어 악수하는 부하를 보고 타냐는 다소 반성했다.

그란츠 중위는 낯가림하는 성격이 아니지만, 제투아 각하 같은 상사와는 궁합이 별로 좋지 않은 거겠지.

분명 스트레스에서 나온 반응이다.

전장에서는 전혀 문제없지만, 대인관계에서 뜻하지 않은 일면이 있다니.

"뭔가, 그란츠 중위. 제투아 각하의 밑에서 이런 최전선까지 날아서 돌아온 전쟁광이 그런 식으로 노인을 폄하하는 것도 그렇지 않나?"

한마디 툭 던지자 그란츠 중위가 열을 올리며 반론했다.

"외람된 말입니다만, 중령님! 제가 전쟁광이라면, 제투아 각하는 세계의 적입니다! 저는 각하를 나쁘게 말한 게 아니라 정확하게 평한 것입니다!"

그란츠 중위의 가벼운 반론에 슐츠 기장이 동감이라는 듯이 끄덕였다.

"절묘한 말이군요, 그란츠 중위!"

"오오, 말이 통하는군요, 기장!"

완전히 의기투합한 두 사람은 분명 좋은 친구가 되겠지.

한편 상사인 타냐는 부하가 높으신 분을 헐뜯는 것을 '제지' 해야 할지도 모르지만……이라고 한순간 생각했지만, 거기서 정정했다.

부하가 말하는 것도 진실이다.

진실은 존중받아야겠지.

괜찮겠다 싶어 어깨를 으쓱이면서도 일단 조일 것은 조이자는 마음으로 타냐는 탈선했던 화제를 본론으로 되돌렸다.

"그렇다면 그란츠 중위, 기뻐해라. 귀관은 지금 세계의 적으로서 제투아 각하의 대전략을 실천하는 영예를 안을 수 있다."

앗 하는 얼굴의 그란츠 중위를 시선에서 치우고 타냐는 기장에게 부드럽게 말했다.

"그렇게 되어서 미안하군, 파일럿 제군. 여기서부터는 마도사만의 즐거운 파티 시간이야."

"비마도사 차별입니다. 너무하잖습니까."

"지극히 진보적이며 윤리적인 의견이다. 진심으로 동의하고 싶다. 꼭 좀 위에다가 찔러주게. 필요하다면 나도 함께 공술서에서 증언하지. 하지만 진보는 점진적이며 시간이 필요하지. 언젠가는 바뀌겠지만 오늘 밤에는 포기하도록."

조종간을 꼭 붙들고 뭔가를 참듯 슐츠 기장은 말을 쥐어짰다.

"마도사만의 파티라고요?"

"그렇지, 이건 마도사만의 특별한 즐거움이라서."

타냐도 꼭 그러고 싶은 건 아니지만.

신년 연방군 교류회의 추진자인 제투아 각하가 그런 방침을 정한 것이다.

밑에서 일하는 사람으로서는 상사의 희망이라며 체념할 수밖에 없다.

"자, 내리도록. 그리고 기지의 무전에 귀를 기울여라. 우리가, 우리만이, 세계에서 최고의 파티를 연방군 상대로 즐기는 환성을 꼭 좀 들어주게."

타냐의 그 한마디에 슐츠 기장은 고개를 끄덕이고 일어섰다.

"이 녀석을 맡기겠습니다. 겉은 깔끔하지만 속은 지독합니다. 항법은 여러분도 아시겠지만, 항공기관사 없이 이 녀석을 모는 건 힘듭니다. 엔진 오버홀도, 정기 정비도 안 받았죠. 실례지만, 무리는 하지 마십시오."

"그런 상태의 기재를 적절하게 모는 인재를 육성하는 시간이 훨씬 오래 걸리지 않겠나?"

"당신은 작은 거인이로군요."

그런 소리는 하지 말라며 타냐는 애써 가볍게 어깨를 으쓱였다.

"이 신장은 참 좋은데."

"아이 요금이라서 말입니까?"

"음, 그렇지. 특히나 참호전이나 항공전에서는 표적이 작아서 피탄율을 대폭 할인받지. 인생에서 득을 보고 있어."

타냐는 기장에게 낙하산을 내밀면서 "이제 작별이다."라고 말하고 가볍게 웃었다.

본심을 말하자면 여기서 한 발 빠질 수 있는 기장이 부럽기 짝이 없고, 서로 처지를 바꿀 수 있다면 그러고 싶을 정도지만…… 공산주의가 세계를 짓밟는 것을 지켜볼 수도 없다. 아무튼, 일할 수밖에 없다.

타냐는 파일럿들에게 작별 인사를 했다.

"행운을 빕니다. 마도사."

"고맙군, 파일럿."

"그럼 이만!"

그런 말을 남기고 아름답게 강하하는 파일럿들. 그들이 무사히 내려가기를 빌면서 타냐는 옆에 있는 소령에게 말했다.

"슬슬 축제로군."

타냐는 씨익 웃어 주었다. 마음속으로는 거의 될 대로 되라 느낌이지만.

"강하 기장과 보너스를 신청하고 싶군."

혹사당하는 현장요원으로서 그 정도의 권리는 기대하고 싶다. 그런 사소한 바람이었다. 하지만 애석하게도 억지 담긴 작은 바람마저도 조직의 논리에서는 이뤄지지 않는다.

"아, 중령님. 강하 보너스를 신청하면, 지금 규정으론 우리 항공마도사는 항공 자격이 정지되어 급여 등급이 내려갑니다."

"뭐? 세레브랴코프 중위, 그런가?"

"예. 동기가 전에 비슷한 생각을 해서 신청하려고 했는데 규칙이 바뀐 모양이라…… 새로운 규정의 산과 정면충돌하여 홧술을 마셨습니다."

아연한 심정으로 타냐는 부관을 바라보았다.

"왜 그런 짓을?"

"라인 전선에서 마도사가 참호를 지원할 때 지상에 강하하여 전투한 사례가 여럿 생긴 결과, '이것은 강하 보너스 대상인가 아닌가' 하는 의문이 후방에서 발생한 눈치라서…… 기존 심의에서는 잠정 지급이었습니다만, 작년 후반부터 일률로 '마도 자격 보유자에게는 적용되지 않는다' 라는 해석이 되었다나요."

황당해하는 마음으로 타냐는 부관에게 묻는다. 즉, '이 강하 작전 전에 감봉당한 꼴인가' 라고.

떫은 얼굴로 부관이 끄덕인 순간 타냐는 소리치고 있었다.

"위에는 피도 눈물도 없나!"

노사 교섭도 없이 일방적인 수당 삭감. 경비 삭감은 좋지만, 비용 대 효과에 뛰어난 마도사의 봉급을 깎을 만한 합리성이 있냐고, 타냐는 자기 권리를 주장하고 싶다.

거기서 타냐는 굳어버렸다.

뭐가 '주장하고 싶다' 인가?

법학에서 말하지 않나. 권리는 부단한 노력으로 지켜야 한다고.

"아니, 권리상 가만히 있었던 결과일지도 모르지. 생각해 보면 나도 강하 보너스를 적극적으로 청구하지 않았다. 청구권의 자연 소멸은…… 하지만 해석 변경이라면 상부에 이의를 신청할 수 있을까?"

설마 교과서에도 실릴 법한 기본적인 것을 놓치다니……라며 전쟁으로 자신의 문화적 규범이 엉클어진 것을 한탄하면서 타냐는 자신이 뭘 소중히 여기는지를 다시금 떠올렸다.

공산주의처럼 전체를 위한다는 구실로 모두가 불행해지는 길을 걸을 수는 없다.

권리를 주장해야 한다. 타냐는 마음속 TO DO 리스트에 중요 사항으로 큼직하게 적어 넣었다.

물론 장래 생각만 하고 있을 수 있을 만큼 수송기 안이 편안한 것은 아니다.

분명히 말해서 몇 번이나 조종석의 부하에게 잔소리할 필요가 있었다.

"조종원! 계기를 봐라. 컴퍼스와 조합해라."

마도사는 조종의 프로가 아니고, 비행기를 모는 것은 간단한 일이 아니다.

솔직히 수송기에 자동항법장치가 없었으면 똑바로 날기나 했을 지 미심쩍다. 뭐, 간소하게나마 조종 지원 시스템이 있으니까 항법을 배운 마도사라면 '수정'할 수 있을 거라고, 위에선 말했지만.

애석하게도 이론과 현실은 다르다.

이 시점에서 타냐는 일찍부터 확신하고 있었다. 항공마도사야 말로 항공기 조종요원으로서 최악의 부류라고.

항법을 모르는 건 아니다. 바람을 읽는 감각도 방어막 너머로 하늘을 느꼈으니까 조종사들에게 처음부터 뒤지는 것도 아니다.

하지만 항공마도사에게 조종간을 쥐여 주면 안 된다고 타냐는 깨닫게 되었다.

애초에 마도사는 '엔진'이라는 기계의 심장을 조종한 적이 없으니까.

"편대를 어지럽히지 마라! 2호기에 신호! 위치가 어긋났다! 옆으로 너무 갔다! 후속기의 침로와 교차할지 모른다!"

식은땀을 흘리며 쌍안경을 들여다보면서 타냐는 회광통신기를 조작하는 세레브랴코프 중위에게 다급히 재촉했다.

편대비행은 작전행동에서 가장 기본……일 텐데, 마도사로서 자기가 나는 것과 대형 수송기를 띄우는 것은 전혀 사정이 다른 거겠지. 비틀비틀 오가는 후속기의 모습은 항공사고를 각오하게 하는, 아주 위험천만한 것이었다.

부탁이니까 좀 안정되어라.

그렇게 필사적으로 바라보면서, 때로는 수정을 지시하고 타냐는 간신히 안도의 숨을 흘렸다.

"2호기, 침로를 아슬아슬하게 회복했나. 이걸로 간신히……."

똑바로 나는 것만 해도 대단하다.

그런 소감을 품는 타냐는 옆에서 "저기……."라고 말하는 세레브랴코프 중위의 목소리를 깨달았다.

"왜 그러지, 중위?"

"아, 발광신호에 4호기가 응답이 없습니다. 대열에서 이탈한 것 같습니다."

제길 소리와 함께 한숨을 흘리며 타냐는 쌍안경으로 밤하늘을 핥듯이 둘러보았다.

야간에 지상에서의 시인성을 낮추기 위해 시커멓게 칠한 수송기란 놈은 시인성이 열악한 것도 있어서 모습을 포착하는 것만 해도 고생이다.

한동안 계속 핥은 끝에 간신히 밤의 장막 속에 떠오른 시커먼 그림자를 찾아내는 판국.

서둘러 발광신호를 날리고 응답 신호가 있었을 때는 내심 안도했을 정도였다. 잠시 연락을 주고받아보았는데, 4호기는 자신의 침로가 어긋난 것을 깨닫지 못했다.

야간비행이라고 해도 이래서 적지에 도달할 수 있을까? 타냐가 진지하게 고민할 수밖에 없는 차원이었다.

"대체 언제가 되어야…… 도착할 수 있지?"

머리를 싸쥐며 타냐는 무심코 신음했다.

조종간을 잡고, 자동항법장치의 보조를 받으며 똑바로 날기만 하면 된다.

예정은 그랬는데, 탁상에서의 이론과 현실은 그렇게 잘 맞지 않는다. 비행기를 똑바로 모는 것은 실로 어려운 일이었다.

물론 탑승원에게 사전에 듣기는 했다.

하지만 귀동냥으로 배운 것을 실천할 수 있는지는 또 미묘했다.

"항법만 아는 초보자에게 조종시키다니 너무 무모하잖아……. 다음엔 절대로 안 할 거다."

작전의 성패가 강하 성공에 달렸다는 걸 생각하면, 식은땀도 날 만했다. 하지만 타냐는 거기서 바이스 소령이 멍하니 자신을 바라보는 것을 깨닫고 왜 그러냐고 물어보았다.

"아뇨, 저기, 중령님, 다음이 또 있다고 보십니까?"

"나는 안 할 거다. 하라고 해도 거부하고 싶다."

"다음에도 이걸 하라는 말을 들을 기회가 있다고 보십니까?"

부장의 떨리는 목소리에 대해 타냐는 '당연히 있겠지'라며 크게 고개를 끄덕였다.

"부장. 제투아 각하 아닌가? 반드시 또 시키실 생각일 거다."

"저기, 물론 그렇지만…… 중령님은 전장에서 스러질 것을 고려하시지 않습니까?"

"뭐? 무슨 소린가, 소령. 죽고 싶지도 않은데, 죽을 때를 생각해서 어쩌나. 비생산적이지 않나. 살아남았을 때 기다리는 난제에 고민하는 편이 차라리 미래가 있겠지."

부하에게 미래사고의 소중함을 가르치면서도 타냐는 쌍안경 안에서 보이는 광경에 혀를 차고 싶은 마음을 억누르는 신세가 되었다.

"음? 저건…… 6호기다. 소령, 보이나?"

"타이야넨 준위가 탄 6호기입니까? 아, 저건, 분명히 좀……."

바이스 소령이 '좋지 않군요'라고 말하기 전에, 세레브랴코프 중위가 보고를 외쳤다.

"2호기에서 중계로 신호입니다. 6호기, 기관 불량이라는 모양입니다. 배터리도 다해서 조명이 꺼졌고, 수중의 라이트로는 단거리가 한계라고 합니다."

통신을 맡은 세레브랴코프 중위의 보고에 타냐는 신음했다.

"어떻게 되려고 이러는지."

기관은 전문가의 손이 필요한 부분이다. 그 역할을 맡는 항공기관사가 있으면 자꾸 불평하는 엔진을 제어했을지도 모르지만.

항공기관사는 낙하산을 메고 뛰어내렸다.

그렇다면…… 6호기는 전열 이탈이라고 계산할 수밖에 없다.

"그도, 나도, 운이 없군. 바이스 소령, 수송기 한 대만큼의 전력이 빠졌다."

"어떻게든 이탈을 저지할 수 없겠습니까? 기관 불량이라고 합니다만…… 보주처럼 때리면 낫지 않겠습니까?"

"회로에 마력이 막힌 것을 때려서 해소한다는 것은 초창기부터 있던 잘못된 속설이다. 보주는 정밀기기거든?"

그보다 엘레니움 95식은 지금으로선 안정되어 있지만, 시험 중에 때렸다간 정말로 대폭발이 일어난다.

이건 닥터 슈겔이 참회해야 할 점이다.

하지만 동시에 보주 개발자가 사용자에게 쓴소리를 해도 되는 영역도 있기는 있다.

무인의 만용이라고 할까, 일부 항공마도사가 때때로 보주의 문제를 '때리면 낫는다'고 믿는 안 좋은 버릇이라거나.

바이스 소령도 그런 부류인가 싶어서 한숨을 쉬던 타냐는 세레브랴코프 중위에게 선후책을 지시했다.

"발광신호로 6호기에 송신, 무사히 불시착하는 것을 우선. 작전 개시 시각까지는 가급적 마도봉쇄. 작전 개시 후에는 우리와 합류하든지 주전장으로 귀환하든지 자유. 판단은 타이야녠 준위에게 일임한다고 전해라."

"합류를 엄명하지 않아도 되겠습니까?"

"비샤, 무리한 소리를 하지 마라. 이럴 때 부하에게서 진퇴의 자유를 빼앗을 수는 없다."

게다가 타이야녠 준위에게는 미안하지만, 그 부대는 전부 훈련생이다. 일손이 필요한 상황이긴 하지만, 그러다가 사고를 일으켜도 안 된다.

나중에 합류할지도 모른다는 희망을 남기는 편이 차라리 낫지.

"발견되는 것만큼은 피하도록. 도중에 발견될 때는 후퇴를 우선해라. 자기방어 목적을 제외한 발포는 엄금. 무전은 긴급 보고 외 일체를 금한다."

송신하라고 말하자, 세레브랴코프 중위는 알겠다는 듯이 재빠르게 신호를 보냈다.

"6호기, 알겠다는 반응입니다."

"귀하가 무사하길 빈다고도 전해다오."

송신한 세레브랴코프 중위는 수신했음을 해독했다.

"'무운을 빈다!' 고 합니다."

마지막 말에 담긴 마음을 이해하겠다는 얼굴로 세레브랴코프 중위는 타냐에게만 들리는 목소리로 가만히 속삭였다.

"타이야넨 준위, 아쉽게 됐네요."

"글쎄다. 의외로 우리가 운이 없다는 소리를 들을지도 모르거든?"

"서로 그렇게 생각할지도 모릅니다. 결과는 나와 봐야 아는 걸지도 모릅니다."

고개를 끄덕인 타냐는 속으로는 '무조건 내가 더 고생할걸?' 이라는 푸념을 삼켰다.

항공마도대대 정도가 아니라, 항공마도사단을 이끄는 공수 강하.

세계 최초의, 마도사만의 대집단을 이용한 후방 차단.

수송기도, 마도사도, 모든 것을 쥐어짜서 임하는 무리수 도박. 일반적으로 3개 마도사단이나 되면 전선에서 적을 막는 데 쓰겠지만, 제투아 대장도 용케 이런 큰 도박을 태연하게 결정했다.

"얼른 강하하고 싶다."

그러면 더 고생할 일도 생기지 않을 텐데.

그란츠 중위는 종종 상관을 잘 이해하기 어려울 때가 있었다.

"얼른 강하하고 싶다."라고 뒤에서 한숨 섞어 중얼거릴 때는 '진심입니까?' 라고 묻고 싶은 충동을 억누르느라 고생이었을 정도다.

물론 그란츠도 장교다.

장교는 부하 앞에서 허세를 부린다는 걸 안다.

왜 허세를 부리냐고? 다른 사람이 보기 때문이다. 항상 누군가가 보는 처지니까. 누구든 '미덥지 않은' 녀석에게 목숨을 맡기고 싶지 않다.

우상에 불과하다고 해도 기대를 저버리지 않는 얼굴을 하는 게 얼마나 중요한지를 비웃을 생각은 없다. 그란츠 자신도 데그레챠프 중령이 당황하면 '진짜 위험하다' 고 각오하겠지.

과거의 이르도아 전선에서 저 제투아 각하께 '웃어라' 라는 가르침을 받은 기억도 선명하다.

윗사람의 말을 에누리해서 듣는 정도야 식은 죽 먹기.

다만 허세와 본심의 차이를 가리는 것도 중요하다.

그러니까 '아마 본심이겠지' 라는 종류의 투덜거림으로 '얼른 전장에 가고 싶다' 고 중얼거리는 데그레챠프 중령이라는 상사를, 그란츠는 좀처럼 알 수 없었다.

부하에게 들려주려는 거라면 더 호쾌하게 말한다.

누구에게 들려줄 생각 없는 독백으로, 아직 멀었냐는 낌새를 내비치는 것은 무심코 흘러나온 본심이라고 봐야겠지.

행선지를 모르는 신참 소위라면 모를까, 지휘관님은 사전 전달로 어디에 던져지게 될지 잘 알면서도 그러나 싶어서 그란츠는 전율했다.

종종 '전투광' 으로 평가받는 제203항공마도대대지만, 잘 파고들면 그것은 상사의 성격으로 모든 것이 귀결되지 않을까?

설마 싫어서 그란츠가 관찰해도 전혀 모르겠다.

'더 상식을 발휘해라.' 라고, 부하에게 시끄러울 정도로 전쟁 말고도 보라고 하는 장본인으로서는 목적지 상공 부근에 도달한 순간 두근거리는 얼굴을 했다.

"시간이 됐다. 목적지 상공이겠지. 확인해라."

도중의 떫은 얼굴과는 달리 들뜬 목소리에는 희색이 깃들었다.

상관의 기분이란 것을 그란츠는 손에 잡히듯이 상상할 수 있다.

적지 상공에서 의기양양하다는 걸까.

이런 상사의 기분을 해치고 싶지 않아서 지도와 지형을 보고, 그란츠는 그 상황을 솔직히 말했다.

"보였습니다. 강과…… 다리입니다."

"바이스 소령, 귀관 쪽에서도 거듭 확인해라."

"확인했습니다. 이쪽도 마찬가지입니다."

목적지임을 확인하고 데그레챠프 중령은 씨익 웃으며 부대 내 통신에 쓰는 공중무선전화를 집어 들었다.

"01이 전원에. 현시각부로 모든 봉쇄를 해제한다. 알겠나. 그렇다면 제군, 주목하라."

또랑또랑 울리는 목소리로 데그레챠프 중령은 외쳤다.

"잘 들어라, 항공마도연대의 전우 제군, 간단한 일을 하자. 마도사라면 누구든 꿈에 그리는 단순하면서도 유쾌한 일이다."

어디가 말입니까? 라고 그란츠는 내심 쏘아붙였다.

적진 깊숙한 곳에 들어와서, 우리가, 역전의 일격을 낳는다.

확실히 무훈이긴 하고…… 만감이 교차하는 일이다.

그렇긴 해도, 자신은 데그레챠프 중령처럼 적극적일 수 없다. 물론…… 흥분이 없는 것도 아니지만.

"다리를 접수한다. 적의 엉덩이를 걷어찬다. 그리고 궁지에 몰린 적에게 운명을 저주하게 한다. 실로 단순하고 명료한 마도사의 본업이다."

단순하게 들리는 그게 얼마나 어려운지를 알면서도, 도전하려고 하는 그 말은 적지에서 더없이 든든하다.

"항상 그렇듯이 일을 하자."

쉽사리 내뱉은 말에 그란츠는 어느 틈에 웃고 있었다.

그랬다.

항상 그랬다.

우리는 항상 이런 일을 한다. 이런 일을 할 수 있다. 언제나, 언제나, 언제나.

그렇다면 이번 일이 평소처럼 되지 않을 리도 없다.

"각오도, 결의도, 용기도, 씩씩함마저도, 어떠한 적의 미덕으로도, 결심한 우리의 앞에서 의미를 갖지 않는다. 명백한 천명이다. 아, 천명이라고 하면 평범할지도 모르지. 우리가, 우리의 총검과 보주로 역사에 새기지 않겠나."

속에서 목소리가 끓어올랐다. 어느 틈에 '해보자!' 라고 그란츠마저 열광한 목소리로 "오오!" 하고 소리치고 있었다.

"그렇다면 제군. 축제의 시간이다."

타냐는 거기서 중얼거렸다.

"항상 하는 말이지만. 제군, 나를 따라라."

타냐는 생각한다.

수송기에서 어두운 대지로 뛰어내리는 일에도 익숙해졌다고.

강하할 때 발밑에 있는 기체의 감각이 사라지고, 둥실 떠오르는 기묘한 활공의 쾌감마저도 지금은 '일' 의 일부분에 불과하다고 생각하는 게 짜증 난다.

등에 멘 낙하산조차도 비일상의 상징이라기보다는 넥타이 같은 작업복에 불과하다는 것은 괴로운 점.

이렇게나 혹사당하는 제국군 마도사란 것은 정말로 고생스러운 직업이다.

최소한의 반항으로 타냐는 생각한 바를 입에 담았다.

"최대 출력으로 날아라. 반복한다. 최대 출력으로 날아라."

화풀이다.

반쯤 생각을 포기한 헛소리다.

그런고로 그 순수한 말을, 타냐의 입은 동부 하늘에 전파에 실었다.

"우리는 제국군 항공마도사. 우리에게 맞설 적은 없다."

그것은 단순한 말장난. 난제에 짓눌리고, 소리 지르지 않을 수 없는 중간관리직의 한탄.

의미 따윈 없다.

소리의 나열에 불과하다.

하지만 그렇다면 세계에는 왜 최초에 말이 있었을까?

그래, 말에는 힘이 있다.

""우리는 제국군 항공마도사. 우리에게 맞설 적은 없다.""

부하가 복창하는 것에 맞추어서 타냐는 거듭 그것을 말했다.

"""우리는 제국군 항공마도사. 우리에게 맞설 적은 없다."""

수송기에서 뛰어내리고 전선을 대폭으로 우회한다.

전격적인 기습강하 후에 근처에 있는 다리를 제압할 뿐.

상정된 초기 저항은 경미.

그런 말만 보면 단순한 일이겠지.

애석하게도 전쟁에서 예정대로 굴러가는 경우가 드물다.

따라서 빈틈없이 주위를 둘러보던 마도사 하나가 마도 반응을 깨닫고 고함을 질렀다.

"적입니다! 적 마도부대, 요격하러 올라왔습니다!"

목적지 상공에서 우리 것이 아닌 마도 반응.

"어이, 비샤. 적은 없을 거라고 하지 않았나?"

"예, 중령님. 사전 정보에서는 저항이 경미할 것으로 예측했습니다."

"즉, 저항이 있다는 소리로군."

예기치 않은 적이 찾아오더라도, 전쟁에 익숙하면 예정조화처럼 당연한 현상에 불과하다. 타냐도, 페어인 비샤도, 윗선에서 괜찮다고 말하더라도 결국은 아니라고 이해할 정도로 부조리에 익숙해졌다.

적 마도사에 의한 요격을 다수 확인한 순간, 타냐는 등에 멘 낙하산을 공중에서 벗어던지고 마도 반응을 뿌리는 것을 개의치 않으며, 자신과 똑같이 하는 부하들을 향해 "요격하라."라고 지시를 날렸다.

거의 명령과 동시에 부하들은 공중에서 돌격 대열 형성을 마쳤다. 뭐, 신참이 허둥대듯이 구석에서 움직이는 것은 별개지만.

야간이라고 해도, 강하 도중이라고 해도, 동부에서 살아남은 항공마도사라면 그 정도는 숙취 중이라도 해낼 수 있다. 동료와 전우와 페어를 형성하고, 전투를 위해 단숨에 가속.

그렇긴 해서 똑바로 강하했으니까 먼저 적과 만나는 것은 타냐다. 강하의 순번상 아무래도 적의 화력을 맞게 된다. 후방에서 강하하는 신참들의 방패가 되는 형태인 것은 본의가 아니다. 남의 방패가 되는 취미는 타냐에게 없다.

하지만 간신히 갖춘 머릿수를 작전 개시 직후에 줄일 수도 없는 이상, 이것은 어쩔 수 없는 일이었다. 어쩔 수 없으니 화력의 답례로 폭렬술식을 3연 병행으로 발현하고, 적의 마도 반응이 있던 쪽으로 날려서 즐기게 한다.

"좋아! 쳐부숴라. 이번에는 우리가 더 많다."

그 제안과 동시에 제국군 마도사들은 제각각 숙련된 술식을 날리기 시작했다.

연방군 마도사는 즉각대응으로 날아온 것일까. 고도가 낮다. 교묘하게 머리 위를 제압한 제국군으로서는 이상적인 전개고, 타냐와 습격자들은 오늘 밤의 유흥이라는 듯이 전쟁의 노래를 연주하기 시작했다.

애초부터 수적 열세 속에서 버틴 제국군 마도사다.

국소적이라고 해도 수적 우세를 확보하고, 고도차까지 획득한 상태다. 여태까지의 울분을 풀겠다는 듯이 맹렬히 쏴대는 것은 자명했다.

물론 제국군의 공격에 가만히 맞고만 있을 연방군이 아니다.

중요거점의 방공임무를 맡아서 대규모 공수에 대해 주저 없이 긴급 출동하는 연방군 마도사는 초보자와 거리가 멀다.

숙련도, 연계, 무엇보다 통제란 면에서 그들 또한 일류다.

그런고로 타냐는 하늘에서 짜증스럽게 코웃음을 쳤다.

"흥, 적도 할 일을 하는군."

방어외피의 단단함에 모든 것을 맡기고 화력으로 밀어버리려는 것은 획일적일 정도로 훈련받은 적 마도사들의 움직임. 제국군 마도사가 광학계 저격술식으로 겨눌 타이밍을 최대한 주지 않고, 직선비행을 피하면서 이쪽이 견제로 날리는 폭렬술식 계통은 일부러 묵살. 게다가 응사하는 술식의 태반은 광학계면서도 관통력을 경시하고 면으로 뿌리는 스타일.

전형적인 지연전. 그것도 조직적으로.

나아가 이쪽의 전위를 돌파하여 머릿수만 갖춘 신병을 노리는 기동인 듯한 움직임까지 보면, 연방군 지휘관의 의도는 싫어도 이해할 수 있다.

"팀플레이도 의식하다니. 얕볼 수 없군. 페어 단위의 연계를 모색하는 건가. 생존성을 중시하면서 저항의 최대화. 과연, 정말이지 나쁘지 않아."

거기서 타냐는 씨익 하고 웃었다.

"하지만 아직 경험이 부족하군."

긴급 출동한 연방군 마도사에게는 불행하게도.

"공역에 진출하는 적을 모두 마크해라. 놈들은 항공마도전술을 하늘에서 하는 정면돌파 같은 걸로 오해하는 모양이다. 숫자와 통제를 유지할 수 있으면 점이 아니라 선으로 형성할 수 있다는 것을 가르쳐 줘라."

수적으로 우세한 제국군 마도사는 나아가 무서울 정도로 조직적 전투에 숙달되었다. 혹은 멸종위기종과 같은 라인 전선 스타일의 대규모 통제에 익숙해진 지휘관 밑에서 폭력장치로서 갈고닦았다고도 할 수 있다.

이 점만큼은 전 세계를 뒤져도 제국이 한 수 위다. 진정한 의미로 대규모 항공마도전을 행한 곳은 오로지 '라인 전선' 뿐이었다.

타냐 자신도 그 기량은 라인에서 갈고닦은 것.

라인, 아아, 저주스럽게도 피와 살로 변한 라인의 경험이여!

거길 빠져나왔다고 생각한 게 언제였을까.

지금에 와선 참호의 진창 속에서 죽은 듯이 잠들고, 대기호에서 기어나와 요격하러 상승했던 나날의 경험이 바로 어제 일처럼 생각된다.

그런고로 지금 연방의 하늘에서, 타냐는 우위를 확신했다.

"좋든 나쁘든 연방군 마도사는 통제가 잡혔고, 대열도 잘 갖추고 있다. 분명히 말해서 연방군 마도부대의 수준은 높아졌다. 하지만……."

이 전장, 바로 이 순간만큼은.

"경험이라는 이름의 교사에게 피로 수업료를 냈다. 놈들도 동등한 수업료를 내지 않으면 평등하다고 할 수 없겠지. 공산주의자라면 불평등은 무조건 시정하고 싶을 테니까, 여기서는 우리가 어른스럽게 도와줘야 하지 않겠나."

그들은 그저 진정한 대규모 항공마도전을 모른다. 그 격이 다른 소모 속에서 제국이 쌓은 노하우를 갖추지 못했다.

그렇다면 그들에게 무지의 대가를 치르게 하자.

언젠가 따라잡히더라도.

그것이 피하기 힘든 미래라고 해도.

"저놈들에게는 특별히 잘 교육해 주자. 라인이 어떤 곳이었는지를."

오늘은 제국의 경험이 앞선다. 타냐는 거기서 스스로를 납득시키기 위해서 미소 지었다.

"왜 내가 라인의 악마로 불리는지, 다시금 역사에 보여주지."

연방군 제153항공마도연대에서, 그 밤은 이후로 오로지 '그밤'이라고만 이야기되는 악몽 같은 시간이었다.

시작을 끊는 첫 소식은 대단할 것 없었다.

방공사령부의 광역통신이 전역에 울린 것이었다.

"적 중폭격기인 듯한 복수의 기영을 전선부대에서 확인. 기종 및 자세한 침로는 불명. 우리 전역 후방으로, 중대 규모로 비행하는 듯하다."

누구든 자신들의 총공격에 대해 제국군 항공함대가 반격할 것은 오래전부터 계산했다. 당직 중인 요원도 마찬가지로 쓴웃음을 지었다.

"마주칠 녀석들은 운이 없군."

그렇다고 해도 제국은 교활하다며 당직 요원은 폭격당할 자들을 동정했다.

게다가 어쩌면 교통의 요충지인 '자신들이 있는 곳'에 폭격이 떨어지는 것도 불가능한 소리는 아니다. 뭐, 야간폭격의 명중률을 알면 '괴롭힘' 정도겠지만.

마도연대의 지휘소에 당직장교로 있던 젊은 소령은 그래도 용의주도했다. 더 나아가서 연대 그 자체가 경계 상황이었다고도 할 수 있지만.

애초에 서치라이트 확인과 필요에 따라 고사포를 이용한 요격 준비가 서류상이 아니라 실제로 완비. 더군다나 지휘소에 있는 당직장교는 뛰어났다. 그는 나이치고 다소 노회하다고 평가해야 할 정도로 경계심이 있었다.

항공마도사에 의한 항공마도전술에 대한 경계심—— 다시 말해 후방에 대한 공수강습을 상정하고 있었다. 제국의 수법을 생각했기에 당직장교는 전혀 방심하지 않고 연대장실에서 사무에 쫓기느라 퉁명스러울 연대장에게도 주저 없이 전화로 보고했다.

몇 가지 확인사항을 전달하고, 연대장은 신경이 쓰인다며 당직장교에게 물었다.

"마도 반응은?"

애석하게도 소령의 대답은 '적 정세'를 정확하게 파악하고 있었다.

"없습니다. 제국군 항공마도사는 조금 전까지 우리 병참선을 집요하게 훑던 놈들이 간신히 물러난 판입니다."

고맙다고 대답한 연대장은 수화기를 내려놓고 자기 방의 책상에서 산처럼 쌓이기 시작한 서류나 편지에 짜증스러운 시선을 보냈다.

연대장인 세르게이 대령이 보자면, 마도연대는 연대장이 날고 연대장이 집무하고 연대장이 지휘한다는 삼중고를 지휘관에게 요구한다.

이래서는 아무래도 업무에 과부하가 걸린다.

연대장인 그는 폭격기에 일일이 반응할 시간이 없었다. 그래도 당직장교가 '연락하기 껄끄럽다'라고 느끼지 않을 만큼은 노력했다. 그런 보람이 있었는지, 당직장교는 세르게이 대령에게 거듭 급보를 보냈다.

자기 방에서 보고받은 세르게이는 수화기를 움켜쥐고 거의 경악하며 중얼거렸다.

"1개 항공마도사단 규모의 유력한 적 마도사에 의한…… 공수 강습이라고?! 하필이면 제2방면군 사령부에?!"

연대장인 세르게이 대령은 얼굴에 경악한 빛을 떠올리면서도 팔짱을 끼고 예상 밖의 규모에 대한 충격을 받아들였다.

"잠수전술의 가능성도 예상했고, 경계도 했지만…… 설마 사단 규모라니!"

멍하니 중얼거린 그는 갑자기 솟구친 두통거리에 머리를 붙잡았다.

제국군 마도사는 항공마도사 중에서도 특히나 강하고 교활한 전투 기량을 자랑한다고 세상에 알려졌다.

"사단 규모라니…… 놈들은 그 숫자를 어떻게?"

제국군 마도사는 강하다.

일대일로는 급하게 육성한 신참이 상대도 안 된다.

하지만 피폐해진 한 명을 페어로 상대하면 싸워 볼 만하다.

실제로 세르게이는…… 항상 제국군 마도사를 상대로 수적 우세를 취했다.

드물게 적 네임드의 습격에 제대로 반격을 먹기도 했다. 하지만 수적 우세는 확고하다. 그렇게 확신하고 있었는데.

"그렇다고 해도 마도사단 단위로 보급선을 뒤흔들고, 종국에는 사단 단위로 후방 차단을 위해 공수? 어디서 그런 숫자가 튀어나왔지!"

세르게이는 상식적인 의문을 품었다.

누구든 설마 '현장의 중령 따위가 독단으로 군령을 위조하여 동부에 있는 모든 마도사를 말 그대로 송두리째 긁어모아서, 전선을 방치하고 후방습격에 혈안이 되어 전력투구했다' 라고는 상상도 못 하겠지.

"이르도아 방면으로 차출되었다고 들었는데, 무슨 파리떼도 아니고……."

세르게이의 눈에는 무서운 광경마저 떠오르고 있었다.

"의심할 여지 없이, 이것은 전략적 반격이다."

이쪽이 진격할 때 사활적인 병참선을 집요하게 습격하는 것을 보면 틀림없다. 세르게이 대령은 한탄했다. 게다가 이쪽의 제2방면군 사령부에 사단 단위로 마도사를 보낸다는 것은 대체 어떻게 된 걸까?

"이러니까 제국인은……!"

일국이 세계를 상대로 이해하기 어려울 정도로 고군분투. 세르게이는 도무지 이해할 수 없다고 한탄하고 싶었다. 그런 마음을 옆으로 치워버리고 세르게이 대령은 적 마도사가 집중적으로 운영된다는 사실에 떨떠름한 얼굴을 했다.

"이쪽은 적의 공수를 경계하긴 했지만, 적의 규모를 오판하여 각지에 마도부대를 분산 배치했다. 신속히 집결해야 할까?"

적 마도사단이 어디 있는지는 파악했다. 그렇다면 지금 당장에라도 부대를 모조리 즉각대응으로 교체해야 할까.

세르게이 대령은 그 점에서 망설이지 않았다.

"지금은 만일에 대비하자. 제2방면군 사령부의 구원을 위해 움직일 수 있도록 해야 한다. 정치장교 동무에게 말해서 가급적 빨리 함께 의견을 올려야겠지."

그는 우수했다.

연방군을 '숫자만 많은 피라미' 라고 얕보는 인간이 있으면, 그 프로 의식과 유연한 대응력에 눈을 확 뜨겠지.

그렇기에 연방군 제153항공마도연대는 불운과 마주쳤다.

안 좋은 첫 소식이 날아든 순간부터 연대장은 최악을 상정했다. 정치장교는 그걸 방해하지 않았다.

그뿐만 아니라 두 사람은 상급 사령부의 명령이 있는 대로 즉각 출격할 수 있도록 부대를 전투배치로 바꾸고, 평소보다 많은 마도사를 즉응 대기조에 배치했다.

본래 연대장의 행동을 과잉 대응이라고 제약할 정치장교도 이 부대에서는 '군사적 합리성' 을 인정하는, 성실하고 우수하고 모범적인 공산주의자였기에.

좋은 동지이며, 좋은 이웃이며, 마도사에게 편견을 갖지 않는다는 모범적 사회주의 인격을 지녀서, 진심으로 믿는 희귀하고 새로운 인간이었다.

즉, 훌륭하고 사랑받는 정치장교다.

얼마나 희귀하냐 하자면 거의 기적적일 정도.

원래부터 연방군 제153항공마도연대의 인간은 전형적인 마도사다. 이데올로기나 정치에 박해받았다. 당연히 당의 인간과는 좋게 말해도 궁합이 좋지 않다. 그런 그들이 당에도 가끔 괜찮은 인간이 있다고 마음을 열 인물은 흔하지 않다.

그렇게 유능한 정치장교를 부대는 전우로 받아들이고, 조언자로 지혜를 빌리고, 때로는 필요한 조치를 과감하게 단행할 수 있는 관계를 구축했다.

연방군 제153항공마도연대는 병사가 '우리의 집, 우리의 동료'라고 자랑할 만한 유대를 형성하고, 각자가 할 일을 한다.

당연히 조치를 안 정치장교는 평소처럼 추인하고, 나아가서 휴가 취소가 있을 수도 있기에 편지 마감이 앞당겨질지도 모른다며 마도사들에게 알리기 위해 뛰어다녔다.

전쟁 중이다.

시간이 있을 때는 가족에게 편지를 쓸 생각이지만, 미처 다 못 쓰는 경우도 있다. 서둘러 쓰는 게 좋을 거라고 말하고 다니고, 혹은 이쪽에 올 우편물은 없냐고 후방에 재촉.

군용우편은 융통성이 없지만, 부대의 연계를 지키거나 개개인의 마음에 힘을 불어넣기 위해서는 아주 중요하다.

피가 통하는 공산당원인 정치장교는, 다소의 조정과 한탄은 직무의 일환이라는 긍지와 함께 일했다. 그는 인간의 얼굴을 한 공산주의자였다.

모두가 좋은 인간이다.

해야 할 일을 하고, 준비해야 할 것을 준비하고, 자신들의 동료를 믿는다. 그들은 자신들이 제153항공마도연대에 속한 것을 행운이라고 진심으로 믿을 수 있었다.

그런고로 그들은 준비를 서둘렀다.

누구도 잘못한 게 아니다.

폭풍이 온다고 하니까 폭풍에 대비한다.

실로 훌륭하고, 그렇기에 운이 나빴다.

그들은 너무나도 직무에 열성이고, 성실했으니까.

경계태세에 임한 당직요원들은 모든 연방군 중에서도 가장 빠르게 '공수'를 실제로 감지한 연방군의 일원이었다.

그러니까 행인지 불행인지 자신들의 담당 구역 부근에 라인의 악마가 내려왔을 때, '뭔가가 왔다'고 마도 반응을 잡아냈다.

"겨, 경보! 마도 반응 다수! 이건?! 틀렸습니다! 전역에 고마도 반응! 라이브러리 조회가 따라가지 못해서……."

최소라도 사단 규모.

그런 마도 반응이 동시다발적으로 감지되었을 때, 요원들은 패닉에 빠질 뻔했지만 그래도 몇 명이 전자전의 관점에서 '기만'의 가능성에 도달했다.

"마, 마도 반응의 더미인가?! 말도 안 돼!" "다시 확인해라!" "이럴 수가?! 이미 적 1개 사단이 제2방면군 사령부 쪽으로 내려가고 있다고?!" "하지만 달리 설명할 수 없습니다!" "제국이 동부에서 운용할 수 있는 건 1개 항공마도사단이 한계일 겁니다!"
"하지만 이미 1개 사단급이 파악되었다!" "틀림없습니다!" "감지
된 것은 적게 잡아도 1개 마도사단 규모가 더 됩니다." "새로운
적입니다! 탐지기가 완전히 포화 상태입니다!"

다소 혼란이 퍼지는 지휘소 안에서 지휘를 맡은 당직장교는 자
신의 책임과 판단하에 필요한 조치를 하는 것이 책무라고 이해하
는 인간이 해야 할 일을 했다.

"제군, 진정해라."

"당직장교 동무! 하지만 이건!"

"동무, 진정해라. 우리가 할 일은 애초부터 명확하지 않나."

살짝 입가를 풀면서 당직장교는 결심한 듯이 일어섰다.

"즉각대응 대기조를 상공 대기로 변경한다! 곧바로 하늘에 올
려라! 남은 요원은 바로 모두 출격 준비로 돌려! 군단사령부에는
즉응이 나갈 수 있다고 보고! 지금 당장이다. 제군, 모든 것을 즉
시 실행하라!"

"아, 옙!"

"병사. 수고롭겠지만, 연대장 동무와 정치장교 동무에게 급보를
보낸다. 서둘러서 부탁하네."

당직장교가 애타는 이유는 단순하다. 항공전력이란 주둔지 지
상에서 대기할 때가 가장 약하다.

엄폐호가 있다고 해도 결국은 정도 문제. 베테랑일수록 그 사
실을 경험이라는 비싼 교사를 통해서 질리도록 배웠다.

그러니까 적의 막대한 마도 반응을 감지한 순간, 연대장이 아닌
당직장교가 결단을 내렸다.

본래는 그럴 수 없다.

하지만 당직장교는 믿고 있었다.

정치장교도, 연대장도, '올바른 판단은 언제든 사후에 승인해 준다' 고.

부대 안에서 반석과 같은 동지적 결속이라는 강철 같은 신뢰가 있었기에 내린 그 결단은, 순수하게 군사적 관점에서 보면 아주 훌륭했다.

위가 굳건하면 아래도 흔들리지 않는다.

당직요원들은 지원을 나온 전신요원들과 합류하고, 감지된 마도 반응을 분석하는 것으로 전장의 안개에 명석한 철퇴를 내리치려고 애썼다.

"네임드 개체가 출력을 늘려서 더미를 만들었을 가능성을 확인해라!" "파장 조합은? 서둘러라." "레이더와 맞춰 봐라. 공수 작전이라면 수송기 편대일 거다." "지상군의 통신에 유의하라! 근처에 적이 있으면 교전 보고가……."

시끄럽기 짝이 없는 실내에서도 경비에 임하는 담당자의 목소리는 아주 잘 울린다.

"연대장님이 입실하십니다!"

일제히 일어서서 경례하는 요원들에게 재빨리 답례하고, 세르게이 대령은 실용을 중시하는 영관이라면 누구나 할 말을 입에 담았다.

"괜찮으니까 그대로 임무를 우선하도록."

부하를 업무로 돌려보내며, 지휘관인 세르게이는 당직장교에게 단적으로 상황을 물었다.

"늦어졌군. 소령, 상황은?"

"적도 진심입니다. 믿기 어려운 일입니다만, 제2방면군 사령부와는 별개로 또 복수의 마도 반응이 나왔습니다."

그리고 거기서 세르게이 대령은 좋지 못한 소식을 받았다.

"규모는 특정되지 않았습니다만, 최소한 사단 규모로, 아마 이 근처에 있는 바르크 대교를 노린 마도사단이 아닐까 합니다."

"기만일 가능성은……?"

"검토했지만, 아마도 최소한 1개 사단 규모는 진짜가 아닐까 합니다."

즉, 적은, 저 제국인들은. '최소한이라도 2개 마도사단'을 공수 작전에 투입할 여유를 가지고 있었던 소린가?

세르게이가 최악이라고 신음하려던 때였다. '최악'이라고 신음하기에는 너무 이르다는 사실을, 보이지 않는 손이 그에게 전달해 주었다.

"보고! 노르크 역에서 전방위로 구원 요청입니다. 역 수비대가 유력 항공마도부대의 습격을 받아서 괴멸 직전이라고 합니다!"

제2방면군 사령부, 바르크 대교에 이어서 노르크까지 또 하나.

노르크 역── 철도의 교차점으로 조차장과 비축 물자가 많이 있는, 멋들어진 역.

"사단 규모 마도사의 공수 강습이 노르크를!" "통신이 완전히 혼란에 빠졌습니다!" "최대한 빨리 구원을 바란다는 요청이!" "본영에서의 명령은?!" "틀렸습니다, 혼란에 빠져서……."

무심코, 어느새 의자에 앉아 있던 세르게이는 중얼거렸다.

"이럴 수가, 3개 사단이라니."

본인은 말이 흘러나온 것조차 깨닫지 못했다. 행인지 불행인지 지휘관으로서의 세르게이는 흉중의 충격을 그 이상 밖으로 토로하지 않을 수 있었지만.

혹시 다른 보는 눈이 없었다면 그는 소리쳤을 테니까.

말도 안 된다고. '노르크 역'도?! '제2방면군 사령부'와 '바르크 대교'만이 아니라고?! 3개 사단 상당의 마도사라고?!

말도 안 되는 일이었다.

전략적 기습을 통해 공세를 성공시킬 터였는데, 막상 뚜껑을 열고 보니 마도사단이 세 개나 이쪽에 내려오지 않는가.

그리고 반쯤 혼란에 빠진 채로 지도 위를 바라보다가 세르게이는 한순간 굳어버렸다.

요충지가 세 개.

초크포인트가 될 수 있는 요충지가 세 개.

그 모든 곳에 대한 공격은 '제국군이 과거에 했던 공수 작전'과 흡사했다.

"이, 이럴 수가⋯⋯. 설마, 놈들은, 예전과 같은 짓을?!"

세르게이 대령의 절규에 가까운 외침을 듣고 지도를 보았을 때, 실내의 인간은 모두 경악할 수밖에 없었다.

가느다란 곡선.

하지만 그것은 그들이 과거에 고배를 마셨던 제국의 사기 행각과 같다.

공수 강습으로 보급을 차단한다.

주력군의 공격을 흘린다.

그리고 카운터펀치로 반격한다.

그때도 제국군은 같은 짓을 했다.

"우리 군의 급소를 모두 노린다. 설마 놈들은 이 규모로……."

철도의 교차점.

대하를 건너기 위한 생명줄.

그리고 요충지를 제압하기 위해서 진출했던 방면군 사령부.

그 모든 곳을 과거 이상의 대규모 공수 강습으로 날려버리는 것이 놈들의 속셈이라면…….

"제, 제1방면군 사령부가 제2방면군 사령부에서 전개 중인 모든 항공마도부대의 지휘권 계승을 선언했습니다!" "노르크 역, 탈취당했습니다! 아군 수비대는 괴멸. 반복합니다. 노르크 역 수비대는 괴멸했습니다!"

"아, 바르크 대교 수비대와 제121항공마도연대는 여전히 건재합니다! 동 연대는 방공전 수행 중! 지극히 유력한 제국군 마도부대에 항전 중!"

노르크를 빼앗기고, 제2방면군 사령부가 침묵.

하지만 바르크 대교는 아직 살아있다.

그렇기에 세르게이는 독단전행에 나섰다. 아마도 장교의 모범으로서.

"제153마도연대, 전력 출격! 바르크의 아군을 구원한다!"

그들은 망설이지 않는다.

해야 할 일을 해야 할 타이밍에.

의무와 헌신이라는 점에서 그들은 세계에서 으뜸간다고 평가받을 만하다.

슬픈 일이라면 전시에서 생존율과 선량함은 비례 관계가 약속

되지 않는다는 점이겠지.

귀환을 기다리는 인간이 통곡할 수밖에 없는 현실은, 날아가는 그들의 뇌리에 없다.

동료를 구해야만 한다는 절박함만이 있을 뿐.

날아올라서 공중에서 대열을 형성한다.

마도연대 중 즉각대응 대대를 연대장 세르게이가 직접 지휘. 또한 후속이 속속 대열을 형성하고 곧장 전투속도로 빠르게 합류.

연방군 제153마도연대는 똑바로 바르크 대교를 향해 어두운 하늘을 가르며 씩씩하게 날았다.

적을 향해 날던 그들은 거기서 그것을 들었다.

""“우리는 제국군 항공마도사. 우리에게 맞설 적은 없다.”""

맹렬하게 울리는 제국어.

모든 대역에서, 내 목소리를 들으라는 듯이 방송되는 무엇인가.

"지금 건 뭐지? 제국군의 성명인가?"

그런 식으로 그들은 서로의 얼굴을 보았다.

이해할 수 없는 제국어? 아니, 제국어를 이해하는 몇몇 통신요원은 굳어버린 목소리로 말을 이었다.

" '우리는 제국군 항공마도사. 우리에게 맞설 적은 없다' 라는 호언장담입니다. 교란 방송이나 그런 걸까요?"

통신요원에게 세르게이는 가볍게 어깨를 으쓱이며 "약한 개일수록 시끄럽게 짖는다고 하지?"라는 말과 함께 밝게 웃었다. 그걸로 부대의 긴장은 풀어졌다.

적의 기세에 휩쓸리면 싸우기 전부터 진다는 사실을, 세르게이도, 다른 마도사들도 잘 알았다고 할 수 있겠지.

하지만 '움츠러드는 것'의 위협을 잘 알 터인 그들이 의도해서 웃을 필요가 있다는 사실의 의미——본능이 느끼는 위협도——를 이지적인 그들은 이성 탓에 제대로 이해하지 못했다.

"보였습니다! 제121항공마도연대, 제121항공마도연대가……."

아군을 확인. 하지만 낭보여야 하는 소식을 전하는 부하의 목소리는 중간에 끊겼다.

"왜 그러나!"

"세르게이 동무, 믿기지 않습니다. 저게…… 저게 연대였다니?"

"뭐?"라고 의아해하던 세르게이는 부하가 가리키는 방향을 응시했다.

애석하게도 암흑 속, 젊은 부하 쪽이 시력이 더 좋다. 고생하고 술식까지 써서 간신히 관측했을 때 세르게이 또한 경악했다.

분명히 아군이 있었다.

하지만 연대일 터인 그것은 심각한 숫자가 격추되어서, 대대의 찌꺼기라고 해야 할 수준으로 갈려 나갔다. 게다가 제국군은 오만할 정도로 느긋하게 날고 있지 않은가.

121항공마도연대는 패배한 것이다.

하지만 순식간에 적의 위협을 상향수정하고 세르게이는 '아군을 구해야 한다'는 심리로 목청껏 외쳤다.

"153이다! 153이 왔다! 동무! 뒷일은 우리가 맡는다!"

연대 규모의 연방군을 요격하여 멋지게 대대 규모까지 줄인 제국군 지휘관, 타냐의 기분은 최악이었다.

애초에 사단 규모로 적 연대와 상대했는데 섬멸이 아니라 줄인 정도라면 '느려!' 라고 소리치고 싶어질 만하다.

이유는 여럿 있다.

일단 급하게 긁어모아서 연계도 잘 잡히지 않은 부대를 통솔하는 것은 타냐도 고생이 많았다. 특히 부대 간의 기량 차이가 눈에 띄어서 움직이기 어렵다.

이어서 사단 규모의 관제 정도 되면 다소 힘에 부쳤다.

"본래 전문 관제관이 있는 것이 전제니까. 사단 규모를 움직이게 되면 아무래도 전문가가 필요하지."

후방의 의자에 앉은 놈들에게 이래라저래라 소리를 듣는 것을 싫어하는 전선의 장병은 모를지도 모르지만, 전문가가 필요한 것은 당연한 이유가 있기 때문이다.

공중관제 흉내 정도라면 할 수 있지 않을까 시험하던 타냐는 거기서 신경질이 나는 소식을 부관에게서 들었다.

"중령님, 새로운 적입니다."

세레브랴코프 중위의 경고에 의식을 색적과 탐지로 돌려보니, 과연, 마도 반응이 다수 급속접근 중. 규모로 보면 연대. 속도로 보면 전투속도.

연방식치고는 참 민첩하다고 할 수 있다.

"이거야 원. 숨 돌릴 틈도 없이 오는군."

연대를 물리친 줄 알았더니 또 새로운 적. 싫어질 만도 하다.

타냐는 생각한다. 가능하면 적에게 '최대한 손상 없이 탈환할 수 있다' 라는 환상을 심어 주려고, 다리는 멀쩡히 확보하고 싶었는데…… 이 경우 제압을 우선할 수밖에 없다고.

거점의 저항을 날려버린다는 점만 본다면 신병 중심의 마도사라도 제법 나쁘지 않다. 방어외피를 전개하고 폭렬술식을 발현하는 마도사 같은, 인간 전차처럼 운용할 수도 있으니까. 그렇게 반쯤 연방식인 운용이라면 기량은 그리 필요 없다.

신병 중심이면 된다. 주변 피해는 부차적인 것.

그렇다면 얼른 1개 연대를 강하시키자. 그렇게 결단하고 타냐는 외쳤다.

"제3연대는 강하! 바르크 대교의 탈취를 진행하라. 나머지는 나와 함께 상공 원호. 접근하는 마도사는 샐러맨더로 환영해 주자."

"그렇다면?"

의기양양한 부관에게 타냐는 멋지게 씩 미소 지으며 끄덕였다.

"한다, 중위."

"예."

타냐는 지휘관으로서 선두에 섰다.

"좋다. 제군, 돌격! 연방인과 춤춰 줘라!"

그리고 선두에 선다는 것은 마도 반응이 특히나 눈에 띈다는 것이기도 하다.

적 지휘관의 마도 반응을 확인하고 반쯤 버릇처럼 마도 반응 조합을 해보던 세르게이는 뜻하지 않게 웃어버렸다.

"하하하."

"대령님?"

그 마도 반응만큼은 여기서 마주치고 싶지 않았다. 제국의 마도사 사냥에 혈안인 듯한 내무인민위원부에서 '발견하면 즉시 보고하라.' 라고 거듭 당부했던, 기억에 생생한 괴물.

세르게이 대령이나 태반의 얼라이언스 측 마도사에게 그런 녀석이 아군의 진로상에 단호히 요격하려는 자세로 있다는 의미는 너무나도 명료하다.

"최악이다……."

세르게이 대령은 입에서 거짓 없는 본심을 작게 흘렸다.

본래는 외치고 싶었다.

'라인의…… 라인의 악마라고?!' 라고.

"이르도아에 간 거 아니었나? 내무인민위원부가 당당하게 놈은 이르도아에 있다고……."

장담했을 텐데.

비밀경찰이 실수를 저지른 거라면 세르게이 대령은 '이러니까 비밀경찰은!' 이라고 내뱉고 욕하면 끝날 이야기였다.

하지만 세르게이 대령이 알기로 마도 첩보를 맡은 내무인민위원부의 인간은 말 그대로 업무의 귀신이다. 그들이 올리는 적 마도 정보는 대부분 그들이 입수한 시점에서 정확한 최신 정보이고, 게다가 분석은 극단적일 정도로 객관적.

분명히 말해서 비밀경찰 주제에 묘하게 가려운 곳까지 쏙쏙 긁어 주는 면이 있어서, 지원 부문으로서의 자각이 농후한 녀석들이다.

"놈들이, 녀석을, 잘못 파악했다고?"

"연대장 동지?"

"라인의 악마다."

'저건 그런 적이다' 라고 세르게이는 부하에게 알렸다.

"뭐라고 했더라, 저 적들, 불 뿜는 도마뱀일지도 몰라."

"최악이군요. 여태까지 부딪치지 않을 수 있었던 것은 운이 좋았던 것뿐입니까."

세르게이는 끄덕였다.

그래도 싸우지 않을 수 없다. 수적 열세인 연대로, 기다리는 놈들을 상대한다는 악몽과 같은 구도로.

"제길, 오늘 밤은 최악이로군요!"

"맞는 말이군!"

푸념을 흘린다.

혀를 찬다.

실은 공산당의 당규상 무신론이 정통 교리니까, 원래는 해선 안 되지만 신에게 기도한다.

그리고 153마도연대의 마도사들은 의연하게 제국군 마도사에게 도전한다.

그들은 용감했다.

바르크 대교 수비대가 지금도 저항하고 있음을 알고, 아군의 저항을 돕고자 노력했다.

이 보급선이 끊겼을 때 전선에 어떤 영향이 가는지 상상하면, 도망치고 싶을 정도의 숫자를 상대로도 물러날 수 없다는 각오도 했다.

하지만 마음만으로 이길 수 있다면 광신자가 세계의 지배자다.

믿는 자는, 믿음만으로는 세계를 제패할 수 없다. 마찬가지로 전장 또한 지극히 단순한 이치에 따라 지배된다.

연방군 제153항공마도연대와 제국군 1개 항공마도사단이 격돌한다.

사단이 연대를 유린한다.

그것도 수단과 방법을 가리지 않는, 강력한 정예가.

한 터럭의 적의도, 한 움큼의 악의도, 미미한 증오조차도 없는, 그저 담담하게 그것을 '일이다'라고 잘라 말하는 무시무시한 일꾼의 솜씨가.

조국을 사랑하고 선량했던 사람들의 앞에 서는 것은, 그저 허탈한 현실이다.

따라서 제국군 측에서 타냐는 의기양양하게 외칠 수도 있었다.

"연대가 사단을 당할 수 있겠냐! 단순한 계산이다! 마도사 제군, 쫓아버려라! 그리고 소리쳐주어라!"

격전 중에 제국군 마도부대는 교전 중의 중대 단위를 하나의 생물처럼 모아서 부대를 기민하게 물리더니, 적이 느리게나마 깊게 따라왔다는 것을 알아차리는 동시에 주위에서 통제사격을 가해 벌집으로 만들었다.

혹은 돌파했다고 오인하게 하여 침로를 유도한다.

신참을 요리하려고 연방 마도사가 전속력으로 돌진한 곳에 있는 것은 신참들로 위장한 광학계 기만술식의 디코이다. 허공에 사격을 날리는 적의 옆구리에 성대하게 한 방 먹이는 것도 즐기면서 한다.

무엇보다 조직적 접근전이라는, 마도전에서 의미불명일 정도의 근접공중전만큼은 경험만 한 노하우가 없다.

마도검을 발현한 고참 마도사가 페어 단위로 적 중대로 치고 들어가서, 적이 자유사격이냐 산개냐의 판단에 쫓길 때 근거리에서 폭렬술식을 발현.

애초부터 방어외피를 날려버리는 것은 기대하지 않는다.

하지만 '흔들기만 하면' 충분하다. 적이 마도검을 꺼내든 순간, 발판을 흔들 수 있으면 이쪽이 한 수 이상 앞설 수 있으니까.

그것을 페어 단위가 아니라, 파고든 전원이 일제히 한다면, 이건 이미 부대의 경험이 모든 것을 말한다.

"접근전 준비! 적은 이 거리에 익숙하지 않다!"

교대로 돌격하고, 위치를 바꾸고, 원호하면서, 적을 요리한다.

무리하지 않고 적당하게만 해도 압도할 수 있다.

이것이 바로 쪽수가 많은 쪽의 특권이다.

국소적이라고 해도 지금 이 하늘에서 제국군은 그야말로 그 감미로운 권리를 행사할 수 있는데, 타냐는 권리 위에서 안주하는 것을 기피하는 적극적인 권리 행사자다.

"""우리는 제국군 항공마도사. 우리에게 맞설 적은 없다."""

하늘에 술탄이 날고, 마도사가 흩어지고, 피보라가 눈밭에 뿌려지고, 인간이 떨어지는 하늘은, 언제나 제국의 하늘이었다.

이날만큼은 연방군이 지키려는 하늘은 잔혹할 정도로 제국 쪽으로 저울이 기울었다.

그렇게 연방군의 요충지 세 군데 모두에 제국군 항공마도사단이 내려섰다.

그들은 해냈다.

그들은 내려섰다.

그들은 제국인이다.

VI

제6장

박빙의 '승리'

By a whisker

"동부의 전쟁 상황에 관해서, 참모본부에서는
기자단 여러분에게 전해야 할 것이 별로 없습니다.
얼마 전 연방군은 대규모 공세를 발동했습니다.
우리는 방어를 위해 다소 전선을 물렸을 뿐으로,
현재 반격을 개시해서 패주하는 연방군 부대를 추격 중입니다.
유감이지만 봄이 다가와서 노면 사정의 악화가
눈에 띈다고, 전선에서 보고가 올라오고 있습니다."

"신년 벽두부터 사적인 이야기를 해서 죄송하지만,
동쪽의 손님이 제도에서 샴페인 파티를 예약하셔서,
생각지도 않은 손님이라며 긴장하고 환영을 위해
샴페인과 요리를 준비했는데……
정작 그 손님이 안 왔습니다."

"이른바 노쇼라는 거라고 지인이 가르쳐 줬습니다.
대단히 슬프고 곤혹스럽고, 이대로는 헛수고가 될까 싶어서,
여러분에게 조력을 요청하고픈 심정입니다.
괜찮다면 여러분은 상의해 보고
오늘 밤 연회에 참석해 주시면 감사하겠습니다."

———— 제국군 공보관 ————

》》》 제도 / 제국군 참모본부 《《《

'이겼다'고, 온몸으로 가면을 만들어야 한다는 것은 안다. 하지만 제투아의 흉중을 차지하는 것은 아득히 현저한 '안도' 뿐이었다.

"젊은이는 참 무섭군. 이것이 늙었다는 실감인가. 되고 싶지 않은 것이 되는 것만큼은 언제나 참 쉬워."

참모본부의 자기 방에서 남의 눈이 없는 것을 다행으로 여기며 제투아는 쓴웃음을 지었다.

데그레챠프 중령의 전횡은 알면 알수록 대단하다.

자신은 절대로 할 수 없는 독단전행이었다.

일개 영관이 계급을 사칭해 상급자의 명령을 위조하고, 당찮게도 교전 중인 동부의 부대에 방어거점 포기를 일방적으로 전달했다.

일반적으로는 하나만 저질러도 끝장이다.

유사시에도 본래라면 하나도 정당화될 수 없는 수준이다.

이런 것을 놔두면 어느 조직이더라도 무너질 수준의 폭거다.

하지만 그 경우에서는 그게 정답이다.

전략적 시점에서 보면 '진지에서 야전군 주력이 구속되어 파괴당한다'고 현장의 인간이 간파하고, 독단으로 군 주력을 후퇴시킨 것은 그야말로 천운이었다.

군사적 합리성만 봐도 분명히 옳았다.

적의 예봉을 피하는 것 말고는 방법은 없다. 한시의 망설임도 치명상. 지휘계통은 혼란 중. 그렇다면 독단전행할 수밖에 없다.

그렇게 '최소한의 변명'이 가능한 여지를 확보했다.

데그레챠프 중령은 공화국 함대를 놓쳤던 과거의 교훈을 살려서 올바르게 독단전행하는 방법을 배운 거겠지.

훌륭했다.

동부사열관 수석참모라는 명목은 분명히 제투아와 루델돌프가 말한 바 있다.

웃기는 형식주의지만, 데그레챠프 중령은 제투아와 루델돌프의 뜻을 참작했다는 형식만큼은 끝까지 고수했다. 그게 결국 방편임을 본인도 잘 아는 거겠지. 하지만 그 급한 상황에서 통제를 위한 '변명'까지 배려할 수 있는 야전장교가 얼마나 있을까?

덤으로 동부 방면군 사령부에서 '나는 모르는 일인데?!'라고 외칠 수 있는 라우돈 선배는 죽었다. 그 뒤로는 '라우돈 대장의 불행한 참사' 때문에 전달 과정에서 착오가 생겼다고 강변하면 누구도 추궁할 수 없다.

정말로 좋은 타이밍에 죽어 주었다.

거기까지 생각하고 제투아는 자신의 비뚤어진 마음에 정말로 혐오감이 치밀었다.

"라우돈 선배에게는 미안하군. 살아서도 죽어서도 내게 혹사당하다니."

지도자였던 선배. 과거 소령이었을 적의 그 사람에게는 풋내기 시절에 신세를 졌다. 고인이 된 뒤에도 도움을 받았으니 정말로 미안할 따름이다.

동시에 거듭 생각했다.

데그레챠프에게 정말로 큰 도움을 받았다. 군도, 제국도, 아마도 무시무시한 제투아라는 환상도.

그러니까, 라고 말해야 할까.

일어나 1종 예장을 갖춘 제투아는 개인의 선량함을 내버리고, 참모본부의 수괴로서 사악한 톱니바퀴의 가면을 다시 썼다.

방에서 나가면 사람들 눈을 의식하지 않을 수 없는 몸.

천천히.

그러면서도 힘차게 발걸음을 옮긴 곳은 제도가 제국의 수도이기 위한 궁정이다.

교활하고 노회한 노장군은 낯가죽도 두껍게, 실제로 '다소 곤란하긴 합니다만, 반격을 시작했습니다'라고 궁정에 '사실'을 태연하게 보고하러 갔다.

그것은 전쟁 상황을 걱정하는 궁중에 대한 배려이고, 내각에 대한 약간의 사탕발림이고, 그리고 미래를 위해 두는 수이기도 하다.

황제 본인을 향해 제투아는 말씀드렸다.

'제국군은 공수 작전을 통해 이미 적 연락선을 차단. 공화국과의 전쟁을 재탕한 것이라 부끄러울 따름입니다만, 적 연락선을 차단한 뒤에 대규모 반격을 기도하고 있습니다. 철퇴 작전에서도 성공한 수법이니, 승산은 있겠지요. 애석하게도 진창의 시기가 다가오고 있으니까 시간과 경쟁해야 하겠습니다만……'이라고.

군이 정부와 궁정을 '농락한다'고 평하긴 '부족한' 헛소리다.

제투아의 뜻을 참작하여 글을 작성한 군 관계자 중 누구도 '거짓말을 했다'라는 자각이 없다.

연방군의 대규모 공세에 직면했던 제국군이 사단 규모의 마도사로 '적 연락선 차단에 성공했다' 는 사실은 진짜니까.

시찰하러 가겠다며 떼쓰는 알렉산드라 황녀 전하 본인이 읽어도 의심할 수 없다.

사실밖에 적지 않았으니까.

그리고 '철퇴 작전' 에서 '적지 후방 연락선 차단' 에서 이어지는 '전면반격' 의 사례를 게시한 것도 객관적 사실관계에 거짓은 없다.

법정에서 노련한 심문관이 백 번 따지고 들더라도 꼬투리를 안 잡힐 자신이 있다.

사실을 나열했다. 그 이상도 그 이하도 아니다.

다만 사실을 나열하는 방법에 작위가 있을 뿐. 그래, 제투아는 그렇게 사실에서 유출되는 답을 살짝 어긋나게 했다.

그리고 의연하게 말하는 것이다.

'소관으로서는 반격의 과실이라는 소식을 느긋하게 누워서 기다릴 뿐. 이렇게 되면 후방에서 할 수 있는 일도 제한됩니다. 능력 없는 노인으로서는 차를 즐기는 정도밖에 할 수 없습니다.' 라고.

여유만만한 태도와 사실의 나열로 살짝 분칠하면 사람은 '해석' 을 그르친다. 죽어가는 몸으로 가까스로 반격에 성공했다는 실정 따윈 상상도 할 수 없겠지.

'애석하게도 때 이른 진창 시기에 접어들고 있어서 노면 상황의 악화가 걱정입니다' 라고 태연한 얼굴로 덧붙이면 '철퇴에서 그만큼 극적으로 반격할 수 있었는데, 이번에는 그러할 수 없는 이유는 자연환경의 차이인가' 라는 식으로 모두가 이해하려고 든다.

사람은 믿고 싶은 정보만 믿는다.

하물며 복용량을 지켜야 할 승리라는 약을 계속 먹은 제국쯤 되면. 이미 승리의 환상을 스스로 부정하기란 여태까지 해온 방식에 대한 부정에 가깝겠지.

서글픔마저 느끼면서 제국의 성실한 간병인으로서 제투아는 꿈을 뿌린다. 사실을 말하는 방법조차도 해석에 따라서 사람들이 장밋빛 미래를 멋대로 꿈꾸도록 한다. 그리고 사람들은 언젠가 외치겠지.

'제투아에게 속았다!' 라고.

진심으로 피해자 행세를 할 게 틀림없다. 그들은 속고 싶다고 바라기에 속은 것이지만.

"자, 세계도 거기에 수긍해 주면 좋겠는데."

제투아는 진심으로 그렇게 생각한다.

아니, 바란다.

'세계가 세계의 적에게 일치단결해서 돌을 던져 주지 않을까?' 라고.

죄 없는 자만이 돌을 던지라. 그렇다면 모두가 돌을 던질 수 있도록 '그것' 이 죄 있는 자라고 돌을 들고 쫓아다니면 된다.

그러기 위해서 자신이 기적을 연출했다고 보여야만 했다. 후방의 제투아가 할 수 있는 일이라곤 한정되어 있다고 거짓을 말하고, 진실로 그렇다고 알면서도 말이다.

부하는 지원하러 뛰어다니고, 레르겐 같은 실무 담당자는 피를 토할 기세로 뛰어다닐 것을 알면서, 제투아만큼은 느긋하게 주역을 연기하는 광대극.

실제로는 현장에 맡기고 있다. 노인으로서는 제발 이겨달라고 빌 수밖에 없다.

따라서 전쟁 지도의 중추에 있으면서 당사자성이 미묘하게 부족하고 어째 실감이 들지 않는 상황에서 몸 둘 곳을 잃은 느낌이지만, 제투아는 작전 지도의 묘리를 발휘한다는 듯 곳곳에 얼굴을 팔고 있었다.

대규모 반격을 위해 연료 사정을 의논하고 싶다며 관계 부서를 돈다. 반격에 필요한 기상 데이터가 필요하다면서 여기저기에 전화를 돌리게 한다.

요컨대 일하는 척하는 일.

완전히 무익한 의무였다.

그런 일이 일단락 나고 사람들의 눈을 신경 쓰지 않아도 되는 참모본부의 자기 방에 돌아오자, 노인은 담배로 도망쳤다.

연기를 뿜뿜 피어 올리며……라고 문학적으로 쓸 것도 없다.

어차피 담배 연기다.

천천히, 천천히.

담배 연기를 내뿜을 때마다, 장난처럼 연기를 뿜어내면 치기가 연기의 변화로 나타난다.

"그래, 많이 줄었군."

루델돌프 바보가 남긴 시가가 절반 정도로 줄어들었다.

뭐, 녀석이 녀석답지도 않게 찔끔찔끔 피웠던 것과 달리, 제투아는 거리낌 없이 끽연하고 있으니까 소비하는 속도는 차원이 다르지만.

"저승에서 그 녀석이 기막혀할까, 소리를 지를까. 그건 그쪽에

가서 들을 수밖에 없나. 신이 아닌 몸으로서는 재회할 수 있을지 어떨지도 모르지만."

어찌 되었든 끝까지 달릴 수밖에 없다.

여기서 주저할 수는 없다.

그렇기에 결의한 노인은 문을 두드리는 소리가 난 순간 힘없는 맨얼굴 위에 두꺼운 가면을 쓰고, 당당한 목소리로 입실을 허가했다.

"들어오게."

"실례하겠습니다, 제투아 각하. 우거 대령입니다. 이것은 감청된 통신인데…… 무척 흥미로웠기에 각하께서도 즐겨 보셨으면 합니다."

제투아는 살짝 눈썹을 찌푸렸다.

"대령. 애매모호해선 안 되지. 어떻게 흥미로운 거지?"

"예, 그게, 웃을 수 있는 거라서. 괜찮으시면 들어보시죠."

우거 대령을 신나게 혹사하는 제투아지만, 우거 대령이 이렇게 접대하는 것처럼 '배려'하는 인물이라고는 생각되지 않는다.

"어쩐 일인가. 귀관이 그런 참견을……."

우거 대령은 고개를 숙이더니, 감청된 듯한 통신문을 손에 들고 "한 번 보시죠."라고 어쩐 일로 매달렸다.

"바르크 대교에서의 통신입니다."

"뭐?"

데그레챠프가 강하한 다리에서 웃기는 전문? 어느 틈에 제투아는 우거 대령의 손에서 종이를 낚아채서 거기 있는 내용을 훑고 있었다.

거기에 따르면 '우리는 제국군 항공마도사. 우리에게 맞설 적은 없다'.

그저 그것만이 연호되었다.

이 무슨 바보처럼 위세 좋은 말일까.

이 무슨 기막힌 허세인가.

이 무슨 훌륭한 양동인가.

맨정신이 들면 절망만이 기다릴 뿐인데, 일부러 취해서 무대 위에서 한바탕 춤추겠다는 마음가짐.

"유쾌하지 않습니까. 정말로 통쾌한 외침입니다."

우거 대령의 솔직한 감상에 제투아는 배꼽을 잡고 웃고 싶었다.

복근이 당길 정도로 웃음이 멎지 않았다.

"가, 각하?"

"하, 하하하하! 하하하하핫! 후, 훌륭하군! 훌륭해! 우거 대령! 고맙군! 이렇게나, 아니, 이처럼, 대단한 것을, 모른 채 끝내기는 너무 아깝지!"

우거 대령의 어깨를 탁탁 두드리며 제투아는 유쾌하게 웃었다.

젊은이에게 놀라는 것은 항상 유쾌한 일이다.

그리고 그것이 미래를 약속한다면.

미래 있는 젊은이의 광채로 그림자가 생겨날 수 있도록 웃을 수밖에 없다. 아예 춤이라도 추고 싶을 정도로 즐거우니까.

그것이 자신의 정서가 흔들리는 증거에 불과하다고 뇌는 냉소를 짓더라도, 사태가 이 정도로 진전되었다면 그 안무대로 제투아가 춤추지 않는 게 바보짓이다.

그렇다면 춤추자.

그렇게 결심한 제투아는 홍보 담당을 불러서 유쾌하게 말했다.

"미안하지만, 이걸 제국에 널리 퍼뜨려 주게나. 이건 좋아. 참으로 좋아."

》》》 통일력 1928년 1월 20일 세계 《《《

목적은 사단 규모 부대에 의한 적 보급망 차단.

계획으로는 3개 사단 규모의 항공마도사단을 동원. 그것을 적 전선 후방의 요충지 세 곳에 각각 1개 사단씩을 공수로 투사.

전선 후방에 투사된 전력은 적의 중요한 보급망을 절단하고 파괴하고 조인다.

후방 지역에 사단 규모의 공수.

보통은 교범 같다고 평할 수 있는 평범한 수. 결국 실제로 가능하다면 매우 효과적이란 소리다. 유효하니까 교범에 실렸을 테고.

물론 교범대로 싸울 여유는 제국에서 사라진 지 오래다.

바닥을 친 호주머니 사정으로는 공수사단을 세 개나 동부에 투입하고 투사할 수송 능력을 갖췄을 리가 없다.

아니, 그 이상으로 나쁘다. 공수부대와 수송기는 피를 토하고 쥐어짜 형태만이라도 갖추었다고 치자. 그렇게까지 해도 작전에 필요한 제공권은 고사하고 최소한의 항공우세조차 기대하기 힘든 게 실정이다.

하지만 연락선 파괴는 꼭 필요했다.

그리고 제국은 필요하다는 점을 중시한다.

고작 그 이유로 제투아 대장은 '사단' 규모의 항공마도부대에 강하부대의 역할을 아무렇지 않게 떠맡겼다.

항공마도부대는 본디 비행대와 같은 편성이다.

마도대대는 1개 대대로 고작 36명. 그렇다. 1개 비행대대가 36기인 것처럼, 마도사도 1개 대대가 36명이다.

3개 대대로 1개 연대.

3개 연대로 1개 사단.

자, 문제. 1개 사단의 인원수는? 정답은 324명!

그만큼 희소한 병과는 3개 사단분을 긁어모아도 천 명이 안 된다. 일반적인 보병이라면 고작 증강대대 규모의 숫자다.

즉, 마음만 먹으면 3개 사단에 해당하는 전력을, 1개 증강공수대대를 투사하는 것과 같은 수송 코스트로 적지 후방에 내던질 수 있다.

가난에 찌들어 사는 제국에서, 이것은 엄청난 매력이겠지.

이거라면 적의 의표를 찌를지도 모른다. 그렇게 기대하지만, 애석하게도 연방군은 참으로 정성을 들였다.

'궁지에 몰린 제국이 택할 수 있는 선택지'는 애초부터 검토했다. 철퇴 작전을 당해 본 경험에서 연방군은 여명에 대한 제국의 반격으로 대규모 공수를 당연시했다.

연방군의 평범한 노장군은 '마도사를 공수한다면 최악의 경우 대규모 수송기는 필요 없고, 병참 공격 중에 격추되어도 자력으로 날 수 있지 않은가' 라는 가능성을 검토시킬 정도다.

쿠투즈 장군은 '대대 규모라면 무리해서 대형 수송기 한 대 정도에 채울 수 있습니다' 라고 보고받았을 때, '모든 대형 수송기를 100퍼센트의 확률로 격추할 수는 없겠지'라고 받아들이고, '그렇다면 공수는 있다고 상정하자'라고 결심했다.

안전계수를 중시하고 연대 규모의 공수마도부대가 습격할 가능성조차 그들은 상정했다.

당이나 일부 군인이 보기에도 '너무 비관적, 소극적인 게 아닌가?'라고 전력 분산이 얼마나 어리석은 짓인지를 성토했음에도, 연방군의 쿠투즈 대장은 '적이 우리의 병참을 노릴 가능성은 부정할 수 없습니다.'라며 프로답게 끈덕지게 버텨서 상부를 설득했다.

다만 그들도 마도사가 천 명 단위로 하늘에서 내려올 것은……그건 상정하지 못했다.

그것은 계산이 틀어지기 시작한 순간이었다.

항공마도대대 단독으로 1개 기계화 연대 내지 여단을 가볍게 유린할 수 있다는 게 동부에서의 지당한 계산이라고 하자. 그렇다면 9개 대대로 이루어진 항공마도사단은 사실상 9개 기계화 연대 내지 여단을 날려버릴 수 있다고 간주한다.

27개 항공마도대대를 단순히 계산하면 27개 기계화 연대 내지 여단으로 칠 수 있다.

사실상 13개 기계화사단을 상대할 수 있는 괴물들.

그것을 '무너지는 전선의 회복'이 아니라 '연방군 후방에 대한 무차별 집중 투입'으로, 보병이라면 고작 1개 증강대대 규모 상당이 필요한 수송 리스크만으로 투사.

제투아 대장이 사기꾼으로 불리는 이유다.

후세는 말하겠지.

연방은 세계 최초로 제파전술에 따른 종심돌파를 시도했고, 제국은 세계 최초의 공지전 전술을 실천했다고.

저울은 살짝 제국 쪽으로 기울었다.

대담하고 기동적인 '공수' 작전.

항공공격을 스스로 행하며 공수병으로서도 전투할 수 있는 항공마도사이기에 가능한 기민하고 적극적인 '반격'이었다.

따라서 연방군의 여명은 저물고, 제국군의 먼동은 가까워진 것이다.

그렇게 세계는 제투아 대장을 두려워한다.

》》》 같은 날 바르크 대교 《《《
제국군 항공마도사단 현지 임시 사령부 외곽

하지만.

모두가 휘황찬란한 결과에 홀려서 놓치고 있지만, 정원을 갖춘 '3개 사단 규모의 항공마도사'라는 것은 제국이 짜낼 수 있는 한도를 넘었다.

그렇게 영광과 한계의 모순에 직면하게 된 전선은 고생하는 꼴이 된다.

여명 개시로부터 2주 조금 못 되었을 무렵.

제국의 반격작전으로부터 고작 하루.

공수 강하한 마도부대는 벌써 심각하게 희롱당하고 있었다.

"이건, 심하군."

바르크 대교의 옆에서 타냐는 혼자서 작게 투덜거렸다. 용감한 이야기의 현장에는 영웅담이 필요할 만한 이유가 있다는 사실은 잊히기 쉽다.

즉, 모두가 영웅적으로 급여 등급을 훨씬 초과하여 활약할 필요가 있을 정도로 속인성이 강한 비정형 업무의 산이며, 노동력 덤핑이 심각한 악덕 현장이 실현된다는 소리다.

"역시 병력이 부족해."

1개 사단 규모니 어쩌니 하지만, 결국은 마도사단이다.

보병사단과는 머릿수의 단위가 최소 한 자리는 다르다. 평균적으론 두 자리다.

파괴뿐이라면 마도사라도 같은 규모의 결과를 가져올 수 있겠지. 하지만 핵병기를 점령이나 거점방어에 쓸 수 없는 것과 같다.

결국 정점을 확보할 거라면 보병이다. 보병으로 머릿수를 채울 수밖에 없다. 참고로 머릿수가 갖추어졌다고 즉석 보병으로 써먹을 수 있느냐 하면, 이것도 의외로 어렵다. 왜냐하면 타냐는 주변에서 열심히 진지 구축에 착수하는 마도사들의 추태에 눈을 감고 싶은 기분이었기 때문이다.

보병의 일은 보병이 제일 잘할 수 있다.

당연하다.

마도사는 마도사가 하는 일의 프로고, 보병이 하는 '알도' 할 수 있는 것에 불과하다. 보병처럼 진지를 구축하고 공들인 방어 태세를 구축하는 등, 해본 적도 없는 일이 많아지면 아무래도 조잡함이 눈에 띈다.

아아, 이 경우는 토스판 중위 정도면 된다.

제대로 된 보병 지휘관과 숙련된 공병부대가 필요하다.

수중에 그런 경험자가 있으면 눈앞의 두더지굴 흉내가 얼마나 멀쩡한 참호 구축으로 바뀌었을까!

경험자 우대는 근거 없는 선택이 아니다.

마도사라도 라인에서 참호전을 경험했으면 다소는 낫다.

슬프지만 신입은 대개 장래성을 보고 채용하는 경우가 많다.

즉, 언젠가는 구덩이를 잘 팔 수 있을지도 모른다. 하지만 지금 제대로 구멍을 팔 수 있을지는 기대할 수 없다. 마도사로서 전력이 되었다고 칭찬받는 신참들이니까, '마도사'로서는 '신참'이고, 보병으로서는 그 이하라고 볼 수밖에 없다.

현실의 괴로움에 타냐는 자연스럽게 토로하고 싶어졌다.

"참호 파는 법부터 가르쳐야 하나."

이따금 생각한다.

'누구든 자기 목숨을 지키기 위한 구덩이라면 열심히 파지 않을까?'라고.

타냐도 '진심으로 하지 않을 이유가 있나?'라고 말하고 싶어진다. 하지만…… '구덩이 파는 법'도 '그 필요성'도, 교육받지 않으면 모른다.

따라서 대부분의 신참들은 내키지 않는 얼굴로 '왜 구덩이 같은 걸 파지?'라는 느낌으로 손이 굼뜨다.

멋진 마도사 제복을 입고 멋지게 하늘을 날 작정이던 신병을 갑자기 참호전의 현실에 동참시킬 수 있을 것으로 기대할 만큼 타냐는 몽상가가 아니다.

저래서는 포격을 맞고 패닉에 빠진다.

"으으, 골치가 아프군."

푸념을 삼키며 타냐는 열심히 지휘관답게 가슴을 폈다.

장교는 모름지기 똑바로 서라.

부하 앞에서 약한 모습을 보여선 안 된다.

기껏해야 가면이라도 용사의 가면을 쓰지 않으면 지휘관 따위……이라고 타냐가 마음속으로 쓴웃음을 지었을 때였다.

성실한 바이스 소령이 실로 뚱한 얼굴로 이쪽으로 다가왔다.

실로 안 좋은 표정이었다. '어이, 떫은 얼굴 하지 마라.' 라는 소리를 들을 것 같다. 사진과 함께 교범에도 싣고 싶을 정도로 주위의 사기를 깎아내고 있다.

"바이스 소령! 실연이라도 했나? 참 심각한 얼굴이군!"

주위가 킬킬 웃을 정도로 일부러 하찮은 소리를 던졌다.

여기가 세계대전을 할 만큼 미쳐 돌아가는 시대가 아니라면, 이렇게 사적인 영역을 건드리는 성희롱 같은 말을 사람들 보는 앞에서 하지 않겠지만.

"아, 아뇨, 그게."

"뭔가, 소령. 진지한 건 좋다만, 좀 딱딱한데?"

가벼운 어조로 타냐는 일부러 '웃을 것' 을 강조하며 바이스 소령에게 전했다.

역시나 장교. 주위에서 지켜보고 있다는 것을 떠올렸겠지.

바이스는 놀라서 등을 펴고, 억지 미소이긴 해도 주위의 주목을 모으지 않을 정도로 표준적인 장교의 가면을 다시 썼다.

"그래서? 부장. 무슨 일 있나?"

"예, 중령님, 실은……."

거기서 타냐는 손을 흔들었다.

"아니, 잠깐. 진지 구축의 시찰도 있다. 걸으면서 이야기할까."

뚜벅뚜벅 활보하는 상관의 뒤를 쫓으면서 바이스는 속에서 끓어오르는 존경심을 새롭게 다졌다.

상관이 웃으라고 지적하게 되면 싫어도 안다.

나는 진짜 심각한 얼굴을 하고 있었겠지.

하지만 바이스의 평범한 부분이 외쳤다. 이 상황에서 웃으라고 하는 건 너무하다고.

필요하다는 사실은 이해한다.

안 그래도 급히 긁어모은 사단. 속내도 모르는 장병의 불안을 부추기는 표정을 피하고 싶은 것은 당연하겠지.

그래도······.

"소령. 목소리를 너무 키우지 마라. 병사들이 보고 있다."

앞에서 걷는 데그레챠프 중령님은 대수롭지 않은 거동으로 진지를 바라보며 바이스에게 말했다.

"진지 구축은 차마 봐주기 어렵지. 연방인의 마도사 육성은 진짜 심각하지만, 우리 신참들도 보병으로는 비슷한 수준. 귀관의 얼굴이 썩은 것은 그것 때문인가?"

바이스는 평정을 가장하면서도 정곡을 찔린 불안을 수긍했다.

"예. 연방군 수비대가 다리를 방어하기 위해 팠던 참호는 있습니다. 제법 괜찮으니까 활용할 수 있을 것 같습니다만······."

새로 탈취한 진지.

바르크 대교에는 사전 정보와 달리 연방군이 공들여 구축한 진지가 있었다.

방어진지가 있는 것은 좋다. 그것은 활용하고 싶은 자원이다. 하지만 바이스가 말하고자 하는 바를 상관은 정확히 이해하고 있었다.

"마도사만으로 방어하기에는 너무 훌륭하지. 이 참호로는 너무 넓으니까."

동감한다는 듯이 바이스도 끄덕였다.

"말씀하신 그대로입니다. 이건 너무 넓습니다. 참호전 경험이 없으면 도저히 활용할 수 없을 텐데…… 태반의 마도사는 그 경험이 없습니다."

이래서는, 이대로는, 그러며 공포에 떠는 바이스에게 상관인 데그레챠프 중령은 조금 놀란 듯한 목소리로 대답했다.

"귀관이 걱정할 문제인가?"

"예? 아뇨. 의견을 드리는 것보다는, 저기…… 불안이."

"불안? 불안인가. 흠."

팔짱을 끼고 유쾌하게 큭큭 웃는 중령님은 어디까지가 연기고, 어디까지가 본심일까. 짧지 않게 알고 지냈다고 자부하는 바이스로서도 알 수 없었다.

"어이, 바이스. 이건 말이지, 건곤일척의 전쟁이야."

"잘 안다고는 생각했습니다만."

"제국은 말 그대로 건곤일척의 전쟁 중이지. 전모를 아는 사람은 제투아 각하밖에 안 계실 테지만. 우리는 여기서 고생한다. 가능하다면 소리치고 싶을 정도야. '왜 우리가?' 라고."

데그레챠프 중령은 감정이 보이지 않는 모호한 음색으로 평정을 가장한 채로 말을 이었다.

"하지만 타이야녠 준위처럼 본래는 은퇴하고, 국가에서 보상을 받아야 할 인원을 투입하고. 그 제자들을 전력으로 쓰는 건 거의 사기겠지. 그래도 그걸 필요로 하는 것이 제국의 현황이고, 이미 필요 이외의 모든 것이 도외시되고 있다."

"이해한다고는, 생각했습니다만."

"그런가."

그런 말에 바이스는 다소 당혹스러웠다.

바이스 자신도 머리로는 잘 알고 있다. 사람이 부족하니까, 어딘가에 있는 인원을 억지로 끌어올 수밖에 없다고.

"아무튼 구덩이를 파게 하자. 정비하고 쓸 수 있게 하지 않으면, 오래 머무는 정도가 아니라 여기서 영원히 잠들걸?"

"필요에 따라 구덩이를 파라는 거군요?"

동시에 생각하지 않을 수 없다. 그렇게까지 할 수밖에 없는 거냐고. 없는 인재를 총동원해서 진지 구축이라니, 이걸 말기가 아니면 뭐라고 할까.

"중령님. 결코 겁먹은 건 아닙니다만…… 이걸로 되겠습니까?"

놀란 듯이.

정말 한순간 눈동자가 아연한 기색으로 바이스를 보았다.

마치 깊은 곳까지는 들여다보이지 않는 바다 같은 눈동자였다.

데그레챠프 중령의 눈이 바이스를 바라보다가 눈길을 돌렸다.

"귀관의 질문이 그거라면, 귀관은 나보다 훨씬 군인 적성이 있다. 아마도 승산을 묻는 거겠지?"

"아뇨, 저기, 그게."

"그 점으로 보자면, 걱정할 건 하나도 없다, 소령."

행인지 불행인지, 라고 말하는 어조로 상관은 곱씹듯이 말을 이었다.

"병참이 끊긴 군대의 충격은 크다. 알겠지?"

바이스가 고개를 끄덕였을 때 상관은 말을 이었다.

"그렇다면 연방군의 제1집단은 보급에 곤란을 겪겠지. 제2집단도 우리의 차단을 무시할 수 없다. 바닥까지 싹싹 긁어내서 모은 우리를 말이야. 상대도 와야 할 것이 오지 않는다는 공포를 맛보고 있다."

"그렇다면 성공했다는 겁니까?"

"그래."

바이스의 목소리에 긍정이 돌아왔다. 보급선 차단이라는 방법으로 연방군의 창을 확실히 막을 수 있다고.

"제투아 각하의 도박은, 우리가 병참선을 끊을 수 있을지 없을지에 달렸다. 끊어낸 뒤라면 여유롭지. 우리는 이미 적의 해일을 막아냈다. 이제부턴 열심히 여기서 이를 악물고 적을 계속 졸라대는 것뿐이다."

거기까지 말했을 때 데그레챠프 중령은 뭔가를 깨달은 것처럼 고개를 들었다. 다음 순간에는 바이스의 귀도 다가오는 발소리를 알아차렸다.

"세레브랴코프 중위, 장교가 뛰어 다니면……."

"중령님! 항공함대에서 속보입니다! 항공함대가, 항공함대가, 적 제2집단의 반전을 확인했다고 합니다!"

지휘관에게 정보가 전달되는 자리에 있던 바이스는 깨달았다. 그것이야말로 전략 관점에서 무한한 낭보이며, 현장의 시점에서는 비보이기도 하다고.

제국군 동부 방면군의 방어선을 유린하려던 연방군은 완전히 멈추고 창끝을 이쪽으로 돌렸다.

당분간 그들이 동부의 제국군 주력을 격멸할 기회는 없겠지.

군은 살아났다.

기막힌 낭보라고 할 수밖에 없다. 적은 지금 창을 거두었다.

그러니까 현장에서 바이스의 등골에 식은땀이 흐르기 시작했지만.

왜냐하면, 거둔 창이 새로이 향하는 곳은…… 자신들이다. 놈들은 필사적으로 우리를 잡아먹으려 들겠지. 모든 적군이 마구잡이로 덤벼드는 것보다 더 끔찍한 소식은 드물다.

"하하하, 만사가 잘 풀리고 있다. 제군. 연방군의 제2집단은 우리에게 볼일이 있는 모양이다. 오래 기다리게 한 것 같아 미안하지만, 있는 걸로 환영회를 열어 줘야겠지."

작전 성공을 확신하는 데그레챠프 중령의 용맹함과 일종의 장대한 각오에서 나온 미소가 바이스에게는 너무나도 눈부셨다.

군의 주력을 분쇄하려던 놈들을 지금부터 3개 마도사단으로 받아내야 하는데. 지옥도가 펼쳐지려고 하는데.

어째서 이분은 이렇게 밝게 웃을 수 있는 걸까.

"어라, 바이스 소령. 어쩐 일인가. 흥분해서 몸을 떠는 건가?"

"적의 규모에 정신이 조금 아찔했습니다."

"그런가. 그거면 됐다."

그렇게 끄덕이며 중령님은 부관에게 "보게나, 비샤. 저게 유인된 적의 규모에 감동한 용사다."라고 가볍게 말했다.

적 제1집단의 발이 묶이고 제2집단이 갈 곳을 잃었을 때, 그들은 후방과의 연결을 원하며 움직일 수밖에 없다. 그런 것은 알고 있다. 알던 위협이 올 뿐이다. 무섭긴 하지만…… 이해할 수 있다.

바이스는 그렇게 자각했다.

장병도 마찬가지로 몸을 떨 테니까, 자신도 하다못해 그렇게 행동하며 공포와 맞서 싸워야만 하겠지.

"소령님도 계시니 솔직히 말씀드리겠습니다. 저기, 진지 방어니까, 방침은 사전에 계획한 대로 거점에 틀어박히는 거면 되겠습니까?"

세레브랴코프 중위의 질문에, 바이스의 눈에는 데그레챠프 중령이 한순간 고개를 끄덕이려던 것처럼 보였다.

하지만 뭔가 생각한 바가 있었던 거겠지.

살짝 고개를 갸웃거리고 '글쎄?'라고 하듯이 뭔가를 생각하다가 손뼉을 쳤다.

"그렇게 생각하는데…… 메인홀에서 의자에 앉아 손님을 기다리는 것은 아주 무례한 짓 아닐까. 내일이면 집에 갈지도 모른다지만, 하다못해 오늘은 문 앞에서 환영한다고 말 한마디는 해줘야겠지?"

그 치기 넘치는 말에 세레브랴코프 중위가 알겠다는 듯이 끄덕였다.

"그렇다면 기선을 제압하는 거군요!"

'그럴 줄 알았습니다!' 같은 주위의 미소에 바이스는 무심코 쓴웃음을 지었다. 까마귀 곁에 있으면 검어진다는 말이 바로 이런 것일까.

사고방식이 꽤 비슷한 거겠지.

"바이스. 미안하지만 전력출격은 안 되겠다. 귀관은 대기다."

부탁한다고 말하고서 중령은 서둘러 떠나갔다. 세레브랴코프 중위를 보자면 어느 틈에 초콜릿을 씹으면서 그 뒤를 따르는 판.

저건 어디서 난 초콜릿이지?

그런 엉뚱한 생각을 하면서 바이스 자신도 바르크 대교 사령부로 뛰어갔다.

휘하에는 대대 규모의 마도사.

적당하다고 하자면 적당한 규모다.

다만 203을 중핵으로 하면서도 다소 외부에서 인력을 받아들인 혼성 편성.

부대 운용에는 다소 주의가 필요하겠지. 관리직의 일이라고 하면 그걸로 끝이지만…… 타냐로서는 다소 마음이 무거워졌다. 할일이 늘어나는 것은 유쾌하지 않다.

결국 언제든 관리직은 숫자를 맞추기 위해 발버둥 친다.

그렇긴 해도 그것이 관리직의 일이다. 관리하는 것이 일이니까. 혼자서 문제를 해결해야 하는 무시무시함을 한탄하면서 하늘에 오른 타냐는 그렇기에 뜻하지 않은 깜짝 선물에 완전히 허를 찔렸다.

"공역에 전개하는 모든 작전 부대에. 여기는 CP. 여기는 CP. 항공관제를 제공한다. 식별 코드를 확인하라."

어라? 싶어서 타냐는 순간 굳었다.

항공관제?

하지만 어디서?

보주의 라이브러리 기능에 따르면 분명히 아군이다.

하지만 그런 것을 이런 적지 상공에서 제공할 수 있다니…….

반신반의로 타냐는 호출하는 무전의 인증 코드를 확인하고, 그 내용에 또 눈썹을 찌푸렸다.

"CP? 인증 코드를 수령했는데, 이것은 올바른 것인가?"

왜냐하면…… 이건 라인 컨트롤의 코드니까.

기억하기로 서방에서 아주 오래전에 사용되었던 것. 지금도 유효하긴 하겠지. 하지만 기재도 뭐도 없이 어디서?

"라인 컨트롤이 모든 항공마도부대에. 그리운 얼굴도, 신참도, 안녕하세요! 연방군 제2방면군 사령부의 호의로 라인 컨트롤이 동창회 개최를 알려드립니다."

'아하.' 하고, 타냐는 이해했다.

"라인 컨트롤. 여기는 샐러맨더 01. 그립군, 샴페인과 쿠키는 어디 있나?"

"CP가 페어리의 탈을 쓴 악마에게. 안녕하세요! 안녕하세요! 오늘도 날씨가 참 좋군요! 내일, 내일, 또 내일도, 더딘 걸음으로 하루하루 기어가고, 운명의 날, 마지막 길에 도달할지라도, 오늘, 이때를 기뻐하지 않겠습니까!"

익숙한 대화. 의미 없는 말의 암호에 맞춘 말장난.

익숙한 솜씨다.

아마도 고참. 아마도 라인 전선 당초부터 있었던 사람.

이게 제국어에 능통한 연방군의 위장이라면, 내일부터 모든 제국군 통신요원이 적으로 여겨질 만큼 신용할 수 있는 아군이겠지.

"하늘과 땅 사이에 상상도 못할 일이 있다면, 오늘 이 순간이로군요! 아무리 밤이 길어도 새벽은 반드시 온다고 믿습니다."

타냐는 귀에 속삭이는 더러운 말에 표정을 일그러뜨렸다. 평소에는 전혀 감정이란 것이 느껴지지 않는 관제관들. 프로 의식의 덩어리들이 이렇게 장난치다니.

내일이 없어서 될 대로 되라는 심정에서 나온 밝음.

내일을 버린, 직업인 특유의 유쾌함.

자신과 다른 인종이지만, 그런 것을 전장에서 계속 지켜보면 존재는 지각할 수 있다.

"각오에 경의를. 직업의식에 갈채를. 우리는 우리로다. 자, 우리는 제국군 마도사. 우리에게 도전할 용사는 있나?"

타냐의 본심으로서는 '사람은 울면서 태어난다. 바보들이 득실거리는 무대에 나온 것이 슬퍼서' 라고 해야 할까? 저 유명한 셰익스피어 씨를 따라서 말해보자면, 슬슬 무대 위에서 배우 짓을 계속하는 건 너무하다고 소리치고 싶긴 한데.

그리고 하늘 위 동창회는 진심으로 떠들썩했다.

"라인 컨트롤 녀석. 여기는 파이오니아 02. 잘도 이런 데로 기어 나왔군. 죽다 만 녀석이."

"파이오니아 02, 여기는 라인 컨트롤. 뭐, 빨리 죽냐 늦게 죽냐의 차이라면 즐겨야겠지?"

킬킬 웃는 부대 간 통신.

다른 곳의 관제도 하는 거겠지. 놀랍게도, 3개 사단의 관제를 CP가 담당한다. 그리고 라인 컨트롤은 실로 수다쟁이다.

타냐는 의식을 다른 쪽으로 바꾸었다.

"대대 제군! 고맙게도 관제 지원이 있다! 라인 때처럼 해라!"

관리자로서 이것저것 다 하는 것보다, 관제에 어느 정도 떠넘길 수 있기만 해도 고생의 차원이 달라진다.

실제로 관제가 유도해주기만 해도 일이 참으로 편해진다.

덕분이라고 할까, 적을 기다리는 동안 옆으로 다가온 부관은 조금 곤혹스러운 기색이다.

"이렇게 편한 건…… 오랜만이로군요."

"그렇겠지. 관제가 장거리를 경계해 주기만 해도 전혀 다르다."

관제관에게 모든 것을 맡겨선 안 되지만, 신용할 수 있는 눈이 하나 늘어난다면 의식을 더 가까운 영역에 집중할 수도 있다.

그렇긴 해도 말이지.

"중령님, 현장의 우리에게는 고마운 일입니다만. 관제관을 붙이다니. 저기…… 괜찮은 겁니까?"

너무 무리가 아닙니까? 라는 부관의 말은 지당하다.

타냐도 편도 여정을 후방직── 그것도 교체하기 어려운 기능직에게 강제하는 것은 마음 편하지 않다. 하지만 동시에 '있는 것은 어쩔 수 없으니 활용하는 게 좋지 않나?' 라고도 생각한다.

"현장의 독단이겠지. 항공관제요원, 그것도 라인 전선을 경험한 베테랑의 지원이 있는 것은 솔직히 고맙지만."

연방군 제2방면군 사령부가 있던 곳으로 보낸 부대의 수송기에 관제관이 어떻게든 동행한 거겠지. 아마 관제관이 데려가 달라고 하지 않는 한 누군가가 내리게 했을 것이다.

즉, 마도사의 대규모 배치전환을 눈치챈 관제관이 자기를 데려가 달라고 누군가와 담판을 짓고, 억지로 실행한 것이겠지.

'사실상의 편도행에 함께 오다니. 이해할 수 없다.'

그 말을 가까스로 삼키며 타냐는 먼동이 트기 시작하는 상공이기에 알 수 있는 지형을 확인하는 것으로 숨을 삼켰다. 초크포인트를 확실히 조르고 있다.

그런고로 확신할 수 있다.

여기에는 적이 쇄도한다.

관제관도 아무리 진지에 틀어박혀 있어도, 두들겨 맞는 진지에 틀어박히는 것에 불과한데…….

"대단한 용사다. 이놈이고, 저놈이고."

타냐는 거기서 의식을 전환했다.

제국으로서는 분명 수지맞는 투자겠지.

공수를 위해 수송기를 다 소비했다.

'고작 700명 정도'라면 노획으로 보급이 되니까.

편도라면 마도사단을 적지 후방에 보낼 수도 있었으니까, 노획 물자만으로 병참을 유지하는 것도 당연히 상정했다.

그렇다면 그 소수의 마도사들로 이루어진 차단부대의 최적화를 위해서, 소수의 전문가를 편도로 붙여 보내는 것도 '합리적'이겠지.

동승한 관제관이 자발적이라면 좋은 일이다. 누구든 처분당하지 않으며 미담이 된다.

전쟁이란 어쩜 이토록 멋지게 미쳐 돌아가는 걸까.

"전역 경보, 전역 경보. 라인 컨트롤에서 전역의 전 마도부대에 통달. 다수의 적 마도부대가 출격 중. 다수의 적 마도부대가 세 방향에서 급속 접근 중."

귀에 들어온 관제의 목소리에 타냐는 웃었다.

적도, 아군도, 성실하게 일하고 있다. 자신도 그렇지만, 전쟁에서도 인간은 성실하게 일하는 것이다. 제식훈련이란 그런 것이다.

그렇긴 해도, 그렇긴 해도.

톱니바퀴라는 것에 위화감을 품는 것은 좋다. 하지만 불량 톱니바퀴로 제거되지 않고, 스스로를 잃지 않고 혼자 서서 걷기 위해서라도, 일단은 타냐 자신이 살아남아야만 한다.

"적 마도사, 평균 고도 7500."

어중간한 고도라는 게 타냐의 소감이다. 뭐, 적도 만점짜리 숙련도에 완벽한 고도일 수는 없겠지만.

"머리 위에서 연속 공격일까."

고도차를 유리하게 이용하는 요격 방안.

익숙한 작업인 것도 있어서 필요한 준비를 머릿속으로 생각하며 부대를 움직이려던 순간, 타냐는 관제의 목소리를 깨달았다.

"샐러맨더 01, 여기는 라인 컨트롤. 적 마도사의 반응이 어딘가 기묘하다. 그쪽에서 확인할 수 있나?"

"라인 컨트롤. 이쪽에서는 확인할 수 없다. 위화감이란?"

"이쪽의 관측기기는 연합왕국제라서 기재의 특성을 제대로 파악하지 못한 것뿐일지도 모르지만…… 고도 7500의 마도 반응에 섞여서 미약한 반응이 때때로 나온다."

"노이즈인가? 아니면 적의 기만인가?"

"모르겠다. 반응의 성질로 볼 때 마도 반응이 지상에 있는 듯한 형태로 보였다. 이쪽 설비로는 수평선 아래가 보이지 않는다. 미안하지만 확인할 수 있나?"

물론이라고 타냐는 답했다.

"장거리 관측인가? 상관없다."

프로의 위화감이란 것에는 당연히 주의를 기울여야 한다. 만일을 위해서 타냐는 부하에게 명령을 내렸다.

"두 명 올라가라! 라인 컨트롤, 관측요원을 올린다. 관측 데이터를 전송하겠다."

알겠다며 올라간 그란츠 중위가 거기서 놀란 목소리를 외쳤다.

"어어? 중령님! 마도 반응, 지상에서 감지! 마도 반응입니다!"

"뭐? 탱크데상트인가?"

"아뇨, 속도가 고도 7500 녀석들과 거의 같습니다. 이건, 포복비행인가?"

타냐는 하방 탐지 기능도 없는데 적 마도사를 알아차린 관제의 솜씨에 감탄의 말을 흘렸다.

몰랐으면 미지의 위협에 급하게 대응하게 될 뻔했다.

"라인 컨트롤. 여기는 샐러맨더 01. 귀관의 위화감이 적중했다. 우리 관측요원이 잡은 반응을 그쪽 기재에서 처리할 수 있는가?"

"샐러맨더 01, 확인했다. 이건…… 아하, 위에는 대량의 초보를 띄우고, 숙련자는 아래에서 포복비행인가?"

말이 척척 통하는 관제를 상대로 타냐는 그렇겠거니 하고 *끄덕*였다.

"위의 미끼를 우리가 물고 늘어진 사이에 진짜가 거점 공격인가? 나쁘지 않은 수법이지만…… 가엾게도 속임수가 들통난 마술 따윈 한심한 법이지."

"전역에 경보를 내리겠다. 샐러맨더 01, 협력에 감사한다."

아마 성급한 아군 전체에 경보를 발령하기 위해서겠지. 관제와의 통신이 급히 끊겼을 때, 타냐는 프로에게 도움을 받았다고 쓴웃음을 지었다.

아무것도 몰랐으면 고도 7500의 적에게 의식을 집중한 나머지 고도가 낮은 집단을 놓치는 일도 있을 수 있었다.

물론 그 가능성은 연방 마도사에게 이제 남지 않았겠지만.

역시 프로는 좋다. 프로에게 맡길 수 있는 영역은 해당 전문가에게 맡기는 게 최고다. 전문가에게는 경의를 표해야 한다.

"자, 저들은 자기 할 일을 했다. 다음은 우리 차례군."

요격에 나갈 부대에 내릴 지시를 변경하고, 타냐는 2단 구조라고 부하에게 말했다.

"따라서 적 양동부대를 돌파한 후에 포복비행 중인 적 마도사 본대에 집중사격한다. 1개 중대로 후방을 굳히는 것 말고는 고도 차 7000의 일방적인 사격이다. 확실히 해치워라."

알겠다고 답하는 부하 제군도 익숙한 솜씨.

두 무리가 서로 커버하면서 이쪽으로 접근하는 것을 정확히 탐지했다.

동부의 하늘에서 제국군 항공마도사가 탁월한 것은 퍼스트룩 퍼스트샷, 그리고 퍼스트킬의 단계가 있기 때문이다.

먼저 발견하고, 먼저 공격하고, 그리고 그 일격으로 적을 해치우는 게 이상적이다. 전장의 안개를 뛰어넘을 수 있는 쪽에게 승리의 여신은 미소 짓는 법이다.

따라서 적을 탐지한 시점에서 타냐는 미소 지으면서 지시를 내렸다.

"좋다. 예정대로 미끼를 무는 척해라."

계획은 명확해야 한다는 마음에 타냐는 말을 이었다.

"제1단계는 고도 7500의 적을 돌파. 마도검으로 접근전을 시도하는 것처럼 위장한다."

제국군 마도사가 접근전을 즐기곤 한다는 것은 잘 알려진 사실. 조직적인 돌격이라는 모순에 가까운 짓도 고참 마도사에게는 익숙한 것이다.

따라서 이쪽이 돌격하면 적은 '봐라, 왔다.' 라며 방어를 굳히겠지. 공격받은 녀석들이 말이다. 그리고 지상 부근을 날던 놈들은 '미끼가 낚시에 성공했다' 며 열심히 숨을 죽이면서 날겠지.

그러니까 타냐는 사냥감이 방심한 순간을 노리는 것이다.

"목적은 단순한 돌파. 고도 6000까지 돌파한 다음부터 제2단계다. 지상 부근의 마도사를 깨부숴 줘라. 적이 깨달았을 때는 이미 다 부서진 상태가 바람직하다."

지휘관 선두로 돌격하면 부하들도 잘 따라온다.

뭐, 뻔한 전개다.

97식 연산보주의 보주핵을 한계까지 혹사하고 대대 규모로 마도사들이 상호 연계하면서 적당한 조직력을 지키며 돌입. 마도검이 번뜩이는데, 공격받는 쪽에서 진짜 백병전 말고 더 생각할 수 있을까.

미끼인 연방군 부대가 열심히 방어하는 가운데, 타냐 쪽은 가볍게 한 대 먹이고서 이것을 간단히 돌파했다.

돌파하고 적진을 찢어서……라는 느낌으로 부대를 기동하면서, 진짜 목표인 적 저고도 부대가 들켰다고 자각하기 전에 폭렬술식으로 대지 통제사격을 단행.

연속해서 발현한 폭렬술식은 멋지게 목표에 명중한다.

'보통은' 연방군 마도사가 가진 견고한 방어외피가 견디겠지만…… 지형추종 비행에 따른 각종 관측술식과 마도 반응 억제 때문에 운용을 제한하고 있었다면?

비행용 방어막 정도만 겨우 발현한 상황에서 의표를 찔리면?

적의 보주는 단발이다. 지형을 관측하고 마도 반응을 억제하고, 나아가서 대열을 지키며 비행하는 것만 해도 작업량이 많다. 그런 상황에서 보주핵이 두 개인 97식으로 사정없이 위에서 폭렬술식을 퍼부으면?

적이 당하지 않는 게 이상하다.

덕분에 정예를 간단히 해치울 수 있으니까 제국군으로서는 좋은 이야기다.

"정면에서 부딪치는 쪽이 우리 피해도 커질 테니까."

타냐는 마음속으로 '그렇긴 해도'라고 덧붙였다. 적이 창의적으로 노력하는 것은 전혀 마음에 들지 않는다.

눈치채지 못했으면 당했을지도 모른다.

정말로 웃을 수 없는 이야기다.

그러니까 이길 수 있을 때 확실히 이긴다.

적의 제1파를 격퇴한 것을 다행으로 여기고 약간의 우세를 확보했다고 판단. 그 뒤로는 종일 항공마도사의 반복 출격이었다. 적 교통로 파괴, 차단, 노획, 뭐든지 한다. 철도, 도로, 그리고 눈으로 덮인 파이프라인을 탐색, 파괴.

'열탐지다! 열원을 찾아라!' 탐지되는 대로 연료가 흐르는 파이프를 폭파.

'잘 타는군! 하하하!' 를 반복하면서 검은 연기 속을 나는 항공마도사.

눈, 진흙, 그리고 시체.

출격, 습격, 강하, 급식, 습격, 격퇴, 재편, 돌격. 습격, 그리고 간신히 반환지점에 도달한 뒤, 노획한 적 장비로 습격비행을 다시 한번.

말 그대로 최대한의 활력을 다 써서 겨우 바르크 대교에 세운 임시 거점에 도착했을 때, 타냐는 완전히 의식이 몽롱해져 있었다.

어떻게 사고 없이 강하하고 지휘관 책상 옆에 있는 접이식 의자에 털썩 앉은 순간, 온몸에 형용할 수 없는 탈력감과 권태감이 들러붙기 시작했다.

"커피를 다오. 구정물 말고."

"아, 제가……."

옆에서 비틀비틀 일어선 부관의 얼굴도 자신과 비슷하겠지.

"쉬어라, 비샤."

소리쳐서 재우러 보낸다는 모순을 행하면서, 타냐는 관자놀이를 눌러 다가오는 두통을 견디면서 소리를 질렀다.

"당번병! 커피다! 카페인이 든 진짜를!"

대용 커피는 사절한다.

이런 극한 상황에서 치커리 커피 따윌 마셨다간 인간성이 있는 타냐도 자제심이 어디까지 기능할지 확신할 수 없다.

묘하게 편안한 느낌의 의자——아마 연방의 높은 분이 앉기 위한 것이겠지——위에서 벌컥벌컥 커피를 마시고, 와득와득 초콜릿을 씹고, 칼로리의 폭력으로 두통을 쫓아내는 무식한 자기치료를 하면서 타냐는 목을 돌렸다.

10대의 육체라고 생각할 수 없을 만큼 어깨가 결렸다. "제길." 하고 작게 신음하고 일어서서 목을 돌리면 안 좋은 소리까지 나는 판.

비행으로 굳은 몸을 푸는 체조를 해야겠지만, 단순히 일어나는 것에 기력을 쓴다.

하지만 몸을 방치하면 정말로 굳는다.

뜨거운 커피를 마셔서 얻은 활력으로 일어서서 떨떠름하게 몸을 움직여서 간신히 사람 사는 것 같아졌다 싶어졌을 때 무정하게도 타냐의 휴식 시간이 끝났다.

그 시간대를 설정한 것은 자신이니까 불만도 터뜨릴 수 없다.

재출격에 대비하여 지도를 꺼내 관제와 교신.

3개 사단 규모의 마도사가 내려와서 제멋대로 날뛰기만 해도 적은 고생하겠지만, 통제된 폭력이 되면 괴로워서 날뜈 게 틀림없다.

관제 경유로 제안된 습격 루트를 검토하고, 아군과도 대충 응원하는 말을 교환하고, 거듭되는 요격에 대항하여 준비를 마쳤을 때, 타냐는 세레브랴코프 중위를 다정하게 걸어찼다.

분명히 말하지.

아주, 다정하게, 걷어찼다.

그러지 않았으면 죽은 것처럼 개인호 안에서 잠든 부관은 절대로 일어나지 않았을 테니까.

"헉, 제가 잠들었습니까?"

본인은 어느 틈에 잠든 건지도 모른다. 피로가 쌓일 대로 쌓이면 그렇게 되는 거겠지.

"조만간 우리는 하늘에서 잠들게 될지도 모르겠군"

수면 비행이 기다리고 있겠다.

무시무시하다고 지휘소에서 한탄한 타냐 자신도 세레브랴코프 중위와 나뉘어서 부하를 깨우러 가게 되었다.

말을 거는 정도야 했다. 하지만 포격 중에도 죽은 듯이 잘 정도의 피로라면 걷어차는 게 빠르다. 거기까지 생각한 타냐는 마도사 대부분이 일어날 수 없을 정도로 지쳤다는 사실을 받아들이고 한숨을 흘렸다.

바르크 대교에 강하하여 몇 시간이 지났는지 시간 감각도 희미하다. 대규모 전투가 연이었지만, 체내시계가 망가지는 게 너무 빠르다.

"큰일이군. 피로는 각오하고 있었지만, 이 정도라고는."

중얼거린 타냐는 그때 얼굴을 아는 장교가 지친 얼굴로 파우치에 손을 넣는 것을 깨달았다.

긁어모은 마도사 중 하나. 계급은 소령.

살아남은 고참이겠지만, 역시나 이 연전은 힘겨운지 안색이 안 좋았다.

하지만 그 눈은 번쩍거렸다.

"중령님. 아, 군의관은 없습니다만, 군의관 행낭은 있습니다. 혹시…… 이걸 쓰시겠습니까?"

완전히 지쳤는데도 목소리에서는 피로가 느껴지지 않는다.

타냐는 이해하고 되물었다.

"암페타민이나 메스암페타민인가?"

"*전차 초콜릿도 있는 모양입니다만."

호의에서 나온 말이라고 알아도, 지나친 선의는 오히려 민폐에 불과하다. 건강하게 오래 살고 싶은 자신에게는 도저히 적용할 수 없는 물건이다.

종자를 먹지 않으면 죽는 상황이라면 남의 것을 먹는 것이 타냐다. 자신의 미래를 생각하면 약물처럼 자신을 희생하는 수단을 빼고 고른다.

"전부 사절이다. 나는 맨정신으로 전쟁하고 싶다."

전쟁을 좋아하는 것으로 들리는 발언이라고 지친 머리의 일부가 경고하지만, 졸음과 피로와 산더미처럼 쌓인 일 앞에서 타냐의 말은 평소보다 달변이었다.

"제정신으로 전쟁할 수 없다는 건 옳지만, 약물은 고통 억제를 위해 최소한으로 사용한다. 그것이 내가 허용할 수 있는 한계다. 마도사 같은 인적 자원은 더 조심스럽게 사용되어야 한다."

"사치스러운 취미로군요. 미래입니까."

그렇게 중얼거리며 비틀비틀 떠나가는 장교의 말도 뭐, 이해할 수 있지만. 이렇게 괴로울 때 내일 일을 생각하는 것은 사치다.

---

* 전차 초콜릿 : 전차 승무원, 파일럿 등에게 각성제로 제공하는 고농도 카페인을 함유한 군납 초콜릿.

그래, 나는 사치스럽다. 타냐는 근처를 지나가는 당번병을 붙잡고 물어보았다.

"어이, 모든 마도사에게 진짜 커피를 나눠줘라. 어차피 바르크 대교에 있는 것은 연방군의 비축 물자니까. 아끼지 말고 줘라."

그들이 알겠다고 복창하고 달려가는 것을 무시하고, 타냐는 자기 머그컵에 듬뿍 커피를 붓고 이 기회에 세레브랴코프 중위의 몫도 준비했다.

연방에서 생산한 수수한 머그컵에 연합왕국에서 가져온 듯한 커피. 그리고 합중국 정도가 준비했을 메이플 시럽을 듬뿍 붓고, 갓 노획해서 아직 상하지 않은 우유와 소금을 블랜드.

전장 사양의 호화 쓰레기 커피의 완성이다.

"비샤, 마셔둬라."

"뭡니까, 이건?"

"진짜 커피, 우유를 넣었다. 덤으로 시럽, 그리고 소금도."

"감사합니다."

그러면서 받은 부관은 한 모금 홀짝인 순간 한숨을 흘렸다.

"지독한 맛이네요. 진짜 커피인데도."

타냐는 자작 카페오레를 마찬가지로 홀짝거리면서 맞는 말이라고 생각하는 한편, 진짜 커피를 이렇게 엉망으로 마실 수밖에 없는 전쟁의 부조리함을 생각했다.

정말로 비문화적.

현실적 필요성에 쫓겨서, 그저 현실을 따라간 끝에, 제국군 마도부대는 정말이지 한심한 비문화적 행동마저도 정당화할 만큼 곤궁해졌다고 생각하면, 문화적 패배를 통감할 수밖에 없다.

하지만 사치를 부려서 인간성을 회복할 수 있다고 생각한다면, 고급 구정물 같은 커피도 나쁘지 않다.

커피라는 하나의 이상도 전쟁에서 군사력 결여에 따른 구정물을 긍정할 정도로 흔들린다고 탄식하면서 타냐는 자기 일을 총평했다.

"지독한 맛이다. 정말 지독한 전쟁에 어울리는 지독한 맛이야."

부하를 격려하기 위해 준비한 커피지만, 이것을 모든 부대에 돌려도……. 타냐는 한숨을 흘렸다.

"이걸로 사기 고양은 안 되겠지."

"중령님, 알코올은?"

"이런 상황이니 마음껏 마시게 해라. 음주비행에도 눈을 감도록 하지."

규칙의 완화라고 대수롭지 않게 말하다가 타냐는 굳어버렸다.

덮쳐온 것은 관리직으로서의 본능에 가까운 충동이다.

'누가 책임을 지는 거냐?'라고 뇌리에서 경종이 울렸다.

음주운전은 사고로 연결된다. 그것을 용인하는 것은…… 틀림없이 책임자의 책임이 된다.

한편 이것은 구두 허가이며 문서로 남는 게 아니라고 계산해 보지만.

그렇다면 책임 문제의 회피도…… 아니, 하지만…… 이라고 망설인 끝에 타냐는 하나의 결론에 도달했다.

어차피 지금 와서 달라질 것도 없다.

이쪽은 얼마 전까지 명령을 위조한 몸.

여기서 한두 개쯤 책임을 더 짊어져도 신경 쓸 필요가 있을까?

"정정하지. 아무나 법무관을 데려와라. 내 권한으로 음주비행 제한의 한정적인 해제를 정식 서면으로 남긴다. 누구든 좋다. 법무사관은? 없나?"

주위를 둘러보다가 타냐는 깨달았다.

마도사와 소수의 관제관만이 강하했다. 법무사관이 적지에 강하했을 리도 없지 않은가.

"으음, 아니, 이 경우 아무래도 좋다. 대졸이며 법학부를 나온 녀석!"

이때 법조인 자격의 규정을 준용할 수 있으면 누구든 좋다! 그렇게 외치는 타냐에게 돌아온 것은 세레브랴코프의 김빠진 얼굴이었다.

"마도사에게 그런 것을 요구하지 말아주세요. 다들 사관학교나 마도학교니까요!"

"예비학교라면 아무래도 대졸도 조금은 있겠지? 이 경우 전임 법무관을 그런 법학부 출신으로 대신하는 거라도 상관없다."

"있을 리가 없지 않습니까?!"라고 외치는 세레브랴코프 중위에게, "최우선으로 찾아라!"라고 엄명하며 쫓아낸 타냐로서도 본심으로서는 찾을 수 있을지 없을지 반신반의였다.

결론부터 말하지.

있었다.

의외로 제국군 마도사는 다양성이 풍부했던 걸까.

아무튼 '최우선' 사항이고, 강하한 부대 전원의 경력을 참모본부에 조회하기도 해서, 간신히 법학부를 나오고 실무수습과 시험을 다수 통과했던 인간이 바르크 대교에 강하한 것을 알아내 타냐의 앞으로 데려왔다.

장년에 가까운 마도사. 다만 계급은 대위.

딱 봐도 소집된 거겠지. 즉, 후방에서의 실제 경험이 있다는 소리다. 상식 있는 어른이며, 다시 말해 아주 적절한 인원이다.

"저기…… 부르셨다고 들었습니다만."

"잘 와주었다. 귀관의 법률에 대한 견식을 보아서, 임시로 법무관으로 임명하지. 급한 이야기지만, 귀관에게 부탁할 수밖에 없는 중대한 임무다."

꿀꺽 침을 삼키는 상대에게 타냐는 담담히 용건을 말했다.

"형식에 따른 서류를 작성해 주었으면 한다."

"옙! 어, 어떤 것을 작성할까요?"

긴장한 장교에게 타냐는 진지한 얼굴로 의뢰했다.

"일종의 면책을 인정하는 서류다. 지극히 예외적이며 한정적 상황에서의 조치로, 후에 기소당할지도 모르는 장병에 대한 면책을 위해 준비하고 싶다."

음주비행의 허가를 구하는 서면의 작성 따윈 애초에 공언하고 싶지 않기에 나온 말이었다.

하지만 타냐의 기묘한 태도는 상대 대위를 한층 심각하게 만들기에 충분했던 모양이다. 하문을 받은 장교로서 가급적 안색을 바꾸지 않으려 노력하고 있다지만, 그의 눈은 노골적으로 흔들리고 있지 않은가.

타냐도 어색함 탓에 침묵을 지키고 있었기에, 체념한 것처럼, 애원하는 어조로 대위는 타냐에게 자세한 내용을 물었다.

"그, 그것은, 구체적으로…… 어떠한 것을 말씀하는 겁니까?"

대답하고 싶지 않아서 타냐는 순간 눈을 돌렸다.

관리직이 부하에게 음주운전을 명령하는 것만 해도 큰 문제겠지. 그것을 면책하라고 하면 제정신인지 의심스러울 것이다.

하물며 전투비행에 음주운전 이상의 리스크가 있는 것은 틀림없다.

선관주의 의무 위반 직행이다.

"중령님? 저기, 실례입니다만…… 말씀해 주시지 않겠습니까?"

다소 긴장한 목소리로 재촉하니, 아무리 타냐라도 침묵을 지킬수 없어졌다.

"책임에서 나는 도망칠 수 없으니까, 귀관에게 그것을 요구하는것이다. 이것은 지극히 예외적인 것인데……."

"각오는 하고 있습니다만, 어떠한 것입니까?"

타냐는 떨떠름하게 대답했다.

"음주비행이다."

"예? 지금, 뭐라고?"

"귀관의 갈등은 이해할 수 있다. 음주비행이다. 규정 위반을 저지르려 하고 있다. 귀관으로서도 아주 부끄러울 것 같지만, 지금은 명령이라고 생각해서 각오하고 서면을 작성해 주었으면 한다."

"으, 음주비행…… 예? 음주비행입니까?"

일의 중대함에 무심코 되묻는 거겠지.

법무다운 엄밀함에 타냐는 얼굴에 유감의 뜻을 띠면서 '이것은정말 내키지 않는 바지만' 이라는 연기와 함께 서면이 필요하다고설명했다.

"그렇다, 농담도 장난도 아니다. 극단적인 과로에 대한 처방으로서, 군의 공식적인 조치로 음주비행을 허가한다. 이것은 전쟁 중에서의 지극히 예외적인 조치이며, 동부사열관 수석참모의 판단이라고 명기해도 좋다."

"저기, 학살이나 포로 처분 같은 이야기가 아닙니까……?"

엥? 싫어서 타냐는 대위의 얼굴을 바라보았다.

어떻게 하면 이야기가 그렇게 되지? 전쟁을 너무 하다가, 사회생활 경험이 오래된 시민까지 머리가 전쟁에 불탔나?

"말도 안 되는 소리 마라!"

곧바로 타냐의 목소리는 거칠어졌다.

"아무리 내가 부하에게 음주비행을 허가한다고 해도 만사에는 한계가 있다. 원칙으로서의 규정은 존중받아야 한다!"

알겠지, 알아줘, 아니, 나도 하고 싶어서 하는 게 아니니까! 타냐는 다소 빠른 어조로 그렇게 쏟아내었다.

"음주비행도 규정 내에서의 처리다! 극도의 예외적 상황에서 군무의 긴급 및 대체 곤란한 필요성의 긴박한 요청에 따라 진통제로 알코올을 사용하여 전투행동 계속을 허가한 선례에 따라 현장감독으로서 목적에 맞는 범주의 일탈이라고 지휘관 판단으로 허가하는 것뿐이다. 그렇게 군령에 따라 명확하게 금지된 행위가 아니고, 또한 그런 사례는 허락되지 않는다!"

"저기, 중령님. 실례입니다만, 그렇게까지 아신다면 직접 작성하실 수 있는 게 아닙니까?"

끌어들이지 말아달라는 걸까? 대위의 시선을 억측하면서 타냐는 절차적 정의를 다하기 위해서는 이것 또한 선택지가 없다고 말했다.

"물론 귀관에게 불편을 끼치는 건 안다. 하지만 아주 미안하게도 군 규정이 있다."

"여, 여기서 군 규정입니까?"

"그렇다."

타냐는 최대한의 성실함을 담아서 끄덕였다.

규정상 법률 해석은 법무 담당이 맡는다.

탈선한다는 예외도 결국에는 규범적 수속에 준거하고 싶다. 정당한 절차를 밟을 수 있다면 최대한 밟는 것이 타냐 개인의 책임이 최대한 가벼워지니까.

그렇다면 이러한 고생도 필수 경비다.

"일개 개인만으로는 허가할 수 없다. 놓친 게 있어선 안 되기도 하고, 법무 담당에게 자문을 구해야 한다. 자문자답으로는 아무래도 규정을 만족시킬 수 없을 테니까."

알겠냐고 시선을 보내니 끄덕임이 돌아왔다.

"아, 예. 그렇다면 문제없을 것 같습니다."

"좋다, 동부사열관에게 인정받은 권한에 따라 임시 시간부 조치로서 작전상의 필요성에 의해 음주비행을 승인하는 것으로 간주한다. 그렇게 준비하라."

타냐는 거기서 중요한 사실을 덧붙였다.

"본 행위의 책임은 위임자에게 있는 것으로 해라."

타냐 개인이 아니라 직위와 연결하는 명령.

뭐, 잔재주이긴 하지만…… 잔재주 하나로 뭐가 변할지 알 수 없다면 타냐는 보신을 결코 포기하지 않는다.

호모 이코노믹스의 긍지다.

"저기, 중령님. 그런 양식의 서류도, 명령도, 저기……."

"이 경우 형식이 갖추어지거든 세세하게 쓸 것 없다. 됐으니까 강하한 3개 사단의 마도사가 술을 마실 수 있게 해라. 그것만이 나의 바람이다."

알겠다고 고개를 끄덕이면서 대위는 지친 얼굴을 했다.

"실례지만, 하찮은 촌극보다 웃기는군요."

이해한다며 타냐도 끄덕였다.

"묵인하는 게 더 빠를지도 모르지. 하지만 규정은 규정이다."

"마땅히 지켜야 할 것입니까?"

반신반의하는 대위에게 타냐는 가볍게 어깨를 으쓱여주었다.

"그렇게 규정된 절차가 경시되는 건가. 절차적 정의는 중요한데 말이지. 뭐, 내가 말해도 어쩔 수 없는 일이지만."

이런 전장의 아수라장에서 정의를 생각하는 처지가 되다니, 인생이란 참 모를 일이라고 타냐는 신기한 감개에 잠기면서 눈을 떴다.

말하자면 신들이란 놈이 위대한 지혜를 활용하여 세계를 구축하지 않은 훌륭한 증거를 자신은 또 하나 발견한 것에 불과하다.

어찌 되었든 이날, 동부에서 제국군 항공마도사단의 일부는 확실히 허가받았다. 음주비행을.

결과부터 말하자면 안 마시고는 못 하겠다며 마신 사람도 적지는 않지만, 취한 정도로는 현실이 변하지 않는 법이다.

지휘소를 대신하는 방에서 연방제 지도에 이것저것 기입하고 있다 보면 정말로 빌어먹을 현실이란 것이 싫어도 보인다.

누차에 걸쳐서 적의 기선을 제압하려고 출격, 사투를 벌이려고 해도, 그것은 연방군이라는 거상의 일부를 깨문 것에 불과하다.

날아서 쏘고, 날아서 쏘고.

식사마저도 총을 한 손에 들고.

항공마도사, 그것도 대규모가 되면 제국이 쌓은 경험을 얕보게 해서는 안 된다며 공중관제가 철저해진다. 그래도 '적의 반격'으로는 시작에 불과하다.

"에어리어 전역에서 적 마도부대의 배제가 완료. 우리의 손해는 한정적입니다."

관제관이 전하는 평탄한 목소리에 피로가 밴 승보에도, 기쁨이나 동정보다 '아아, 이걸로, 겨우 눈을 붙일 수 있다.'는 안도만을 느낄 수 있다.

"쉴 수 있겠네요."

옆에서 날던 부관이 영혼이 빠진 목소리로 투덜거리는 것이 진리다.

"그래, 지금만큼은, 말이지."

아무튼 휴양이다.

완전히 피폐해진 마도사들을 다음 전투에 혹사하기 위해서라도 쉬게 해야만 한다. 먼 미래 따윈 여기선 무의미하니까.

누가 다음에 여기서 살아남을까.

피로스의 승리라고 해도, 전장에서 승리는 승리다.

따라서 타냐는 부하를 재우려 한다. 그리고 당연히 정상적인 군대는 어떻게든 적을 쉬게 내버려두지 않는다.

야간에 당직 말고 모두가 죽은 듯이 잠들어야 할 시간에, 밤의 장막을 흔드는 것은 실컷 떨어지는 포탄의 소리다. 바르크 대교는 연방 인민의 소중한 자산일 텐데, 연방인은 벌써 반달리즘에 빠져든 걸까.

"야간포격. 교란을 위해서 탄약을 이만큼 쓰나."

개인호에서 중얼거리는 타냐는 얇은 모포를 도로 덮었다.

이데올로기에 취하지 않은 공산주의자의 군대만큼 귀찮은 녀석은 드물다.

효율적이며 목적합리성을 이해하고, 이데올로기상의 마찰을 도외시하고, 필요한 방책을 지향할 수 있는 부류의 '선량하고 애국적'인 집단이란 정말로 성가시기 짝이 없다.

직업군인이 형식상 공산주의자의 탈을 쓰고 있는 꼴이다.

사자의 탈을 쓴 양은 무섭지 않지만, 양의 탈을 쓴 사자가 떼로 덤벼든다면, 엽총이 아니라 기관총이 필요하다.

내일도 힘든 전쟁이다.

"왜…… 우리 같은 문명인이 이런 비문화적 야만에 어울려줘야 하지? 영문을 모르겠군……."

투덜거리면서 타냐는 최소한의 저항이라고 눈을 감고, 호출이 있을 때까지의 짧은 시간이나마 수면을 취했다.

피곤하니까 잔다. 그것은 인간다운 욕구였다.

》》》 통일력 1928년 1월 26일 바르크 대교 포위진 《《《

대포로 신나게 얻어맞는 자들만이 전장의 주민은 아니다.

반대편에서 신나게 포격하는 집단이 없으면 허공에서 포탄이 튀어나오는 꼴이겠지. 또한 제복을 입은 군인만이 포격하는 집단의 구성원이라고 할 수 없는 것도 세상의 이치다.

예를 들어서 우거지상을 하고 홍차를 마시는 정체불명의 홍차 의존국 출신자 등이 그렇다. 구체적으로 말하자면, 공식적으로는 연합왕국 외무성 소속인 연합왕국 정보기관의 유쾌한 친구들이다.

말하자면 업무상 필요하다는 이유로, 존 아저씨는 한숨을 삼키며 자기 몸의 불행을 성대하게 한탄하고 태연히 전장을 관찰하는 업무에 종사하고 있었다.

"아, 또 흔들린다."

홍차가 희미하게 파문을 만드는 시점에서 존 아저씨로서는 공포밖에 없다.

진도 1일까, 진도 2일까.

그런 것조차도 존 아저씨에게는 너무나도 짜증스럽다.

지면이 흔들리는 것은 뭔가 잘못된 거라고 믿을 정도다.

흔들려도 되는 것은 배뿐이겠지. 넓은 바다에서 파도를 타는 것은 유쾌하지만, 대지가 흔들린다면 이야기가 다르다.

또한 지진에 익숙해진 인간은 '별것 아니네'라고 코웃음을 칠지도 모르겠지만, '부디 전장의 진도 1을 체험해 보면 좋겠다'는 심정이다.

분명 두 번 다시 체험하기 싫은 최악의 경험일 테니까.

애초에 지면을 흔드는 것은 인공 진원이다.

"음, 뭐라고 할까……"

엄청날 정도의 물량.

그것들이 정말 아무런 주저도 없이, 빼앗긴 물자집적소에 쏟아지는 광경을 보는 것은 존 아저씨의 심장에 신기한 감개를 가져다준다.

연방군의 전략공세란 것이 시작되기 직전, 정말 아슬아슬한 타이밍에 냄새를 맡은 연합왕국 정보부는 관전 팀으로 존 아저씨를 파견했다.

솔직히 말하자면 연합왕국은 '연방'이 과하게 이기는 것을 걱정하고, 제국을 어디까지 몰아붙일 수 있는가…… 그 내실을 캐면서 최악의 경우 대륙 반공에 의한 제2전선 형성을 앞당기는 조언까지 시야에 넣은 파견단이었는데…… 이게 어찌 된 일일까.

〈여명〉 발동 후, 연방이 격멸을 노린 제국군 주력은 기민하게 후퇴를 개시했다. 그것만이 아니라 연방군이 추격을 가한 타이밍에 후방으로 멋지게 공수 강하를 해냈다.

그 결과 사태는 며칠 단위로 극적으로 흔들렸다.

14일 시점에서 연합왕국 본국은 '연방이 너무 이긴다'고 공포에 떨었다.

20일 시점이 되면 '제국의 반격이 아주 예리하지 않나?'라고 걱정하기 시작했다.

26일 현재, 연합왕국 본국에서는 '연방군, 아직도 공수를 제거하지 못했나?'라고 심장이 벌렁대는 심정으로 전쟁을 지켜보는 상황이다.

현장에서 휘둘리는 존 아저씨로서는…… 투덜댈 수밖에 없다.

"제국군 마도사, 참으로 무시무시하군."

사단 규모 마도사의 공수 강하와 연락선 차단.

놈들이 연방군의 병참선을 끊는 바람에 연방군의 거구는 그 거대함 탓에 연방군을 좀먹는다는 아이러니한 결과를 가져왔다. 당연히 한 방 먹는 신세가 된 연방군은 체면을 안 따지고, 탈환을 위해 반쯤 화풀이하는 기세로 포격, 폭격을 날려댔지만.

"아아, 이거 제국이 대단한 짓을 하였군."

존 아저씨는 현장을 둘러보고 작게 한숨을 흘렸다.

포격.

압도적인 맹포격.

마도 반응에 대한 탐색 포격.

종국에는 연합왕국이 시험용으로 가져온 초기 대마도 유도 포격까지 쏟아져서, 마도사들을 쉬지 못하게 했다.

뭐, 그건 그렇지만…… 이렇게 집적소를 공격하는 시점에서, 설령 연락선을 회복하더라도 대량의 물자를 자기 손으로 태울 수밖에 없는 대가는? 아무리 좋게 말해도 악영향은 크겠지.

존 아저씨는 거기서 마음속에 메모했다.

그렇긴 해도 그것은 연방인의 고민이지 자기가 고민할 게 아니다. 자기 일은 시작품의 효능 확인. 그리고 대마도 근접신관을 넣은 고사포, 다시 말해 대마도 포탄은 지극히 효과적이다.

"오? 또 하나 날아갔군?"

운 좋게도 대마도 포탄이 마도사 부근에서 터졌다. 적에게는 운 나쁘게도 근처에 탄약이라도 쌓았던 걸까, 제국군 마도사들이 유폭에 휘말려서 폭격 속에 소실되었다.

참호전에서 틀어박힌 마도사를 낚아내려고 한심하게 희생을 치르는 것보다는 이 신형을 대량 투입하는 게 훨씬 낫지 않을까? 그런 식으로 흥미로운 소감마저 드는 결과였지만, 존 아저씨는 거기서 한숨을 흘릴 수밖에 없었다.

"대마도 포탄…… 조금 더 가져오면 좋았을 것을."

십여 발밖에 가져오지 않은 시험용 탄약이라면 전투 상황에 미치는 영향도 미미하겠지.

"신관 제조가 매우 어려워서, 정식 양산이 결정될지도 미묘하지. 그러니까 실전에서 실적을 보인다는 것도 말이 되긴 하지만, 막상 써보게 되니 더 많이 필요해지는 건 역시 욕심이 관한 걸까?"

미스터 존슨은 입 밖에 내지 않는다고 할까, 입 밖에 낼 수 없는 또 하나의 진상은 마음속에 담아두었지만.

누구든 연방에서 대놓고 말하고 싶지는 않겠지.

'연방'에 대해서 기술적으로 우월성을 가지기 위해 본국이 의욕을 내고 있다든가, 연방에 빚을 안겨줘서 '전쟁 종결의 공헌자'의 영광을 독점시키고 싶지 않다든가.

굳이 말하자면 최신 기술을 자랑한다는 '정치적 판단'의 산물이니까.

"음? 제국군 놈들, 뭘……."

그때, 쌍안경을 들여다보던 존 아저씨는 제국군이 기묘한 움직임을 시작한 게 아니냐는 의심이 들었다.

포격에 맞은 제국군 일부가 진지변환하는 걸까? 바르크 대교 옆에서 한창 포격이 쏟아지는데도 움직이는 듯한 기색이 보였다.

철수하는 거라면 손해를 견딜 수 없었다는 소리겠지만…… 존 아저씨는 제국군이라는 놈들이 뼛속까지 전쟁에 물들었다는, 근거가 충분한 편견을 가지고 있는 노신사다.

제국군이 움직인다고 보았을 때, 그 신경과 직감은 '전방으로의 탈출'이라는 단어를 즉각 색인에서 뽑아내고, 뇌리에 성대한 경보를 울려댔다.

"기분 탓이라면 괜찮겠지만, 저게 혹시 마도부대가 집결하는 거라면?"

제국군 마도부대는 결단력이 좋다.

포격을 맞고 잘 모를 신형 포탄으로 탄약까지 날아가는 상황 속에서 바짝 엎드려서 포격을 견딜 만큼 얌전하지는…….

"설마……."

그 순간, 미스터 존슨 뇌리에서는 베테랑 첩보부원답게 '위기감'이 경보를 울렸다.

망설임은 없었다. 재빨리 그는 결단했다.

경호 지휘관의 어깨에 손을 얹고, 즉시 철수와 '포탄 파기'를 요청했다.

이해하기 어렵다는 얼굴을 한 지휘관이 뭐라고 말하기 전에 존 아저씨는 소리쳤다.

"가스 밸브를 안 잠근 느낌이 들어서 말이야."

"엥? 가, 가스 밸브?"

"뭐든지 좋아. 지금 당장 철수한다. 지금 당장."

너무 많이 아는 몸으로서 미스터 존슨은 주저하지 않는다.

자기가 아는 것의 일부라도 제국에 누설된다고 상상만 해도 무시무시하지 않나. 그러니까 미스터 존슨에게는 선택지가 없었다.

슬픈 눈으로 냉철하게 판단을 내릴 수밖에 없다.

신형 포탄의 성과나 제국군을 신나게 두들겨서 신이 난 연방군 등을 완전히 방치하고, 공산당의 안내인을 억지로 동반시킨 것 외에는 정보부원과 경호원만을 데리고, 존 아저씨는 재빨리 도주를 개시했다.

장갑 모터바이크라는 편리한 것에 올라타고, 완전 마도봉쇄 상태의 마도사들과 함께 아득히 후방의 안전지대를 향해 탈출한다.

이번에는 최소한의 선물조차 없었다.

"이것이 헛일이라면 다행이겠지만."

포탄을 폭파라도 해주면 좋겠지만, 그런 시간조차 없다는 것을 그는 알고 있었다.

'라인의 악마'를 상대할 때, 희망적 관측이란 것은 전혀 의미를 갖지 않는다.

"드레이크 군이 있으면 든든했을 텐데."

애석하게도 드레이크 중령은 대령으로 승진하고, 지금 얼라이언스라는 훌륭한 동맹을 위해 이르도아 방면에서 일하고 있다.

그것도 정치적 사정 때문이지만, 이럴 때 그런 용사들이 곁에 있어 준다면 얼마나 든든할까.

"무리한 부탁만 해서 정말로 안타깝군."

그런 일은 젊은이에게 시키는 법. 직접 하긴 이미 나이가 많다.

》》》 같은 날 바르크 대교 옆 《《《

자고 싶은 타냐의 눈앞에 갑작스럽게 제시된 것은 부조리한 문제였다.

그 문제란 '아침에 일어났는데 일종의 근접신관 같은 신관이 탑재된 포탄으로 침상을 포격당한 마도사는 어떻게 대응해야 할까요?' 라는 것이다.

물론 고민할 것도 없는 것이 전쟁이다.

답. '역습해서, 사용했을 신관의 현물을 노획할 것. 그게 안 된다고 해도 노획당하지 않으려는 적 포대를 얼마간 견제하는 부차적 효과도 기대할 수 있으니 즉각적인, 단호한 반격이 이상적이다' 라고 할까.

머리가 전쟁에 완전히 물든 제국 군인 같은 사고법을 따라서 타냐는 졸린 눈을 비비면서 진흙 범벅인 마도사들을 데리고 연방군에게 마도중대와 함께 포복비행을 통한 근접공격을 단행했다.

진지제압. 포탄을 날려버리고 돌파.

"목표! 적, 포격진지! 신형 포탄으로 추정되는 것의 탈취 혹은 파괴를 우선!"

해치우라고 명령하고, 술탄과 포탄 사이를 성대하게 날아서 화염과 연기를 나날의 친구로 삼는 전장 생활.

생각이나 했으랴. 그런 나날은 열차포인 듯한 포탄이 진지에 쏟아진 어느 날, 파멸을 맞게 된다. 둥지로 삼았던 비교적 단단한 참호 한 곳에서 타냐는 방금 받은 소식에 눈썹을 찌푸렸다.

"뭐?! 틀림없나, 비샤!"

침통한 듯이 부관이 수긍했다.

바로 지금 타냐는 그 소식을 받았다.

그것과는 불과 일주일 동안의 관계.

하지만 무엇과도 바꿀 수 없는 귀중한 관계였다.

따스하고, 다정하고, 소화에 좋은 따뜻한 식사를 만드는 야전 취사 장비(필드 키친). 연방에서 노획하여 일주일 동안 삼시세끼 신세를 졌던 그것.

마지막으로 남은 그것이 열차포에 파괴되었다는 것이다.

뭔가 착오였으면 싶다.

타냐는 진심으로 그렇게 바랐지만, 확인하러 보냈던 부관의 보고는 '도저히 쓸 것이 못 됩니다' 라며 희망을 끊어버린다.

"이럴 수가……."

타냐가 푸념을 쉴 틈 없이 계속 퍼붓게 하는 대흉보였다.

전투원은 적절히 먹지 않으면 싸울 수 없다. 양식의 공급 악화는 곧 전력에 극적인 악영향을 미친다.

물론 한 끼 거른 정도라면 바로 굶주리는 게 아니다. 애초에 바르크 대교는 탈취한 지 얼마 안 되는 병참 기지.

식량이라면 수북하게 있다.

집단군을 먹일 수 있을 정도의 물자다.

제국군의 마도사단 정도라면 세 끼 정도가 아니라 한 시간마다 식사를 해도 도저히 다 먹어치울 수 없는 규모다. 연방인이 열차포를 포함한 중포로 실컷 갈기고 불태워도, 남은 것만으로도 충분히 많다.

하지만 문제는 단 하나.

인간의 식사란 것은 조리가 필요하다.

즉각 취식형 식량(MRE)처럼 간단한 것은 드물다. 주식인 빵조차도 건빵을 노획하라고 명령을 내린 지경.

제빵 중대를 강하 작전에 동반시킬 수 없는 이상, 어쩔 수 없다.

빵을 만들 줄 아는 마도사는 있을지도 모르지만, 빵을 굽는 기재가 없으면 할 수도 없다.

일단 노획한 필드 키친으로 조리했는데… 그게 날아가면 효율은 극적으로 악화된다.

이대로는 물리적으로 산더미 같은 식재료를 확보했는데도 사람과 기재의 문제로 인해 비상취식용 건빵을 대단히 맛없는 생선 통조림과 함께 먹을 수밖에 없다.

보관된 좋은 고기와 야채를 놔두고 보존식만 먹어야 한다.

이것은 정말로 큰일이다. 사기를 극적으로 깎아먹는다.

"밥이 맛없는 건 정말로 큰일인데……."

"마도사는 우대받았으니까요."

부관의 지적에 타냐는 맞는 말이라고 동의했다.

"밥을 못 먹으면 칼로리를 섭취할 수 없지. 사기는 둘째 치고 체력 면에서도 안 좋다. 전투기의 연료가 부족한 꼴이지. 소화불량이라도 일으키면 그것만으로 얼마나 전력이 떨어지는데……."

운동 선수와 마찬가지다. 밥을 잘 먹는 것도 좋은 병사의 조건이겠지만, 아무리 그래도 먹을 수 있는 양에는 한계가 있고, 무리하게 욱여넣으면 배탈이 난다.

전장 같은 위생환경에서 배탈이 나면 비참하기 짝이 없다. 따라서 조리가 끝난 고열량 위생 식품이 바람직한데…… 없는 것을 찾아야만 한다는 점은 실로 괴롭다.

"초콜릿이라도 씹게 해라. 하지만 이대로는 안 되지. 조리당번을 둘까? 하지만 수면시간과 로테이션을 망가뜨리는 것도……."

"중령님, 괜찮다면 제가 자원자를 모아서 만들까요?"

지원한 마도사에게 조리를 담당시키는 것은 나쁜 생각이 아니다. 하지만 생각한 끝에 타냐는 이것을 씁쓸하게 거절했다.

"기각이다, 비샤. 잠이나 자라."

안 그래도 전체적으로 수면 부족이다.

여기서 조리시간까지 더하면 얼마나 인원이 피폐해질까.

됐으니까 자라는 말과 함께 타냐는 부관을 들고 침상에 말 그대로 물리적으로 내던졌다. 지친 인간이란 것은 내던져도 얌전히 잘 수 있다.

"집안일 하나만 해도 얌전히 있으면 밥이 나오는 주둔지와는 다르다고는 해도……."

투덜거리면서 머리를 긁적이며 지휘소에서 부대의 비참한 병참 사정에 골머리를 앓다가, 타냐는 갑자기 고개를 들었다.

포탄의 비상음. 그리고 기분 나쁘게 무거운 착탄음.

보강되었던 참호가 흔들리는 것은 유쾌한 일이 아니다.

"제길, 또 열차포인가."

전함의 함포급 대포를 무식하게 쏴대는 것이다. 유쾌하기는커녕 전혀 기쁘지 않은 일이다. 접근해서 폭렬술식이라도 쏴주면 단방에 해결하겠지만, 열차포의 취약함은 적도 잘 안다. 농밀한 방공포화를 갖추고 기다리는 적 방어부대를 돌파하여 돌격한다?

너무 어려운 일이겠지. 하지만 수고를 아끼면 필드 키친의 복수도 할 수 없다. 그리고 일방적으로 계속 얻어맞는 건 성미에 거슬린다.

"제길, 저것도 때리러 갈 수밖에 없나."

따뜻한 밥의 복수라면 아무리 어려운 일이라도 부하 제군이 그 이상의 열의를 가지겠지.

반격전 계획을 준비해야 한다. 그렇기는 해도 세레브랴코프 중위를 물리적으로 재웠다. 부하에게 일을 넘겨버릴 수 없는 이상 자잘한 절충도 자신의 역할.

어쩔 수 없다며 타냐는 보주를 통하여 관제에게 말했다.

"라인 컨트롤, 여기는 샐러맨더 지휘관. 대포병전투다. 마도사에 의한 반격을 기도. 적 열차포의 좌표를 보내달라."

순서대로 상황을 정리하려고 지도를 보면서 호출.

하지만 이게 어찌된 일일까.

평소라면 경쾌한 기세로 대답할 목소리가 오늘만큼은 어쩐 일로 늦다.

"음? 라인 컨트롤?"

회선의 상태를 확인했다.

이상 없음.

"응답하라, 라인 컨트롤."

다시금 불러보았다.

그런데도 대답이 없다.

"설마 필드 키친과 같은 결말을 맞은 건가?"

구 연방군 사령부를 점령하고 활용하던 관제팀.

그들의 설비는 당연히 연방군 것을 노획한 것이 많다. 바꿔 말하자면 '어디에 있는가'를 연방군은 숙지하고 있다.

아무리 사령부 구역이라고 해도 열차포의 포탄에 견딜 수 있는 보강은 기대하기 어렵다.

"거참, 여기저기가 한계군."

관제관이 침묵했다. 기재 손상인지 인원 소모인지는 모르겠지만…… 조직적 저항의 가능성이 크게 저하된 것은 틀림없다.

밥이 맛없어지고, 관제가 빠진 상태로 전쟁!

이것은 대단히 좋지 않다. 실로 위험하기까지 하다. 사령부의 의자 위에서 타냐는 무심코 현기증마저 느끼고 있었다.

대전제로서 타냐로서는 딱히 죽고 싶은 것도, 제국을 위한 존귀한 희생이란 놈이 되고 싶은 것도 아니다. 그러한 잘 모를 정신상태가 되기에 타냐 자신은 자기보전을 위한 정당한 인간적 사고가 너무 강하다고 자부하고 있었다.

동시에 그렇기에, 연방공산당을 어버이처럼 모시는 악몽 같은 세계를 단호히 거부할 수밖에 없기에, 이렇게 연방을 상대로 열심히 자유권을 위해 싸우고 있다.

싸우고는 있지만. 타냐는 관제관들이 침묵한 전장에서 묵묵히 생각했다.

"거듭하는 말이지만…… 우리의 목적은 적 연락선 차단을 통한 보급 단절. 극단적으로 우리가 버티면 버틸수록 전선의 적이 굶주린다는 단순한 역할이다."

참수전술과 달리 일격으로 끝나는 것이 아니다.

여기서 오래 버티면 버틸수록 성과가 나온다는 부류의 임무.

그렇게 되면 '야근 잘 부탁해' 라고 상사가 말하는 것은 필연이다.

언제까지 여기서 버티면 될까?

언제까지 연방군의 샌드백을 하고 있으면 본국의 제투아 각하는 철수를 '합리적 배려'의 범주로 용인해 줄까?

이미 시간은 벌었다.

14일부터 26일까지 짐수레를 끄는 말보다 더 일했다. 적 병참거점에 자리를 잡고 일주일 가까이 분투했다. 개인 병량이라고 하는 휴행 물자가 대략 3일 치인 것을 생각하면, 충분하고 남도록 시간을 벌었다고 할 수 있다.

'더 버티라고 해도 말이죠.'가 솔직한 심정이지만……. 그렇게 신음하려던 타냐는 이쪽으로 다가오는 발소리를 깨달았다.

사령부의 참호에 얼굴을 내민 것은 부장이었다.

"바이스 소령?"

"참모본부의 통신입니다. 암호화된 것이 방금 장거리 통신으로 왔습니다."

타냐는 지휘소에서의 소식을 훑어보았다.

"흠? 아, 놀랍군. 겨울치고 따뜻한 탓인지 진창 시기의 징조가 보이나. 한 달 가까이 이르지 않나!"

"예. 본국에서는 기상상황의 급변을 우려하여, 진창 시기에 대한 경계가 필요하다고 판단한 모양입니다."

이미 내용을 읽어본 거겠지. 바이스 소령의 표정에는 형용하기 어려운 감정이 떠 있었다. 그것은 안도이며, 곤혹스러움이며, 그리고 기묘한 주저이기도 했다.

"연방군은 실로 운이 좋군. 이 바람에 우리 쪽의 기갑사단이 스톱이다."

소수의 고급 장교만이 그게 아니라는 사실을 알고 있다. 이 경우 타냐와 바이스는 양쪽 다 알고 있지만.

제국에 잉여 전력은 없다.

있지도 않은 기갑사단의 기동성 문제야 추격하지 않는 방편에 불과하다.

진창 시기는 본래 2월 말인데, 징조가 찾아온 것만으로 '기갑사단의 기동성 문제로 진격을 정지한다'는 구실로 작전을 접는 형태를 만든다.

"따뜻한 겨울만 아니었으면, 이라며 위에선 분통하겠군."

"정말로 옳은 말씀입니다."

둘이서 다 아는 뻔한 소리를 늘어놓는다.

실제로 진창 시기를 기대했던 것은 제국이다.

진창 시기 동안은 진창에 기재의 바퀴가 빠지게 되니까, 연방은 공세를 단념해 줄 것으로 기대하고 있었다. 진창 시기 덕분에 목숨을 건진 것은 사실 제국이다.

도저히 말로 할 수 없지만, 그것이 제국의 실정이다.

하지만 아무튼 그것은 반격을 단념할 좋은 이유가 될 수 있다.

제국군의 반격 작전. 그 선봉으로 적의 약점에 화려하게 내려온 마도사단이 꼬리를 말고 '물러날' 이유로도 충분하다.

기갑부대가 어떻게 손쓰기 힘든 자연환경의 문제 때문에 전진할 수 없다. 그렇게 마도사단이 계속 분투할 이유가 사라졌으니 돌아가겠습니다, 라고.

애초부터 노면 상황의 악화 같은 게 핑계라는 사실을 여기의 마도사들은 잘 알고 있다. 지면은 아직 단단하다.

그것을 여기서 다시금 말하는 것은.

"정말 분하지만, 우리의 역할도 끝이로군.":

"예. 제국군 항공마도사단에게는 환경의 변화에 따른 전선정리 명령이 나왔습니다."

"호오! 목적을 족족 달성하고 소정의 역할을 완수한 병력을 다른 방면으로 돌린다는 거로군."

자신들은 대본영의 말장난을 필요로 하는 진영에 소속된 몸이다. 그런 자각을 오늘도 새롭게 다질 수 있는 환경이다.

이 얼마나 멋진 일인가.

타냐는 바이스 소령을 바라보면서 한마디 한 구절 짜내는 듯한 감정을 담으며 언급했다.

"우리는 전방으로 탈출해야만 한다. 그것도 개선자로서."

"예? 중령님?"

배치전환이라 칭하는 대본영 발표가 얼마나 웃긴지를 타냐는 역사의 사실로서 알고 있다.

어중간한 허세로는 세계를 속일 수 없다. 제투아 장군의 의향을 참작한다면 요구되는 것은 대담무쌍한 승리자로서의 그것.

가령, 혹시라도, 제국군이 여기서 '힘이 다했다'고 보이지 않기 위해서 제투아 장군은 마도사를 또 사지로 던지겠지.

그렇게 되지 않기 위해서라도 위풍당당하게 개선해야만 한다. 아직 더 버틸 수 있다고 보여야만 한다.

"마도사단은 폭위를 떨칠 필요가 있다. 우리는 배치전환을 한다. 못 다 날뛴 울분을 전투에서 신나게 발산하고 귀환이다."

"무모합니다. 여력이 고갈되는 그런 짓은……."

"잘 알고 있다, 소령."

딱히 아군의 전력 사정에 환상을 품은 것은 아니다. 타냐가 알기로 만신창이라는 사자성어를 체현하는 상황이다.

"조금 전에 세레브랴코프를 자라고 던져놓고 왔는데, 그 비샤도 걷어차지 않는 이상 일어나지 않겠지. 마도사의 피로는 심각하다."

하지만 타냐는 객관적 시점에서의 역산을 토대로 합리성이 그것을 명한다고 간결하게 표현했다.

"우리가 도망치듯이 돌아가면 안 된다."

"우리 군의 여력이 없다는 게 탄로난다?"

바이스의 말에 타냐는 수긍했다.

"그렇다. 이것이 거짓된 용맹함이라고 해도…… 연방군을 상대로 제국 마도사는 계속해서 위협이어야만 한다. 그렇기 위해서 지금부터 우리는 개선할 수밖에 없다."

"그건…… 대단한 희생을 치르게 됩니다만."

"어떠한 희생이라도 필요가 정당화하겠지."

괜찮겠냐고 눈으로 묻는 부장.

물론이라고 타냐는 고개를 끄덕여 주었다.

그것이 총력전이고, 그것이 내러티브의 싸움이니까.

그런고로 제국군 마도사는 모두가 바라는 그대로 행동했다.

환경적인 사정으로 아군이 추격을 단념했다고 철저히 주지시키고, 배치전환을 할 수밖에 없다고 설명한 뒤에, 일부러 광역에 전파로 알렸다.

'제국군의 개선 투어' 라고.

철수라는 이름의, 3개 사단 규모 마도사에 의한 장거리 공중 유영이라고.

연방군 부대를 닥치는 대로 습격하고, 닥치는 대로 제국군 패잔병을 재수용하고, 적 야전활주로를 접수하고, 적지에서 간단한 연회를 열고, 이보란 듯이 어필하면서 철수.

그것은 철수다.

하지만 형식상으로는 개선이라고 할 만큼 방약무인이었다.

공식으로 징발된 적군의 와인에 대한 품평회까지 무전으로 해 댔다는 점을 볼 때, 제국군 마도사의 치기는 세계에 널리 알려졌다고 해도 좋겠지.

이 정도일까 싶을 정도로 용감하고 강건하게 세계에 스스로를 계속 과시한다.

바보 같을 정도로 전과를 추구하며 노닐었다.

만나는 연방군 마도사를 족족 격추하고, 간단한 상대였다고 선전하고, 찔끔찔끔 연방의 철도를 날려버리면서 '우리는 건재하다'고 선전한다.

그것이 제국군 마도사단의 잔해에 의한 마지막 허영이라는 것을 세계는 아직 모른다.

모르는 이상 그것은 신화가 된다.

신화—— 강대한 제국이 제국답게 연방에 맞서 무찔렀다.

이야기를 지배하는 문맥에서, 그것은 환상이기에 널리 선전되었다.

신화를 만든 당사자들은 영광과 함께 개선했다.

개선하고 칭찬을 듣고, 영예로 빛나는 무대에 등단을 마친 뒤, 마도장교들은 일제히 원하는 바를 충실히 행동에 옮겼다.

즉, 수면이다.

탐욕스럽게 수면을 취하고, 일어나서 식사하고, 또 잤다.

그렇게 체력을 회복하고, 장교회관이라는 훌륭한 이름이 붙은 헛간의 지푸라기 침상에서 좀비처럼 고개를 든 것은 제국이 세계에 자랑하는 마도장교인 타냐 폰 데그레챠프 중령과 그 부관이었다.

"아아, 지쳤다."

"예, 힘들었습니다. 정말로, 진심으로, 이번만큼은······."

완전히 지친 목소리로 부관이 말을 이었다.

"엄청난 체험이었습니다. 공수 강하는 실컷 했습니다만, 이번은 뭐라고 할까······. 너무 강렬했네요. 공수 알레르기에 걸릴 것 같습니다."

"뭐냐, 비샤. 알레르기인가? 심해지기 전에 군의에게 신속히 신고하도록. 처방전을 주지."

"어떤 약입니까?"

놀란 부관에게 타냐는 대답했다.

"예비 낙하산이다. 이걸로 하늘도 무섭지 않겠지?"

"전 항공마도사입니다만."

"안 되지, 중위. 공수란 낙하산으로 강하하는 거거든? 설명서를 잘 읽어보도록."

킬킬 웃으면서 타냐와 비샤는 일어섰다. 슬프지만 자고 있는 동안에 일이 쌓여있다는 것을 잘 아는 몸이기에.

결국 다소 전선을 물리는 꼴이 되었습니다.
적을 유인하고 공수로 후방을 차단하는 데까지는
순조로웠습니다만……
막상 반격하려고 할 때 전차의 바퀴가
진창에 빠져서는 어떻게 할 수가 없습니다.
진창 시기가 너무 이른 게 한탄스럽군요.
날씨까지는 지배할 수 없다는 소리겠지요.

—— 한스 폰 제투아 /시국 간담회에서, 사적인 푸념 ——

》》》 통일력 1928년 2월 2일 동부 상공 《《《

수송기의 창문으로 동부의 대지를 바라보며 레르겐 대령은 깊이 한숨을 내쉬었다.

"이건 뭐지……?"

항공정찰 훈련을 받지 않은 자신도 보면 아는 지상의 이상함.

다리는 불타버리고, 노면은 동결로 기울고 있고, 지금도…… 도로상에는 잔해로 변한 무수한 차량과 사람이었던 것들이 널브러진 상태.

레르겐 자신도 야전 경험은 남들만큼 있다.

이르도아에서의 체험을 보면, 현재까지의 가장 선구적인 기동전의 경험이라고까지 단언할 수 있겠지.

그런데도 경험이 통하지 않는다.

전술의 묘리를 다투는 전쟁이 아닌, 완전히 공예가 되었다.

시스템으로 만들어진 듯한 기묘하고 이질적인 전선.

레르겐에게는 익숙하지 않다. 제투아 각하처럼 군정가이자 군령가라는 양면이 있으면 다른 시점이 생길까? 그렇게 고민할 수밖에 없다.

거기서 레르겐 대령은 내뱉었다.

"동부에서의 전쟁, 누가 본질을 꿰뚫고 있는 거지?"

위장에서 치솟는 것은 지독한 불쾌감.

그것이 너무 큰 희생에 대한 혐오일까, 다가오는 파국에 대한 두려움일까, 아니면 생물로서 본능적으로 느끼는 위화감일까.

답을 내는 것조차 기피해야 할까.

스스로도 너무 감정적이라고 얄궂은 결론을 내리고, 레르겐 대령은 기내에서 팔짱을 꼈다.

"총력전과도 뭔가 달라. 말로는 표현하기 어렵지만…… 총력전 이상의 뭐가 있나?"

거기까지 말한 레르겐은 기내에서 지면을 바라보면서 탄식했다.

생각을 접어야 할 때였다.

애초에 생각을 하려고 해도 마음이 편치 않다. 누구든 그렇겠지. 최전선의 가설 활주로에 대형 수송기를 직접 착륙시키려 하는 거니까!

실로 오싹해지는 나머지 생각을 일단 접게 된다.

무사히 착륙을 기도하고 싶어질 만하다. 요즘 세상에 동부에서 살아남은 수송기라면 기장이 너나 할 것 없는 베테랑들이라는 것을 알면서도 말이다.

솔직히 왜 이런 곳에 내리게 되었는가 하는 생각이 안 드는 것도 아니다.

수송기로 가장 가까운 기지까지 날아가고, 거기서 최악의 경우 마도사의 짐이 되는 정도를 상정하고 있었더니 '전선으로 직행하겠습니다' 라고 나왔다.

전장에 급히 설치된 가설 전장 활주로에 착륙하는 정도야 자신과 자신의 기체라면 어렵잖게 해낸다는 조종사 제군의 약소한 어필도, 이런 무모함과 비교하면 무시할 수 없지만.

애초에 희소한 대형 수송기를 동원한 것은 우리의 참모본부.

그러니까 동원된 거라고 짐작하는 레르겐으로서는 '이런 전선의 조악한 노면에 대량의 기재를 실은 과적 기체가 내려갈 수 있나?!' 라는 외침을 꾹 삼킬 수밖에 없다.

뭐, 사실은 도착할 때까지 다소 마음의 준비를 할 시간이 필요하긴 했지만.

기다리는 것이 데그레챠프 중령과의 면담이라니.

레르겐에게 데그레챠프라는 상대는 지금도 때때로 이해하기 어렵다.

하지만 명예와 애국심 있는 군인이 적절한 행동을 취한 끝에 군공 말소라는 상부의 결정을 전달받는 충격은 간단히 상상이 간다.

동정도 하고, 발끈하더라도 정상참작의 여지가 있다는 생각마저 든다.

다만 하필이면 그런 소식을 전해야 하는 사람이 자신인 것이다. 레르겐 대령은 살짝 비명을 지르는 위장과 함께 고민했다.

'레르겐 전투단' 시대에 그 군공을 가져갔다고 해야 할 처지인 자신이, 그것을 한다! 제도적 일탈에 대한 비판을 대체 무슨 낯짝으로 전해야 할까.

심각한 갈등을 마음속에 품으면서도 그의 몸은 반복해서 입력된 답례의 거동을 지상의 크루와 주고받고, 그대로 전선지휘소 부근에서 목적하는 인물에게로 향했다.

거의 자각이 없는 채로.

발을 멈추고 직접 본인과 마주치니, 거기에 있는 것은 실로 표표한 태도.

"어디, 데그레챠프 중령."

약간의 어색함에 레르겐은 본론에 들어가기 전에 뜸을 들였다.

뭐라고 이야기해야 할지 실컷 고민한 끝에, 약한 마음 때문일까, 이해를 구하는 듯한 말을 간신히 자아냈다.

"총명한 귀관이니, 내가 여기에 있는 이유도 이미 이해했겠지. 내 추측은 틀렸나?"

정말로 한심한 소리다.

하지만 보이는 것은 자기 역할을 다했다는, 확신에 찬 눈이다.

"예. 물론입니다. 소관이 레르겐 대령님에게 칭찬의 말을 듣기 위해서라고 생각하고 있습니다만."

데그레챠프 중령도 말 그대로 '문제가 없었다'고는 생각하지 않으리라.

한편으로는 결과를 자랑하고도 있다.

아아, 그렇겠지.

레르겐 자신만이 아니라 제투아 각하도 '도움을 받았다' 라고 사태를 평했다.

궁극적으로는 그것이 적절한 판단이었다.

제국은, 제국의 빈약한 동부전선은, 결정적인 사망선고를 약간의 차이로 피해냈다.

공적이라고 하면, 데그레챠프 중령의 공적이 맞다.

"참 기묘한 일이 있었던 모양인데."

하지만 어떤가!

"예, 대령님. 소관도 설마 제가 수석 작전참모의 직책을 받았다는 것이 관보에 게재되지 않았다는 사실에는 경악할 따름입니다. 관료적인 업무 실수에도 한도가 있을 텐데, 정말이지 용납할 수가 없군요."

"호오?"

"루델돌프 원수 각하의 불행한 사고가 있고, 참모본부가 혼란에 빠졌다는 사정이 있었다고는 해도, 제투아, 루델돌프, 두 각하에게 지시받은 동부 방면의 작전 지도를 맡아야 할 작전참모직으로서 소관이 충분히 역할을 다할 수 없었던 것, 담당자로서 깊이 사죄드립니다."

어째서 자신은 변명 같은 말을 눈앞에 있는 중령에게 끌어내고 있지?

어째서 이 중령은 변명 같은 말을 눈앞에 있는 나에게 태연히 말할 수 있지?

어째서 우리는 변명 같은 말을 눈앞의 상대에게 요구하고 있지?

"대체 언제 각하가 귀관을 그런 직책에 임명했나?"

레르겐 자신도 마음속에서 솟아오르는 의문을 억누르지 어려운데.

다른 말이 있어야 할 텐데.

자신의 입은 내심과는 달리 한없이 담담해져버렸다.

"통일력 1927년 9월 10일입니다만."

"그건 대체 어떤 일이었지?"

"루델돌프 각하의 불행한 사고가 있기 직전이었습니다. 구두 명령으로 제투아, 루델돌프 각하께 지시를 받았습니다만."

눈썹을 움직이고 팔짱을 끼며 레르겐은 거기서 자신에게 주어진 권한과 '의미'에서 일탈하지 않는 범주로 말을 쥐어짰다.

"데그레챠프 중령……."

"옙!"

"예의를 차릴 필요는 없다. 아니, 좋아. 나도 자세히 알고 있다. 각하는 '잘했다'고 말씀하셨다. 그 의미를 알겠나?"

"영광입니다, 대령님."

"귀관은 실로 잘했다. 상황 판단으로는 최선이었다. 더없이 좋은 대처를 해냈다고 인정할 수 있겠지."

하지만 거기서 레르겐의 입은 갑자기 무거워졌다.

잠시 침묵하고, 상대의 질문하는 듯한 시선을 받은 레르겐 대령은 빙글 등을 돌렸다.

그대로 말없이 팔짱을 낀 그는 한숨을 흘리고 머리를 긁적였다.

"제투아 각하께서 감탄하지 않을 수 없는, 번쩍이는 지성이다. 상황의 이해, 대응의 처방전, 전부가 탁월한 지성이다."

거기서 레르겐은 신음소리를 흘리는 자신을 깨달았다.

"하지만 달리 방법은 없었을까…… 싶다."

거의 감정만으로 토로한 본심을 깨달으면서도 레르겐은 달리 할 말이 없었다.

"수법 자체는 엄청나다. 하지만 데그레챠프 중령, 귀관이라면 알겠지. 그 수단은 한없이 열악하다."

"필요에 따라서, 소관은 권한이 허가하는 범주에서 독단전행했습니다."

"그게 최악이라고 하는 건데."

레르겐은 말을 쥐어짜냈다.

"알겠나. 명령과 명의를 사실상 사칭했다. 이것은 심각한 사기다. 결과는 좋지만, 결과로 정당화하기에는 너무 심각하다."

"필요했습니다."

단호한 대답과 흔들림 없는 눈동자 앞에서 레르겐은 무심코 투덜거렸다.

"그래, 필요했다는 것은 인정하지. 그리고 필요의 이름이 이번 귀관의 공적을 기록에서 모두 말소한다. 저항한다면 군력에 더욱 흠이 갈지도 모른다!"

본심에서 나온 조언이었다.

더 말하다간 문책하는 자가 해서는 안 될 말이 나올지도 모르는 아슬아슬한 한마디였다.

하지만 데그레챠프 중령은 꿈쩍도 하지 않고, 아주 진지하게 받아쳤다.

"조국이 남아야 군력도 남겠지요."

레르겐은 그 말에 경악했다.

제국이 남아야.

그렇다── 제국군의 군력도.

제국군도.

애초에 제국도.

이 전쟁에서 패하면.

그런 것에 의미가 남을 리가 없다.

데그레챠프 중령이 자기희생도 아랑곳하지 않고 군을 구했기에, 군에서는 그 구세주에게 규칙 위반을 따지는 비뚤어질 여유를 부릴 수 있다. 그 사실을 이해하고, 레르겐은 몸을 떨었다.

어린아이가, 아직 어른이 되지 못한 존재가, 어른에게 그것을 말하나!

나는 뭐라고 말해야 할까?

의무를 칭찬해야 할까?

각오에 경의를 표해야 할까?

아니면 쓸데없이 나이만 먹은 스스로를 부끄러워해야 할까?

하지만 뭐라고 해도 진부하기 짝이 없다.

말로 하면 그 순간 진부해진다.

그렇기에 레르겐은 살짝 고개를 숙일 수밖에 없었다.

"미안하군, 고생했다."

"아뇨. 그 정도의 일은 아닙니다."

그 정도의 일을 한 데그레챠프 중령이 심부름을 마친 듯한 태도로 가볍게 말하는 것은 참 신기하다.

그런 존경해야 할 군인에게 레르겐은 한숨을 흘렸다.

"귀관에게는 존경밖에 할 수 없군."

"존경해야 할 선배들에게 높게 평가받는 것을 영광으로 삼고 싶습니다."

"영광이라. 그렇다면 제투아 각하께 직접 칭찬받으면 되겠지."

"제투아 각하께서, 설마, 전선에?"

"음, 그렇다. 본인께서 시찰을 나오신다. 또 거기에 맞춰서 저번에 이야기가 있었던 알렉산드라 황녀님 대신 황제 폐하께서도 친히 오신다고 하셨던가?"

문책하러 온 건가, 공적을 칭찬하러 온 걸까, 단순한 연락원이었을까.

좀처럼 가늠하기 어려운 손님으로 사령부에 얼굴을 내민 레르겐 대령을 배웅하면서, 타냐는 쓴웃음을 지었다.

"황제 폐하의 방문이 아니라 제투아 각하의 방문에 맞춰서."

메인이 제투아 대장.

수행하는 것이 황제.

"레르겐 대령님도 의외로 물드셨군."

황실 숭배의 마음을 이념 그대로 체현하는 귀족 출신 장교라면 절대로 간과할 수 없는 실수.

'황제 폐하'보다 '제투아 각하'가 먼저라니. 제국의 예의상으로는 반대인데.

이것은 가치관의 융해가 진전되었다는 소리다.

"싫구나, 싫어."

제국도 변하고 있다고 타냐는 쓴웃음을 지을 수밖에 없다. 드디어 '최후'가 보이기 시작한 걸지도 모른다.

어떤 형태로 전쟁을 끝낼 것인가.

그것을 슬슬 형태로 만들 때가.

》》》 통일력 1928년 2월 초순 《《《
이르도아 반도 얼라이언스 사령부

어떤 형태로 전쟁을 끝낼 것인지를 계속 생각하며 얼마나 사색에 잠겼을까.

어느새 시간이 꽤 지나 있었다.

품위 있는 벽걸이 시계를 보면서 노군인은 쓴웃음을 지으며 의자에서 일어섰다.

거울에 시선을 주어 확인하면 몸가짐은 완벽. 주름 하나 없이 손질된 군복. 그 위의 얼굴은 독실 그 자체이면서도, 그 표정은 노련함이 깃든 나이 먹은 군인답다.

장식뿐인 군인이라 자부하기에는 지옥을 너무 본 눈.

"어이어이, 이게 나인가."

이르도아군의 가스만 대장은 자기 얼굴을 쓰다듬으면서 의아하게 입을 일그러뜨렸다. 군정가였을 자신이 너무 흉악한 용모를 하고 있지 않은가.

"이래선 세련된 집무실에 잠입한 악당이로군. 흠, 이렇게 보면…… 해적 두목 같지 않나."

실내를 둘러보면 해적왕이 쓰기에 어울리는 해적 모자까지 전시되어 있었다.

아마 복제품이겠지. 하지만 어쩌면…… 의외로 진짜일지도 모른다.

애초에 가스만이 있는 얼라이언스 사령부로 접수된 저택은 원래 무역상이 소유했었다고 들었다.

원래 소유주는 상당히 취미가 고상했겠지.

인테리어 하나하나에 일화를 담으면서도 고상한 이국의 풍취가 이르도아 남부의 밝은 지역색에 신비한 색채를 가져다주는 조화를 이루는 공간. 오묘하다는 점에서는 밝고 실용적이라고 보이기 쉽지만, 밝다는 점에서는 신기함과 심오함을 띤 음영이 엿보이는 집무실이었다.

그런 방에 일부러 해적 모자를.

조화 속에 있는 부조화.

어쩌면 배를 다루는 무역상이 다모클레스의 검 대신 해적 모자를 택했을지도 모른다.

아무튼 보통 감성으로는 이런 곳에 놓기 흉흉한 물건이다.

물론 그런 인테리어의 풍취를 느끼는 감성을 가졌던 원래 주인들은 쫓겨나고, 저택에 감도는 문화도 전쟁으로 정중히 쫓겨났지만.

"조금 아쉬운 일이로군."

과거에 무역상이 다루었을 세련된 물건들 대신, 군수품이 창고에 수북하게 들어가고, 고급 옷을 걸친 멋진 손님 대신 무뚝뚝한 군인과 군무원들뿐.

더불어서 취급이 너무나도 잡스럽다. 사령부 기능을 설치한 얼라이언스의 담당자는 좋든 나쁘든 수용 능력과 실무만 중시한 거겠지.

"아쉬운 일이야. 문화재 같은 저택인데."

통짜 자단나무 판자로 만들어진 사치스러운 집무책상 앞에서 가스만 대장은 작게 한숨을 흘렸다.

원래는 세련된 인테리어였을 저택 전체도 공병대와 서기관의 군대에 유린되면 무미건조한 실리주의의 공간으로 격변하고, 해적모와 문화의 향기가 집무실에 남아있는 게 기적이라고 해도 좋을 정도다.

"제국군도 그렇고, 합중국군도 그렇고, 실용주의라고 하면 뭐든지 밀어붙일 수 있다고 생각하는 놈들이니까 원……."

방이란 방에는 벽마다 큼직큼직한 지도를 붙여놓고, 부드러운 빛을 내는 램프는 번쩍번쩍 빛나는 전구로 교환되었다. 품위 있는 가구가 놓여있던 실내의 태반이 지금에 와선 드러난 야만성에 압도된 듯한 답답함밖에 없다.

"싫어지는군. 이래선 아무런 재미도 없어."

대장의 계급장을 늘어뜨리고 전용 지원요원과 부관들에게 둘러싸여도, 품위 있는 집무실 하나를 지키는 게 한계.

자유라고는 아무리 찾아봐도 없다.

혀를 차면서 가스만 대장은 자기 담배를 물었다. 천천히 담배를 태우고 연기를 내뿜는 시간이 사색을 즐길 수 있는 최고의 한때다.

"어떻게 좀 안 되려나."

그렇게 투덜거리고 사치스러운 비취 재떨이에 시가를 내려놓으면서 가스만 대장은 턱을 쓸었다.

팔짱을 끼고 앉아 보니 뭔가 미묘하게 편치 않은 의자. 집무책상과 달리 이쪽은 군 표준 사양의 야전 접이식 의자다.

이렇게 어긋나는 조합도 따로 없겠지.

얼라이언스라는 진영처럼 이 집무실 또한 여기저기서 긁어모은 것들로 가득하다.

시간이란 귀한 자원이다.

귀중한 이것을 어떻게 쓸까. 그 점만을 생각하며 가스만 대장은 벽에 걸린 어느 지도로 다시금 시선을 주었다.

"제투아 대장의 대응력은 정말로 훌륭해."

그 정도가 아니라, 완전히 괴물이다.

솔직히 가스만은 감복했다.

"개전부터 계속 군정가를 했던 주제에 유사시에는 이러지. 역시 그는 즉흥 예술가라고 할 수밖에 없어."

군정가로서는 진다는 마음이 들지 않지만, 작전가로서는 절대로 못 당한다.

그런 솔직한 감상과 함께 가스만은 한 달도 못 미치는 사이에 벌어진 격전의 종말에 정말로 감복했다.

전략공세라 칭하는 연방군의 대반격.

여명이라는 그것은 정말로 훌륭한 전략적 기습이었다.

이르도아에 깊이 발을 들여놓은 제투아 장군의 옆구리를 강렬히 노리는 공격.

그런데도 지도상에서는 제국군이 연방군의 공세의도를 완전히 분쇄했을 뿐만 아니라 어떻게 역포위의 구도마저 일시적으로 보였다.

"역시나 포위섬멸까지는 이르지 않은 모양이지만……."

승부의 결과는 이미 나왔다.

제국은 지지 않았다.

얼핏 보면 제국은 또 '이겼다' 고도 보인다. 가스만은 그 사실을 기막힌 심정으로 인정했다.

필연이었을 터인 전략적 패배라는 운명을 현장의 탁월한 전술적 재능으로 작전차원의 승리로 뒤엎는다.

자신이라면 불가능하다. 가스만은 솔직히 정했다.

역사가의 평을 들을 것도 없다. 자신이라는 군인은 평범한 전술가임을 자각하고 있다. 전문가로서도 최소한의 지식만 있을 뿐.

당사자로서는 여태까지의 실책을 볼 때 자신에게 야전지휘관에게 불가결한 '순간적인 판단력'이란 점에서 중대한 결함이 있다고 알고 았다.

아니. 제국처럼 머리가 어떻게 된 전쟁광들에게는 확연히 뒤진다는 걸 싫을 만큼 통감하고 있다.

"제투아 대장은 무시무시해."

이렇게 화려하게 승리를 쟁취해내는 수완은 1류의 그것.

무엇보다 그 다음부터의 연출 능력은 천재적이다.

동업자로서는 거의 존경인지 두려움인지 선망인지 모를 모호한 감정에 가슴이 애탈 만큼, 거대한 전략적 천재겠지.

하지만 그런 눈부심마저도 가스만 대장의 지성을 전혀 어둡게 하지 못한다.

위대하게 보이는 제투아 대장의 전과는 사실 엄청난 '궁여지책'이라는 사실을, 가스만은 느끼고 있다.

"역습 성공. 몇 수 앞을 보는 화려한 묘수. 역습의 칼날은 예리한 일격. 모두 듣기는 좋지만, 현실은 주도권을 갖지 못했기에 나온 예술에 불과하지."

제국군은 열심히 춤추었다.

하지만 주도권은 연방이 쥐고 있었다.

이것이 전부다.

"물론 관객에게는 '주역'이 제국이라는 인상을 주는 연출의 묘였지만. 적인 우리조차도 자기 연출에 어울리게 하는 제투아 대장의 수완은 정말로 탁월해."

사기꾼이라고 할 만하다. 가스만은 시가를 태우면서 무심코 투덜거렸다.

이르도아도 이 사실을 더없이 통감했다. 애초에 '왕도 탈환에 성공했다'.

프로파간다 면에서 대승리를 거두고 말았다.

이 의미는 병참과 군정의 전문가인 가스만 대장이기에 싫을 정도로 숙지하고 있었다.

일반적인 경우, 일국의 수도란 정치의 중심이다.

생산의 중심이 아니라 소비의 중심이기도 하다. 그리고 정치적 위신이나 국가적 자존심이 깃든 장소이기도 하다.

그런 왕도를, 가스만과 이르도아 왕국군은 '탈환' 했다.

그 덕분에 칭찬을 왕창 들었다.

칭찬을 왕창 들어버린 것이다.

자, 사람들이 화낼 것을 이해하지만, 현실을 보자. 가스만은 고뇌 끝에 현실을 다시금 보았다.

제국은 일대 소비지를 '격전 끝에 내준다' 는 형태로 느긋하게 북쪽으로 후퇴 끝.

그때 야유하듯이 '민간인 피난' 이라는 구실로 대량의 소비인구를 결정타처럼 북에서 남으로 보냈다.

악랄하게도 그 태도는 지극히 정중했다.

피난민을 이쪽에 떠넘길 때, 제국군은 오로지 인도적 목적만이 있다는 것처럼 피난민에게 대량의 식량이나 기호품까지 나누어주었다.

그 출처가 이르도아의 비축임을 모른다면 제국군이 피난하는 사람들에게 따뜻한 식사를 제공하는 한편, 피난민을 받아들이는 이르도아군은 차갑게 대응했다는, 실로 대조적으로 보이는 사례가 되겠지.

어디까지 노린 건지는 알 수 없다.

하지만 망할 제투아 자식은 완전히 분단을 의식했다.

피난민을 위한 전용열차와 특별배급 같은 건 시작에 불과하다. 전용 숙소까지 준비하고 '전쟁의 불길에 휘말린 모든 사람들에게 침상과 의료, 그리고 식사를 제공하겠습니다' 라는 착한 척까지 하며 저 제국군이 애교를 떨어댔다면, 가스만에게는 그 의미가 또렷하게 보인다.

그러기 위한 재산이 모두 이르도아의 자산이라고 몇 명이나 알아차렸을까?

수도의 곡물을 이르도아인을 위해 '특별배급' 하고, 유지할 수 없는 한계까지 텅텅 빈 도시를 '반격에 직면해서 내준다' 는, 웃기는 꼬락서니다.

그렇긴 해도, 그렇긴 해도 말이다.

점령군보다 해방군이 온 뒤가 생활이 더 어려워지다니……라는 소리를 들을 수는 없다.

얼라이언스군은 해방군이어야만 한다.

그렇기 때문에 시기를 놓친다고 알면서도 적을 쫓는 '진격' 이 아니라 생필품 '수송' 에 전력을 기울이게 되었다.

북쪽의 제국군을 보자면 노획한 이르도아군의 장비로 재편되고, 우리의 식량을 나누어서 영양까지 듬뿍 취하는데!

제투아 장군은 기묘한 전쟁을 하고 있다.

기묘하지만, 태연한 얼굴의 뒤에 있는 것은 날카롭게 실리를 계산한 악의.

악동이 교활함을 익히고, 게다가 알랑거리는 미소까지 짓는 꼴일까. 완력으로 모든 것을 해결할 뿐인 바보였던 제국군이 그리울 정도다.

"제투아도 그렇고. 제국, 너희는 정말로 소름이 돋을 만큼 전쟁을 잘하는군."

얼라이언스는 이르도아에서 농락당했다.

그동안에 동부에서는 귀신이 없는 틈을 노리고 연방이 정공법으로 치고 들어갔더니, 이것 또한 믿기 힘든 전개로 그대로 뒤집혔다. 뭘 어떻게 했는지 모르지만, 제투아가 나서서 어느 틈에 대역전되었다니까 뭐라 할 말도 없다.

가스만은 결론을 내렸다.

"즉, 제투아의 군대와 싸우지 않는 게 중요해. 그는 이르도아에 맺힌 감정도 없는 모양이니까. 이대로 '이르도아 전선 이상 없음'이 굳어져도 좋겠는데……."

자기가 한 말이 의미하는 귀결을 가스만 대장은 지겨울 만큼 잘이해하고 있다.

싸우면 제투아를 상대하게 된다.

하지만 싸우지 않으면 싸우지 않았다는 사실만이 전후에 이르도아의 어깨를 무겁게 한다.

제국의 옛 동맹자로 백안시되느니 결별하는 편이 전후의 지위를 기대할 수 있다는 것은 동맹이 본질적으로 함께 피를 흘리는 것을 귀하게 여기기 때문일까?

아니면 너만 득을 보는 건 용서할 수 없다는 인간의 심리일까?

어찌 되었든 이르도아를 위해서라도 전쟁이 끝난 뒤를 가스만은 생각해야만 한다.

"싸울까, 싸우지 말까, 그것이 문제로다."

그리고 그 중 어느 쪽도 문제다.

이르도아는 얼떨결에 사고에 엮이는 형태로 전쟁에 참가하게 된 쪽이지만, 참전국이라는 것은 틀림없다.

당연히 입장은 공동교전국의 눈을 의식할 필요가 있다.

협상연합이나 자유공화국처럼 되고 싶나?

이르도아는 명실공히 독립된 액터다. '명목'만 대등한 참전국처럼 격하 대접을 받고 싶지 않다.

주권국가라면 자국의 이해에 동맹국들이 자비의 마음으로 배려해 줄 것을 기대하지 않고, 고려할 수밖에 없는 대등한 파트너로 있기를 바란다.

이르도아의 국익을 제일로 생각하는 것은 이르도아다.

당연하지 않나.

그러니까 가능하다면 얼라이언스의 일각으로서 합중국, 연방, 연합왕국과 실질적으로 대등해지고 싶다.

하지만 거기서 가스만 대장은 모순에 직면하게 된다.

성실하게 전쟁을 수행하면 성실하게 이르도아 국토가 전쟁의 불길에 휩싸인다.

얼라이언스의 총력을 기울여서 이르도아 북부 탈환전 같은 걸 벌인다면, 이기더라도 허허벌판을 손에 넣을 뿐이다.

더 말하자면 제일 먼저 피를 흘리기를 요구받겠지.

자기들만이 피를 흘리고 점수를 딴 끝에 허허벌판을 손에 넣고 기뻐할 인간이 얼마나 있을까?

자기 일이 된 전쟁은 이러니까 좋지 않다.

"신대륙의 친구가 진심으로 부럽군. 저쪽에 있는 그들이 보기엔 아무리 심해져도 이 전쟁은 강 건너 불구경이니까."

본래 이르도아도 방관자로 이 전쟁에서 최대의 이익을 끌어내는 게 이상이었던 만큼, 현재 상황은 괴롭다.

"회복하지 못한 이르도아 땅을 되찾고 싶다는 마음은 나에게도 있지만. 그걸 위해서 본토에서 총력전을 벌이게 되어서는 정말이지 곤란해져."

가스만 대장의 머리는 총력전에 물들지 않았다.

물동을 아는 인간이기 때문에 전쟁 자체가 목적이 되는 전개의 무서움을 이해하고 있었다. 말하자면 이 아수라장에서도 훌륭한 양식과 상식이 넘쳐나고 있다.

이 점에서 좋든 나쁘든 가스만 대장은 냉정하다.

이르도아 북부 탈환은 바라지만, 그 대가는 최소한으로 하고 싶다고 바라고 있다.

"그렇긴 해도, 우리 이르도아로서도 형태를 만들어야지."

제국과 연방의 '이길지 멸망할지' 하는 극단적인 총력전 지향은 광기의 소산으로 느끼지만, 국가이성의 이치는 이해할 수도 있다.

가스만 대장은 그렇기에 그 지성으로 타당한 결론—— 당사자로서는 재미라곤 하나도 없는 수재적인 결론이라 해야 할 지혜를 쥐어짜냈다.

"이르도아 북부 탈환은 제국군이 후퇴하면 자연스럽게 달성된다. 즉, 정면에서 고지식하게 격돌하는 것만이 능사는 아니야."

지도를 바라보고 제국군의 배치 상황과 얼라이언스 국가들이 배치된 군사적, 정치적 정세를 고려하면 몇 가지 재미있는 시점이 떠오른다.

그것은 작전이 아니라 정치적 술수에 가까운 것이다.

가스만 대장은 전쟁을 잘하지 못한다. 하지만 제국인보다는 훨씬 정치를 잘한다.

그런고로 적의 특기를 발휘하는 무대를 거절하고 자기의 특기인 영역에서 강렬한 일격을 먹여 주자는, 지극히 정당한 전략적 결의를 그가 내렸을 때, 그것은 제국에 대한 강렬한 보디블로우로서 기능하기 시작한다.

그리고 약속 시간에 나타난 세 대령 앞에서 가스만 대장은 대수롭지 않게 잡담을 시작했다.

"미켈 대령, 드레이크 대령, 그리고 칼란드로 군, 자네들에게 할 말이 있네."

미소와 함께 꺼낸 잘 와주었다는 말은 인사치레의 수준을 크게 벗어나지 않는다.

"미켈 대령, 자네, 이르도아에 망명할 생각은 없나? 연방군 마도부대가 통째로 온다면 내 권한으로 내일이라도 준비하겠는데."

툭 하고.

가스만 대령은 폭탄을 실내에 던졌다.

아연실색한 드레이크 대령이 말 그대로 안색을 바꾸고, 이쪽의 얼굴을 뚫어지라 바라보는 칼란드로 대령의 눈동자에도 곤혹스러움이 깃들어 있었다.

하지만, 이라고 해야 할까.

실내에서 당사자인 미켈 대령은 온화한 얼굴로 모호하게 고개를 내저었다.

"고향에는 가족이 있습니다. 부하도, 저도."

"그런가."

아쉬움을 숨기지 않고, 가스만 대장은 한숨을 흘리면서 본론에 들어갔다.

"그렇다면 어쩔 수 없으니 세계의 적을 제거하는 꿍꿍이를 시작해 보실까. 제국을 가지고 놀아보지 않겠나?"

가스만은 의미심장하게 미소 지었다.

"슬슬 어떤 형태로 전쟁을 끝낼 것인지 생각해야 할 시기니까."

어떤 형태로 전쟁을 끝낼 것인지. 그거라면 연합왕국은 항상 의식하고 있다.

대륙의 세력균형.

모든 것은 자국의 안전보장을 위해서.

전쟁 한가운데니까 전략적 시점을 가져야 한다는 사실은 연합왕국인에게 너무나도 자명하고, 그런 시점을 잊곤 하는 제국을 연합왕국의 전쟁전문가는 언제나 '초보'로 간주하고 있었다.

하버그램 소장의 말을 빌리자면 이것은 실로 타당한 평가다.

결국 군사력이란 도구에 불과한데도 불구하고, 제국인은 '군사전략'과 '국가전략'을 동일시하는 경향이 있고, 전쟁을 잘하는 것밖에 모르는 놈들이라고.

물론 군사력은 매우 중요하다.

힘없는 논리도, 대의도, 폭력에 분쇄될지 모른다. 군사력을 기피하는 성인군자도 때릴 수 있는 녀석은 태연히 때리는 법이니까. 다만 폭력은 그것만으로는 정의를 의미하지 않는다.

국가안전보장을 위해서는 대의명분과 실력이 둘 다 중요하다.

다만 이렇게 덧붙일 수 있겠지.

국가전략에 군사력이 봉사하는 것이고, 군사력을 위해서 국가가 봉사하는 것은 자가당착이라고.

"힘이란 왕왕 재난을 부르는 법이지만. 제국인은 군대로 제국을 방어하면 될 뿐이라고 믿고 있는 바보들이다."

명검이란 검을 쥔 사람이 초보자일수록 오히려 주인을 다치게 하는 법이다.

그러니까 제국군이 전장에서 '승리'했다고 들어도, 그들 중 대부분은 '만회는 가능하다'고 항상 달리 받아들일 수 있었다.

전략공세 〈여명〉의 실패를 들었을 때는 놀랐지만, 하버그램에게는 아직 여유가 있었다.

하지만 그 모든 것이 영원하진 않다.

"하버그램 각하, 실례하겠습니다. 매직의 속보가 도착했습니다. 분석반의 말로는 최우선이라고 합니다."

연합왕국이 제국의 암호를 해독하는 데 성공했다는 것은 최고 기밀이다.

비닉을 위한 노력은 편집광 같은 영역에 도달했고, 지금 이 서류를 반송한 젊은 정보부 소령은 '매직'을 제국군의 고위 장성이라고 믿고 있을 정도다.

즉, 정보전에서 제국이 보이는 '기분 나쁜 후각'과 '부자연스러운 전개'를 생각하면 암호 해독은 비밀 중에 비밀.

그런 물건을 받아들어 개봉하고 다 읽었을 때, 그는 무심코 소리쳤다.

"이, 이 타이밍에 말인가!"

해독되어 긴급이라는 도장이 찍힐 만한 물건이었다.

거기에 따르면 황제의 친정과 그에 따른 소정의 준비.

기막히게도 '극비'라고 명시된 보충에는 '자치평의회에 대해 주권을 인정하고, 각종 행정권의 이행과 대연방 동맹 형성을 위한 조정을 개시한다'라는 내용이 명기된 판국.

"제, 제투아는 악마인가? 아니면 우리의 친척인가?"

전장에서 승리한 제국이 또 다른 반석을 원하여 '주권 용인'.

'조국을 갖고 싶다'라는 충동과 '연방이 이기면 어떻게 될까'라는 공포 사이에서 갈등하는 자치평의회의 저울이 제국 쪽으로 기울 우려가 있는 수다.

제국이 승리할 공산이 보인 순간, 자치평의회 놈들은 제국과 운명공동체가 되겠지.

"거의 사기가 아닌가. 그 괴물 놈, 전쟁도, 외교도, 전략도, 그렇게 잘할 수 있다면 처음부터 하라고!"

하버그램의 입에서 나온 것은 거의 푸념이었다. 동시에 거짓 없는 그의 솔직한 본심이기도 했다.

"제국 내부에 거기까지 내다보는 인재가 있었다면 처음부터 활용해서 전쟁을 피하면 좋았을 것을! 하필이면 왜 지금, 이런 때, 그런 것을 꺼내들지?!"

왜 한발 늦은 뒤에.

물론 이것도 푸념이다. 말해 봤자 소용없다는 것은 하버그램도 질릴 만큼 잘 알고 있다.

하지만 그래도 한탄하지 않을 수 없다.

"마치 '천재'라는 개념에 도전하는 듯하군."

하지만 천재는 개인이다.

개인은 아무리 위대해도 조직이 아니다.

그리고 조직은 개인을 숫자로 압살할 수 있다.

"동쪽은 상상 이상으로 오래 가겠지. 무관단의 시찰 보고, 의외로 도움이 안 되지 않나?"

하버그램 소장은 거기서 고개를 흔들어 자기 말을 부정했다.

파견된 장교단은 '선발'되었다. 다국적 의용군에서의 경험도 있어서, 연방 주재 대사관의 부속 무관단은 연방 당국과 잘 지내고 있다.

연방군의 실정 파악과 공세의 규모에 관한 보고는 적절했다.

추정이지만, 연방군이 전략 승리를 쥘지 모른다는 경보는 모두 합리적인 결론이라고 말할 수밖에 없다.

그는 무거운 현실에 한숨을 내쉬었다.

"즉, 제투아 놈이 정말로 그 위기상황에서 뒤집은 건가?"

하버그램은 다시금 신음할 수밖에 없다.

연합왕국 정보부로서 공식으로 보고하라는 요구를 받는다면, '제국군은 연방의 전략공세 〈여명〉을 감지했던 징조 없음'이라고 단언할 수 있다.

매직은 이 점에 관해 웅변한다.

제국이 '최악이라도 봄'이라고 방심하고 있었음을 큰소리 땅땅
치며 보증할 수 있겠지.

그러니까 연방군이 의표를 찔러 발동한 〈여명〉은 '제국군 기갑
부대'가 송두리째 이르도아에 전용된 상황에서, 태세 면에서도
의식 면에서도 빈틈을 보인 동부 제국군을 쳐부술 공산이 크다고
당초에 간주되었다.

"그래, 그럴 터였다⋯⋯."

하지만 현실은 어떤가.

하버그램은 쓴물이 올라오는 걸 참으면서 현실을 인정했다.

어째서인지 제투아는 이겼다.

거의 한 달도 안 되는 사이에, 쓰러질 터였던 골리앗이 아직도
건재하다.

동부 방면군, 제국군 참모본부, 그리고 제투아 대장의 개인적인
전신에 이르는 모든 통신은 '봄'을 최악으로 봤으니까, 완전히 허
를 찔렸을 텐데.

열세여야 하는 쪽이 주도권까지 쥐고, 즉각 적절하게 대응해 극
적인 방어에 성공했다. 결과적으로 〈여명〉은 실패로 끝나고, 제국
야전군은 여전히 건재하다.

아무리 생각해도 제국에 너무 유리한 결말이다.

더 좋은 결말을 바랄 수 없다는 의미에서는 최고의 결과겠지.

하버그램 소장은 최악의 가능성을 머릿속으로 그려보았다.

"어쩌면, 혹시라도, 제투아가 '처음부터 그럴 작정이었다'고 한
다면?"

매직에는 문제가 없다.

하지만 그런 대규모 전략공세에 직면하고, 통신에 어떠한 징후도 없이 '대응준비'를 준비할 수 있을까?

"현장의 독단……. 아니, 말도 안 돼."

현장에 있는 인간의 독단으로, 모든 것이 그 자리의 창의적 노력으로, 그만한 반격을, 망설임 없이, 주저 없이, 적절하게 할 수 있을까?

그럴 거면 차라리 제투아가 계산했다는 것이 그나마 가능성이 있다. 확률은 거의 0에 가깝지만…… 애초에 매직에 징조조차 없으니까.

"'매직'의 존재를 깨닫기라도 하지 않은 한, 제투아는 정말로 모를 테고……."

소리 내어 말한 순간 등골에 오싹 하고 차가운 것이 흘렀다.

설마?

"놈들, 암호가 해독된 것을 어딘가에서…… 눈치챘다?"

그 순간, 하버그램은 수중의 기밀문서를 훑어보기 시작했다.

쌓여있는 복수의 해독된 전보는 '제국군은 여전히 동일 형식의 암호를 이용하고 있다'라는 사실을 말하고 있다.

이것은 사실일 것이다.

설마 가짜? 모든 통신을 가짜로 한다?

"그건 무리다. 일부 부대만이나 한시적인 기만통신이라면 모를까, 모든 통신을 이러한 규모로 한다는 건……."

그렇다.

손에 쥔 카드를 드러내고 있다는 사실을 알면서 게임을 플레이하려는 꼴이니까.

"혹시 루델돌프 장군 격추로 들컸나? 제국인은 우리의 전략적 판단을 유도하려고 기만하는 건가?"

그렇다면.

의심이란 정보전에서 항상 있는 법이지만, 이 순간 하버그램 소장은 한없는 수렁에 빠져들었다.

"우리는 제국군의 암호를 해독했다. 그것은 들키지 않았을, 것이다."

그리고 적이 알아차렸다면, 제국군은 암호를 변경할 것이다.

그러니 논리적으로 생각하면 적은 암호에 자신이 있을 것이다.

그럴 것이다.

그럴 것이다.

하지만 그런 그의 믿음은 안색을 바꾸며 뛰어들어온 암호 담당 장교의 목소리에 날아갔다.

"즉…… 〈여명〉에 대한 초기 대응에 관해서는 '일회용 암호'가 사용되었고, 제국군은 그 명령을 즉각 실행했다?"

아찔.

그런 마음으로 되묻은 하버그램에 대해 암호 담당 장교는 암담한 표정으로 끄덕였다.

"이것이 제일 큰 문제입니다만, 완전히 일회용이라서 사전에 전용 암호첩이 배포되지 않았으면 아무런 의미가 없는 것입니다. 딱 한 번 사용된 직후에 동부 방면군의 통신상황이 기묘한 움직임을 보이기 시작했습니다."

"맞춰 볼까? 갑자기 멋지게 대응하기 시작했겠지."

이해하셨냐고 끄덕인 장교는 하버그램의 공포도 모른 채, 하버그램이 품은 의심이라는 씨앗에 풍성한 비료를 흘려 넣었다.

"예. 발신된 명령의 분위기가 현저하게 변했습니다. '소정의 방어계획을 실행하라'에서, '즉각 후퇴하라'로. '배포된 봉함명령에 따라 행동하라'라고 참모본부가 재촉하는 통신도 잡아냈습니다."

"그 보고는 들었지. 봉함명령에 따라 방어계획을 발동하라는 거였지? 매직 담당자는 그 방어계획 제4호란 것에 대해 자세히 파악할 수 있었나?"

"매직에는 흔적도 없었습니다."

"전혀?"

암호 담당 장교는 끄덕였다.

"첩보상의 보고로도 파악하지 못했습니다. 우리가 간신히 확보한 제국군 정보원에게서는 그러한 정보가 올라오지 않았습니다."

하버그램은 생각을 정리하기 시작했다.

즉, 〈여명〉이 시작된 순간, 제국군의 특정 부대가 '사전에 준비된 암호'에 따라서 지휘계통에 명령을 발신하고, 장교 우편 같은 형태로 사전에 통신을 통하지 않고 배포한 작전계획서의 실행을 촉구했다.

그리고 그 계획서는…… 완전히 은폐되어 있었던 건가.

"장성만 알았을 가능성이 있군. 라우돈 장군이 사망해도 혼란이 작았던 것을 생각하면 사령부 인간은 대부분 알고 있었을까? 제4호 방어계획이라는 단어는 매직에 얼마나 실려 있지?"

"〈여명〉 발동 후조차도 동부 방면군 사령부, 혹은 제국군 참모본부에서 '제4호 방어계획'이라는 명칭이 튀어나온 것은 몇 번

뿐입니다. 도무지 빈번히 나오는 단어가 아닙니다."

"즉, 감추어져 있었다? 아니면 말하지 않아도 통한다?"

"모르겠습니다."는 '모른다' 는 것을 '아는' 전문가의 대답.

수고했다며 고개를 끄덕여서 암호 담당 장교를 내보낸 하버그램은 거기서 책상 밑에 숨겨두었던 위스키를 꺼내 야만스럽게 입에 대고 병을 비웠다.

마시지 않고는 제정신을 지킬 수 없었다.

그러지라도 않으면 정말 소리쳤을 정도다.

〈여명〉에 대해 바로 발동된 수수께끼의 통신.

수수께끼의 통신 이후로 용의주도하게 튀어나온 수수께끼의 계획서.

그리고 그 계획서가 〈여명〉에 대한 카운터라고 하면.

'설마' '그럴 리가' '말도 안 된다' 라고, 부정하고 싶은 말들이 알코올이 돌기 시작한 두뇌에 떠올랐다가 사라졌다.

"제투아가 괴물인 건 알고 있다. 문제는 연방군의 전략공세를 '미리 간파한 악마' 인가, '즉석에서 대응한 천재' 인가다."

⫸⫸⫸ 통일력 1928년 2월 7일 동부 ⫷⫷⫷

"여어, 중령. 건강해 보여서 다행이군."

"각하?"

'예고도 없이 오셨습니까?' 라는 한마디를 삼키고, 갑작스럽게 사령부에 나타난 대장 각하 앞에서 타냐는 무심코 굳어버렸다.

허를 찔린 타냐가 할 말을 찾는 사이에 제투아 대장은 제국의 특기라고 해야 할, 주도권을 놓치지 않는 전략적 대화를 시작하지 않는가.

"황제 폐하의 수행원이야."

"황제 폐하? 아, 그랬지요. 저희는 제국이니까요."

알렉산드라 황녀 대신 황제 본인이 전승을 축하하러 오시기로 되었다는 것은 사전에 들었다.

그 수행요원으로 대장 각하도 납시다니.

그래도 허를 찔리긴 했다.

하다못해 상황을 잘 정리하려고 말을 꺼내는 타냐의 수법은 나쁘지 않았겠지. 하지만 상대가 한 수 더 위였다.

말꼬리를 잡은 제투아는 그야말로 작전가의 피를 이은 참모장교다.

"안 되지, 안 돼, 중령."

약점 발견.

철저한 집중 공격.

그리고 전과 확장.

"폰이란 경칭을 달고서 황실에 대한 존경과 충성심을 잊었나?"

불시 조우전인데도 불구하고 단호한 공격 정신이란 이름의 적극성이 발휘되는 모습은 그야말로 모든 장교의 모범.

팔짱을 띠고 등에 자라도 댄 듯이 반듯하게 등을 편 제투아 대장이 엄격한 표정으로 조용히 묻는 그 모습은, 그야말로 양식미라고 해도 좋다.

"귀관도 군 대학의 12기사로서 영예로운 기사작을 황실로부터 하사받은 몸일 텐데. 의무와 명예를 받았으면서 설마, 설마 잊은 건 아니겠지?"

강렬한 공성추처럼 찌르고 드는 말이지만, 타냐도 종심돌파 작전 앞에서 살아남은 역전의 베테랑이다. 필요하다면 최종방어선을 모색하고 순간적인 최종방어사격을 주저 없이 발동할 수 있다.

"용서해 주십시오. 궁중예의란 것을 전장 어딘가에서 잃어버린 모양이라."

야전장교로서 당당히 가슴을 펴면서 대응.

그리고 도리를 논하는 고급 장성 상대로 그 효과는 발군이다. 씨익 웃는 대장 각하는 실로 만족스러워 보였다.

"그렇지, 중령. 바로 그 점이다."

유쾌함을 감추지 않는 태도.

"제국의 역사에서 황실이야말로 항상 중심이었다. 적어도 관료와 정치가와 군인의 교차점이었는데……."

잔뜩 뜸을 들인 뒤에 제투아 대장은 말을 던졌다.

"작금의 황실은 어떤가?"

타냐는 웃고 있었다.

"존재감이 없습니다."

"불손한 발언이군, 중령?"

나무라는 말과 달리 제투아 대장은 비웃는 듯한 투로 내뱉었다.

"제국의 상징인 황실에 존재감이 없다니! 그런 일은 본래 있어선 안 된다! 아닌가?"

당연한 소리를 당연하다는 듯이 계속할 뿐이다. 본래는 무엇 하나 흠집 잡힐 발언이 아니다.

"대원수 각하께 충성을 맹세했다. 우리는 당연히 황제 폐하의 군인이다."

이것 또한 옳은 말이다.

제국군 장교는 황제 폐하의 장교다.

결국 제국군 참모본부는 황제 폐하를 보필하는 기관에 지나지 않는다.

적어도 헌법과 법률상의 위치로는.

타냐는 무심코 침을 삼켰다.

"도대체 이 전쟁의, 어디를 보면, 황제 폐하의 의지가 존재하는 겁니까?"

타냐는 황제를 곁에서 모신 적이 없다. 그런고로 황제가 어떤 식으로 전쟁을 지도하려고 '시도' 했는지도 모른다.

하지만 타냐는 보류했다.

'참모본부 내부' 에 어느 정도의 연줄과 귀가 있는 타냐조차도 '황제' 라는 요소는 정말 흐릿하게 의식한 기억밖에 없다.

제투아 대장의 중앙 복귀 때 황제 폐하가 명목상의 인사권을 행사한 것은 기억에 남아있지만, '제투아 대장의 중앙 복귀' 라는 인사가 '이르도아 침공' 으로 이어진다고 황실이 조금이나마 의식할 수 있었을까?

제투아 이외를 택한다는 선택지가 황실에 있었을까?

아니, 군은 이미 군으로서 완결되지 않았나.

지금은 작고하신 루델돌프 각하도 그런 기미가 있었지만……이라고 타냐는 다시금 자각한 의문을 무심코 말했다.

"각하, 황실에 대한 존경의 뜻은 있으시겠지요?"

캐는 듯한 질문에 대해 제투아 대장은 성대하게 끄덕였다.

"물어볼 것도 없는 일이지. 제국의 군인인 제투아 대장은 더없이 충실한 신념에서 나온 군주제론자다."

예상대로 함축된 바가 너무 많은 대답에, 타냐는 생각에 잠기고 말았다.

제국의 제투아 대장은 충실함 그 자체지만, 위대한 조국의 개인인 제투아 씨는 어떤지 언급이 없지 않은가.

국가의 군인으로서 충실하다고 하지만…… 그렇다면 조국을 생각하는 사람으로서는?

"그것은 그런 의도라고 해석해야 할까요?"

복잡한 질문.

거기에 대한 답변은 회답자의 기질과는 달리 무시무시하게 단순명료했다.

"말 그대로야, 중령. 달리 어떻게 해석하지? 나는, 한스 폰 제투아는, 명예로운 제국군 대장이다."

단호한 대답.

얼핏 들으면 황제에 충실하다고 자랑하는 고전적인 제국 군인의 자세.

무뚝뚝한 군인이 하는 말이라면 말의 속뜻 따위 없을 게 틀림없다. 하지만 타냐와 제투아는 속에 딴마음이 있는 몸, 그리고 말로 표현하지 않은 속뜻이야말로 이 경우의 본심이라는 것을 저절로 이해하고 있었다.

"각하, 무슨 생각을 하시는 겁니까?"

그렇기에 타냐는 상사가 목표로 하는 타협점을 알고 싶었다. 그보다도 몰라선 안 된다고도 느꼈다.

어떤 형태로 전쟁을 끝낼 것인가.

'이 한없는 혼돈과 파국을 어떻게?' 라고. 덧붙이자면 자신은 어디까지 휘말리는 걸지도 알고 싶다.

하지만 그 질문에 제투아 대장은 애매모호하게 팔짱을 찌고 눈빛을 흐렸다.

"조금 과거 이야기를 해볼까."

"예? 괜찮습니다만, 갑자기 무슨……."

"나도, 루델돌프 그 바보 자식…… 아니, 이미 없는 루델돌프 각하도, 라고 말해야 할까. 우리는 참모본부 본류가 아닌 방류였다."

갑작스러운 말에 타냐는 자세를 바로 했다.

방류.

듣고 보면 그랬다. 참모본부 본류라고 하기에 제투아 대장도 지금은 없는 루델돌프 원수도 '곁다리' 에 가까웠다.

"귀관은 내 모연대를 알고 있나?"

"부족한 탓에 모르고 있습니다."

그렇겠지. 제투아는 그렇게 말하며 웃었다.

"격식이라는 점에서 평범한 연대야. 지금은 제법 번듯해졌지만. 덤으로 내 인사상의 고과는 '학자풍' 이었다."

자신의 고과표에 대해 말하면서 제투아 대장은 팔짱을 풀고 턱을 유쾌하게 쓰다듬기 시작했다.

"군은 사람을 잘 보지. 그렇기 때문이라고 해야 할까?"

즐거워하는 듯한 목소리와 함께 제투아 대장은 군 담배를 입에 물었다.

"여기저기 관전무관으로 보내졌다. 그런 의미로는 기대받고 있었던 거겠지. 그럭저럭 쓰기 좋은 도구로서."

싸구려 담배에 불을 붙이고, 자기는 싸구려 남자였다고 웃는 고급 장성의 뒷모습은 신기한 색채를 띠고 있었다.

"개전 당시, 나도, 이젠 없는 루델돌프 각하도 준장이었다. 뭐, 그걸로 전무참모차장이라는 자리를 받았으니까, 우리도 편리하게 부려 먹히는 정도로는 전문가로 인정받는 입신출세를 했는데……."

제투아 대장은 쓴웃음을 지었다.

"아무래도 위가 꽉 막혀 있더란 말이지."

타냐도 쓴웃음을 지었다. 위가 막힌 폐색감. 조직인이라면 때때로 누구나 괴로워하는 갈등. 과거에 눈앞의 상사도 같은 일로 괴로워했다는 건 의외지만, 꼭 놀랄 만한 사항도 아니라고 받아들일 수 있다.

"참모총장, 참모차장 밑에 있는 전무인 참모장의 하청이다."

감개 깊게 군대 담배를 피우는 남자는 지금 일국의 주인이나 마찬가지.

"그게 어쨌단 말씀입니까."

과장스럽게 팔을 펼치며 유쾌한 듯이, 맛있게 담배를 피우는 노인은 야심의 덩어리로도, 향상심의 덩어리로도, 아니면 연기자로도 보였다.

"노르덴, 라인, 그리고 다키아."

제국군 참모본부의 예상은 자꾸 빗나갔다.

윗선의 계산은 아쉬운 결과로 끝났다. 그리고 그때마다…… 타냐는 눈앞의 노장군이 출세한 사실을 떠올렸다.

"사실상 제도와 인사의 사정으로 윗자리가 비고, 지금은 내가 참모본부의 주인이다."

제투아 준장의 입신출세, 혹은 대활약.

본인의 능력도 있겠지만, 환경의 요소도 절대적이었다.

총력전의 한복판에서 필요한 일을 할 수 있는, 총력전을 위한 부품. 교환할 수 있다는 것은 정말 중요하지만, 조직의 톱니바퀴로서 중시된 끝에 탄생한 제투아 대장이다.

"원래는 준장 정도의 말석이었는데, 지금은 제국의 심장부라니. 웃기지도 않는 소리야. 안 좋은 농담이지. 하지만 그러니까 역설도 생겨난다."

즐거운 듯한 목소리였다.

제투아 대장은 유쾌하다는 듯이 웃었다.

"사람은 나를 '전무참모차장'으로 기억하겠지. 이번 대전에서 계속 중추에 있었다고 오해하겠지."

무슨 말씀을? 이라고 의문을 제시하려던 때 타냐의 생각은 급 브레이크를 밟았다.

분명히 '제투아'는 엘리트 중에서 방류였을지도 모른다. 하지만 그런 것은 제국군 내부의 엘리트가 아니면 체감할 수 없는 일이다.

애초에 그의 직위는…… 표면적인 지위인 '전무참모차장'이라는 이름만큼은 개전 초부터 계속 똑같았다.

사람은 때때로 내실의 변화를 놓친다.

"내실은 도저히 그렇게 말할 수 없습니다만."

"귀관이니까 아는 거지. 우리 군의 영관 중에서도 아는 사람은 많지 않아."

"레르겐 대령이나 우거 대령은 어떻습니까? 두 사람이라면 자연스럽게 눈치챌 것 같습니다만."

"그건 그럴지도 모르겠군. 애초에 두 사람 다 참모 과정을 거친 본류들이다. 덤으로 참모본부에서는 '나와 루델돌프'의 밑에서 오래 근무했지."

실태를 잘 알고 있다. 그런 인간들이 간신히 제투아 대장의 역할을 이해할 정도라면?

본래는 참모총장 직속인 참모본부 전무참모장 밑에서 실무를 담당하는 전무참모차장. 그런데 어느 틈에 참모총장이 경질되고, 전무참모장 자리가 비고, 어느 틈에 참모총장 아래의 작전과 전무의 참모차장이 직속이라는 뒤틀린 운용을, 대참모차장이 된 제투아 장군이 실무 담당자로서 커버한다.

복잡기괴한 내부 사정의 변화를, 문외한이 알 리가 없다.

애초부터 조직이란 것은 이름과 실태에 대해 내부의 인간이 아니면 이해하기 어려운 기묘한 관습과 그때그때의 상황으로 움직이는 부분이 많이 있다.

그러니까 모두가 겉만 보고 판단한다.

자, 여기서 간단한 질문.

오늘의 제국군을 실질적으로 지휘하는 것은 제투아 대장.

그런 제투아 대장이 가진 공식 직함은 전무참모차장.

그리고 그는 개전 당시부터 쭉 '같은 직함'에 머물러 있다. 이것이 의미하는 바를 후세의 사람들은 어떻게 받아들일까?

"그러니까 나는 황실과 친하게 교류한다."

매달리는 듯한 느낌마저 떠오르는 제투아 대장에 대해 타냐는 한 발 물러났다. 물리적으로 거리를 두고 약간 주저한 끝에, 입 밖에 나온 것은 기막힌 말이었다.

"같이 죽자는 것 아닙니까."

황실과 친하게 지내는, 전쟁을 시작한 만악의 근원.

알기 쉬운 아이콘이다.

분명 존재X보다도 훌륭한 똥으로 보이겠지.

세계는 그를 적으로 본다.

"정말 알기 쉬운 이야기를 만들게 됩니다. 그림책 쪽이 그나마 이야기로서 다양성이 넘친다는 생각이 듭니다."

"세계가 귀관과 같은 의견이 아니라면 기쁘겠군."

씨익 웃는 대장 각하.

타냐는 무심코 깨달았다.

이건 그거다.

진정한 의미의 *확신범 아닐까?

"제국이 멸망해도 조국이 살아남는다. 위대한 제정이 망하더라도 나쁜 것은 아니지."

"그렇다면 황제 폐하께도 그런 각오가 있습니까?"

그건 그거대로 대단한 일이라고 혀를 내두르던 타냐는 그것을 물었다. 따라서 대수롭지 않게 돌아온 말에 무심코 굳어버렸다.

"글쎄. 아직 없지 않을까?"

---

* 확신범 : 정치적, 종교적 신념에 의거해서, 그 행위가 죄가 되더라도 올바르다고 확신한 것을 저지르는 범죄자.

"예? ……예?"

"형식상으로는 대승리니까. 황실은 기뻐하고, 폐하께선 행복한 기분으로 동부를 순찰하신다. 나아가 자치평의회 친구들에게 꿈과 희망을 바겐세일이다."

지독한 사기다.

너무 지독하다.

허위 광고도 정도가 있겠지.

황실은 이겼다고 진심으로 생각하고 있다. 그리고 자치평의회의 노련한 자들은 황제가 진심으로 이길 수 있다고 확신하는 것을 느껴서……. 이래서는 사기꾼이 훨씬 친절할 것이다.

"각하, 원망을 사실 겁니다."

"어이어이, 중령. 이렇게 선량하고 순박한 애국자가 누구에게 원망을 산다는 거지?"

호호 할아버지 같은 노인은 싱글싱글 웃지만, 이것은 이미 확신범이다.

"각하는 해학과 농담을 즐기시게 되었습니다."

"원래부터 그랬지."

가볍게 손을 내젓는 상사에 대해 타냐는 농담은 삼가달라며 진지한 얼굴로 중얼거렸다.

"예전에는 지적인 농담이었습니다. 지금은 완전히 광대입니다. 솔직히 차마 웃을 수 없습니다."

"광대를 연기하고 있으니까."

노회하면서도, 한편으로는 지친 기색을 숨기려고 하지도 않으며, 노인—— 그렇다. 전부 소진해 버린 노인과 같은 표정으로,

제투아 대장은 미소를 지었다.

"이 정도는 직무의 범주겠지. 귀관도 할 수 있지 않은가?"

"각하만큼은 못 합니다."

"그런가?"라며 고개를 갸웃거리던 제투아 대장은 유쾌한 듯이 말을 이었다.

"뭐, 중령. 본질적으로는 자네도 나도 광대면 돼. 군인이 진지하게 영웅 짓을 하는 것보다, 광대 짓이나 하는 밥벌레인 세계가 제국에는 제일 바람직해."

"각하?"

"아, 탈선했군. 아니, 나이를 먹으면 솔직해질 수가 없어. 오늘 내가 여기에 온 가장 큰 이유 말인데, 사실은 그저 자네에게 고마움을 전하기 위해서지."

제투아 대장이 머리를 슥 숙였다.

"용케 거기서 독단전행을 해 주었다. 용케 월권을 해 주었다. 그리고 용케 군을 구해주었다."

말 그대로 머리로 숙이면서 제투아 대장은 마음속 말을 털어놓았다.

"외줄타기였다. 전략적 기습이었다. 그 타이밍의 공세를 알았던 때는 모든 것이 끝났다고 각오했을 정도다."

진지한 눈이 타냐를 바라보다가 다시금 고개를 숙였다.

"미래를 준 귀관에게 진심으로 감사하고 있네. 체념에 휩싸여 있던 내게 얼마나 복음이었는지."

"복음이란 건 전혀 좋지 않습니다."

"호오?"

"군을 구하려고 인간이 발버둥 친 것에 불과합니다. 구했다고 생각해도 되겠습니까?"

"그래, 구했다. 파탄에서 몸을 뺐냈지. 제국의 군인으로서, 제국의 노인으로서, 조국의 제투아로서, 자네에게 다시금, 인간에 대해 진심으로 감사의 말을 하지."

"영광입니다."

타냐는 겸손하게 답례했다.

동시에 자기 역할로서 사태의 심각함을 언급해두겠지만.

"파탄은 나중으로 미뤄진 것에 불과하고, 목이 달랑달랑 붙어 있는 것에 불과합니다."

"지금 시대에는 그 차이가 결정적이야, 중령."

그럴지도 모른다.

파탄나지 않았다.

파탄나지 않았을 뿐.

하지만 그 어느 쪽도 지금 파탄나지 않았다는 사실은 변함없다.

"가난해졌습니다."

"전부 전쟁 탓이지. 결국은 이기지 못하는 전쟁 때문이야. 하지만."

"이길 수 있는 전쟁 만세, 패하는 전쟁은 개나 줘라?"

"누구든 그렇겠지?"

타냐는 그런 건가 싶어서 고개를 갸웃거렸다.

"외람되지만, 소관은 평화를 사랑합니다."

"나도 그래. 하지만 귀관이 그 정도라는 건 뜻밖이군."

"어라, 말씀드리지 않았습니까? 평화로워지면 루델돌프 각하가 약속해 주신 그림책도 무사히 나올 수 있었을 텐데."

타냐가 말한 '그림책'이란 말은 상사의 뜻하지 않은 반응을 이끌어냈다.

제투아 대장은 어딘가 모르게 감개 깊은 표정을 하고, 유쾌한 듯이 불을 붙이지 않은 시가를 물고 한 손으로 라이터를 만지작거렸다.

"그림책, 그림책이라. 그렇군. 전후에는 좋을지도 몰라. 아예 나도 지금부터 그림책에 쓸 이야기에 손대 볼까?"

"각하께서? 어울리지 않습니다."

그렇게 말하는 타냐에게 다소 상처 입은 표정으로 제투아 대장은 얼굴을 돌렸다.

"노인에게는 참으로 신랄한 말이로군. 꿈이 없어."

토라진 듯한 음색은 정말로 제투아 대장의 입에서 나온 것일까? 의아해하는 타냐의 눈앞에서 제투아는 천천히 맛보듯이 담배를 피웠다.

"문화로 뭔가를 세계에 남기고 싶다. 그래, 그림책 하나라도. 그런 생각조차도 젊은 재능에게 비웃음을 사다니, 너무 잔혹하지 않은가."

"각하의 재능이 필요한 곳은 다른 영역이라고 생각했을 뿐입니다만……."

제투아 대장은 살짝 기운을 되찾은 목소리로 대답했다.

"그럴지도 모르겠군. 나는 광대로 봐도, 피카레스크로 봐도, 사실은 2류야."

본모습을 숨기듯이 노인은 웃었다.

"하지만 지금 세계에 1류가 없다면 2류라고 해도 제1인자가 될 수 있겠지. 그것이 필요란 녀석의 요구라면 끝까지 연기할 수밖에 없지 않은가."

제투아 대장은 말을 이었다.

"그러면서 나는 말이지, 데그레챠프 중령. 실은 의외야. 나도, 귀관도, 폭력장치의 부품인데, 문화 이야기로 열을 올리고 있지. 이게 제국의 앞날을 묻는 문답이라고 누가 생각할까? 살롱의 환담이라도 전시 느낌이 더 날 텐데."

타냐는 치기에 따라 대답했다.

"문화와 폭력이 어우러졌기에, 무시무시한 힘이 될 수 있는 겁니다."

"호오? 시간이 있으면 꼭 논문으로서 완성시켰으면 하는 견해다. 하지만 애석하게도 시기가 안 좋겠지. 어찌 되었든 감사하는 것은 사실이다. 그러니까 미안하군. 무리한 일을 부탁하게 되었다."

타냐는 속으로 실망했지만…… 이럴 때일수록, 월급쟁이의 장기를 드러낸다.

하고 싶지도 않은 일도 웃으면서, 의기양양하게, 긍정적으로.

"뭐든지 말씀해 주십시오."

"앞으로도 날뛰어 줘야겠다."

이어지는 말은 너무 노골적이었다.

"왜냐하면, 강대한 제국군의 환영을 세계에 실물로서 보여줄 필요가 있다."

알기 쉬운 주문에 대해, 요구받는 역할을 이해한 타냐는 다 알겠다는 듯이 경례를 붙였다.

"무위로서 세계를 공포에 떨게 만들겠습니다."

"훌륭하다, 데그레챠프 중령. 애석하게도 지금은 승진도 영전도 확약할 수 없지만…… 내 권한과 이름은 어느 정도 써먹게 해줄 수 있겠지. 상응하는 결과를 기대해도 될까?"

"배려해 주셔서 감사합니다."

"무리한 일을 부탁하는데 그 정도야. 그렇다면 서방에서 힘을 좀 써줘야겠다."

"예?"

'뭐라고요?' 라고 무심코 타냐는 넋을 놓고 되물었다.

주전선은 동부다.

"동부가 아닙니까?"

"서방에서의 활약을 기대한다."

서방.

동부가 아닌 배치.

그것만 해도 타냐로서는 큰 희망을 품을 수 있다.

제투아 대장이 황실과 같이 죽기로 했을 때, 분명 아랫사람인 타냐는 도망칠 기회를 얻게 되겠지. 도망치기 힘든 패전에서, 제투아 대장은 상사로서 책임을 떠맡을 각오가 있다.

우수한 것은 훌륭하다.

자기희생정신에 가까운 책임감도 높이 평가할 수 있다.

자신과는 전혀 다른 감성인 것은 이해하기 어려운 부분이기도 하지만, 궁극적인 의미에서 타냐로서는 모실 보람이 있는 상사라고 해도 좋다.

그리고 제투아 대장은 어떤 의미로 뜻밖이라고도 할 수 있는 말을 토해냈다.

"미안하군, 중령. 귀관에게는 너무 무리한 부탁이겠지만⋯⋯ 전후도 포함해서 부려먹게 되겠지. 다대한 고생을 부탁하게 될 거야."

생각할 것도 없이 거의 반사적으로 타냐는 경례로 답했다.

"영광입니다! 각하! 미력하나마 최선을 다하겠습니다!"

이 얼마나 훌륭한 제안.

전후까지 부려먹는다?

안도의 마음이 가슴속을 채우는 순간이었다.

악덕기업 제국군에서 거의 헛고생처럼 일해 왔지만. 이건 복리후생이라는 면에서 둘도 없는 기회라 해도 좋다.

다름 아닌 '전후'의 확약이다.

제투아 대장은 말하자면 제국의 파산관리인.

그런 사람이 타냐를 '전후도 포함해서 부려먹는다'고 명언한 것은 말로 표현하기 힘든 안도를 느낄 만하다.

말하자면 전후에도 자신에게 일이 있다.

제대로 평가받고, 적절히 인정받는다는 것은 더할 나위 없이 기쁘다.

희미하게 눈가에 눈물이 맺힌 제투아 대장이 멋진 경계로 답하는 것에는 것에 긍지마저 느끼면서, 타냐는 제투아 대장의 앞에서 물러났다.

신용받고 있다.

이 얼마나 훌륭한가.

하지만 그런 것보다도 자신이 전후의 계산에 포함되어 있다는 사실이 타냐에게는 더없는 안심 요소다.

타냐는 진심에서 나온 안도와 함께 중얼거렸다.

"숨이 붙어있는 한, 희망을 버릴 필요는 없나."

(『유녀전기 14 – Dum spiro, spero– 下(하)』 끝)

통일력 1928년 [1월판]

제 국 군 항 공

3	2	1
참모본부의 높으신 분	참모본부 직속 항공마도사	항공마도사
↑	↑	↑
하이잭 범행을 청부한 자입니다!	하이잭 실행범이 될 가능성이 농후합니다!	하이잭 범행에 가담할 우려가 있습니다!

수 송 전 우 회 성 명

선량하고 충실한 우리 제국군 항공 수송부문으로서는 이러한 탑승원에 대한 승객의 횡포를 강력히 규탄한다! 피해자 구제를 위해서 제국군 항공마도사단은 기지에서 반드시 수송기 승무원에게 술을 사라.

편집부 첨언

본지 편집부에서는 실행범에게 항의 문을 전했습니다. 이하는 실행범 측 답변입니다.

마도부대 : 노코멘트. 술은 사겠다.

부대장 : 노코멘트. 명령이었다.

제투아 대장 : 내가 명령했다.

※본인의 발언입니다.

송 전 우 회

수송전우회 제국군항공함대

통일력 1928년 1월판

경비강화의달알림

하이잭주의보!

피해자가 말한다! 한스■ 중위의 공포! —제국군 제■항공수송단

명령서와 필요의 논리로 무장한 사악한 마도장교가 선량한 수송기 승무원을 명령서로 협박하고 낙하산에 묶어 수송기에서 밀어버린 뒤 모두의 기체를 하이잭한 끝에 기체를 전손하는 중대한 사안이 발생하고 있습니다.

심각한 비마도사 차별의 횡행을 증언한 한스■ 중위 담화

마도사들만 하는 파티라고 해서 아끼는 기체를 보낼 수밖에 없었습니다. 범인은 이것이 용서받을 수 없는 범죄임을 잘 알았기에 공술서를 써주겠다고 장담했습니다. 이렇게 용서받을 수 없는 범행을 그냥 넘어갈 순 없습니다……!

작가 후기

언제나 감사합니다. 카를로 젠입니다. 오래 기다리시지 않았을 두 달 연속 간행입니다. 14권은 어떠셨을까요.

기대해 주셨다면 더없이 기쁠 겁니다.

항상 하는 소리지만, 강행군 같은 일정에 함께해 주신 시노츠키 시노부 선생님과 담당 편집자님, 그리고 교정 선생님과 디자이너, 또 명절인데도 힘써 주신 인쇄소 여러분, 기타 많은 분에게 신세를 졌습니다.

무엇보다 기다려 주신 독자님들의 파워로 써냈어……! 라고 덧붙이고 싶습니다. 기다려 주는 사람이 있다면 쓸 수 있다는 말은 정말이었습니다. 감사합니다.

14권 말입니다만, 이야기 속의 영역에서 명확한 사기꾼인 제투아 씨가 탄생했다고 생각합니다만, 그 부화에 관해서는 타냐도 꽤나 활약했겠죠. 아마도 당분간은 제투아 씨 메인의 이야기가 상당히 진행될 것으로 생각합니다만, 용서해 주신다면 감사하겠습니다.

자, 중간에 출간 간격이 벌어지는 바람에 어쩌면 실감이 별로 안 나실 가능성이 있을지도 모르지만, '유녀전기'도 1권 간행으로부터 대략 10년이 되어 10주년 기념입니다.

축하할 일이고, 저로서도 상하권으로 분할하는 의도는 일절 없었습니다.

그렇습니다만, 제투아 씨가 날뛰는 것은, 독단전행하는 캐릭터가 나오는 것은. 정말이지 캐릭터에게 휘둘리기만 할 따름입니다. 몹시 고생했습니다. 이 고생만으로도 한 권을 써낼 수 있겠습니다.

그런 것을 어떻게든 제어하고, 얼추 한 권에 1천 페이지쯤이라는 지극히 온당한 분량은 조금 무리수였습니다.

저처럼 일상부터 글자수 제약을 준수하는 인간은 이럴 때도 정석을 벗어날 수 없다고 느끼면 부끄러울 따름입니다.

하지만 만사는 생각하기 나름입니다. 둘로 나누면 글자수 제약은 상한이 두 배가 되지 않습니까. 이렇게 엄밀한 숫자적 어프로치로 글자 수의 제한을 완화하고 자유롭고 활달한 후기를 작성하자고 결의하고 당당히 글자 수 제한을 정면 돌파하기를 기도했습니다.

애석하게도 3년 넘게 지각한 몸으로서는 별로 돌파력이 없군요. 후기는 짧게 쓰라는 말도 들었고요….

그렇긴 해도 모처럼 10주년 기념입니다. 그래서 이번에는 판권장 뒤에도 컬러 일러스트를 증량한 특대 볼륨으로 전해드릴 수 있었습니다.

이렇게 여러모로 장난도 쳐보는 모양새에 함께해 주신 여러분에게 거듭 감사드립니다.

그리고 두 달 연속 간행으로 간신히 돌파력의 단서를 붙잡았다고 생각하기에, 다음이야말로……! 글자수 상한에 도전하는 마음, 포기하지 않는 마음, 소중히 하고 싶습니다.

작별할 시간이 다가왔습니다만, 다음 권의 발매일이 언제쯤이 될지 전해드리는 것이 바람직하겠지요.

참고로 15권 말입니다만, 제 고도의 기억력에 따르면 적절한 시기에 발매되어 적절한 타이밍에 알려드릴 예정입니다. 구체적으로는 내년 정도에는 내면 좋겠네……라고 생각합니다.

아니, 진짜, 항상 기다리시게 해서 죄송합니다만…….

저기 뭐냐, 애니메이션 시즌 2도 있고…… 정말 열심히 할 생각이니까, 느긋하게 기다려 주십시오.

그러면 여러분, 다음에 또 뵙겠습니다.

2023년 9월 카를로 젠 올림

· 유녀전기 간행 10주년 축하 일러스트 by 시노츠키 시노부 · **439**

유녀전기 14
Dum spiro, spero 下[하]

2024년 02월 15일 제1판 인쇄
2024년 02월 20일 제1판 발행

지음 카를로 젠
일러스트 시노츠키 시노부

옮김 한신남

발행 영상출판미디어(주)
등록번호 제 2002-000003호
주소 07551 서울특별시 강서구 양천로 570 NH서울타워 19층
대표전화 02-2013-5665

ISBN 979-11-380-4223-9
ISBN 979-11-319-0577-7 (세트)

YOJO SENKI Vol.14 Dum spiro, spero GE
©Carlo Zen 2023
First published in Japan in 2023 by KADOKAWA CORPORATION, Tokyo.
Korean translation rights arranged with KADOKAWA CORPORATION, Tokyo.

Bonus Track
illust + Short Story

타도 제국!!

미켈 대령
연방

드레이크 대령
연합왕국

가스만 대장
이르도아 왕국

칼란드로 대령
이르도아 왕국

반격한다.

즉각, 단호하게, 결연하게.

얼라이언스의, 얼라이언스에 의한, 얼라이언스를 위한 반격.

반격에 집착한다고 웃지 말지어다.

얼어맞고 반격하지 않는 군대는 마음부터 적에게 패배하는 것이다.

드레이크는 더없이 잘 알고 있다.

설령 그것이 쓸데없는 허영과 허세여도, 반격할 수 없는 군대는, 반공할 수 없는 군대는, 얼어맞기만 하는 군대는, 장병에게서 승리를 확신하고 버티는 기반을 없애버린다.

그런고로 이르도아 주도의 반격 계획을 기도하는 것은 군사적 필연이겠지.

하지만 드레이크가 보기에 가스만 대장의 반격 계획엔 정치적 요소가 많다.

통일력 1928년 2월 초순
이르도아 반도 얼라이언스 사령부

이르도아의 위치, 얼라이언스 사이의 더 말하자면 공동교전국 사이의 줄다리기도 있겠지. 그 모든 것에 배려한 계획은 정말로 정치적이다.

결국 정치의 연장선에서 전쟁을 꾀하는 가스만 대장의 방식은 총력전의 시대에서 너무 이질적이었다.

그런데도, 어쩌면 그렇기에, 드레이크는 확신했다.

이번에는 정치와 싸워야만 한다고. 정치에 끌려다니는 게 아니라, 정치를 이용하는 것도 아니라, 그저 정치와 군사를 조화시키는 전쟁.

나쁘지 않다.

드레이크는 속으로 확률을 계산하면서 슬쩍 주먹을 움켜쥐었다.

이것은 나쁘지 않다고.

각오.

그 두 글자를 결심할 수 있는 인간이 얼마나 있을까.

자기희생의 정신을 순화하면

데그레챠프 중령의 모습이 되는 걸까?

그런 황당한 의문조차 그란츠의 뇌리에 떠올랐다.

그것은 **부정**하기 어려운 **신성함**이었다.